Le chemin
le moins fréquenté

SCOTT
PECK

Le chemin
le moins fréquenté

Apprendre à vivre avec la vie

Traduit de l'anglais (États-Unis)
par Laurence Minard

Collection dirigée
par Ahmed Djouder

A mes parents,
Elisabeth et David
dont la discipline et l'amour
m'ont donné les yeux
pour voir la grâce

Titre original :

THE ROAD LESS TRAVELED

© M. Scott Peck, 1978

Pour la traduction française:
© Éditions Robert Laffont, 1987

INTRODUCTION

Les idées présentées dans cet ouvrage découlent, pour la plupart, de mon travail quotidien avec mes patients dans leur combat pour chercher à acquérir – ou à éviter – un plus haut niveau de maturité. En conséquence, ce livre contient un certain nombre d'extraits d'histoires vécues. Afin de respecter le secret professionnel, tous les cas cités ont été légèrement modifiés pour préserver l'anonymat des patients, sans toutefois altérer l'essentiel.

Il se peut cependant que la brièveté dans la présentation des exemples ait entraîné quelques déformations.

La psychothérapie n'est pas un processus rapide mais, puisque je me suis, par nécessité, concentré sur les côtés les plus marquants de chaque cas, le lecteur peut avoir l'impression que l'évolution est claire, parfois même spectaculaire. Ces deux aspects sont certes bien réels et peuvent apparaître rétrospectivement, mais il faut garder présent à l'esprit que, pour faciliter la lecture, les longues périodes de doute et de frustration, inhérentes à la plupart des thérapies, n'ont pas été décrites ici.

Je voudrais aussi m'excuser de me référer continuellement à Dieu dans son image traditionnellement masculine, mais je l'ai fait dans un but de simplification plutôt que d'un point de vue sexiste.

En tant que psychiatre, je pense qu'il est important de mentionner, au début, deux idées qui sous-tendent ce livre. L'une est que je ne fais aucune distinction entre le spirituel et le mental, donc aucune distinction entre évoluer spirituellement et évoluer mentalement : pour moi, c'est la même chose. L'autre est que l'évolution implique un travail complexe, ardu, et qui dure toute la vie. La psychothérapie peut être une aide substantielle, mais pas fondamentale. Je n'appartiens à aucune école de psychiatrie ou de psychothérapie ; je ne suis ni un freudien, ni un jungien, ni un adlérien, ni un béhavioriste, ni un gestaltiste. Je ne crois pas qu'il existe une seule voie simple vers l'évolution spirituelle.

Le voyage est long. Je remercie ceux de mes patients qui m'ont donné le privilège de les accompagner pour en franchir des étapes importantes. Leur progression fut aussi la mienne, et je présente ici une grande partie de ce que nous avons appris ensemble. Je voudrais également remercier mes professeurs et mes collègues. Parmi ces derniers, plus particulièrement ma femme Lily. Elle m'a tant donné qu'il est presque impossible de distinguer sa sagesse en tant qu'épouse, mère, psychothérapeute et individu, de la mienne.

PREMIÈRE PARTIE

La discipline

Les problèmes et la douleur

La vie est difficile.

Cela peut paraître banal, mais c'est une grande vérité, l'une des plus grandes[1] ; et ce parce qu'une fois que nous la voyons vraiment nous pouvons la transcender. À partir du moment où nous savons que la vie est difficile, que nous le comprenons, alors elle ne l'est plus : une fois accepté, ce fait n'importe plus.

La plupart des gens ne voient pas les choses de cette façon. Ils se plaignent, parfois sans cesse, de manière ostentatoire ou implicitement, de l'importance de leurs problèmes et de leurs soucis, comme si la vie était en général facile, comme si elle *devait* être facile. Ils clament que leurs difficultés représentent une forme unique d'affliction qui n'a pas de raison d'être mais qui leur a été infligée à eux seuls, simplement parce qu'ils sont eux-mêmes ou qu'ils appartiennent à une famille,

---

1. La première des quatre vérités nobles enseignées par Bouddha est que « la vie est souffrance ».

une tribu, une classe, une race, etc. Il m'est arrivé à moi aussi d'avoir ce genre de réaction !

Certes, la vie est un ensemble de problèmes. Est-ce que nous voulons nous en plaindre ou bien essayer de les résoudre et apprendre à nos enfants à le faire ?

La discipline constitue notre outil de base et doit être totale pour nous faire parvenir à une solution globale satisfaisante.

Faire face aux problèmes est un processus très douloureux. Selon leur nature, ils font naître en nous frustration, peine, douleur, solitude, culpabilité, regret, colère, peur ou inquiétude, angoisse ou désespoir... toutes sensations très désagréables, souvent aussi pénibles que des souffrances physiques, parfois même pires. En fait, c'est parce qu'ils nous font souffrir que nous les appelons des « problèmes ». Et comme la vie nous en pose constamment, elle est toujours difficile, faite de souffrances qui ne doivent pas oblitérer les joies.

En fait, c'est dans la confrontation aux problèmes et leur résolution que la vie trouve sa dynamique et sa signification. Notre attitude à leur égard peut nous valoir la réussite ou l'échec. Ils font appel à notre courage et à notre sagesse ; on peut même dire qu'ils les créent. Et c'est grâce à eux que nous évoluons, mentalement et spirituellement. Nous le savons bien puisque à l'école nous en créons tout spécialement pour développer l'esprit de nos enfants. C'est face à la difficulté, par l'échec ou la réussite que nous apprenons. Comme l'a dit Benjamin Franklin : « Ce qui blesse instruit. » Aussi les gens sages savent-ils non seulement ne pas avoir peur des problèmes, mais aussi les accepter de bon cœur, avec la souffrance qu'ils impliquent.

Mais nous ne possédons pas tous cette sérénité. Par crainte de la douleur, nous essayons presque tous, à des niveaux différents, d'éviter les problèmes. Nous temporisons en espérant qu'ils disparaîtront. Nous refusons de les voir, prétendons qu'ils n'existent pas, ou nous les oublions. Nous prenons même des drogues pour nous y aider. Nous avons tendance à les contourner plutôt qu'à leur faire face, essayons d'y échapper plutôt que d'affronter la souffrance qu'ils nous imposent.

Et comme cette attitude est à l'origine de toutes les maladies mentales humaines, nous en sommes donc presque tous plus ou moins atteints. Certains se donneront beaucoup de mal dans l'esquive, se construisant un monde de fantasmes très élaboré, parfois fort éloigné de la réalité et de la raison. Jung l'a élégamment résumé par ces mots : « La névrose est toujours un succédané d'une souffrance légitime[1]. »

Mais ce succédané lui-même finit par devenir plus douloureux que la souffrance légitime qu'il était censé éviter. Et la névrose devient alors le problème principal. À ce stade, beaucoup essaieront d'éviter cette nouvelle douleur, par accumulation de nouveaux leurres psychiques. Heureusement, certains ont le courage d'assumer leur névrose et apprennent – souvent avec l'aide de la psychothérapie – à surmonter la souffrance. De toute façon, en cherchant à l'éviter, nous nous privons du même coup de l'évolution qu'elle engendre inévitablement. C'est pourquoi les maladies mentales, en

1. C.G. Jung, *Psychologie et Religion* (trad. de M. Bernson et G. Cahen, Buchet-Chastel, 1960).

bloquant toute évolution, entraînent une dégéné-
rescence de l'esprit.

Inculquons donc à nous-mêmes et à nos
enfants les moyens d'atteindre la santé mentale et
spirituelle, c'est-à-dire l'importance de la souffrance et sa valeur, la nécessité de faire face aux
problèmes et d'accepter l'expérience de la douleur
que cela implique. J'ai dit que la discipline est
l'outil de base dont nous disposons pour
apprendre à affronter les problèmes et à les
résoudre avec succès, pour s'enrichir et évoluer.

En quoi consiste donc ce moyen d'appréhender
la douleur de manière constructive ? En fait, il est
multiple et se subdivise en quatre « techniques de
souffrance » : retarder la satisfaction, accepter la
responsabilité, se consacrer à la vérité, et trouver
l'équilibre. Nous le verrons, ces techniques ne
sont pas très compliquées et leur pratique ne
demande pas un entraînement intensif. Au
contraire : les jeunes enfants savent en général les
utiliser dès l'âge de dix ans. Pourtant, les présidents et les rois oublient souvent de s'en servir, à
leurs dépens. Le problème ne réside pas dans leur
difficulté d'utilisation, mais plutôt dans la volonté
ou non de s'en servir, parce qu'elles impliquent de
faire face à la souffrance au lieu de l'éviter. Après
avoir examiné chacune d'entre elles, nous nous
pencherons, dans la deuxième partie, sur ce qui
nous décide à les utiliser, c'est-à-dire l'amour.

Retarder la satisfaction

Ces dernières années, j'avais comme patiente
une analyste financière d'une trentaine d'années.
Pendant de longs mois, elle s'est plainte de ne

10

pouvoir résister à la tentation de remettre à plus tard les tâches qui l'ennuyaient. Nous avions essayé d'analyser ses sentiments envers ses employeurs, ses rapports avec l'autorité en général et celle de ses parents en particulier. Nous avions étudié son attitude vis-à-vis du travail et de la réussite, et leur influence sur sa vie conjugale, son identité sexuelle, son désir de se mesurer à son mari et sa peur d'une telle compétition. Pourtant, malgré cet examen psychanalytique classique et minutieux, elle continuait à faire traîner les choses dans son travail. Finalement, un jour, nous avons osé nous pencher sur l'évidence.

– Vous aimez les gâteaux ? lui demandai-je.

Elle répondit que oui.

– Quelle partie du gâteau préférez-vous, continuai-je, le gâteau ou le glaçage ?

– Oh, le glaçage ! me dit-elle avec enthousiasme.

– Et de quelle manière mangez-vous une part de gâteau ? m'enquis-je.

– Je commence toujours par le glaçage, évidemment !

D'après ces indices, nous pûmes dévier vers ses habitudes professionnelles, et nous découvrîmes, comme il fallait s'y attendre, que dans n'importe quelle journée de travail elle passait les deux premières heures à faire ce qui l'intéressait (environ la moitié du travail journalier) et les six autres heures au reste, qui était beaucoup moins passionnant. Je lui fis remarquer que si elle passait les deux premières heures à faire ce qui ne lui plaisait pas, le reste du temps serait fort agréable. Je lui dis que deux heures de douleur suivies de six heures de plaisir me paraissaient préférables à l'inverse. Elle fut d'accord et, comme elle avait de la volonté, elle changea.

Retarder la satisfaction, planifier les douleurs et les joies, se débarrasser d'abord des premières pour mieux apprécier les secondes, c'est la seule manière de vivre bien.

Cette technique est connue des enfants dès le plus jeune âge, souvent vers les cinq ans. Par exemple, il arrive qu'un enfant de cet âge, lorsqu'il joue avec un petit ami, dise à ce dernier de commencer la partie afin de pouvoir savourer son tour plus tard. À six ans, les enfants mangent souvent le gâteau avant de toucher au glaçage. À l'école primaire, cette capacité précoce à retarder la satisfaction est pratiquée quotidiennement, particulièrement pour les devoirs. Vers l'âge de douze ans, certains enfants sont capables de se mettre à leurs devoirs, sans y avoir été poussés par leurs parents, et de les terminer avant de regarder la télévision. Vers l'âge de quinze ou seize ans, on pourrait s'attendre que ce comportement se prolonge, ce serait logique.

Mais les éducateurs se rendent vite compte qu'à cette période, un grand nombre d'adolescents s'éloignent de cette norme. Ce sont les élèves à problèmes. Malgré une intelligence moyenne ou parfois supérieure, ils ont de mauvaises notes simplement parce qu'ils ne travaillent pas. Ils sèchent les cours ou ne vont plus au lycée, selon leur humeur. Ils sont impulsifs, et cela déteint aussi sur leur vie sociale. Ils prennent souvent part à des bagarres, se laissent parfois entraîner dans l'engrenage de la drogue, et peuvent même avoir des problèmes avec la police. Leur devise est : « Profitons-en maintenant, nous paierons plus tard. » Alors on fait appel aux psychologues et aux psychothérapeutes. Mais, la plupart du temps, il semble que ce soit déjà trop tard. Ces adolescents sont très réticents à laisser qui que ce soit les dérouter tant soit peu de leur mode de vie, même lorsque l'intervention du thérapeute est chaleureuse, amicale, exempte de critique.

Leur impulsivité est tellement ancrée en eux qu'elle empêche leur pleine participation au travail de la psychothérapie : ils ne viennent pas à leurs rendez-vous et évitent les sujets douloureux ou importants. Alors l'essai se révèle inutile, ces enfants abandonnent leurs études, et ils continuent sur le chemin de l'échec, qui se poursuit en général par des mariages désastreux, des accidents, des séjours en hôpital psychiatrique ou en prison.

Pourquoi cela ? Pourquoi est-ce que la plupart des gens ont cette capacité de retarder la satisfaction, et qu'une minorité – toutefois assez importante – ne réussit pas, parfois de manière irréversible, à la développer ? La réponse n'est pas vraiment prouvée scientifiquement. Le rôle des facteurs génétiques n'est pas clair. Les variables ne sont pas assez contrôlables pour donner des preuves scientifiques. Mais la plupart des indices semblent indiquer que les parents jouent un rôle déterminant.

Les péchés du père

Cela ne veut pas dire qu'il n'y a pas de discipline parentale dans les foyers de ces jeunes sans autodiscipline. Au contraire. Ces enfants sont souvent sévèrement punis pendant toute leur enfance

– giflés, battus, roués de coups, ou même fouettés par leurs parents, parfois pour des vétilles. Mais cette répression n'a aucun sens, parce qu'elle n'est pas logique.

Ces parents-là n'ont eux-mêmes aucune auto-discipline et, de fait, servent de modèles de comportement. Ils pratiquent le « fais ce que je dis, pas ce que je fais ». Il arrive qu'ils se soûlent en face de leurs enfants, ou qu'ils se battent sans retenue, sans dignité, sans raison ; qu'ils soient négligés ; qu'ils fassent des promesses qu'ils ne tiennent pas. Leurs vies sont si souvent, et de manière si évidente, désordonnées et confuses que leurs essais pour discipliner celle de leurs enfants ne veulent rien dire pour ceux-ci. « Si papa bat maman, pourquoi me donne-t-il une gifle parce que j'ai frappé mon frère ? » va s'interroger un jeune garçon. Est-ce que cela a un sens qu'on lui demande de se contrôler ?

Les jeunes enfants n'ont pas de point de comparaison. Leurs parents représentent des figures divines et, lorsqu'ils agissent d'une certaine manière, c'est pour eux la bonne.

Pourtant, l'amour est encore plus important que le modèle donné. Car, même dans les familles les plus défavorisées et les plus déséquilibrées, l'amour véritable est parfois présent, et il se peut que les enfants soient malgré tout disciplinés. Alors qu'il arrive, dans des familles où les parents font partie de l'« élite » sociale et intellectuelle (médecins, avocats, etc.) et mènent des vies tout à fait ordonnées et strictes, mais d'où l'amour est absent, que les enfants soient totalement perdus, indisciplinés et désorganisés.

Finalement, tout nous ramène à l'amour. Le mystère de l'amour sera étudié plus loin dans ce livre mais, pour des raisons de cohérence, nous allons l'effleurer brièvement dès maintenant.

Lorsque nous aimons quelque chose, c'est que cela a de la valeur pour nous, et nous passons du temps à nous en occuper, à en profiter le plus possible. Regardez un jeune homme avec sa voiture, il consacre des heures à l'admirer, à l'astiquer, à la réparer. Ou une personne âgée avec son jardin, elle reste un temps fou à l'observer, à le désherber, à tailler chaque branche. Il en va de même avec les enfants que nous aimons : nous prenons le temps de les câliner, de les guider – et même de les gronder.

L'apprentissage d'une bonne discipline demande du temps. Lorsque nous en manquons ou que nous n'avons pas envie d'en donner à nos enfants, nous ne les observons pas assez pour être sensibles à l'expression subtile de leur besoin d'aide en cette matière. Si leur besoin est assez important pour toucher notre conscience, nous continuons parfois de l'ignorer sous prétexte qu'il faut les laisser faire ce qu'ils veulent : « Je n'ai pas le courage de m'occuper d'eux aujourd'hui ! » Ou bien si, finalement, nous sommes obligés d'agir, à cause de leurs bêtises et de notre agacement, nous imposons la discipline, parfois brutalement, sous l'effet de la colère, sans examiner le problème ni même réfléchir au type de réaction approprié.

Les parents qui consacrent du temps à leurs enfants répondront par des conseils bienveillants, des réprimandes ou des encouragements, toujours réfléchis et affectueux. Ils seront attentifs à leurs enfants : à la manière dont ils mangent leur gâteau, dont ils font leurs devoirs, ils verront s'ils ont tendance à dire des mensonges ou à éviter les problèmes au lieu de leur faire face. Ils prendront le temps de faire quelques petits réajustements, en les écoutant, en leur répondant, les restreignant un peu pour certaines choses et les laissant plus libres pour d'autres, leur donnant des petites leçons de temps en temps, des mises en garde, mais aussi des baisers, des caresses et des compliments.

C'est ainsi que la discipline offerte par des parents attentionnés est nettement supérieure à celle qu'imposent des parents non affectueux.

Mais ce n'est qu'un début. En prenant le temps d'observer leurs enfants et leurs besoins, les parents qui aiment sont souvent torturés, souffrent réellement avec eux. Les enfants s'en rendent bien compte, et, même s'ils ne répondent pas par une gratitude immédiate, ils apprennent aussi à souffrir :

« Si mes parents sont prêts à souffrir avec moi, se disent-ils, alors ce n'est pas si terrible et je dois l'accepter moi aussi. »

C'est le commencement de l'autodiscipline.

Le temps et la qualité de l'attention prodiguée par des parents affectueux indiquent à leurs enfants à quel point ils les estiment. Il arrive que des parents qui n'aiment pas véritablement leurs enfants leur fassent, pour camoufler leur manque d'amour, des déclarations d'affection, mais les enfants ne sont pas dupes de ces paroles superficielles. Ils s'y raccrochent toutefois, consciemment, en voulant croire qu'ils sont aimés ; mais inconsciemment ils savent que les mots ne correspondent pas à des actes.

D'un autre côté, bien qu'ils puissent proclamer, dans des moments d'irritation, qu'ils sont abandonnés, les enfants véritablement aimés savent qu'ils sont appréciés. Cette certitude profonde vaut tout l'or du monde : les enfants sentent qu'ils ont vraiment de la valeur.

Posséder cette certitude est absolument essentiel pour la santé mentale et c'est le fondement de l'autodiscipline. Elle doit être acquise pendant l'enfance ; à l'âge adulte, il est souvent trop tard. Une fois acquise, en revanche, cette force morale résistera aux vicissitudes de la vie.

Ce sentiment est le fondement de l'autodiscipline parce que, lorsqu'on s'estime, on prend soin de soi de toutes les façons possibles. L'autodiscipline, c'est de l'auto-affection. Puisque nous sommes en train d'examiner le processus du retard de la satisfaction, parlons du temps. Si nous sommes conscients d'avoir de la valeur, nous savons que notre temps en a aussi et nous avons envie de bien l'utiliser. L'analyste financière mentionnée plus haut n'avait pas grande estime de son temps. Sinon, elle ne se serait pas permis d'être malheureuse et improductive pendant la plus grande partie de ses journées. Pendant son enfance, elle passait toutes les vacances scolaires chez des gens payés pour la recevoir, alors que ses parents auraient très bien pu s'occuper d'elle : cela n'a pas été sans conséquences. Ils ne tenaient pas à elle. Ils ne voulaient pas faire d'efforts pour elle. Alors elle a grandi en pensant qu'elle avait peu d'importance ; elle se souciait trop peu d'elle-même pour se discipliner. Bien qu'intelligente et compétente, elle avait besoin de conseils de base parce qu'elle n'avait aucune idée de sa propre valeur. Dès qu'elle a pu se rendre compte que son temps était précieux, elle a bien sûr voulu l'organiser, le protéger et l'utiliser au maximum.

Les enfants qui ont la chance de bénéficier d'un amour parental stable et attentionné pendant toute leur enfance entreront dans l'âge adulte avec une conscience profonde de leur propre valeur, mais aussi avec un sentiment de confiance et de sécurité. Tous les enfants ont terriblement peur d'être abandonnés, à juste titre. Cela commence vers les six mois, dès que le bébé est capable de se percevoir comme un individu, distinct de ses géniteurs. En même temps que cette prise de conscience vient celle qui lui a fait comprendre qu'il est incapable de se débrouiller sans eux, qu'il est complètement dépendant et à leur merci. Pour l'enfant, être délaissé par ses parents équivaut à mourir. La plupart des parents, même s'ils sont par ailleurs assez négligents et peu affectueux, sont instinctivement sensibles à cette peur de l'abandon que ressentent leurs enfants et ils leur donnent, jour après jour, le réconfort dont ils ont besoin : « Tu sais bien que papa et maman ne vont pas te laisser » ; ou : « Bien sûr que papa et maman reviendront te chercher » ; ou encore : « Mais non, nous ne t'oublierons pas. » Si ces paroles correspondent à des actes, mois après mois, année après année, l'enfant entrera dans l'adolescence sans craintes, avec le sentiment que le monde est sûr et qu'il y sera protégé si besoin est. Avec ce sens profond au cœur, un tel enfant est libre de retarder toutes sortes de satisfactions, assuré de savoir que l'occasion d'être récompensé sera toujours là quand il en aura besoin, comme ses parents.

Mais peu ont cette chance. Un grand nombre sont effectivement abandonnés par leurs parents – par la mort, par un départ, par simple négligence ou, comme ce fut le cas pour l'analyste financière, par manque d'affection. D'autres, bien qu'ils ne soient pas réellement délaissés, ne reçoivent jamais de leurs parents l'assurance qu'ils ne le seront pas. Par exemple, certains parents, pour imposer la discipline aussi facilement et rapidement que possible, utilisent justement la menace d'abandon, ouvertement ou implicitement. Voici ce qu'ils disent en substance :

« Si tu ne fais pas exactement ce que je veux, je ne t'aimerai plus, et tu sais bien ce que cela veut dire, l'abandon et donc la mort. »

Ces parents sacrifient l'amour à leur besoin de contrôle et de domination, et cela donne des enfants qui ont terriblement peur de l'avenir. Abandonnés physiquement ou psychologiquement, ils entrent dans l'âge adulte sans aucune idée que le monde peut être sûr et protecteur. Au contraire, ils le perçoivent comme dangereux et effrayant, et ils ne sont pas prêts à retarder toute satisfaction ou sécurité de l'instant pour une satisfaction ou une sécurité futures, puisque l'avenir leur paraît si incertain.

En résumé, pour que les enfants puissent développer cette capacité à retarder la satisfaction, il est nécessaire qu'ils aient des modèles d'autodiscipline, un sens de leur propre valeur, une confiance en la sécurité de leur existence. Ces « trésors » sont acquis grâce à l'amour authentique, profond et discipliné offert par les parents ; ce sont les plus beaux cadeaux que des parents puissent faire à leurs enfants. En cas de défaillance, il est possible de les recevoir d'autres provenances, mais, dans ce cas, le processus d'acquisition est inévitablement difficile, dure parfois toute la vie, et ne réussit pas toujours.

Les problèmes et le temps

Après avoir vu comment l'amour parental – ou son absence – influe sur le développement de l'autodiscipline en général, et la capacité à retarder la satisfaction en particulier, examinons maintenant les façons – plus subtiles mais pourtant destructrices – dont la carence, totale ou partielle, de cette faculté affecte la vie de la plupart des adultes. Bien que beaucoup d'entre nous la développent, heureusement, suffisamment pour les amener à l'âge adulte sans atterrir en prison, sa maîtrise est toutefois imparfaite et incomplète. Pour cette raison, notre capacité à résoudre les problèmes de la vie est toujours imparfaite et incomplète.

C'est à l'âge de trente-sept ans que j'ai appris à bricoler. Avant, dès que je tentais la plus simple des interventions en plomberie, réparation de jouets ou construction d'un meuble en kit selon une notice quelque peu obscure, cela se terminait par un échec et une certaine frustration. Bien qu'ayant terminé avec succès mes études de médecine et capable de subvenir aux besoins de ma famille, je me considérais comme un imbécile en matière de bricolage. J'étais sûrement victime d'une quelconque déficience génétique ! Et puis un jour, au cours d'une promenade dominicale, je m'arrêtai chez un voisin. Il était en train de réparer sa tondeuse à gazon.

– Je vous admire ! lui dis-je. Moi, je n'ai jamais été capable de planter un clou !

Sans la moindre hésitation, mon voisin me rétorqua :

– C'est parce que vous ne prenez pas le temps.

Je continuai à marcher, quelque peu troublé par cette réponse spontanée, catégorique et d'une sage simplicité. Je me demandais : « Se pourrait-il qu'il ait raison ? » Dieu sait comment, tout cela fut enregistré, et dès que l'occasion se présenta, je me rappelai que je devais prendre mon temps. Le frein à main de la voiture d'une de mes patientes était bloqué, et elle me dit qu'il y avait un truc – elle ne savait pas quoi – sous le tableau de bord pour le débloquer. Je me suis allongé sur le plancher de la voiture, devant le siège avant. Puis j'ai pris le temps de trouver une position confortable avant de regarder ce qui se présentait à moi pendant plusieurs minutes. Tout d'abord, je n'ai vu qu'un enchevêtrement de fils électriques et de tubes de toutes sortes, dont je ne connaissais pas la fonction. Mais petit à petit, sans me presser, j'ai pu concentrer mon regard sur le système du frein et suivre son trajet. J'ai remarqué alors un petit loquet qui l'empêchait de se desserrer. Après un examen minutieux, j'ai compris que, si je le relevais légèrement avec mon doigt, il bougerait et lâcherait le frein. Ce que je fis. Un tout petit geste, un gramme de pression du bout du doigt, et le problème était résolu. J'étais un mécanicien patenté !

En fait, je suis loin d'avoir les connaissances requises pour réparer la plupart des pannes. Donc, en général, je me précipite chez le garagiste le plus proche. Mais je sais que – comme tous ceux qui n'ont pas de déficience mentale majeure – je peux résoudre n'importe quel problème, pourvu que j'en prenne le temps.

Voilà un point important. Beaucoup de gens ne prennent tout simplement pas le *temps* de résoudre les problèmes de la vie, qu'ils soient de nature intellectuelle, sociale, spirituelle ou matérielle. Avant ma « révélation » mécanique, j'aurais sûrement passé maladroitement la tête sous le tableau de bord de la voiture de ma patiente, tripoté quelques fils sans avoir la moindre idée de ce que je faisais et, n'obtenant évidemment aucun résultat, j'aurais déclaré : « Cela me dépasse ! » C'est exactement la façon dont bon nombre d'entre nous abordent les problèmes de la vie quotidienne. Notre analyste financière était une femme affectueuse et attentionnée envers ses deux enfants, mais peu sûre d'elle en matière d'éducation. Elle était suffisamment à l'écoute et intéressée pour sentir les moments où ses enfants avaient des problèmes émotionnels ou que quelque chose n'allait pas dans sa façon de les élever. Mais elle choisissait toujours l'une de ces deux solutions : soit elle prenait la première mesure qui lui venait à l'esprit (elle les couchait plus tôt ou leur donnait un petit déjeuner plus copieux), sans se soucier du rapport que cela pouvait avoir avec le problème du moment ; soit elle arrivait à sa séance de psychothérapie avec moi (le réparateur) en désespérant :

« Cela me dépasse. Que dois je faire ? »

Cette femme avait un esprit analytique très fin et, lorsqu'elle le voulait, elle était tout à fait capable, au travail, de résoudre des problèmes complexes. Alors que, confrontée à des difficultés personnelles, elle agissait comme si elle n'était pas intelligente. C'était une question de temps. Confrontée à un problème d'ordre personnel, elle était tellement déconcertée qu'elle exigeait une solution immédiate et ne pouvait pas tolérer son inconfort assez longtemps pour analyser la situation. Résoudre le problème représentait pour elle la satisfaction, mais elle était incapable de patienter pendant plus de quelques minutes. De là des décisions généralement inappropriées et une vie familiale chaotique. Heureusement, cette patiente suivit une thérapie avec persévérance et apprit peu à peu à se discipliner, à prendre le temps d'analyser ses problèmes pour trouver des solutions réfléchies et efficaces.

Nous ne parlons pas ici des défaillances affectant les gens atteints de déficiences psychologiques manifestes, mais de celles de tout le monde face à la vie quotidienne.

En fait, il y a dans notre approche des problèmes un défaut beaucoup plus primitif et destructeur que d'impatientes tentatives pour trouver des solutions instantanées ; un défaut beaucoup plus omniprésent et universel : l'espoir que les problèmes disparaîtront d'eux-mêmes. L'un de mes patients en thérapie de groupe, un représentant de commerce de trente ans, célibataire, commença à se lier avec la femme d'un autre membre du groupe, un banquier, dont elle venait de se séparer. Le représentant savait que le banquier était très coléreux et profondément irrité du départ de sa femme. Il était conscient qu'en ne parlant pas de ses relations avec celle-ci il n'était pas très honnête, ni avec le banquier ni avec le groupe, et qu'un jour ou l'autre le banquier serait mis au courant. La seule solution aurait donc été d'avouer en psychodrame ses relations et d'affronter la colère du banquier avec le soutien du groupe. Mais il n'en fit rien. Au bout de trois mois, le mari délaissé découvrit cette liaison. Comme il fallait s'y attendre, il réagit très mal et prit cet incident comme excuse pour arrêter sa thérapie. Lorsque le représentant dut expliquer son attitude destructrice devant le groupe, il dit :

– Je savais que cela ferait toute une histoire, alors j'ai pensé que si je ne faisais rien, je pourrais m'en tirer. En fait, je me suis dit que si j'attendais assez longtemps, le problème disparaîtrait.

Les problèmes ne disparaissent pas. On doit les affronter, sinon ils demeurent, et restent toujours une barrière pour l'évolution et le développement de l'esprit.

Le groupe fit prendre conscience au représentant que son problème principal était justement sa tendance à éviter les problèmes en espérant qu'ils s'envoleraient. Quatre mois plus tard, au début de l'automne, il réalisa un rêve et démissionna de son travail pour ouvrir une entreprise de réparation de meubles, ce qui ne l'obligeait pas à voyager autant. Le groupe condamna cette attitude en disant qu'il mettait tous ses œufs dans le même panier et que ce n'était pas très prudent d'opérer ce changement radical juste avant l'hiver, mais il assura qu'il pourrait se débrouiller avec sa nouvelle affaire. Le sujet fut abandonné. En février, il annonça qu'il allait devoir abandonner la thérapie de groupe, car il ne pouvait plus payer. Il était complètement fauché et devait se mettre à chercher un emploi. En cinq mois, il n'avait réparé que huit meubles. Lorsqu'on lui demanda pourquoi il n'avait pas cherché du travail plus tôt, il répondit :

– Cela fait six semaines que je me rends compte qu'il ne me reste plus grand-chose pour vivre, mais je ne pensais pas en arriver à ce point. Cela ne me paraissait pas très urgent, mais maintenant ça l'est vraiment.

Une fois de plus, bien sûr, il avait cherché à esquiver la confrontation avec la difficulté. Tout doucement, il comprit que, tant qu'il n'aurait pas surmonté sa procrastination, il n'avancerait pas d'un centimètre, même avec l'aide de la meilleure des thérapies.

Cette politique de l'autruche, c'est aussi le refus de retarder la satisfaction. Je l'ai dit, faire face aux problèmes est un processus douloureux. Les affronter dès leurs premières manifestations, volontairement plutôt que poussé par les circonstances, cela veut dire abandonner une situation relativement confortable pour une autre, beaucoup plus douloureuse. C'est choisir de souffrir maintenant en espérant que la satisfaction viendra plus tard, plutôt que de continuer à profiter de la satisfaction présente en espérant que la souffrance future ne sera pas nécessaire.

Il peut sembler que le représentant qui se détournait de problèmes si évidents n'était pas très mûr sur le plan émotionnel, ou qu'il était psychologiquement assez primaire, mais, là encore, je vous dis que n'importe qui peut se comporter comme lui.

Un jour, un grand général m'affirma :

– Le problème le plus grave dans cette armée, et dans toute organisation, je suppose, c'est que la plupart des cadres ne font que constater les problèmes de leur unité, les regardant sans rien faire, en espérant qu'à la longue ils finiront bien par disparaître.

Ce général ne me parlait pas de gens faibles d'esprit ou anormaux, mais d'autres généraux et de colonels, des hommes habitués à la discipline et dont les qualités n'étaient plus à prouver.

Les parents sont un peu des cadres et, même s'ils n'y sont pas très bien préparés, leur tâche est tout aussi complexe que celle des dirigeants d'une grande société. Comme ceux-ci, les parents perçoivent des problèmes chez leurs enfants, ou dans leurs relations avec eux, et il peut se passer des mois ou même des années avant qu'ils se décident à agir, s'ils agissent un jour.

– Nous pensions que cela s'arrangerait en grandissant, disent des parents qui arrivent chez un psychiatre pour enfants avec des problèmes qui durent depuis cinq ans.

Beaucoup raisonnent de la sorte pour expliquer les difficultés de leurs enfants. Mais il ne peut pas être néfaste de les aider à en sortir ou d'examiner la question de plus près. Et puis, souvent, « cela ne s'arrange pas en grandissant ». Enfin, comme pour beaucoup de problèmes, plus on attend pour y faire face, plus ils seront difficiles et douloureux à résoudre.

La responsabilité

Nous ne pouvons résoudre les problèmes de la vie qu'en les résolvant. Cette affirmation peut paraître tautologique ou une vérité de La Palice, mais elle dépasse pourtant l'entendement de la plupart des êtres humains. Il faut accepter la responsabilité d'un problème avant de pouvoir le résoudre. On n'aboutit à rien en disant : « Ce n'est pas mon problème. » La seule attitude positive, c'est de regarder les choses en face : « C'est mon problème, et c'est à moi de le résoudre. » Beaucoup essaient d'éviter la douleur de cette confrontation en se disant : « Ce problème est causé par les autres, par la société, il me dépasse, c'est donc à eux de le résoudre pour moi. »

Cela peut mener certaines personnes très loin, psychologiquement ; bien que ce soit toujours triste, c'est parfois presque risible.

Un sergent de carrière, basé à Okinawa[1] et ayant de sérieux ennuis parce qu'il buvait trop, m'avait été envoyé pour des tests psychologiques et, si possible, pour que je lui vienne en aide. Il niait être alcoolique, et même que son abus d'alcool fût un problème :

– Il n'y a rien d'autre à faire le soir à Okinawa que boire, m'expliqua-t-il.

– Est-ce que vous lisez ?

– Oh oui ! j'aime lire, bien sûr.

– Alors pourquoi ne lisez-vous pas au lieu de boire ?

– Il y a trop de bruit dans la caserne.

– Pourquoi n'allez-vous pas à la bibliothèque ?

– C'est trop loin.

– Est-ce que la bibliothèque est plus éloignée que le bar où vous allez ?

– En fait, je ne suis pas un fanatique de lecture.

– Vous aimez pêcher ?

– Oh oui ! j'adore.

1. Île du Japon qui fut jusqu'en 1972 une importante base militaire américaine. (*N.d.T.*)

– Alors pourquoi n'allez-vous pas pêcher au lieu de boire ?

– Parce que je travaille toute la journée.

– Vous ne pouvez pas aller pêcher le soir ?

– Non, il n'y a pas de parties de pêche nocturnes à Okinawa.

– Mais si, je connais quelques groupes qui pêchent le soir. Voulez-vous que je vous mette en contact avec eux ?

– En fait, je n'aime pas vraiment la pêche.

– Ce que vous êtes en train de me dire, résumai-je, c'est qu'il y a d'autres choses à faire le soir à Okinawa que boire, mais que c'est ce que vous préférez faire.

– Ben oui, je suppose.

– Mais votre abus d'alcool vous attire des ennuis, alors vous avez affaire à un réel problème, n'est-ce pas ?

– Cette foutue île inciterait n'importe qui à boire.

J'ai essayé, pendant un certain temps, de lui ouvrir les yeux, mais le sergent n'était pas du tout prêt à voir son alcoolisme comme un problème personnel qu'il pourrait résoudre, avec ou sans aide, et j'ai dû dire avec regret à son supérieur qu'il n'était pas disposé à se laisser aider. Il continua de boire et dut quitter l'armée en milieu de carrière.

Toujours à Okinawa, une jeune femme de militaire fut amenée à la salle des urgences après s'être légèrement entaillé les veines du poignet avec une lame de rasoir. C'est là que je la vis. Je lui demandai pourquoi elle avait fait cela.

– Pour mourir, bien sûr.

– Pourquoi voulez-vous vous suicider ?

– Parce que je ne supporte plus cette île. Il faut qu'on me renvoie aux États-Unis. Je vais me tuer si je dois rester plus longtemps.

– Qu'est-ce qui vous est si pénible dans la vie à Okinawa ?

Elle se mit à pleurer.

– Je n'ai aucune amie ici, je suis seule toute la journée.

– C'est dommage. Comment se fait-il que vous n'ayez pas pu vous faire des amies ?

– Parce que je vis dans un quartier résidentiel où aucun de mes voisins ne parle anglais.

– Pourquoi n'allez-vous pas dans le quartier américain ou au club féminin pendant la journée, pour faire des connaissances ?

– Parce que mon mari prend la voiture pour aller au travail.

– Pourquoi ne le conduisez-vous pas au travail puisque vous êtes seule et que vous vous ennuyez ?

– Non, ce n'est pas une voiture automatique et je ne sais conduire que les automatiques.

– Pourquoi n'apprenez-vous pas à conduire les autres voitures ?

Elle me lança un regard furieux :

– Sur ces routes ? Vous voulez rire !

Les névroses et les troubles du caractère

La plupart des gens qui vont voir un psychiatre souffrent soit de névrose, soit de troubles du caractère, deux manières opposées d'aborder le monde et ses problèmes. Les uns assument trop de responsabilités ; les autres pas assez. Lorsqu'ils sont en désaccord avec le monde, les premiers se croient coupables, les seconds sont persuadés que c'est le monde qui a tort, comme le sergent qui pensait que, s'il buvait, c'était la faute d'Okinawa, et la femme de militaire qui ne se sentait absolument pas responsable de sa solitude.

Une autre femme, souffrant également de l'isolement à Okinawa, se plaignait :

– Je vais tous les jours aux réunions du club féminin, mais je ne m'y sens pas très à l'aise. Je crois que les autres femmes ne m'aiment pas tellement. Il doit y avoir quelque chose qui ne va pas chez moi. Je devrais pouvoir me faire des amies plus facilement. Je devrais être plus ouverte. Je voudrais bien savoir pourquoi on ne m'aime pas.

Cette femme se tenait pour seule responsable de son isolement. Elle découvrit, au cours de la thérapie, qu'elle était extrêmement intelligente et ambitieuse, et que, si elle ne se sentait pas très à l'aise avec les autres femmes, ni avec son mari d'ailleurs, c'était parce qu'elle leur était intellectuellement supérieure. Elle comprit que sa solitude n'était pas due à un défaut ou à une erreur de sa part. Par la suite, elle divorça et retourna à l'université tout en élevant ses enfants ; elle finit par trouver un travail de rédactrice dans un magazine et vient d'épouser un brillant éditeur.

Les patients atteints de névrose ou de troubles du caractère sont également opposés dans leur façon de parler. Les uns diront souvent des choses comme : « Je devrais... Il faudrait que... Je ne devrais pas... », ce qui montre qu'ils se considèrent comme inférieurs, faisant toujours les mauvais choix. Au contraire, les expressions qui reviennent souvent dans la bouche des autres sont : « Je ne peux pas... Je ne pourrais pas... Je suis obligé... », ce qui indique qu'ils pensent n'avoir aucune possibilité de choix, et que leur comportement est dicté par des facteurs extérieurs échappant complètement à leur contrôle. Comme on peut se l'imaginer, il est beaucoup plus facile de travailler en psychothérapie avec les névrosés, qui s'estiment coupables, qu'avec les autres, beaucoup plus difficiles, parfois même impossibles à guérir, parce qu'ils ne se sentent absolument pas responsables de leur situation ; ils pensent que c'est au monde de changer, pas à eux, et ils ne voient pas la nécessité de s'autoexaminer. En fait, beaucoup d'individus souffrent en même temps de névrose et de troubles du caractère : dans certains domaines, ils se sentent coupables parce qu'ils assument des responsabilités qui ne sont pas les leurs, et, d'un autre côté, ils ne parviennent pas à se prendre réellement en charge. Heureusement, une fois qu'on a réussi à leur donner foi et confiance en la thérapie en les aidant à surmonter leurs problèmes de névrose, il est alors possible de leur faire examiner leurs difficultés à prendre leurs responsabilités là où c'est nécessaire.

Peu d'entre nous échappent à la névrose, à des degrés divers – ce qui veut dire aussi que nous pourrions tous tirer profit d'une psychothérapie, à partir du moment où nous serions prêts à jouer le jeu. Faire la distinction entre ce dont nous sommes responsables et ce dont nous ne sommes pas responsables est l'un des plus grands problèmes de l'existence. Il n'est jamais complètement résolu : tout au long de notre vie, nous devons sans cesse évaluer et réévaluer quelles sont les limites de notre responsabilité. Et cette réévaluation permanente, si elle est pratiquée consciencieusement et correctement, ne va pas sans douleur : il faut avoir le désir et la capacité de souffrir une continuelle remise en question, ce qui n'est pas inné. Dans un sens, tous les enfants ont des troubles du caractère, puisqu'ils ont tendance à nier leur responsabilité dans les conflits auxquels ils prennent part. Par exemple, deux frères qui se battent s'accuseront toujours réciproquement d'avoir commencé la bagarre. De même, tous les enfants sont névrosés en ce qu'ils assument la responsabilité de certains manques dont ils souffrent mais qu'ils ne comprennent pas encore. Ainsi, l'enfant qui n'est pas aimé de ses parents pensera qu'il n'est pas digne d'amour plutôt que de croire que ses parents sont incapables d'aimer. Ou bien un adolescent qui n'est pas doué pour le sport ou qui n'a pas de petite amie pensera qu'il n'est pas normal plutôt que de se voir tel qu'il est : un peu maladroit, peut-être en retard, mais tout à fait comme les autres. C'est seulement à travers l'expérience et une maturation longue et réussie que nous pouvons acquérir cette capacité à voir le monde et notre rôle de manière réaliste, et que nous sommes alors capables de jauger notre propre responsabilité vis-à-vis de nous-mêmes et du monde.

Les parents peuvent jouer un rôle important pour aider leurs enfants à acquérir cette maturité. Les occasions ne manquent pas, soit de les mettre en face de leurs responsabilités lorsque c'est nécessaire, soit de leur expliquer que certaines situations ne sont pas de leur ressort. Mais, pour saisir ces occasions, il faut, je l'ai dit, que les parents soient sensibles aux besoins de leurs enfants, et qu'ils aient le désir de prendre le temps et de faire l'effort, parfois inconfortable, de les aider. Cela demande de l'amour et de l'équilibre.

Au-delà de la négligence ou du simple manque de sensibilité, certains parents font tout, au contraire, pour retarder l'évolution de leurs enfants. Les névrosés, puisqu'ils ont tendance à tout prendre sur eux, peuvent être d'excellents parents s'ils ne se laissent pas dépasser par de fausses responsabilités pour manquer d'énergie aux moments importants. En revanche, les gens qui souffrent de troubles du caractère font de très mauvais parents, totalement inconscients de ce qu'ils font subir à leurs enfants. Les uns font leur propre malheur, les autres celui de leur entourage. Les victimes privilégiées de ces derniers sont, naturellement leur progéniture. Irresponsables dans la vie, ils sont incapables d'assumer leur rôle de parents. Ils ont tendance à rabrouer leurs enfants à tout moment. Ceux-ci deviennent des délinquants ou ont des problèmes à l'école ? C'est la faute du système scolaire ou de la mauvaise influence des autres enfants. Voilà, bien sûr, une façon de détourner le problème. De tels parents sont pour leurs enfants des modèles d'irresponsabilité. Ils vont même jusqu'à les blâmer pour leurs propres problèmes : « Les enfants, vous nous rendez fous », ou : « Si je reste avec votre père, c'est pour vous », ou bien : « Votre mère est déprimée à cause de vous, les enfants », ou encore : « J'aurais pu faire des études et réussir ma carrière si je n'avais pas eu à travailler pour vous nourrir. » Au fond, ils disent à leurs enfants : « Vous êtes responsables de mon mariage, de mon échec dans la vie professionnelle. » Puisque les enfants sont incapables de percevoir que de tels jugements sont déplacés, ils accepteront de porter le fardeau et deviendront donc névrosés. C'est ainsi que les parents souffrant de troubles du caractère élèvent des enfants névrosés ou bien qui souffrent des mêmes troubles qu'eux. Ils transfèrent le fardeau de leurs péchés sur leurs enfants.

Ces gens-là sont inefficaces et destructeurs non seulement dans leur rôle de parents, mais aussi dans leur vie conjugale, leurs relations avec leurs amis, leur vie professionnelle, bref, dans tous les domaines où ils refusent de prendre leurs responsabilités. Tant qu'on ne se sent pas responsable de ses problèmes, on ne parvient guère à les résoudre. Aussi longtemps que l'on contribue à reporter la faute sur quelqu'un d'autre (les enfants, l'époux, les amis) ou sur quelque chose d'extérieur (le système scolaire, les mauvaises influences, etc.), les problèmes persistent. Si l'on se voile la face la situation paraît peut-être plus confortable mais on est bloqué dans sa vie, dans son évolution spirituelle, et on finit par devenir un poids pour la société, sur laquelle on projette son malaise. Un aphorisme des années 60 (attribué à Eldridge Cleaver) l'exprime clairement : « Si vous ne faites pas partie de la solution, alors vous faites partie du problème. »

La peur de la liberté

Lorsqu'un psychiatre diagnostique des troubles du caractère, c'est parce qu'il peut déceler chez le patient un manque de responsabilité assez marqué. Mais nous essayons presque tous, à certains moments, d'éviter – de manière souvent très subtile – la souffrance engendrée par la prise en charge de nos problèmes. C'est au Dr Mac Badgely que je dois la guérison, à l'âge de trente ans, des légers troubles du caractère dont je souffrais. À l'époque, il dirigeait la clinique de psychiatrie où je terminais mon internat. Les autres internes et moi-même étions responsables d'un certain nombre de patients externes. Peut-être que j'étais plus concerné que les autres par mes patients et par mes études, je travaillais beaucoup plus longtemps qu'eux. Ils ne voyaient leurs patients qu'une fois par semaine environ ; je voyais les miens en moyenne deux ou trois fois. Mes camarades rentraient donc chez eux vers quatre heures et demie de l'après-midi, alors que j'avais des rendez-vous jusqu'à huit ou neuf heures du soir, et j'étais plein d'amertume. Au fil du temps, je devenais de plus en plus frustré et de plus en plus fatigué, et je compris qu'il fallait faire quelque chose. Alors, je suis allé voir le Dr Mac Badgely pour lui en parler. Peut-être pourrais-je échapper à la prise en charge de nouveaux patients pendant quelques semaines pour pouvoir rattraper mon retard ? Pensait-il que ce serait possible ? Ou bien voyait-il une autre solution ? Mac m'écouta avec beaucoup d'attention, il ne m'interrompit pas une seule fois. Lorsque j'eus terminé, il me dit avec compassion :

– Je vois qu'effectivement vous avez un problème.

J'étais ravi, je me sentais compris.

– Merci. Mais que pourrait-on faire pour le résoudre ?

– Je vous l'ai dit, Scott, vous avez un problème.

Ce n'était pas la réponse que j'attendais.

– Oui, fis-je, quelque peu irrité. Je sais que j'ai un problème, c'est pour cela que je suis venu vous voir. Qu'est-ce que je dois faire ?

– On dirait que vous ne m'avez pas écouté. Je vous ai entendu et je suis d'accord avec vous, vous avez un problème.

– Bon sang ! Je le sais, et je le savais déjà en venant vous voir. Mais ma question demeure : qu'est-ce que je peux faire ?

– Scott, je veux que vous m'écoutiez attentivement, et je vais vous le dire encore une fois : vous avez un problème avec le temps. C'est *votre* problème, et *votre* temps. Pas le mien. Je ne vous en dirai pas plus.

J'ai quitté son bureau furieux ; et le suis resté, en haïssant Mac Badgely pendant trois mois. Je pensais qu'il avait de sérieux troubles du caractère. Sinon comment pouvait-il être si dur ? J'étais venu humblement lui demander un tout petit coup de pouce, un simple avis, et il n'était même pas capable de prendre la responsabilité de m'aider un petit peu ni même de faire son travail de directeur de la clinique. S'il n'aidait pas à résoudre ce genre de problème, alors à quoi servait-il ?

Mais, au bout de ces trois mois, je compris que Mac avait raison, que c'était moi qui souffrais de troubles du caractère, pas lui. J'étais responsable de mon temps. C'était à moi seul de décider comment l'utiliser et l'organiser. Si je voulais passer plus de temps au travail que les autres internes, cela relevait de mon choix, et j'étais responsable des conséquences. Il était peut-être dur de voir mes camarades quitter la clinique quelques heures avant moi, et pénible de rentrer à la maison pour entendre ma femme me dire que je ne consacrais pas assez de temps à ma famille, mais je l'avais en quelque sorte cherché. Si je ne voulais pas souffrir, j'étais libre de travailler moins et d'organiser mon temps différemment. Mon dur labeur n'était pas un fardeau imposé par un destin sans merci ou par un directeur de clinique sans pitié ; c'était la façon dont j'avais choisi mes priorités. En fin de compte, je décidai de changer non de mode de vie mais plutôt d'attitude. Et je cessai de jalouser les autres internes : leur en vouloir, c'était m'en vouloir à moi-même d'avoir choisi un style de vie différent du leur et qui me convenait tout à fait.

Si nous avons des difficultés à assumer la responsabilité de notre comportement, c'est parce que nous ne voulons pas en supporter les conséquences. Lorsque je demandais à Mac Badgely de prendre en charge l'organisation de mon temps, j'essayais de me libérer d'un travail si prenant, pourtant librement consenti.

Je voulais inconsciemment accroître l'autorité de Mac Badgely sur moi. Je lui donnais mon pouvoir, ma liberté. Je lui disais en substance : « Prenez-moi en charge, après tout, c'est vous le patron. » Lorsque nous évitons de prendre nos responsabilités, nous les transmettons à d'autres. Mais, ce faisant, nous confions *notre pouvoir* à ces « autres », que ce soit le destin, la société, le gouvernement ou notre patron. C'est pour cela qu'Erich Fromm intitula si justement son ouvrage sur le nazisme et l'autoritarisme : *La Peur de la liberté*. En tentant d'échapper à la douleur des responsabilités, des millions de gens fuient quotidiennement leur liberté.

Je connais quelqu'un qui, si je lui en laisse le loisir, peut me parler pendant des heures, de manière très éloquente, des forces oppressives de notre société, telles que le racisme, le sexisme, l'armée et la police qui est toujours sur son dos parce qu'il a les cheveux longs. J'ai bien souvent essayé de lui démontrer qu'il était un adulte. Lorsque nous sommes enfants, nous dépendons vraiment de nos parents, et cela leur donne un réel pouvoir sur nous. Ils sont en fait largement responsables de notre bien-être, et nous sommes effectivement à leur merci. Lorsqu'ils ont une attitude tyrannique, nous ne pouvons pas faire grand-chose. Mais en tant qu'adultes, si nous sommes physiquement en bonne santé, nos choix sont presque illimités. Cela ne veut pas dire qu'ils soient faciles. Souvent, il nous faut entre deux maux choisir le moindre, mais nous avons cette possibilité. Oui, je suis d'accord avec cet homme : des forces oppressantes opèrent à travers le monde. Mais nous pouvons réagir à ces forces. C'est lui qui a choisi de vivre dans un endroit du pays où la police a des préjugés contre les « types à cheveux longs », et de garder sa chevelure. S'il le désire, il peut aller vivre en ville, se faire couper les cheveux, ou même se mettre en campagne pour être élu chef de la police du district. Malgré son intelligence, il ne se reconnaît pas ces libertés. Il déplore son manque de pouvoir politique au lieu d'accepter et de mettre à profit son immense pouvoir personnel. Il fait des discours sur son amour de la liberté et sa haine des forces qui l'entravent mais, chaque fois qu'il se présente comme une victime de ces forces, il perd sa liberté. J'espère qu'un jour il cessera d'en vouloir à

la vie simplement parce que les choix sont douloureux[1].

Le Dr Hilde Bruch, dans la préface de son livre
Learning Psychotherapy[2], dit qu'en fait tous les
patients vont voir les psychiatres avec « un problème commun : un sentiment d'impuissance, la
peur et la profonde conviction qu'ils sont incapables de faire face et de changer l'état des
choses ». L'une des racines de ce sentiment
d'impuissance est le désir d'échapper partiellement ou totalement à la douleur de la liberté, et
donc à la responsabilité des problèmes et de la
vie. Les gens éprouvent ce sentiment parce qu'ils
se sont défaits de leur pouvoir. En guérissant, ils
apprennent tôt ou tard que toute la vie d'un adulte
est une série de choix personnels et de décisions.
S'ils parviennent à l'accepter totalement, alors ils
seront libres. Sinon, ils se sentiront toujours des
victimes.

Se consacrer à la vérité

La troisième technique dont nous disposons
pour faire face aux problèmes, et qui doit être
continuellement utilisée si nous voulons vivre une
vie saine et évolutive, c'est se consacrer à la vérité.
A priori, cela devrait être évident, car la vérité,
c'est la réalité. Ce qui est faux est irréel. Plus on

1. Je n'ai jamais trouvé de définition plus poétique et éloquente sur le sujet du choix entre deux maux que celle du psychiatre Allen Wheelis, dans le chapitre « La liberté et la
nécessité » de son livre *How People Change* – « Comment les gens
changent » (New York, Harper & Row, 1973) : j'ai été tenté de
citer le chapitre *in extenso*. J'en recommande la lecture à quiconque veut approfondir le sujet.
2. Cambridge, Mass., Harvard Univ. Press, 1974.

voit clairement la réalité du monde, mieux on est équipé pour lui faire face. Car plus nos esprits sont brouillés par le mensonge, les fausses perceptions et les illusions, moins nous sommes capables de prendre les bonnes décisions et de savoir quelle attitude adopter. Notre vision du monde est comme une carte sur laquelle nous pouvons déterminer les territoires de notre vie. Si la carte est exacte, nous saurons à peu près où nous sommes et, si nous avons décidé où aller, nous saurons comment y aller. Si la carte est erronée, nous nous perdrons.

Tout cela est évident. Pourtant, la plupart des gens ont choisi, à des degrés différents, de l'ignorer, parce que le chemin de la réalité n'est pas de tout repos. Tout d'abord, nous ne naissons pas avec une carte ; il nous faut la dessiner, et ce n'est pas chose facile. Plus nous persistons dans nos efforts pour percevoir la réalité, plus notre carte devient étendue et précise. Mais beaucoup ne sont pas prêts à cela. Certains s'arrêtent à la fin de l'adolescence. Leurs cartes sont incomplètes, presque des esquisses, leur vision du monde est étriquée et trompeuse. D'autres (la plupart) abandonnent l'effort vers la cinquantaine. Ils estiment que leur carte est complète, que leur vision du monde (*Weltanschauung*) est correcte – voire sacro-sainte –, et ils ne s'intéressent plus à de nouvelles données ; on dirait qu'ils sont fatigués. Relativement peu ont la chance d'explorer jusqu'à leur dernier souffle le mystère de la réalité, toujours prêts à élargir, affiner et redéfinir leur appréhension du monde et de la vérité.

Le plus grand problème dans l'établissement d'une carte n'est pas que nous la dessinons à partir de rien, mais surtout qu'il faut la corriger en permanence. Le monde lui-même change constamment. Les glaciers arrivent et disparaissent. Les civilisations naissent et meurent. Le pire est que le point stratégique à partir duquel nous voyons le monde change aussi, très souvent et rapidement. Enfants, nous sommes dépendants et impuissants. Adultes nous jouissons d'un certain pouvoir. Mais, dans la maladie ou dans la vieillesse, nous pouvons redevenir dépendants. Le monde est différent selon que nous avons ou non des enfants, selon qu'ils sont des bébés ou des adolescents, selon que nous sommes riches ou pauvres. Chaque jour, nous sommes bombardés d'informations sur la nature de la réalité. Si nous voulons assimiler cette masse d'informations, il nous faut sans cesse corriger notre carte et, de temps en temps, lorsque nous avons accumulé assez de nouvelles données, faire des révisions importantes. Ces corrections sont douloureuses, parfois atrocement. C'est là que réside la source de bien des maladies.

Que se passe-t-il lorsqu'on s'est longuement et courageusement évertué à dessiner une carte adéquate qui paraît utilisable, qu'un peu plus tard elle est confrontée à de nouvelles informations qui l'invalident, et qu'on s'aperçoit qu'il faut la recommencer? Le douloureux effort en perspective est accablant, effrayant. Ce que nous faisons fréquemment, souvent inconsciemment, c'est ne pas tenir compte de ces nouvelles informations. Fermer ainsi les yeux peut être bien plus que de la passivité : nous pouvons nous dire que ces nouvelles données sont fausses, dangereuses, hérétiques, l'œuvre du démon. Nous pouvons même partir en croisade pour les détruire, ou essayer de manipuler le monde pour le faire concorder avec notre vision de la réalité, plutôt que d'essayer de changer notre carte. Malheureusement, nous dépensons souvent beaucoup plus d'énergie à défendre une carte périmée qu'il ne nous en aurait fallu pour la réviser.

Les transferts : la carte périmée

Cette manie de s'accrocher à une vue dépassée de la réalité est à la base de la plupart des maladies mentales. Les psychiatres parlent de transfert. Il y a probablement autant de variantes de la définition du transfert qu'il y a de psychiatres. Voici la mienne : c'est un ensemble de perceptions, une approche du monde et un comportement développés pendant l'enfance, tout à fait appropriés à l'environnement de celle-ci (et même nécessaires à la survie), mais transférés dans l'âge adulte où ils ne sont plus utilisables.

Les transferts se manifestent toujours de manière envahissante et destructrice, mais aussi très subtilement. Pourtant, les exemples les plus parlants sont assez peu subtils. L'un d'eux est celui d'un patient dont la thérapie a échoué à cause de ses transferts : une trentaine d'années, technicien informatique, brillant mais ne réussissant pas très bien. Il est venu me voir parce que sa femme l'avait quitté en emmenant leurs deux enfants. La perte de sa femme ne le gênait pas trop, mais il était effondré de n'avoir plus ses enfants auxquels il était très attaché. C'est dans l'espoir de les récupérer qu'il a commencé une psychothérapie, puisque sa femme lui avait clairement dit qu'elle ne reviendrait pas tant qu'il ne serait pas allé voir un psychiatre. Ce dont elle se plaignait le plus, c'était qu'il était constamment, et de manière irrationnelle, jaloux d'elle, tout en étant distant, froid, peu communicatif et peu affectueux. Elle déplorait aussi ses fréquents changements d'emploi. Depuis qu'il était adolescent, sa vie avait été très instable. Il avait souvent eu affaire à la police pour de petits délits, et avait été mis trois fois en prison pour ivresse, incitation à la bagarre, délits d'intention et manque de respect à un policier. Il avait abandonné ses études d'ingénieur électricien, parce que, disait-il, « ses profs étaient des hypocrites comparables à des policiers ». Grâce à son intelligence et à sa créativité en matière de technologie informatique, ses services étaient très demandés dans cette branche. Mais il n'avait jamais été capable de progresser à son poste ou de garder un emploi dans la même société pendant plus d'un an et demi, parfois parce qu'il était licencié, mais le plus souvent parce qu'il démissionnait après avoir eu des mots avec ses supérieurs qu'il traitait de menteurs et de tricheurs ne cherchant que leur petit confort. L'expression qu'il employait le plus souvent était : « On ne peut faire confiance à personne. » Il disait de son enfance qu'elle avait été normale et de ses parents qu'ils étaient « dans la moyenne ». Pourtant, pendant la courte période où je le vis, il me raconta, tranquillement et sans s'émouvoir, les nombreuses fois où ses parents l'avaient déçu. Ils lui avaient promis une bicyclette pour son anniversaire, mais oublièrent et lui donnèrent autre chose. Une année, ils avaient même complètement laissé passer la date, mais il ne trouva pas cela vraiment anormal parce qu'ils étaient « très occupés ». Ils promettaient de s'occuper de lui le week-end, d'aller se promener quelque part mais, très souvent, ils avaient « trop à faire ». Il n'était pas rare qu'ils oublient de venir le chercher à des réunions ou à des soirées parce qu'ils étaient « préoccupés par autre chose ».

Ce jeune homme, lorsqu'il était enfant, avait eu à subir déception sur déception à cause du manque d'attention et d'affection de ses parents. Petit à petit ou subitement – je ne sais pas –, il arriva à la douloureuse conclusion qu'il ne pouvait pas leur faire confiance. Dès qu'il eut compris cela, il se sentit mieux et sa vie devint un peu plus agréable. Il n'attendait plus rien de ses parents et ne se réjouissait pas vainement lorsqu'ils faisaient des promesses. Il n'était donc plus déçu quand ils ne les tenaient pas.

Mais de telles concessions sont, bien sûr, la base de problèmes futurs. Pour un enfant, ses parents sont tout : ils représentent le monde entier. Il n'a pas le recul nécessaire pour voir que les autres parents peuvent être différents, et souvent mieux. Il suppose que la façon d'agir des siens est la seule possible. La leçon que cet homme avait tirée de son enfance n'était pas : « Je ne peux pas faire confiance à mes parents », mais : « Je ne peux pas faire confiance aux gens. » Il entra dans l'adolescence, puis dans l'âge adulte avec cette carte du monde et une bonne dose de ressentiment. Il était donc inévitable qu'il soit confronté à des conflits successifs avec les représentants de l'autorité – la police, les professeurs, les employeurs. Et ces conflits ne firent que renforcer son idée. Il avait beaucoup d'occasions de corriger sa carte, mais les laissait toutes passer. Tout d'abord, parce que la seule manière pour lui de comprendre qu'il y avait, dans le monde des adultes, des gens auxquels on pouvait se fier aurait été de se risquer à leur faire confiance, et cela même aurait constitué une déviation par rapport à sa carte. Ensuite, un tel apprentissage l'aurait obligé à revoir l'image qu'il avait de ses parents – à prendre conscience qu'ils ne l'aimaient pas vraiment, qu'ils n'étaient pas « dans la moyenne » avec leur insensibilité à son égard, et qu'il n'avait pas eu une enfance normale. Se rendre à une telle évidence aurait été très douloureux.

Puisqu'il est très difficile de se défaire d'un comportement qui a été efficace, il continuait à ne pas faire confiance, créant inconsciemment des situations qui validaient son comportement, s'isolant des autres, ne se permettant plus de profiter de l'amour, de la chaleur humaine, de l'intimité et de l'affection. Il ne se permettait même pas de se rapprocher de sa femme : à elle non plus il ne pouvait pas faire confiance. Les seules personnes avec qui il pouvait avoir des relations intimes étaient ses deux enfants, les seuls sur qui il avait un contrôle, les seuls qui n'avaient aucune autorité sur lui, les seuls au monde à qui il pouvait faire confiance.

Lorsqu'il est question de problèmes de transfert, ce qui est souvent le cas, la psychothérapie équivaut, entre autres choses, à une révision de sa carte. Les gens viennent voir un thérapeute parce que leur carte n'est pas fiable. Pourtant, ils s'y accrochent et combattent le changement à chaque étape ! Parfois, ils sont si réticents à la changer que la thérapie n'est pas possible ; il en fut ainsi avec le technicien en informatique. Au début, il voulait venir tous les samedis. Après trois séances, il cessa parce qu'il avait accepté de tondre la pelouse chez des voisins, le samedi et le dimanche, pour gagner un peu d'argent. Je lui proposai un rendez-vous le jeudi soir. Il vint deux fois, puis cessa parce qu'il faisait des heures supplémentaires à son bureau. Alors je réorganisai mon emploi du temps pour pouvoir le recevoir le lundi soir, jour où, disait-il, il n'aurait pas autant de travail. Après deux séances, il ne vint plus en prétextant que le surplus de travail avait aussi gagné le lundi. Je lui dis que la thérapie n'était pas possible dans ces conditions. Il admit qu'il n'était pas tenu de faire des heures supplémentaires, mais qu'il avait besoin d'argent et que son travail était plus important que la thérapie. Il me dit qu'il me verrait les lundis soir où il n'avait pas à rester tard et qu'il m'appellerait vers quatre heures pour me dire s'il pouvait se libérer ce soir-là. Je lui répondis que ces conditions n'étaient pas acceptables et que je n'étais pas d'accord pour réserver tous mes lundis soir dans l'éventualité de sa venue. Il pensa que j'étais trop rigide, que je n'étais pas sensible à ses besoins, que je ne m'intéressais qu'à mon propre temps, que je n'avais aucun sentiment pour lui, et qu'il ne pouvait donc avoir aucune confiance en moi. C'est ainsi que notre tentative de travail en commun fut interrompue, et que je devins un autre point de repère sur sa vieille carte.

Les transferts ne sont pas simplement une affaire entre un patient et son thérapeute. C'est surtout un problème entre parents et enfants, mari et femme, employeurs et employés, entre amis, entre les membres d'un groupe, et même entre des nations. Il est intéressant par exemple de spéculer sur le rôle des transferts dans les relations internationales. Nos dirigeants sont des êtres humains et ils sont tous passés par l'enfance et ses expériences, qui les ont façonnés. Quelle carte Hitler suivait-il et d'où venait-il ? Quelle carte suivaient les dirigeants américains lorsqu'ils décidèrent d'entraîner leur pays dans la guerre du Viêt-nam et de l'y maintenir ? Elle était certainement très différente de celle de la génération qui suivit. Quelles traces la crise de 1929 avait-elle laissées sur leur carte, et les événements des années 50 et 60 sur celle des jeunes générations d'aujourd'hui ? Si ce que vécut le pays dans les années 40 et 50 incita les dirigeants de l'époque à entrer dans la guerre du Viêt-nam, comment pouvait-on voir cette attitude dans les années 60 et 70 ? En bref : pouvons-nous modifier nos cartes plus rapidement ?

Nous évitons la vérité et la réalité lorsqu'elles sont trop douloureuses. Nous ne pouvons corriger nos cartes que lorsque nous avons la volonté de surmonter cette douleur. Pour ce faire nous devons nous consacrer à la recherche de la vérité ; car elle doit être, à nos yeux, plus importante, plus vitale que notre confort. Inversement, nous devons toujours considérer que notre inconfort personnel est relativement peu important, et même aller jusqu'à l'accueillir comme un bienfait utile à notre recherche de la vérité. La santé mentale est un dévouement à la réalité, quoi qu'il en coûte.

Être prêt à accepter les défis

Que veut dire consacrer sa vie à la vérité ? Tout d'abord une remise en question permanente et rigoureuse. Nous ne connaissons le monde qu'à travers la perception que nous en avons : il nous faut donc l'examiner mais aussi, et simultanément, examiner l'examinateur. Au cours de sa formation, le psychiatre a appris qu'il est impossible de comprendre réellement les conflits et les transferts de ces patients sans comprendre les siens propres. C'est pour cela qu'en général les futurs psychiatres sont encouragés à faire une psychothérapie ou une psychanalyse, qui fait partie intégrante de leur formation et de leur développement. Malheureusement, ils ne la font pas tous : beaucoup de psychiatres analysent le monde avec une grande rigueur et ne s'analysent pas eux-mêmes. Ils peuvent être jugés compétents, selon les critères habituels, mais ils n'ont pas la sagesse. Une vie de sagesse doit être faite de contemplation et d'action mêlées. Jusqu'à présent, aux États-Unis, la contemplation n'était pas très bien vue. Dans les années 50, Adlai Stevenson[1] était traité d'« intellectuel », et on pensait qu'il ne ferait pas un bon président justement parce que c'était un contemplatif, qu'il réfléchissait beaucoup et pratiquait souvent la remise en question. J'ai entendu des parents dire à leurs enfants très sérieusement : « Tu penses trop. » Quelle absurdité si l'on sait que c'est par notre cerveau, par la réflexion et l'introspection que nous sommes le plus humain ! De telles attitudes semblent chan-

1. Candidat aux présidentielles en même temps qu'Eisenhower, en 1952 et 1956. (*N.d.T.*)

ger quelque peu, et on commence à comprendre que, dans le monde, le danger réside plus à l'intérieur de nous qu'à l'extérieur, et que la remise en question permanente et la contemplation sont essentielles à la survie. Malheureusement, seuls une minorité de gens s'en rendent compte. Examiner le monde de l'extérieur n'est jamais aussi personnellement douloureux que de l'intérieur, et c'est certainement pour cela que tant de gens évitent l'introspection. Pourtant lorsqu'on a décidé de se consacrer à la vérité, la souffrance paraît peu importante, et perd de son intensité au fur et à mesure qu'on avance sur le chemin de l'examen permanent.

Consacrer sa vie à la vérité, c'est accepter de la remettre en question : la seule manière d'être certain que notre carte de la réalité est bonne c'est de l'exposer à la critique et au défi des autres cartographes. Sinon, nous vivons dans un système fermé, sous une cloche de verre, ne respirant que l'air que nous avons exhalé, de plus en plus en proie aux illusions. Mais, à cause de la douleur qu'implique une révision de notre carte, nous cherchons la plupart du temps à éviter ou à rejeter tout défi mettant son exactitude en doute. Nous disons à nos enfants : « On ne répond pas à ses parents. » À notre époux : « Vivons et laissons-nous vivre ; surtout ne me critique pas, tu risques de le regretter. » Les personnes âgées disent à leur famille et au reste du monde : « Je suis vieux et fragile. Il ne faut pas me contredire ou me faire douter, sinon je risque de mourir et vous serez responsables d'avoir rendu difficiles mes derniers moments sur cette terre. » À nos employés, voici le langage que nous tenons : « Si vous êtes assez téméraires pour me défier, vous avez intérêt à le faire avec circonspection ou alors vous pourrez aller chercher un autre emploi[1]. »

Cette tendance à éviter le défi, la remise en question, est tellement omniprésente chez chacun d'entre nous qu'on peut presque la considérer comme une caractéristique de la nature humaine. Mais la qualifier de « naturelle » ne veut pas dire que cette attitude soit essentielle, bénéfique ou inchangeable. C'est aussi naturel de se soulager dans sa culotte ou de ne pas se brosser les dents. Pourtant, nous apprenons à faire ce qui n'est pas naturel pour que cela devienne une seconde nature. En fait, on peut dire que toute autodiscipline est l'apprentissage de ce qui n'est pas naturel. Un autre trait de caractère typiquement humain est cette capacité que nous avons à faire

---

1. Les individus ne sont pas les seuls à se protéger de la remise en question : les organisations aussi. J'ai été chargé par le chef des armées de préparer une analyse des causes psychologiques du massacre de My Lai (au Viêt-nam) et des tentatives faites pour étouffer l'affaire, ainsi que de faire des recherches dans le but d'éviter un tel comportement dans le futur. Mon rapport fut rejeté par l'état-major sous prétexte que les résultats des recherches demandées ne pourraient être gardés secrets. On me dit :

– L'existence d'une telle étude pourrait donner lieu à d'autres révélations. Le Président et l'armée n'ont pas besoin de cela en ce moment.

Ainsi les raisons d'un événement qu'on avait passé sous silence devaient, elles aussi, être tues. Une telle attitude n'est pas reservée à la Maison-Blanche ou à l'armée. C'est chose courante au Congrès, dans les agences fédérales, dans les corporations et même dans les universités ou dans les organisations charitables, bref, dans toutes les organisations humaines. Tout comme il est nécessaire aux hommes d'être ouverts à la remise en question de leur carte de la réalité s'ils veulent progresser, il est indispensable que les organisations humaines s'ouvrent à la critique si elles veulent être viables et évolutives.

ce qui n'est pas naturel, à transcender et donc à transformer notre propre nature.

Il n'y a pas de démarche plus antinaturelle, et donc plus humaine, que de commencer une psychothérapie. Par cet acte, nous nous ouvrons délibérément à la plus profonde des remises en question, avec un autre être humain, que nous allons jusqu'à payer pour son examen et son discernement. Entreprendre une psychothérapie requiert un grand courage. Et la plupart des gens ne le font pas non par manque d'argent, mais surtout par peur ; y compris certains psychothérapeutes qui se débrouillent pour échapper à leur propre thérapie alors qu'ils devraient être les premiers à s'y soumettre. C'est parce qu'ils ont cette audace que les patients en thérapie – même ceux qui la commencent à peine – sont, contrairement à l'image stéréotypée, des gens plus forts et plus sains que la moyenne.

Si l'entreprise de la psychothérapie est une remise en question délibérée, nous avons quotidiennement l'occasion de remises en question beaucoup plus ordinaires : au cours d'une conférence, sur un terrain de sport, à un dîner, au lit quand les lumières sont éteintes ; avec nos employés, nos collègues, nos amis, nos amants, avec nos enfants et nos parents.

L'une de mes patientes, toujours très soigneusement coiffée, prit un jour l'habitude de se donner un coup de peigne en se relevant du divan, à la fin de nos séances. Je lui fis remarquer cette nouvelle manie.

– Il y a quelques semaines, mon mari a remarqué que mes cheveux étaient aplatis derrière la tête, m'expliqua-t-elle en rougissant. Je ne lui ai pas dit pourquoi. Il me taquinerait sûrement s'il savait que je m'allonge sur le divan d'un psy.

Nous avions là un nouveau sujet de travail. L'une des plus grandes valeurs de la psychothérapie réside dans le fait que la discipline nécessaire pendant les cinquante minutes d'une séance se prolonge petit à petit dans la vie quotidienne du patient. La guérison de l'esprit n'est pas vraiment accomplie tant que l'ouverture à la remise en question n'est pas devenue un style de vie. Cette femme ne serait pas complètement bien tant qu'elle ne serait pas avec son mari aussi franche qu'elle l'était avec moi.

De tous ceux qui vont voir un psychiatre ou un psychothérapeute, très peu viennent consciemment pour se remettre en question ou pour apprendre la discipline. La plupart recherchent simplement un « soulagement ». Lorsqu'ils se rendent compte de ce qui leur sera demandé (tout en étant soutenus), beaucoup fuient ou sont tentés de fuir. Leur enseigner que le seul vrai soulagement ne peut venir qu'à travers la remise en question et la discipline est une tâche très délicate, souvent de longue haleine, et qui échoue parfois. C'est pour cela que nous parlons de « séduire » les patients vers la psychothérapie. Et on peut dire de certains patients qui sont en thérapie depuis un an ou plus qu'ils n'ont pas encore vraiment commencé leur thérapie.

L'ouverture d'esprit en psychothérapie est surtout encouragée (ou exigée, selon votre point de vue) par ce qu'on appelle l'association spontanée. Pour enseigner au patient cette technique, on lui demande :

– Dites avec des mots tout ce qui vous vient à l'esprit, même si cela vous paraît insignifiant, gênant, douloureux. Si plusieurs idées vous arrivent en même temps, vous devez choisir celle dont vous avez le moins envie de parler.

Plus facile à dire qu'à faire ! Mais ceux qui y travaillent consciencieusement font de sérieux progrès. D'autres sont réticents et biaisent. Ils font des discours sur certains sujets, mais laissent de côté les détails cruciaux. Une femme peut me parler pendant une heure de son enfance malheureuse et passer sous silence le fait que son mari l'a sermonnée le matin même parce qu'elle a fait un découvert de mille dollars sur leur compte en banque. De tels patients tentent de transformer la séance en une conférence de presse. Au mieux, ils perdent du temps dans leur effort pour éviter tout défi ; le plus souvent, ils se complaisent dans une forme de mensonge.

Pour que les organisations et les individus soient prêts à se remettre en question, il faut que leur carte de la réalité soit vraiment ouverte à l'inspection du public. Il s'agit d'aller plus loin que de simples conférences de presse. Une vie de dévouement à la vérité veut donc aussi dire une vie d'honnêteté totale. Cela implique un processus continu et permanent d'introspection pour nous assurer que notre façon de communiquer – les mots que nous employons, mais aussi la façon dont nous les disons – reflète toujours la réalité, aussi précisément que possible, telle que nous la connaissons.

Une telle honnêteté ne vient pas sans mal. Si les gens mentent, c'est pour éviter la douleur de l'affrontement et ses conséquences. Le mensonge du président Nixon au sujet du Watergate n'avait rien de plus sophistiqué que celui d'un enfant de quatre ans qui nie avoir cassé la lampe du salon. Dans la mesure où la nature du défi est légitime (ce qui est souvent le cas), le mensonge est un essai de contourner la souffrance légitime et est donc générateur de maladies mentales.

Cela soulève le problème du « raccourci » : lorsque nous voulons contourner un obstacle, nous cherchons en fait un chemin moins difficile, donc plus rapide. Puisque je crois que l'évolution de l'esprit humain est le but de l'existence, je suis évidemment un défenseur du progrès. Il est juste et bon qu'en tant qu'êtres humains nous essayions d'évoluer et de progresser aussi vite que possible. Il est donc juste et bon que nous utilisions les raccourcis légitimes de l'évolution personnelle. Mais le mot clé est « légitime ». Les humains sont aussi doués pour éviter les raccourcis légitimes que pour chercher ceux qui ne le sont pas. Par exemple, lorsqu'on prépare un examen, il est légitime de lire le résumé d'un livre au lieu du livre tout entier : si le résumé est bien fait, on a acquis la connaissance du livre en gagnant du temps et des efforts. Mais la triche n'est pas un raccourci légitime : elle peut faire gagner encore plus de temps et, même, la réussite, mais le tricheur n'aura pas acquis la connaissance demandée. Le diplôme sera donc un mensonge et une mauvaise évaluation. Et, comme le diplôme est une base pour avancer, la vie du tricheur deviendra un mensonge, une escroquerie, et sera gouvernée par le besoin de protéger et d'entretenir ce mensonge.

La véritable psychothérapie est un raccourci légitime et souvent négligé vers l'évolution spirituelle. On rationalise cette ignorance en doutant de sa légitimité : « J'ai peur que cela ne devienne pour moi comme une béquille, et je ne veux pas dépendre d'une béquille. » Mais c'est généralement une excuse pour cacher une peur plus profonde. La psychothérapie n'est pas plus une béquille que ne le sont un marteau et des clous pour construire une maison. Il est possible de construire une maison sans ces outils, mais le travail n'est alors pas très efficace. Peu de charpentiers se plaindront de dépendance vis-à-vis des marteaux et des clous. De même, il est possible d'évoluer sans l'aide de la psychothérapie, mais la tâche est souvent inutilement longue, difficile et ennuyeuse. Il est assez logique d'utiliser des outils pour aller plus vite.

D'un autre côté, la psychothérapie peut être utilisée pour prendre un raccourci illégitime. C'est le plus souvent le cas lorsque les parents recherchent son aide pour leurs enfants. Ils veulent que ceux-ci changent : qu'ils arrêtent de se droguer, qu'ils cessent d'avoir des sautes d'humeur, qu'ils aient de meilleures notes, etc. Certains parents ont épuisé toutes leurs ressources et vont voir un thérapeute avec la véritable intention de s'intéresser aux problèmes de leurs enfants. D'autres, en revanche, arrivent chez le thérapeute en sachant l'origine des problèmes de leurs enfants, mais en espérant que le thérapeute pourra, comme par magie, changer l'enfant sans avoir à changer quoi que ce soit à l'origine du problème.

Par exemple, des parents diront ouvertement :

– Nous savons que notre ménage ne va pas très bien et cela doit avoir une relation avec les problèmes de notre enfant. Mais nous ne voulons rien changer à notre mariage ; nous ne voulons pas faire de psychothérapie avec vous ; nous voulons simplement que vous travailliez avec notre fils pour l'aider, si possible, à être plus heureux.

D'autres sont moins ouverts. Ils arrivent en disant qu'ils sont prêts à faire n'importe quoi, mais lorsqu'on leur explique que les symptômes de leur fils ne sont que l'expression de sa désapprobation vis-à-vis de leur style de vie qui ne lui laisse pas beaucoup d'espace pour évoluer, ils répondent :

– C'est ridicule de penser qu'il faudrait que nous changions pour lui.

Et ils partent à la recherche d'un autre thérapeute, qui leur offrira peut-être un raccourci moins douloureux. En poussant plus loin, ils peuvent aller jusqu'à dire, à eux-mêmes et à leurs amis :

– Nous avons fait tout ce qui était en notre pouvoir pour notre fils ; nous sommes même allés voir quatre psychiatres différents avec lui : aucun résultat.

Nous mentons, bien sûr, non seulement aux autres, mais aussi à nous-mêmes. Les remises en question issues de notre conscience et de nos perceptions peuvent être tout aussi douloureuses et pénibles que celles qui nous viennent de l'extérieur. De la myriade de mensonges que les gens se font à eux-mêmes, deux des plus courants – les plus destructeurs et qui ont le plus de portée – sont : « Nous aimons vraiment nos enfants », et : « Nos parents nous ont vraiment aimés. » Cela peut être vrai, mais, quand cela ne l'est pas, les gens vont parfois très loin pour éviter la prise de conscience. J'appelle souvent la psychothérapie « le jeu de la vérité » ou « le jeu de l'honnêteté », parce que son but est, entre autres, d'aider les patients à faire face à de tels mensonges. L'une des racines de la maladie mentale est invariablement un enchevêtrement de mensonges, les nôtres et ceux des autres. Ces racines ne peuvent être arrachées que dans une atmosphère d'honnêteté absolue et, pour la trouver, il est primordial que les thérapeutes établissent, dans leurs relations avec leurs patients, une ouverture et une sincérité totales. Comment peut-on espérer qu'un patient supporte la douleur qu'implique en face la réalité si nous (les thérapeutes) ne sommes pas prêts à faire de même ? Nous ne pouvons le diriger dans sa route que si nous le précédons.

Taire la vérité

Le mensonge peut être divisé en deux catégories : les mensonges blancs et les mensonges noirs[1]. Un mensonge noir est délibéré : nous savons que ce que nous disons est faux. Lorsqu'il s'agit d'un mensonge blanc, ce que nous disons n'est pas faux en soi, mais tait une bonne partie de la vérité – ce qui n'est pas moins fallacieux ni plus excusable. Il peut être tout aussi destructeur qu'un mensonge noir. Un gouvernement qui cache une partie de l'information par la censure n'est pas plus démocratique qu'un gouvernement qui donne de fausses informations. Ma patiente

1. La CIA, particulièrement experte en matière de mensonges, utilise un système de classification évidemment plus élaboré, et parle en termes de propagande blanche, grise ou noire – la propagande grise étant simplement un mensonge noir et la propagande noire étant un mensonge noir attribué à une autre source.

qui ne me disait pas qu'elle avait fait un découvert sur le compte bancaire familial entravait autant ses progrès en thérapie que si elle avait vraiment menti. En fait, parce qu'il peut paraître moins répréhensible, le mensonge blanc est plus courant, et parce qu'il est plus difficile à détecter et à confronter, il est aussi souvent beaucoup plus pernicieux que le mensonge noir.

Le mensonge blanc est considéré comme socialement acceptable sous prétexte que « nous ne voulons pas faire de mal aux autres ». Pourtant, nos relations sociales nous semblent, en général, superficielles. Que des parents nourrissent leurs enfants à la bouillie de mensonges blancs n'est pas seulement jugé acceptable, mais aussi affectueux et bénéfique. Même des époux qui ont toujours eu le courage d'être francs l'un avec l'autre ont du mal à l'être avec leurs enfants. Ils ne leur disent pas qu'ils fument de la marijuana, qu'ils se sont disputés la nuit précédente, qu'ils trouvent les grands-parents trop manipulateurs, que, selon leur médecin, ils présentent des troubles psychosomatiques, qu'ils prennent de grands risques financiers, ou même combien d'argent ils ont en banque. Taire ainsi la vérité et n'être pas vraiment ouvert sont justifiés par le désir de protéger les enfants d'inquiétudes inutiles. Mais ces derniers savent bien que les parents fument des joints, qu'ils se sont disputés l'autre soir, que les grands-parents ne sont pas très bien vus, que maman est nerveuse et que papa perd de l'argent. Le résultat n'est pas une protection mais une carence. Les enfants sont privés de la connaissance qu'ils auraient pu acquérir sur l'argent, la maladie, la drogue, le sexe, le mariage, leurs parents et les gens en général. Ils sont aussi privés de la sécurité qu'ils pourraient éprouver si on parlait plus ouvertement de ces sujets. Enfin, on leur supprime tout modèle d'ouverture et d'honnêteté, et on leur donne, à la place, des modèles de semi-honnêteté, d'ouverture partielle et de courage limité.

Pour certains parents, le désir de « protéger » leurs enfants est motivé par un amour véritable mais mal orienté. Pour d'autres, ce même désir sert plutôt de couverture et de validation pour éviter d'être critiqués par leurs enfants et pour garder leur autorité sur eux.

Voilà à peu près le langage qu'ils leur tiennent :

– Continuez à être des enfants avec vos préoccupations d'enfants, et laissez-nous nous occuper de ce qui concerne les adultes. Considérez-nous comme des protecteurs sûrs et affectueux. Une telle image est bonne, pour vous comme pour nous, alors ne la remettez pas en question. Cela nous permet de nous sentir forts, et vous en sécurité, et tout ira pour le mieux si nous n'approfondissons pas trop.

Pourtant, de réels conflits peuvent survenir lorsqu'un désir de totale honnêteté s'oppose à un besoin de protection. Par exemple, des parents qui s'entendent bien peuvent à un certain moment envisager le divorce, mais en parler à leurs enfants alors qu'ils ne sont pas vraiment sûrs d'y avoir recours peut effectivement leur donner des soucis inutiles. La notion de divorce est, pour un enfant, une menace à sa sécurité à tel point que les enfants n'ont pas la capacité de l'envisager avec beaucoup d'objectivité. Ils se sentent réellement menacés par la perspective d'un divorce. Si le ménage des parents est vraiment en déroute, alors ils auront à faire face à l'éventualité du divorce, même si leurs parents n'en parlent pas ouvertement. Mais, si le mariage a une base solide, il serait effectivement néfaste pour les enfants de s'entendre dire :

– Hier soir, nous avons parlé de divorcer, mais nous n'y pensons pas sérieusement.

Des circonstances similaires se retrouvent lorsque, au début d'une thérapie, un psychothérapeute préfère taire certaines de ses pensées, de ses opinions ou quelques éclaircissements, si le patient n'est pas prêt à les entendre ou à y faire face. Pendant ma première année d'internat en psychiatrie, j'ai eu affaire à un patient qui, à la quatrième séance, me raconta un rêve qui montrait clairement une tendance à l'homosexualité. Voulant me montrer un brillant thérapeute et progresser rapidement, je lui dis :

– Votre rêve indique, de toute évidence, que vous avez peur d'être homosexuel.

Alors il s'inquiéta réellement et manqua ses trois séances suivantes. C'est seulement à force de travail et avec beaucoup de chance que je réussis à le faire revenir. Nous nous vîmes encore vingt fois avant qu'il ne soit obligé de quitter la ville pour des raisons professionnelles, et ces séances lui furent très bénéfiques malgré le fait que nous n'ayons jamais plus évoqué l'homosexualité. Son inconscient était préoccupé par ce sujet, mais cela ne voulait pas dire qu'il était prêt à y faire face à un niveau conscient. En ne taisant pas ma découverte, je lui ai fait du tort, et j'ai failli le perdre comme patient, pas seulement pour moi, mais pour toute autre tentative de thérapie.

Dans le monde des affaires et de la politique, si on veut être accepté dans les coulisses du pouvoir, il faut savoir aussi, de temps en temps, retenir ses opinions de manière sélective. Si les gens devaient toujours dire ce qu'ils pensent, sur tous les sujets – importants ou non –, ils seraient jugés rebelles par leurs supérieurs, et comme une menace à la direction. Ils se forgeraient une réputation de fauteurs de troubles et n'accéderaient jamais au poste de porte-parole. Pour être apprécié et efficace au sein d'une organisation, quelle qu'elle soit, il faut lui appartenir vraiment, fondant parfois son opinion personnelle à la sienne. D'un autre côté, si l'on voit sa promotion comme le seul but de son comportement, ne s'autorisant que l'expression d'idées qui ne font pas de remous, alors on permet à la fin de justifier les moyens, et l'on perd son intégrité personnelle et son identité en devenant une marionnette.

La voie que doit suivre un homme de pouvoir, entre la sauvegarde et la perte de son intégrité et de son identité, est extrêmement étroite, et rares sont ceux qui réussissent à rester sur les rails. C'est un très grand défi.

Selon les circonstances, il faut savoir taire ses opinions, ses sentiments, ses idées et même ses connaissances. Quelles règles doit-on suivre alors si on veut vraiment se consacrer à la vérité ? Tout d'abord, ne jamais dire ce qui n'est pas vrai. Ensuite, garder en mémoire que taïre une partie de la vérité est toujours un mensonge potentiel, et qu'à chaque fois que la vérité est cachée cela implique une importante décision morale. Celle-ci ne doit jamais être prise sous la pression de besoins personnels – soif de pouvoir, désir de se faire aimer ou de protéger sa carte des critiques –, mais guidée par les besoins de la personne à qui on veut cacher la vérité. Estimer ceux-ci est une grande responsabilité, relève d'une analyse très complexe, d'un jugement qui ne peuvent être effectués avec sagesse qu'en étant inspirés par de l'amour véritable. Ce qui aide à estimer les besoins de l'autre, c'est avant tout d'évaluer sa capacité à utiliser la vérité pour sa propre évolution spirituelle ; et cela implique de garder toujours à l'esprit que nous avons plutôt tendance à sous-estimer nos capacités.

Tout cela peut paraître une tâche insurmontable, impossible à réussir parfaitement, un fardeau permanent. Et c'est effectivement s'imposer l'autodiscipline pour toujours, ce qui explique pourquoi la plupart des gens ne veulent pas s'y astreindre et optent pour une vie d'honnêteté et d'ouverture limitées, se cachant du monde, eux et leur carte. C'est plus facile ainsi. Pourtant, les récompenses d'une vie d'honnêteté et de vérité, avec ses difficultés, valent bien ses exigences. Puisque leur carte est continuellement remise en question, ceux qui l'ont choisie évoluent en permanence. Parce qu'ils sont ouverts, ils peuvent entretenir des relations beaucoup plus intimes avec autrui. Parce qu'ils ne mentent pas, ils peuvent être sûrs et fiers de ne pas contribuer à la confusion du monde mais plutôt de participer à son ouverture. Et enfin, ils sont totalement libres d'exister tels qu'ils sont, sans ce besoin continuel et minant de se cacher. Ils n'ont pas besoin d'inventer de nouveaux mensonges pour protéger les précédents. Ils n'ont pas à déployer d'énormes efforts pour dissimuler des traces ou pour garder leurs masques. Et puis ils savent bien que l'énergie dont ils ont besoin pour l'autodiscipline que demande l'honnêteté est bien moindre que celle exigée par le mensonge. Plus on est honnête, plus c'est facile de le devenir encore plus, et, inversement, plus on ment, plus on est entraîné dans le mensonge. Puisqu'ils sont ouverts, les gens honnêtes vivent ouvertement et, par le courage nécessaire à cette vie d'ouverture, ils se libèrent de la peur.

L'équilibre

À ce point, je pense qu'il apparaît évident que l'exercice de la discipline est une tâche non seulement exigeante, mais aussi complexe, qui demande de la souplesse et du bon sens. Les gens courageux doivent constamment se contraindre à être complètement honnêtes, mais aussi être capables de retenir la vérité quand c'est nécessaire. Pour être libres, nous devons assumer la responsabilité de notre vie, mais aussi savoir rejeter les responsabilités qui ne nous concernent pas. Pour être organisés et efficaces, pour vivre avec sagesse, nous devons quotidiennement retarder la satisfaction et garder un œil sur le futur ; mais pour vivre dans la joie, nous devons aussi pouvoir, lorsque cela n'a pas d'effet destructeur, vivre spontanément, au présent. En d'autres termes, la discipline doit être disciplinée. C'est ce que j'appelle l'équilibre, dont je voudrais parler maintenant.

L'équilibre est la discipline qui nous donne la souplesse. Et il en faut énormément pour vivre de manière satisfaisante dans tous les domaines. Pour ne donner qu'un exemple, voyons la colère et son expression. La colère est une émotion qui sommeille en nous depuis des millénaires, pour permettre notre survie. Nous éprouvons de la colère lorsque nous sentons qu'un autre être (ou organisme) cherche à empiéter sur notre territoire, géographique ou psychologique, ou essaie, d'une manière ou d'une autre, de nous rabaisser. Cela nous incite à nous défendre. Sans la colère, nous nous ferions continuellement piétiner, jusqu'à l'écrasement total et la disparition. Pourtant, lorsque nous nous sentons menacés par d'autres, si nous allons y voir de plus près, il se révèle souvent que leur intention n'était pas du tout celle que nous croyions. Ou même, si elle était vraiment de nous nuire, une réaction de colère ne servirait peut-être pas nos intérêts. Il est donc nécessaire que les centres les plus évolués de notre cerveau (le bon sens) soient capables de modérer les centres les moins évolués (les émotions). Pour réussir à fonctionner correctement dans notre monde complexe, nous devons savoir exprimer notre colère, certes, mais aussi la retenir. De plus, il faut être capable de la moduler, de la maîtriser. À certains moments, mieux vaut ne l'extérioriser qu'après mûre réflexion. À d'autres moments, il est préférable de la laisser sortir sur-le-champ, spontanément. Parfois il convient de l'exprimer posément et calmement, parfois à chaud et en criant.

Il faut donc savoir comment utiliser la colère selon les circonstances, mais aussi choisir quel type de réaction adopter. Pour utiliser la colère avec justesse et efficacité, il faut mettre en place un système de réponse élaboré et souple. C'est une tâche complexe qui ne peut être accomplie avant l'âge adulte, ou même avant la quarantaine. Certains n'y arrivent jamais.

D'une manière ou d'une autre, la plupart des gens souffrent des défaillances de leur système de réponse. Une part importante du travail en psychothérapie consiste à aider les patients à rendre leur système de réponse plus souple. En général, plus les patients sont paralysés par l'inquiétude, la culpabilité et l'insécurité, plus le travail est difficile et rudimentaire. Par exemple j'ai travaillé avec une jeune schizophrène de trente-deux ans pour qui ce fut une véritable révélation de prendre conscience qu'il y avait certains hommes à qui elle ne devait pas permettre de franchir le pas de sa porte, certains autres qu'elle pouvait laisser entrer dans le salon mais pas dans sa chambre, et d'autres auxquels elle pouvait ouvrir la porte de sa chambre. Avant cela, elle fonctionnait avec un système de réponse selon lequel, soit elle acceptait tout le monde dans sa chambre, soit elle ne laissait personne entrer chez elle. Elle oscillait donc entre une promiscuité malsaine et une isolation totale. Avec cette même personne, il a fallu travailler longuement sur le sujet des mots de remerciement : pour chaque invitation ou chaque cadeau qu'elle recevait, elle se sentait obligée d'envoyer systématiquement des lettres très élaborées, dans lesquelles chaque mot, chaque phrase était pesé. Bien sûr, c'était un travail de titan. Aussi avait-elle fini par ne pas écrire de mot du tout ou bien par refuser toute invitation et tout cadeau. Là encore, elle fut très surprise d'apprendre que certains présents n'obligeaient pas à une lettre de remerciement, et que d'autres ne demandaient qu'un petit mot.

Une santé mentale adulte exige donc une extraordinaire capacité à trouver avec adresse, et à retrouver constamment, un délicat équilibre entre des courants conflictuels tels que les besoins, les buts, les devoirs, les responsabilités, les ordres, etc. L'essence de cette discipline d'équilibre est le « renoncement ». Je me souviens de la première fois où j'ai compris cela : j'avais neuf ans. Je venais d'apprendre à faire du vélo et je découvrais avec enthousiasme les joies de cette nouvelle activité. À environ un kilomètre de notre maison, la route descendait à pic, suivant une forte pente qui se terminait par un virage aigu. Un matin, en dévalant la côte, j'étais grisé par la vitesse. Renoncer à cette extase en serrant les freins me paraissait une autopunition absurde. J'ai donc décidé de ne réduire ma vitesse et de ne faire face au virage qu'en arrivant en bas. Mon extase s'arrêta net, quelques secondes plus tard, lorsque je fus projeté à plusieurs mètres de la route, dans les buissons. J'étais égratigné de partout, je saignais, et la roue avant de ma bicyclette était complètement tordue. J'avais perdu l'équilibre.

L'équilibre est une discipline, précisément parce que le renoncement est douloureux. À ce moment-là, je n'avais pas voulu souffrir la perte de mon plaisir pour maintenir mon équilibre au moment du virage. Mais j'ai appris que la perte de l'équilibre était finalement plus douloureuse. C'est une leçon que j'ai dû réapprendre tout au long de ma vie. Et c'est pareil pour tout le monde car, au moment où nous prenons les virages de notre existence, il nous faut toujours renoncer à une partie de nous-mêmes. La seule autre possibilité, c'est de ne pas progresser du tout sur le chemin de la vie.

Cela peut paraître étrange, mais une majorité choisit cette solution, préférant ne pas avancer, s'arrêter au milieu, afin d'éviter la douleur de la perte d'une partie de soi. Si cela vous paraît étrange, c'est parce que vous ne comprenez pas la profondeur de cette douleur. La perte est l'une des expériences humaines les plus douloureuses. Jusqu'à présent, je n'ai parlé que de renoncements mineurs – à la vitesse, au luxe d'une colère spontanée ou à la sécurité d'une colère contenue, au bon effet d'un mot de remerciement. Tournons-nous maintenant vers le renoncement à certains traits de la personnalité, à des comportements bien établis, à des idéologies ou même à des styles de vie. Ce sont des renoncements importants si l'on veut aller loin sur le chemin de la vie.

Un soir, dernièrement, j'ai décidé de passer une partie de mon temps libre à établir des relations plus fortes et plus heureuses avec ma fille de quatorze ans. Depuis des semaines, elle me tannait pour que je joue aux échecs avec elle, alors je lui ai proposé une partie. Elle accepta, ravie, et nous commençâmes une partie très prometteuse. Mais c'était un jour de semaine, il fallait qu'elle se lève à six heures le lendemain matin et, vers neuf heures, elle me demanda d'accélérer un peu le mouvement parce qu'il fallait qu'elle aille au lit. Je savais qu'elle était très stricte pour tout ce qui touchait à son sommeil, et il me semblait qu'elle devrait l'être un peu moins. Alors je lui dis :

– Pour une fois, tu peux te coucher un peu plus tard. Tu ne devrais pas commencer une partie si tu ne peux pas la finir. On s'amuse bien, non ?

Nous avons continué à jouer pendant environ un quart d'heure, elle était un peu décontenancée. Finalement, elle me supplia :

– S'il te plaît, papa, dépêche-toi de jouer.

– Non, bon sang! répondis-je. C'est un jeu sérieux. Si on veut bien jouer, il faut aller lentement. Sinon, autant ne pas jouer du tout.

Nous continuâmes encore dix minutes, jusqu'à ce qu'elle éclate en sanglots, crie qu'elle abandonnait, et se précipite dans sa chambre en pleurant.

Instantanément, j'ai eu l'impression de me retrouver à l'âge de neuf ans, ensanglanté dans les buissons à côté de ma bicyclette cassée. Il était évident que j'avais commis une erreur, que j'avais manqué un virage. J'avais commencé la soirée en voulant passer un agréable moment avec ma fille et, une heure et demie plus tard, elle était en larmes et furieuse contre moi. Que s'était-il passé? La réponse était claire, mais je n'ai pas voulu la voir sur le moment; et il m'a fallu patauger pendant deux heures avant d'accepter la douloureuse conclusion que j'avais gâché la soirée parce que mon désir de gagner cette partie avait été plus fort que celui d'avoir de bonnes relations avec ma fille. Cela m'a fichu un coup. Comment avais-je pu perdre ainsi mon équilibre? Petit à petit, il m'apparut que mon désir de gagner était trop fort et qu'il fallait que j'y renonce en partie. Pourtant, même ce petit sacrifice me semblait trop dur. Toute ma vie, mon désir de gagner m'avait beaucoup aidé. Comment jouer aux échecs sans avoir le désir de gagner? Je n'aimais pas faire quelque chose sans enthousiasme. Comment jouer aux échecs avec enthousiasme et pas sérieusement? Il fallait pourtant que je change, parce que je savais que cet enthousiasme, cet esprit de compétition et ce côté sérieux faisaient partie d'un comportement qui déjà éloignait mes enfants de moi et continuerait dans cette direction ; si je n'étais pas capable de changer ce comportement, il y aurait d'autres disputes et d'autres larmes inutiles. La déprime dura quelque temps.

Ça va mieux maintenant. J'ai abandonné mon désir de gagner. Cette partie de moi est maintenant éteinte. Il fallait qu'elle meure. Je l'ai tuée grâce à mon désir de réussir mes relations avec mes enfants. Lorsque j'étais jeune, mon désir de gagner les jeux m'avait beaucoup aidé. Mais je me suis aperçu qu'en tant que père cela me gênait. Alors il m'a fallu m'en débarrasser. Les temps ont changé, et pour évoluer en même temps, j'ai dû renoncer à ce trait de caractère. Contrairement à ce que je croyais, cela ne me manque pas.

La dépression, preuve de santé

Ce que nous venons de voir n'est qu'un exemple mineur de ce que doivent vivre souvent et à des niveaux plus profonds, au cours de leur thérapie, ceux qui ont le courage de se dire malades. La psychothérapie intense est une période d'évolution intense, pendant laquelle les patients peuvent opérer plus de changements que d'autres au cours de toute une existence. Pour que ce démarrage ait lieu, il faut pouvoir abandonner une partie de son « ancien moi ». C'est inévitable pour une thérapie réussie. Le processus commence généralement avant même le premier rendez-vous avec le thérapeute. Souvent, le fait de chercher une aide psychiatrique est déjà, en soi, un acte de renoncement à sa propre image qui dit : « Je vais bien. » Ce peut être particulièrement difficile chez les hommes pour qui, dans notre culture, le fait de se dire : « Je ne vais pas très bien, j'ai besoin d'aide pour savoir pourquoi et comment aller mieux » équivaut à dire : « Je suis faible, peu viril et pas dans le coup. » Le vrai renoncement commence souvent avant que le patient décide d'en venir à la psychothérapie. J'ai dit qu'avant d'abandonner mon désir de gagner j'étais déprimé. En effet, le sentiment associé au processus de renoncement à quelque chose d'aimé – ou du moins quelque chose qui fait partie de nous et qui nous est familier –, c'est la dépression. Puisque les humains mentalement sains doivent évoluer, et puisque l'abandon de l'ancien moi fait partie intégrante de l'évolution spirituelle et mentale, la dépression est un phénomène normal et fondamentalement sain. Elle ne devient anormale et pathologique que lorsque quelque chose retarde l'achèvement du processus de renoncement qui seul peut la guérir[1].

L'une des raisons principales qui incitent les gens à chercher une aide psychiatrique, c'est la dépression. En d'autres termes, les patients sont

1. De nombreux facteurs peuvent entraver le processus de renoncement et prolonger ainsi une dépression normale et saine en une dépression chronique et pathologique. L'un des plus courants et des plus puissants remonte à l'enfance, pendant laquelle l'individu a pris certaines habitudes de comportement parce que les parents ou le destin, ne répondant pas aux besoins de l'enfant, lui ont « enlevé » des choses avant qu'il ne soit psychologiquement prêt à les abandonner ou assez fort pour accepter leur perte. De telles expériences au cours de l'enfance sensibilisent l'enfant à la perte et créent en lui une tendance, beaucoup plus importante que chez des individus plus fortunés, à s'accrocher aux choses pour éviter la douleur du renoncement. Pour cette raison, bien que toutes les dépressions pathologiques impliquent une forme de blocage vis-à-vis du renoncement, je crois qu'il existe un type de dépression chronique névrotique qui prend sa source dans une entrave traumatisante à la capacité d'un individu à renoncer à quoi que ce soit, et que je suis tenté d'appeler la « névrose du renoncement ».

déjà impliqués dans un processus de renoncement ou d'évolution avant d'en venir à la psychothérapie, et c'est ce symptôme qui les y conduit.
Le rôle du thérapeute est donc d'aider le patient à
mener à terme cette démarche qu'il a déjà enta-
mée. Cela ne veut pas dire que les patients soient
conscients de ce qui se passe. Au contraire, ce
qu'ils cherchent le plus souvent, c'est un soulagement de ces symptômes de dépression, pour redevenir « comme avant ». Ils ne savent pas qu'ils ne
le pourront jamais. Mais l'inconscient, dans sa
sagesse, le sait. Et c'est justement parce qu'il sait
que ce « comme avant » ne peut plus fonctionner,
ne peut plus être constructif, que le processus
d'évolution se met en route, et que la dépression
apparaît. Le plus souvent, le patient dit : « Je ne
sais vraiment pas pourquoi je suis déprimé », ou il
attribue sa déprime à des facteurs qui n'ont aucun
rapport avec elle. Puisque les patients ne veulent
pas ou ne sont pas prêts à admettre que leur
ancien moi et le « comme avant » sont périmés, ils
ne se rendent pas compte que leur dépression leur
indique l'imminence de changements majeurs,
obligatoires pour une adaptation réussie et évolutive. Il peut paraître curieux aux profanes que
l'inconscient soit en avance sur le conscient ;
pourtant, cela ne s'applique pas uniquement dans
ce cas, c'est généralement ainsi que fonctionne le
mental. Nous en reparlerons dans la dernière partie de ce livre.

Ces derniers temps, on parle beaucoup de la
« crise de la quarantaine ». En réalité, celle-ci est
l'une des nombreuses crises, ou moments critiques du développement, qui surviennent au
cours de la vie, comme nous l'a enseigné Erik

Erikson il y a trente ans (il en avait dénombré huit, mais il y en a peut-être plus). Dans le cycle de la vie, ce qui rend les crises de ces périodes transitoires si douloureuses et problématiques, c'est que, pour en sortir, il faut abandonner des idées qui nous sont chères, certaines façons d'agir ou de voir les choses. Bien des gens ne sont pas capables ou ne veulent pas souffrir ainsi la perte de leur mode de vie périmé et qui devrait être oublié. En conséquence, ils s'agrippent, parfois pour toujours, à leur vieux mode de pensée et de vie, ne réussissant à surmonter aucune crise, n'évoluant jamais vraiment, ne faisant jamais la merveilleuse expérience de la renaissance qui accompagne une transition réussie vers une plus grande maturité. Bien que chaque sujet puisse faire l'objet d'un livre, voici une liste rapide, dans l'ordre chronologique de la vie, des principaux désirs, attitudes et conditions dont il nous faut absolument nous débarrasser au cours d'une existence qui se veut réussie et évolutive :

– L'état d'infantilisme, dans lequel aucune demande extérieure n'a besoin d'être satisfaite ;
– l'illusion de l'omnipotence ;
– le désir d'une possession totale (y compris sexuelle) de ses parents ;
– la dépendance de l'enfance ;
– les images fausses que l'on a de ses parents ;
– la liberté de l'adolescence ;
– la « liberté » du non-engagement ;
– l'agilité de la jeunesse ;
– l'attraction et/ou le pouvoir sexuel que nous donne la jeunesse ;
– le fantasme de l'immortalité ;
– l'autorité sur ses enfants ;

- diverses formes de pouvoir temporel ;
- l'indépendance que nous donne la santé physique ;
- et finalement, le moi et la vie elle-même.

Le renoncement et la renaissance

En ce qui concerne la liste ci-dessus, certains peuvent penser que le dernier élément – renoncer au moi et à la vie elle-même – représente une sorte de cruauté de la part de Dieu ou du destin, qui fait de notre existence une plaisanterie de mauvais goût non acceptable. Cette réaction se rencontre particulièrement dans la culture occidentale contemporaine dans laquelle le moi est sacré, et la mort considérée comme une insulte innommable. Pourtant, la réalité est à l'opposé. C'est en renonçant à leur moi que les humains peuvent trouver dans la vie la joie la plus durable, la plus solide et la plus extatique. Et c'est la mort qui donne à la vie tout son sens. Ce « secret » est au centre de la sagesse de la religion.

Le processus de renoncement au moi (qui est en rapport avec l'amour – nous le verrons plus loin) est, pour la plupart d'entre nous, une progression dans laquelle on s'achemine par étapes. Une forme de renoncement temporaire mérite une mention spéciale parce que sa pratique est une condition requise pour évoluer de manière significative au cours de l'âge adulte, et donc pour la marche en avant de l'esprit humain. Je fais référence à un sous-type de la discipline de l'équilibre et que j'appelle la « mise entre parenthèses ». C'est essentiellement l'acte d'équilibrer le besoin de stabilité et d'affirmation du moi avec le désir de connaissances nouvelles et d'une meilleure compréhension du monde, par l'abandon temporaire du moi. Cette discipline a été très bien décrite par le théologien Sam Keen dans *To a Dancing God* :

La deuxième étape demande que j'aille au-delà de la perception personnelle et égocentrique de l'expérience immédiate. La conscience adulte n'est possible que quand j'ai digéré et compensé les partis pris et les préjugés qui sont les résidus de mon histoire personnelle. Avoir conscience de ce qui se présente à moi implique une double attention : faire taire le familier, et accueillir l'inconnu. Chaque fois que j'aborde un nouvel objet, une nouvelle personne ou un nouvel événement, j'ai tendance à laisser mes besoins du moment, mon expérience passée ou mes espérances pour le futur déterminer ce que je vais voir. Si je veux pouvoir apprécier la fraîcheur d'une information, je dois être suffisamment conscient de mes idées préconçues et de mes déformations émotionnelles afin de les mettre entre parenthèses assez longtemps pour accueillir la nouveauté et l'étrange dans le monde de ma perception. Cette discipline de mise entre parenthèses, de compensation ou de mise sous silence demande une bonne connaissance de soi et une honnêteté courageuse. Pourtant, sans cette discipline, chaque moment présent n'est que la répétition du déjà vu ou du déjà vécu. Pour que la véritable nouveauté puisse émerger, pour que l'unicité de la présence des choses, des gens ou des événements puisse prendre racine en moi, je dois opérer une décentralisation du moi[1].

La discipline de mise entre parenthèses illustre très bien les conséquences du renoncement et de la discipline en général : c'est-à-dire que l'on gagne toujours plus que ce à quoi on renonce. L'autodiscipline est un processus d'élargissement du moi. La douleur du renoncement est la douleur de la mort, mais la mort de l'ancien est la naissance du nouveau. La douleur de la mort, c'est la douleur de la naissance, et réciproquement. Pour pouvoir développer une idée, une approche ou une théorie nouvelle et meilleure, il faut que les vieilles meurent. Ainsi, dans la conclusion de son poème *Le Voyage des Rois mages*, T.S. Eliot décrit la souffrance des trois Rois mages à l'idée d'abandonner leur vision du monde en devenant des chrétiens.

Tout ceci est fort ancien, j'en ai mémoire
Et serais prêt à le refaire, mais notez bien
Ceci, notez
Ceci : tout ce chemin, nous l'avait-on fait faire
Vers la Naissance ou vers la Mort ? Qu' il y ait eu
Naissance, la chose est sûre, car nous en eûmes
La preuve, pas de doute. J'avais vu la naissance
Et j'avais vu la mort : mais je les avais crues
Toutes deux différentes. Cette naissance-là
Fut pour nous agonie amère et douloureuse,
Fut comme la Mort, fut notre mort.
Nous sommes revenus chez nous, en ces
* royaumes,*
Mais sans plus nous sentir à l'aise dans
* l'ancienne dispensation*

1. Harper & Row (New York, 1970).

*Avec·nos peuples étrangers qui se cramponnent à
    leurs dieux.
Une autre mort serait la bienvenue*[1].

Puisque la vie et la mort semblent être les deux faces d'une même pièce, il n'est pas incongru de donner un peu plus d'attention que nous ne le faisons en Occident au concept de la réincarnation. Mais que nous soyons ou non prêts à accepter sérieusement la possibilité d'une sorte de renaissance simultanée à notre mort physique, il est vraiment évident que cette vie-là est une série de vies et de morts simultanées. « Tout au long de la vie, il faut continuer à apprendre à vivre, a dit Sénèque voilà deux mille ans. Et ce qui vous étonnera encore plus, c'est que, tout au long de la vie, il faut apprendre à mourir. » Il est aussi évident que plus on voyage loin sur le chemin de la vie, plus on fait l'expérience de naissances et donc de morts – de joies et de douleurs.

Cela soulève la question de savoir s'il est jamais possible dans cette vie de se libérer de la douleur émotionnelle. Ou, de manière moins radicale, est-il possible d'arriver à un niveau de conscience où la douleur de vivre soit au moins atténuée ? Oui et non. Oui, parce qu'une fois la souffrance complètement acceptée elle cesse en quelque sorte d'être douloureuse. Oui, parce qu'une pratique sans cesse augmentée de la discipline amène à la connaissance approfondie, et qu'une personne spirituellement évoluée domine la situation, dans le même sens qu'un adulte domine un enfant (des problèmes terribles et très douloureux pour un

1. T.S. Eliot, *Poésies* (*Poèmes d'Ariel*, traduction de Pierre Leyris, édition bilingue, éd. du Seuil, 1969).

enfant peuvent ne pas toucher du tout un adulte). Oui, enfin, parce que l'individu spirituellement évolué est, comme nous le verrons en deuxième partie, un être qui aime, et que son amour extraordinaire apporte une joie extraordinaire.

Mais la réponse est aussi non, parce qu'il y a un grand manque d'efficacité dans le monde, un vide qui doit être comblé. Les personnes spirituellement évoluées, en vertu de leur discipline et de leur amour, sont des gens très efficaces, appelés à utiliser leurs compétences, et ils doivent, par amour, répondre à cet appel. Dans ce monde où l'efficacité fait cruellement défaut, les sages ne peuvent plus priver les autres de leur savoir, tout comme ils ne pourraient pas refuser de la nourriture à un enfant qui a faim. Ils ont donc beaucoup de pouvoir, même si on les considère généralement comme des gens ordinaires puisque, la plupart du temps, ils exercent leur pouvoir dans l'ombre, de façon subtile. Pourtant, ils l'exercent et, ce faisant, ils souffrent terriblement. Parce que l'exercice du pouvoir implique de fréquentes décisions qui, si elles sont prises avec une conscience totale, sont souvent bien plus douloureuses que celles prises avec une vision limitée ou floue (ce qui est souvent le cas, c'est pourquoi elles se révèlent souvent mauvaises). Imaginons deux généraux qui doivent décider d'envoyer une division de dix mille hommes au combat. Pour l'un d'eux, la division n'est rien de plus qu'une chose, une unité à son service, un instrument de stratégie. Pour l'autre, elle est tout cela, mais il est aussi conscient des dix mille vies et des dix mille familles de chacun de ces hommes. Pour qui la décision est-elle plus facile ? C'est pour le premier, qui a émoussé sa conscience parce qu'il ne peut pas tolérer la douleur d'une conscience plus profonde. Il serait tentant de dire : « De toute façon, un homme avec une conscience évoluée ne deviendrait jamais général. » Mais le même genre de problème se pose à un directeur d'entreprise, à un médecin, à un professeur, à un parent. Il y a toujours des décisions à prendre qui touchent à la vie des autres. Ceux qui réussissent le mieux sont les individus prêts à souffrir le plus pour prendre ces décisions, mais qui peuvent aussi retenir leur capacité à le faire. On peut aller jusqu'à dire qu'une façon – peut-être la meilleure – de mesurer la grandeur de quelqu'un, c'est de mesurer sa capacité à souffrir. Mais les grands sont aussi pleins de joie. C'est le paradoxe. Les bouddhistes ont tendance à oublier la souffrance de Bouddha et les chrétiens la joie du Christ. Ils n'étaient pas différents. La souffrance du Christ sur la croix et la félicité de Bouddha sous son arbre ne font qu'un.

Alors si votre but est d'éviter la douleur et d'échapper à la souffrance, je ne vous conseille pas de chercher à vous élever dans la conscience et à évoluer spirituellement. Tout d'abord, vous ne pouvez le faire sans souffrir, et ensuite, même si vous y parvenez, vous serez appelés à servir les autres de manière beaucoup plus douloureuse pour vous, ou beaucoup plus exigeante de vous que vous ne pouvez l'imaginer. Pourquoi donc vouloir évoluer ? allez-vous demander. Si vous posez cette question, c'est probablement parce que vous ne savez pas grand-chose de la joie. Peut-être trouverez-vous une réponse dans ce livre ; peut-être pas.

Un dernier mot sur la discipline de l'équilibre et le renoncement : il faut déjà avoir quelque chose pour pouvoir y renoncer. Vous ne pouvez pas abandonner quelque chose que vous n'avez pas. Si vous renoncez à gagner sans jamais en avoir fait l'expérience, alors vous revenez au point de départ : vous êtes un perdant. Il faut se forger une identité avant d'y renoncer. Cela peut paraître très élémentaire, mais je crois qu'il est important de le dire, car je connais des gens qui désirent évoluer mais qui n'en ont pas la volonté. Ils veulent, en pensant que c'est possible, éviter la souffrance et trouver un raccourci vers la sainteté. Parfois, ils s'y essaient, ne faisant qu'en imiter les côtés superficiels, en se retirant dans le désert ou en devenant charpentiers. Certains croient même que, par de telles imitations, ils sont déjà des saints ou des prophètes, mais ils sont incapables de se rendre compte qu'ils sont encore des enfants et incapables de faire face à la douloureuse réalité : toute évolution doit obligatoirement passer par un début et un milieu.

J'ai décrit la discipline comme un ensemble de techniques permettant de faire face de manière constructive à la douleur des problèmes – au lieu de l'éviter – afin de pouvoir les résoudre. J'ai énuméré quatre techniques de base : retarder la satisfaction, assumer ses responsabilités, se consacrer à la vérité ou à la réalité, et trouver l'équilibre. La discipline est un « système » de techniques, parce qu'elles sont apparentées. En une seule action, on peut en utiliser deux, trois ou toutes, de telle sorte qu'elles sont impossibles à distinguer les unes des autres. La force, la volonté et l'énergie d'utiliser ces techniques sont données par l'amour, thème développé dans la deuxième partie. Cette analyse de la discipline ne se veut pas exhaustive, et il est possible que j'aie laissé de côté une ou plusieurs autres techniques de base, mais je ne le pense pas. Il est aussi normal de demander si des activités telles que le biofeedback, la méditation, le yoga et la psychothérapie ne sont pas des techniques de discipline, mais à cela je répondrai que, selon ma façon de voir les choses, ce sont des auxiliaires plutôt que des techniques de base. En tant que telles, elles peuvent être très utiles, mais elles ne sont pas essentielles. D'un autre côté, les techniques de base ci-dessus mentionnées, pratiquées sans cesse et profondément, sont, à elles seules, suffisantes pour permettre au praticien de la discipline, ou « disciple », d'évoluer spirituellement vers les plus hauts sommets.

DEUXIÈME PARTIE

L'amour

L'amour défini

Nous avons vu dans la première partie que c'est par la discipline que l'on peut évoluer spirituellement. Nous allons étudier maintenant ce qu'il y a derrière cette discipline – ce qui la motive et la dynamise. Cette force, je crois que c'est l'amour. Je suis très conscient du fait qu'en étudiant l'amour nous allons effleurer le mystère. À vrai dire, nous allons essayer de sonder l'insondable, d'examiner l'inexaminable, de saisir l'insaisissable. L'amour est trop grand, trop profond pour être jamais vraiment compris, mesuré, ou limité par les mots. Je pense que l'essai en vaut la peine, mais je suis conscient de l'imperfection presque inévitable de cette étude.

La nature mystérieuse de l'amour provient du fait que personne n'est jamais parvenu, à ma connaissance, à le définir de façon vraiment satisfaisante. En essayant de l'expliquer, on l'a divisé en plusieurs catégories : *erôs*, *philia*, *agapê*, amour parfait, amour imparfait, etc. J'ai toutefois l'audace de donner une seule définition de l'amour, tout en sachant par ailleurs qu'elle peut être inadéquate : l'amour, c'est « la volonté de se dépasser dans le but de nourrir sa propre évolution spirituelle ou celle de quelqu'un d'autre ».

Je voudrais commenter brièvement cette définition avant d'aborder une étude plus élaborée. Tout d'abord, vous remarquerez qu'il s'agit d'une définition téléologique : le comportement est défini en termes de but ou d'objectif à atteindre, en l'occurrence l'évolution spirituelle. Les hommes de science ont tendance à se méfier des définitions téléologiques – peut-être jugeront-ils celle-ci quelque peu suspecte. En tout cas, je n'y suis pas parvenu par un raisonnement uniquement téléologique, mais plutôt au cours de mes consultations de psychiatrie (qui impliquent l'auto-observation), où la définition de l'amour est d'une importance considérable, parce que les patients sont en général déroutés ou déconcertés par la nature de l'amour.

Par exemple, un jeune homme timide m'a raconté :

– Ma mère m'aimait tellement qu'elle ne me laissa jamais aller seul au lycée jusqu'à ce que je sois en terminale. Même à cette époque, il fallait que je la supplie de me laisser. Je suppose qu'elle avait peur pour moi, alors elle m'accompagnait et venait me rechercher tous les jours, ce qui devait lui être pénible. Elle m'aimait vraiment.

Pour guérir sa timidité, il fut nécessaire, comme dans beaucoup d'autres cas, de lui montrer que sa mère était peut-être motivée par autre chose que l'amour, et que ce qui paraît être de l'amour n'en est souvent pas. C'est par ce genre d'expérience que j'ai pu accumuler des exemples de ce qui passait à tort pour des actes d'amour ; la différence semble être l'objectif – conscient ou non – de la personne qui aime ou non.

Deuxièmement, on peut remarquer que l'amour ainsi défini est un processus singulièrement circulaire puisque se dépasser, c'est évoluer. Et lorsqu'on a étendu ses limites, on évolue dans une sphère d'existence beaucoup plus large. Ainsi, l'acte d'aimer participe de l'évolution personnelle, même quand son but est le développement de quelqu'un d'autre. C'est en tendant vers l'évolution qu'on évolue.

Troisièmement, cette définition de l'amour implique, avec l'amour de l'autre, l'amour de soi. Puisque je suis humain et que vous l'êtes aussi, aimer les humains veut aussi dire m'aimer moi-même autant que vous. S'adonner au développement spirituel de l'homme, c'est s'adonner à l'espèce dont on fait partie : c'est donc se préoccuper de sa propre évolution autant que de celle des autres.

Effectivement, nous ne pouvons aimer les autres si nous ne nous aimons pas nous-mêmes, tout comme nous sommes incapables d'enseigner à nos enfants une autodiscipline que nous ne pratiquons pas. Et nous ne pouvons être disciplinés dans notre attention envers quelqu'un d'autre si nous ne le sommes pas envers nous-mêmes. Il est impossible de faire évoluer autrui sans évoluer spirituellement soi-même. On ne peut être source de force sans nourrir sa propre force. En progressant dans l'exploration de la nature de l'amour, il apparaîtra que l'amour de soi et l'amour d'autrui sont indissociables.

Quatrièmement, se dépasser, étendre ses limites, implique un effort. Lorsque nous aimons, notre amour ne devient démontrable ou réel qu'à travers le fait que pour cette personne (ou pour nous-mêmes) nous faisons un pas ou un kilomètre de plus.

Enfin, je voudrais dire qu'en utilisant le mot *volonté* dans ma définition, j'ai essayé de dépasser la distinction entre le désir et l'action : le désir ne se traduit pas toujours en action. La volonté est donc un désir d'une intensité suffisante pour être transformé en action. C'est la différence qui existe entre : « J'aimerais bien aller à la piscine ce soir » et : « Je vais aller à la piscine ce soir. » Dans notre culture, chacun de nous désire, plus ou moins profondément, aimer ; pourtant, peu y réussissent. J'en conclus que le désir d'aimer n'est pas l'amour en soi. L'amour, c'est ce qu'on fait, à la fois action et désir. La volonté implique aussi un choix. On n'est pas obligé d'aimer, on le décide. Si nous n'aimons pas vraiment quelqu'un, c'est parce que nous n'avons pas choisi de l'aimer, malgré nos bonnes intentions. D'un autre côté, lorsque nous nous donnons du mal pour la cause de l'évolution spirituelle, c'est parce que nous avons choisi de le faire. Nous avons fait le choix d'aimer.

Nous l'avons vu, les patients qui viennent en psychothérapie se trouvent plus ou moins déconcertés par la nature de l'amour. C'est parce que, en présence de son mystère, les malentendus abondent. Ce livre ne saurait dévoiler l'amour, mais je souhaite qu'il clarifie suffisamment le sujet pour aider à écarter ces idées fausses qui causent de la souffrance non seulement aux patients, mais aussi à tous ceux qui tentent de donner une signification à leurs expériences. Cette souffrance me paraît inutile et serait moins répandue si on enseignait ce qu'est véritablement l'amour. J'ai choisi de commencer mon exploration de la nature de l'amour en examinant ce que l'amour n'est pas.

Tomber amoureux

De toutes les idées fausses qui circulent à propos de l'amour, la plus répandue, et la plus percutante, est que tomber amoureux, c'est l'amour ou, du moins, une manifestation de l'amour. Voilà un malentendu convaincant parce que le fait de tomber amoureux est vécu subjectivement de façon très intense comme étant l'expérience de l'amour. Lorsqu'on tombe amoureux, on a tout de suite envie de dire : « Je l'aime. » Mais deux problèmes sautent aux yeux.

Le premier, c'est que tomber amoureux est une expérience spécifiquement érotique. Nous ne tombons pas amoureux de nos enfants, même si nous les aimons profondément – non plus que de nos amis du même sexe (à moins, bien sûr, que nous n'ayons des tendances homosexuelles), même si nous nourrissons à leur égard des sentiments très affectueux. Nous ne tombons amoureux que lorsque nous sommes, consciemment ou inconsciemment, sexuellement motivés.

Le deuxième problème, c'est qu'être amoureux est inévitablement temporaire : tôt ou tard la passion s'éteint. Cela ne veut pas toujours dire que nous cessons d'aimer, mais simplement que le sentiment d'amour extatique finit toujours par s'estomper. Invariablement, la lune de miel se termine, l'idylle se fane.

Pour comprendre le phénomène de la passion et son inévitable ternissement, il est nécessaire d'étudier la nature de ce que les psychiatres appellent les frontières du moi. On a pu établir que le nouveau-né, pendant les premiers mois de sa vie, ne peut faire la distinction entre lui-même et le reste de l'univers. Lorsqu'il remue un bras ou une jambe, le reste de l'univers remue, quand il a faim, le monde a faim. Lorsqu'il voit sa mère bouger, c'est comme s'il bougeait lui-même. Lorsque sa mère chante, le bébé ne sait pas qu'il n'est pas à l'origine du son. Il ne sait pas faire la différence entre lui et son berceau, sa chambre, ses parents, ce qui est animé et ce qui ne l'est pas. Le moi et le toi se confondent. Lui et le monde ne font qu'un. Il n'y a pas de frontière, pas de séparation, pas d'identité.

Mais, avec le temps, l'enfant fait l'expérience de lui-même, c'est-à-dire en tant qu'entité séparée du reste du monde. Lorsqu'il a faim, sa mère n'arrive pas toujours pour le nourrir. Lorsqu'il a envie de jouer, elle n'est pas systématiquement disponible. L'enfant comprend alors que ses désirs ne sont pas forcément des ordres pour sa mère. Son vouloir est vécu comme séparé du comportement de sa mère. Un sens du « moi » commence à se développer.

On pense que c'est à partir de cette interaction entre le bébé et sa mère que l'enfant développe son sens de l'identité. On a remarqué que, lorsque cette interaction est gravement perturbée – par exemple s'il n'y a pas de mère, pas de remplaçante adéquate, ou parce que la mère, du fait de sa propre maladie mentale, n'est ni affectueuse ni intéressée –, le bébé devient un enfant ou un adulte dont le sens de l'identité est faussé à la base.

En reconnaissant que sa volonté est la sienne propre et non celle de l'univers, le bébé commence à faire d'autres distinctions. Lorsqu'il veut bouger, ses bras s'agitent devant ses yeux, mais pas le berceau ni le plafond. Ainsi, l'enfant apprend que ses bras et sa volonté sont liés, et donc que ses bras sont siens et non ceux de quelqu'un d'autre. De cette façon, pendant la première année de la vie, nous apprenons la base de ce que nous sommes ou ne sommes pas. À l'âge d'un an, le bébé connaît son bras, son pied, sa tête, et même son point de vue, sa voix, ses pensées, ses douleurs, ses sentiments. Il connaît sa taille et ses limites physiques. On appelle la connaissance de ses limites dans notre esprit les frontières du moi.

Le développement de ces dernières se prolonge à travers l'enfance dans l'adolescence et même dans l'âge adulte, mais les frontières établies plus tard sont plutôt d'ordre psychique que physique. Par exemple, c'est entre deux et trois ans que l'enfant prend conscience des limites de son pouvoir. Bien qu'avant cette période l'enfant ait appris que ses désirs ne sont pas forcément des ordres, il s'accroche toujours à cette possibilité et au sentiment que cela devrait être ainsi. C'est à cause de cet espoir et de ce sentiment que l'enfant de deux ans essaie généralement d'agir comme un tyran et un autocrate, donnant des ordres à ses parents, à ses frères et sœurs, aux animaux de la maison, comme s'ils étaient ses domestiques, et réagit avec colère lorsqu'ils ne se plient pas à son bon vouloir. C'est une période assez pénible pour les parents. Vers l'âge de trois ans, l'enfant devient généralement plus accommodant, plus souple : c'est le résultat de l'acceptation de sa relative impuissance. Pourtant, l'omnipotence est un rêve tellement doux qu'on ne peut jamais l'abandonner complètement, même après plusieurs années d'une confrontation douloureuse avec sa propre impuissance. Quoique l'enfant de trois ans soit parvenu à accepter la réalité des frontières de son pouvoir, il continuera, pendant quelques années, à s'échapper de temps en temps dans un monde imaginaire où l'omnipotence (surtout la sienne) est toujours possible. C'est le monde de Superman et de Goldorak. Pourtant, petit à petit, même les super-héros sont abandonnés, et l'adolescent prend conscience qu'il est un individu confiné dans sa chair et les limites de son pouvoir, un organisme fragile et impuissant n'existant que grâce à la coopération au sein d'un groupe appelé société. À l'intérieur de ce groupe, il ne se distingue pas particulièrement, pourtant, il est séparé des autres par son identité et ses limites individuelles.

On se sent seul derrière ses limites. Certains – particulièrement ceux que les psychiatres appellent schizoïdes –, à cause d'expériences désagréables et traumatisantes dans leur enfance, perçoivent le monde extérieur comme dangereux, hostile, troublant et vide. Ces gens-là sentent que leurs frontières sont protectrices et réconfortantes, et trouvent une sorte de sécurité dans leur solitude. Mais nous souffrons presque tous de la solitude et aspirons à nous échapper des murs de notre propre identité afin de nous sentir plus en harmonie avec le monde extérieur. Tomber amoureux permet – temporairement – cette échappée. L'essence même du phénomène est un effondrement soudain d'une partie des frontières du moi nous permettant de fondre notre identité avec celle d'une autre personne. L'effondrement des frontières (accompagné par la libération soudaine de soi hors de soi-même, le déversement de soi sur l'être aimé et la rupture de la solitude) est vécu par la plupart d'entre nous comme une expérience extatique. Nous-même et l'être aimé ne faisons qu'un. La solitude n'existe plus.

D'une certaine façon (mais pas dans tous les domaines), le fait de tomber amoureux est une régression. En nous fondant avec l'être aimé, nous retrouvons l'écho de la relation d'unité vécue avec notre mère lorsque nous étions bébé, ainsi que le sentiment d'omnipotence que nous avons dû abandonner au sortir de l'enfance. Tout paraît possible. Uni avec l'être aimé, nous avons l'impression de pouvoir vaincre tous les obstacles, que notre amour va obliger les forces d'opposition à se soumettre avant de disparaître dans l'obscurité. L'avenir ne sera que lumière. L'irréalité de ces sentiments est, dans son essence, la même que celle de l'enfant de deux ans qui se croit le roi de la famille et du monde, avec un pouvoir illimité.

Mais, tout comme la réalité vient s'imposer et démolir les illusions d'omnipotence de l'enfant de deux ans, elle vient aussi troubler la merveilleuse unité du couple amoureux. Tôt ou tard, en réponse aux problèmes de la vie quotidienne l'individu va se réaffirmer. Il veut faire l'amour, elle n'en a pas envie ; elle voudrait aller au cinéma, pas lui ; il souhaite mettre de l'argent de côté, elle rêve d'un lave-vaisselle ; elle a besoin de parler de son travail, et lui du sien ; ils n'aiment pas leurs amis respectifs...

Alors, chacun de son côté, dans l'intimité de son cœur, prend amèrement conscience qu'il ne fait pas « un » avec l'être aimé qui a et aura toujours ses désirs, ses goûts, son vécu propres et différents des siens. Une par une, petit à petit ou brutalement, les frontières du moi se remettent en place, la passion s'éteint. À nouveau, les amoureux sont des individus séparés. Et c'est à ce moment-là qu'ils vont, soit dissoudre les liens qui les unissaient, soit commencer le travail du véritable amour.

En utilisant le mot « véritable », je sous-entends qu'il est faux de croire que nous aimons lorsque nous tombons amoureux, et le sentiment subjectif d'aimer est alors une illusion. (L'étude approfondie de l'amour véritable est abordée plus loin dans cette partie.) Toutefois, en affirmant que c'est lorsque la passion disparaît que les partenaires peuvent commencer à s'aimer vraiment, je veux dire aussi que le véritable amour ne trouve pas ses racines dans le sentiment d'être amoureux.

Au contraire, il se développe souvent dans un contexte d'où le sentiment amoureux est absent mais où l'on agit avec amour. En supposant vraie notre définition de l'amour, on peut dire que le fait de tomber amoureux n'est pas le véritable amour pour les raisons ci-dessous.

Tomber amoureux n'est pas un acte de volonté. Ce n'est pas un choix conscient : quels que soient notre disponibilité et notre désir d'être amoureux, il peut très bien ne rien se passer ; alors qu'au contraire on peut tomber amoureux au moment où on s'y attend le moins, dans des circonstances peu faciles ou non désirées. On peut très bien tomber amoureux de quelqu'un avec qui on est, de toute évidence, mal assorti, autant que d'une personne qui convient mieux. En fait, nous pouvons même ne pas aimer ou admirer l'objet de notre passion, et inversement être incapable – malgré beaucoup d'efforts – de tomber amoureux d'un être que nous estimons et avec qui des relations profondes seraient, à tous points de vue, souhaitables.

Cela ne veut pas dire que tomber amoureux soit incompatible avec la discipline. Les psychiatres, par exemple, tombent souvent amoureux de leurs patients, et réciproquement ; pourtant, par devoir vis-à-vis de leur patient et de leur rôle, ils arrivent la plupart du temps à éviter l'effondrement des frontières de leur moi, à abandonner l'idée d'une idylle et à ne plus voir leur patient comme objet d'une passion, même si cela implique une bataille difficile et de la souffrance.

Mais la discipline et la volonté contrôlent l'expérience : elles ne la créent pas. On peut choisir la façon de réagir par rapport au fait de tomber amoureux, mais pas l'expérience elle-même.

Tomber amoureux n'implique pas le dépassement de ses propres limites ou de ses frontières ; c'est simplement leur effondrement partiel et temporaire. Le dépassement de ses limites demande un effort ; tomber amoureux aucun. Les paresseux et les indisciplinés sont tout aussi susceptibles de tomber amoureux que les gens énergiques et dévoués. Une fois le merveilleux moment de l'idylle passé et les frontières du moi remises en place, l'individu sera sûrement déçu mais certainement pas « grandi » par l'expérience. Tandis que, lorsqu'il s'agit du véritable amour, on élargit ses limites ; souvent pour toujours. L'amour véritable est donc une expérience d'enrichissement durable, pas la passion.

Tomber amoureux n'a pas grand-chose à voir avec le développement spirituel délibéré. Si nous avons une volonté quelconque lorsque nous tombons amoureux, c'est celle de mettre fin à notre solitude et peut-être de garantir ce résultat par le mariage. Nous ne pensons certainement pas à l'évolution spirituelle.

Effectivement, après être tombés amoureux et avant l'« extinction des feux », nous avons l'impression d'être « arrivés », que les sommets sont atteints, que nous ne voulons ni ne pouvons aller plus haut. Nous ne ressentons aucun besoin de développement ; au contraire, nous sommes tout à fait satisfaits de notre situation. Notre esprit est en paix. Nous ne percevons pas non plus chez l'être aimé un besoin de développement spirituel. Nous le sentons plutôt parfait, accompli. Et s'il lui apparaît des défauts, nous les qualifions d'insignifiants – de petites bizarreries ou d'adorables excentricités qui ne font qu'ajouter à son charme.

Si tomber amoureux n'est pas l'amour, alors qu'est-ce d'autre qu'un effondrement partiel et temporaire des frontières du moi ? Je ne sais pas. Mais le caractère sexuel du phénomène me porte à croire qu'il s'agit d'une composante génétiquement déterminée et instinctive de l'accouplement. En d'autres termes, l'effondrement des frontières du moi – tomber amoureux – est une réponse stéréotypée des humains à un ensemble de pulsions (internes) et de stimuli (externes) sexuels qui servent à accroître la probabilité de l'accouplement afin d'assurer la survie de l'espèce ; ou, pour être plus prosaïque : tomber amoureux, c'est un tour que jouent nos gènes à notre esprit (d'habitude plus perspicace) afin de nous piéger dans le mariage. Souvent le tour est déjoué, d'une façon ou d'une autre, comme dans le cas de l'homosexualité, ou quand d'autres forces – l'interférence parentale, la maladie mentale, des responsabilités conflictuelles ou l'autodiscipline – surviennent pour empêcher l'union. Mais, d'un autre côté, sans cette astuce (la régression illusoire et temporaire vers l'unité et l'omnipotence infantiles), beaucoup d'entre nous qui sont aujourd'hui mariés – bien ou mal – auraient fui, terrorisés par le réalisme des vœux du mariage.

Le mythe de l'amour romantique

Pour réussir aussi bien à nous piéger dans le mariage, l'une des caractéristiques de la passion doit être l'illusion que cela durera toujours. Elle est entretenue dans notre culture par le mythe de l'amour romantique qui trouve ses origines dans les contes de notre enfance, où le prince et la princesse sont heureux et ont beaucoup d'enfants.

Ce mythe nous dit, en effet, qu'à chaque jeune homme correspond une jeune femme qui est « faite pour lui », et *vice versa*. De plus, il laisse entendre qu'il n'existe qu'un seul jeune homme pour chaque jeune femme, et que cela est prédéterminé dans les astres. Lorsque nous rencontrons la personne qui nous est destinée, nous la reconnaissons immédiatement par le fait que nous tombons amoureux. Nous reconnaissons la personne que le ciel a choisie pour nous, et comme l'accord est parfait, nous allons pouvoir satisfaire à jamais nos désirs mutuels, et vivre ainsi dans l'union et l'harmonie sans faille.

Mais qu'un jour cela vienne à passer, que le désaccord s'installe et que la pression disparaisse, alors il devient évident que nous avons commis une terrible erreur, que nous avons mal interprété les étoiles, que nous n'avons pas réussi l'union avec le seul et unique bon parti ; ce que nous croyions être de l'amour n'en était pas et nous n'avons plus qu'à vivre malheureux pour toujours, ou bien à divorcer.

Bien que je pense, en général, que les grands mythes sont merveilleux en ce qu'ils représentent et expriment les vérités universelles (comme nous le verrons plus loin), le mythe de l'amour romantique m'apparaît comme un affreux mensonge. Peut-être est-il nécessaire à la survie de l'espèce par les encouragements et le semblant de validation de la passion qui nous piège dans le mariage. Mais, en tant que psychiatre, je déplore du fond du cœur, presque quotidiennement, l'épouvantable confusion et la souffrance que ce mythe engendre.

Des millions de gens perdent une énergie folle à essayer désespérément et vainement de faire concorder la réalité de leur vie avec l'irréalité du mythe. Mme A. se laisse dominer de façon absurde par son mari à cause d'un sentiment de culpabilité : « Je n'aimais pas vraiment mon mari quand nous nous sommes mariés ; je prétendais l'aimer. Je pense que je l'y ai en quelque sorte amené par la ruse, alors je n'ai pas le droit de me plaindre de lui et je me dois de lui donner tout ce qu'il veut. »

M. B. se lamente : « Je regrette de ne pas avoir épousé Mlle C. Je crois que cela aurait été un bon mariage, mais je n'étais pas follement amoureux d'elle et je pensais qu'elle n'était pas la bonne personne pour moi. » Mme D., mariée depuis deux ans, devient sérieusement dépressive, apparemment sans raison, et entame une psychothérapie en disant : « Je ne comprends pas ce qui m'arrive. J'ai tout ce qu'il me faut, même un mariage parfaitement réussi. » Et c'est seulement plusieurs mois plus tard qu'elle acceptera le fait qu'elle n'est plus amoureuse de son mari, mais qu'elle n'a pas pour autant commis une grave erreur en l'épousant. M. E., également marié depuis deux ans, commence à souffrir de migraines intenses le soir, et ne veut pas croire qu'elles puissent être psychosomatiques. « Tout va bien à la maison, j'aime ma femme comme au premier jour, elle représente tout ce que j'ai toujours désiré », dit-il. Mais ses migraines ne cessent que le jour où il admet : « Elle me casse les pieds, à la fin, à toujours demander, vouloir un tas de choses, sans se soucier de ce que je gagne », et finit par lui faire prendre conscience de son extravagance.

M. et Mme F. se sont avoué l'un à l'autre que la passion s'était éteinte, et ils se rendent maintenant mutuellement malheureux en se trompant allégrement, recherchant chacun de son côté l'amour de sa vie, ne comprenant pas que cette prise de conscience pourrait marquer le début d'un mariage réussi et non sa fin.

Lorsque les couples ont compris que la lune de miel est finie, qu'ils ne sont plus amoureux, tout en se sentant engagés dans leurs relations, ils s'accrochent malgré tout au mythe de l'amour romantique et essaient d'y conformer leur vie. « Même si nous ne sommes plus amoureux, si nous agissons délibérément comme si nous l'étions toujours, peut-être l'amour romantique renaîtra-t-il ? » C'est ainsi qu'ils raisonnent. Ces couples prônent l'unité.

Ma femme et moi, ainsi que nos plus proches collègues, travaillons beaucoup avec la psychothérapie de groupe en couples, et nous avons remarqué qu'au début les époux ont tendance à s'asseoir ensemble, à parler l'un pour l'autre, à excuser les fautes de l'autre, à présenter au reste du groupe un front uni, croyant que cette unité est un signe de la relative réussite de leur mariage et indispensable à son amélioration. Tôt ou tard – en général assez tôt –, nous sommes dans l'obligation de dire à ces couples qu'ils sont « trop mariés », trop proches, et qu'ils ont besoin d'établir entre eux une certaine distance psychologique avant de pouvoir commencer à travailler de manière constructive à la résolution de leurs problèmes. Quelquefois, il est même nécessaire de les séparer physiquement, leur imposant de ne pas s'asseoir côte à côte. Il faut toujours leur demander de ne pas répondre l'un pour l'autre ou de ne pas défendre l'autre contre le groupe. Combien de fois nous faut-il répéter : « John, laisse Mary parler », et : « Mary, John est assez grand pour se défendre tout seul » ! Finalement, s'ils poursuivent la thérapie, tous les couples apprennent que la véritable acceptation de l'individualité de chacun (en l'occurrence de la sienne propre et de celle de l'autre) est la seule base sur laquelle un mariage « mûr » peut être construit et le véritable amour peut se développer.

Les frontières du moi

Après avoir affirmé que le fait de tomber amoureux était une sorte d'illusion qui ne constitue en aucun cas le véritable amour, laissez-moi revenir en arrière et montrer que la passion est en fait très, très proche du véritable amour. Le malentendu est convaincant, justement parce qu'il contient un soupçon de vérité.

L'expérience du véritable amour a également un rapport avec les frontières du moi, puisqu'elle implique le dépassement de nos propres limites... qui sont les frontières du moi. En élargissant nos frontières, nous tendons en quelque sorte vers l'être aimé dont nous désirons « nourrir » l'évolution. Pour y parvenir, l'objet de notre amour doit tout d'abord nous paraître aimable ; en d'autres termes, il faut que nous soyons attirés par un objet hors de nous-mêmes, que nous nous investissions et que nous nous engagions vis-à-vis de lui, hors de nos frontières personnelles. Les psychiatres appellent ce processus d'attirance, d'investissement et d'engagement la « cathexis » et disent que nous « cathectons » l'être aimé. Mais, lorsque nous cathectons un objet extérieur, nous incorporons simultanément dans notre psychisme une représentation de l'objet aimé. Prenons l'exemple d'un homme dont le passe-temps est le jardinage. Son jardin a une grande importance pour lui. Cet homme a en quelque sorte cathecté son jardin. Il le trouve beau, il s'est beaucoup investi en lui, il lui est très dévoué – si dévoué qu'il peut se lever très tôt le dimanche matin pour aller le voir, ou même négliger sa femme pour lui. Dans le processus de cathexis, et pour pouvoir nourrir ses fleurs et ses arbustes, il apprend énormément. Il finit par en savoir long sur la terre et les engrais, la taille et les greffes. Il connaît bien son jardin, son histoire, son plan, les espèces qui y poussent, ses problèmes et même son avenir. Le jardin existe en dehors de lui, mais aussi en lui, à travers la cathexis. Son savoir et l'importance de son jardin font partie de lui, de son identité, de son histoire et de sa sagesse. En aimant et en cathectant son jardin, il a réussi à se l'incorporer réellement et, partant, à étendre ses propres limites.

De nombreuses années de cathexis aboutissent à une extension progressive de notre moi, à une incorporation du monde extérieur, et à un développement, à un étirement et à un amincissement des frontières du moi. Plus celles-ci s'élargissent, plus on aime, plus la distinction entre le moi et le monde s'estompe. Nous finissons par nous identifier au monde. Au fur et à mesure que se développe ce processus, nous vivons de plus en plus cette espèce de sentiment d'extase que nous éprouvons lorsque ces frontières s'effondrent partiellement et que nous tombons amoureux. Mais en fait, au lieu de nous être unis temporairement et de manière irréelle avec un seul objet aimé, nous nous sommes fondus réellement et plus durablement avec une grande partie du monde. Une « union mystique » avec ce dernier peut alors être établie. Le sentiment d'extase et de félicité associé à cette union, peut-être plus modéré et moins spectaculaire que lorsqu'on tombe amoureux, est en fait beaucoup plus stable, plus durable, et finalement plus satisfaisant. C'est la différence entre « l'expérience des sommets » (lorsqu'on tombe amoureux) et ce qu'Abraham Maslow appelle « l'expérience du plateau[1] ». La cime n'est pas aperçue furtivement puis perdue de vue : elle est atteinte pour toujours.

Il est évident et généralement admis que les rapports sexuels et l'amour, bien que souvent simultanés, sont parfois dissociés parce qu'à la base ce sont des phénomènes séparés. Faire l'amour n'est pas en soi un acte d'amour. Pourtant, l'expérience des rapports sexuels, et particulièrement de l'orgasme (même dans la masturbation), est plus ou moins associée avec l'effondrement des frontières du moi et l'extase qui l'accompagne. C'est pour cela qu'au moment crucial on dira « je t'aime » à une prostituée pour qui, un peu plus tard, on n'éprouvera pas le moindre sentiment affectif. Bien sûr, l'extase peut être intensifiée lorsqu'elle est partagée avec l'être aimé. Mais, que l'on soit avec un partenaire aimé ou même sans partenaire du tout, l'effondrement des frontières du moi au moment de l'orgasme est parfois total : on peut pendant quelques secondes oublier complètement qui on est, perdu dans le temps et dans l'espace, hors de soi, transporté, ne faisant qu'un avec l'univers. Mais seulement pendant quelques secondes.

Un peu plus haut, décrivant l'unité durable avec l'univers associée à l'amour véritable, comparée à l'unité momentanée que l'on ressent au moment

---

1. *Religions, Values and Peak Experiences* (New York. Viking, 1970).

de l'orgasme, j'ai utilisé les mots « union mystique ». Le mysticisme, c'est essentiellement croire que la réalité est un tout, une unité. Les mystiques les plus prosaïques croient que notre perception courante de l'univers en tant que multitudes d'objets distincts, tous séparés les uns des autres par des frontières, est une illusion. À cette mauvaise interprétation consensuelle, ce monde d'illusion que la plupart d'entre nous tiennent pour réel, les hindous et les bouddhistes appliquent le mot de « *Maya* ». Avec d'autres mystiques, ils affirment que la réalité ne peut être connue que par l'expérience de l'unité vécue au prix du renoncement aux frontières du moi. Il est impossible de voir l'unité de l'univers tant que l'on continue à se voir soi-même comme un objet distinct, séparé et différent par sa forme et son essence. Les hindous et les bouddhistes considèrent donc que l'enfant, avant le développement des frontières du moi, connaît la réalité ; l'adulte pas. Certains laissent même entendre que le chemin de la lumière ou du savoir passe par le retour à l'enfance. Ce peut être une doctrine dangereusement tentante pour certains adolescents ou jeunes gens qui ne sont pas préparés à affronter les responsabilités de l'âge adulte leur paraissant effrayantes, écrasantes et au-dessus de leurs forces. « Ce n'est pas la peine que je passe par là, pourraient-ils penser. Je ne vais plus essayer d'être adulte et je vais me retirer dans la sainteté. » Mais c'est plutôt à la schizophrénie qu'on aboutit avec ce genre de raisonnement.

La plupart des mystiques comprennent la vérité élaborée à la fin du passage sur la discipline : qu'on doit posséder ou accomplir quelque chose avant de pouvoir l'abandonner, tout en gardant son intégrité. Le nouveau-né sans ses frontières du moi peut être en contact plus direct avec la réalité que ses parents, mais il est incapable de survivre sans leurs soins, et incapable de communiquer sa sagesse. Le chemin de la sainteté passe par l'âge adulte. Il n'y a pas de raccourcis faciles et rapides. Les frontières du moi doivent être durcies avant d'être assouplies. Une identité doit être établie avant d'être transcendée. On doit se trouver soi-même avant de pouvoir se perdre. La fuite temporaire hors des frontières du moi, associée à la passion, aux rapports sexuels ou à l'absorption de certaines drogues, peut nous donner un aperçu du nirvana, mais pas le nirvana lui-même. L'un des thèmes importants de ce livre est que le nirvana ou la véritable évolution spirituelle ne peuvent être atteints que par la pratique continuelle de l'amour véritable.

En résumé, l'effondrement temporaire des frontières du moi, impliqué dans le fait de tomber amoureux ou dans les rapports sexuels, nous amène non seulement à nous engager vis-à-vis d'autres personnes – et alors le véritable amour peut naître –, mais aussi nous donne l'avant-goût (encourageant) d'une extase mystique plus durable que l'on pourra atteindre au bout d'une vie d'amour. Donc, bien que tomber amoureux ne soit pas l'amour en soi, cela fait partie du grand et mystérieux dessein de l'amour.

La dépendance

Croire que la dépendance est de l'amour, voilà un autre malentendu très courant auquel les psychothérapeutes sont confrontés quotidiennement.

L'un de ses effets les plus spectaculaires apparaît chez l'individu qui menace ou tente de se suicider, ou qui fait de la dépression à la suite du rejet ou de la séparation d'un amant ou d'un époux. Une telle personne dira :

– Je ne peux pas vivre sans mon mari (ma femme, mon amie), je l'aime tellement !

Et je réponds :

– Vous faites erreur, vous ne l'aimez pas.

– Mais, reprend-elle en colère, je viens de vous dire que je ne pouvais pas vivre sans lui (elle).

Alors j'essaie d'expliquer :

– Ce que vous décrivez, c'est du parasitisme, pas de l'amour. Lorsqu'on a besoin d'un autre individu pour survivre, on parasite cet individu. Il n'y a pas de liberté dans votre relation. Il s'agit de besoin plutôt que d'amour. L'amour est un choix délibéré. Deux personnes ne s'aiment vraiment que lorsqu'elles sont capables de vivre l'une sans l'autre mais choisissent de vivre ensemble.

Je définis la dépendance comme l'incapacité de se reconnaître comme un tout et de fonctionner correctement sans avoir la certitude qu'on est pris en charge par quelqu'un. La dépendance chez les adultes physiquement sains relève de la pathologie ; elle est malsaine et toujours la manifestation d'une déficience ou d'une maladie mentale. Il faut la distinguer de ce qu'on appelle communément les besoins ou sentiments de dépendance que nous avons tous, même si nous affirmons – à nous-mêmes et aux autres – le contraire. Nous avons tous le désir que quelqu'un s'occupe de nous, de recevoir sans effort, d'être choyé par quelqu'un de plus fort que nous. Même si nous sommes des adultes responsables, en regardant au fond de nous-mêmes avec lucidité, nous trouverons toujours un désir d'être chouchoutés de temps en temps. Chacun de nous aimerait avoir et recherche dans sa vie une figure maternelle et une figure paternelle satisfaisantes. Mais ces sentiments et ces désirs ne régissent pas notre vie, ils ne sont pas le thème prédominant de notre existence. Lorsqu'ils en deviennent le pilier, alors nous sommes vraiment dépendants. En fait, ceux dont la vie est régie et dictée par les besoins de dépendance souffrent d'un trouble psychique auquel nous pouvons donner le nom-diagnostic de « trouble de la personnalité passive-dépendante ». C'est probablement l'un des troubles les plus courants en psychiatrie.

Ceux qui en souffrent, les passifs-dépendants, dépensent tant d'énergie à se faire aimer qu'ils n'en ont plus pour aimer. Ils sont comme des affamés, grappillant de la nourriture partout où ils le peuvent, sans rien avoir à offrir aux autres. C'est comme s'ils avaient en eux un vide, un puits sans fond hurlant pour qu'on le remplisse mais qui ne peut jamais l'être totalement. Ils ne peuvent jamais être comblés ni éprouver la plénitude. Ils ont toujours le sentiment qu'il leur manque quelque chose. Ils tolèrent mal la solitude. À cause de leur sentiment de manque permanent, ils n'ont pas de véritable sens de l'identité, et ils ne se définissent que par leurs relations avec les autres. Un homme de trente-deux ans, ouvrier métallurgiste, est venu me voir, en pleine dépression, trois jours après que sa femme l'eut quitté en emmenant leurs deux enfants. À trois reprises, elle avait déjà menacé de partir, se plaignant du peu d'affection qu'il leur témoignait. Chaque fois, il l'avait suppliée de rester, promettant qu'il allait changer, mais ses résolutions ne duraient guère plus d'une journée. Cette fois-là, elle avait mis ses menaces à exécution. Il n'avait pas dormi depuis deux nuits, tremblait d'angoisse, pleurait toutes les larmes de son corps, et envisageait sérieusement le suicide.

– Je ne peux pas vivre sans ma famille, se lamentait-il, je les aime tant !

– Je suis surpris, lui répondis-je. Vous m'avez dit que les récriminations de votre femme étaient justifiées, que vous rentriez à la maison quand cela vous chantait, que vous n'avez jamais rien fait pour elle, qu'elle ne vous intéressait pas, ni sexuellement ni sentimentalement, que vous pouviez rester des mois sans parler à vos enfants, dont vous ne vous occupiez d'ailleurs pas. Vous n'aviez de relation avec aucun d'entre eux. Alors je comprends mal pourquoi vous êtes si déprimé d'avoir perdu des relations qui n'ont jamais existé.

– Mais vous ne voyez donc pas, me dit-il. Je ne suis plus rien sans eux. Rien. Je n'ai plus de femme, plus d'enfants. Je ne sais plus qui je suis. Je ne m'occupe peut-être pas d'eux, mais je suis sûr que je les aime. Sans eux, je n'existe pas.

Il était dans un tel état – ayant perdu l'identité que sa famille lui donnait – que je pris rendez-vous avec lui pour le surlendemain. Je ne m'attendais à aucune amélioration. Mais, lorsqu'il revint, il se précipita joyeusement dans le bureau et annonça, le sourire aux lèvres :

– Tout va bien maintenant.

– Votre femme et vos enfants sont-ils revenus ?

– Oh non ! répondit-il gaiement, je n'ai aucune nouvelle d'eux depuis que je vous ai vu. Mais j'ai rencontré une fille hier soir au bar. Elle m'aime beaucoup. Elle aussi est séparée, comme moi. Nous devons nous revoir ce soir. J'ai l'impression d'être redevenu humain. Je pense que je n'ai plus besoin de vous revoir.

Cette aptitude à changer si rapidement l'objet de son intérêt est caractéristique des individus passifs-dépendants. Peu importe de qui ils sont dépendants, du moment qu'ils ont quelqu'un. Peu importe leur identité, du moment qu'il y a quelqu'un pour leur en donner une. En conséquence, leurs relations avec les autres sont extrêmement superficielles, bien que spectaculaires par leur apparente intensité. À cause de la force de leur sentiment de vide intérieur et de leur désir de le combler, ils ne supportent aucun retard dans l'assouvissement de leur besoin des autres.

Une très belle jeune femme, brillante et, par certains côtés, très saine avait eu, entre dix-sept et vingt et un ans, une série quasi ininterrompue de relations sexuelles avec des hommes invariablement inférieurs à elle sur le plan intellectuel. Elle allait d'un pauvre type à l'autre. Le problème, tel qu'il apparut par la suite, résidait dans son incapacité à attendre assez longtemps pour trouver un homme qui lui convienne mieux ou même pour choisir entre ceux qui se seraient rendus presque tout de suite disponibles pour elle. Dans les vingt-quatre heures qui suivaient une rupture, elle ramassait le premier homme qu'elle rencontrait dans un bar et arrivait à la consultation suivante en chantant ses louanges.

– Je sais qu'il est au chômage et qu'il boit trop, disait-elle, mais, au fond, il a d'énormes qualités, et il m'aime beaucoup. Je sais que cela va marcher entre nous.

Mais cela ne marchait jamais. Non seulement parce qu'elle n'avait pas fait le bon choix, mais aussi parce qu'elle s'accrochait toujours à l'homme en question, exigeant de plus en plus de preuves de son affection, cherchant à être avec lui en permanence, refusant qu'il la laisse seule un instant.

– C'est parce que je t'aime que je ne peux supporter d'être séparée de toi, lui disait-elle.

Tôt ou tard, son compagnon se sentait piégé, étouffé par son « amour ». Alors, il y avait une violente explosion, puis rupture, et le cycle recommençait le lendemain. Cette jeune femme ne fut capable de briser ce cercle qu'après trois ans de psychothérapie au cours desquels elle apprit à apprécier sa propre intelligence et ses atouts, à identifier son vide intérieur et son besoin des autres, et à le distinguer de l'amour véritable ; à prendre conscience que sa soif d'affection la poussait à entamer des relations destructrices et à s'y accrocher ; et enfin à accepter la nécessité d'imposer la discipline la plus sévère à sa boulimie si elle voulait mettre à profit ses qualités.

Dans le diagnostic, le mot « passif » est associé au mot « dépendant » parce que ces individus s'intéressent à ce que les autres peuvent faire pour eux, sans se soucier de ce qu'ils pourraient faire eux-mêmes. Un jour, en travaillant avec un groupe de cinq patients célibataires, tous des passifs-dépendants, je leur ai demandé de me raconter la situation dans laquelle ils voudraient se trouver cinq ans plus tard. Chacun, à sa façon, répondit :

– Je voudrais être marié avec quelqu'un qui m'aime vraiment.

Pas un seul ne parla d'avoir un travail épanouissant, de faire de la création artistique, de contribuer à la vie de la communauté, d'être dans une situation où il ou elle pourrait aimer, ou même d'avoir des enfants. La notion d'effort n'apparaissait pas dans leurs aspirations ; ils n'envisageaient qu'un état passif, où ils ne feraient que recevoir.

Je leur dis, comme à beaucoup d'autres :

– Si votre but dans la vie est de vous faire aimer, vous échouerez. La seule façon de s'assurer l'amour, c'est d'être digne d'amour, ce que vous ne pourrez pas être tant que votre seul but sera d'être aimé passivement.

Cela ne veut pas dire que les passifs-dépendants ne font jamais rien pour les autres, mais plutôt que le motif de leurs actions est de forcer l'attachement des autres afin de s'assurer leur attention. Et ils ont du mal à agir sans réciprocité immédiate. Tous les membres du groupe mentionné ci-dessus avaient, par exemple, énormément de mal à acheter une maison, à quitter leurs parents, à trouver du travail ou à lâcher un emploi inintéressant, ou même à s'investir dans un passe-temps.

Dans le mariage, il y a généralement entre les deux époux une répartition efficace des tâches. D'ordinaire, la femme s'occupe de la maison et des enfants ; l'homme, outre son travail, se charge du bricolage et du jardinage. Les couples sains inversent instinctivement les rôles de temps en temps. L'homme préparera un repas ou deux, sortira les enfants un jour par semaine, passera l'aspirateur pour faire une surprise à sa femme. Elle, de son

107

côté, pourra travailler à mi-temps, tondre la pelouse le jour de l'anniversaire de son mari ou demander à gérer le budget du ménage. Le couple peut prendre cet échange de rôles comme une espèce de jeu qui met du piment dans la vie et rompt la routine conjugale. C'est un processus qui, même lorsqu'il est pratiqué inconsciemment, atténue la dépendance mutuelle. Dans un sens, chaque époux s'entraîne un peu à la survie. Mais, dans le cas des passifs-dépendants, la perte de l'autre est une perspective tellement effrayante qu'ils ne peuvent pas l'imaginer, supporter l'idée d'une attitude qui diminue leur dépendance ou accroisse la liberté de l'autre. En conséquence, les couples de passifs-dépendants sont rigides dans la répartition des rôles, et tendent à accentuer encore la dépendance mutuelle, faisant ainsi du mariage un piège, une cage. En agissant de la sorte, au nom d'un amour qui n'est que dépendance, ils ne font qu'affaiblir leur autonomie et leur personnalité, de même que celle de l'autre.

Ainsi voit-on souvent les passifs-dépendants mariés abandonner des activités qu'ils pratiquaient avant leur mariage. L'un des exemples les plus classiques est la femme qui « ne peut pas » conduire. Il est possible qu'elle n'ait jamais appris mais, dans la plupart des cas, elle développe une phobie de la conduite peu de temps après son mariage, parfois, dit-elle, à la suite d'un petit accident. Dans les zones rurales ou en banlieue, où vit une grande partie de la population, elle devient alors complètement dépendante de son mari, qui se retrouve enchaîné à elle. Il se voit alors contraint de faire le marché pour la famille, ou de servir de chauffeur à sa femme pour toutes sortes d'expéditions. Puisque

ce comportement satisfait les besoins de dépendance des deux époux, il n'est jamais considéré
comme malsain, ou même comme un problème à
résoudre par la plupart des couples. Lorsqu'une
fois j'ai voulu faire comprendre à un banquier, par
ailleurs très intelligent, que si sa femme avait subitement arrêté de conduire à l'âge de quarante-six
ans, c'était sûrement pour des raisons psychologiques, je me suis entendu répondre :

– Oh non ! le médecin lui a dit que c'était sa
ménopause, alors je ne peux rien faire.

Elle s'assurait ainsi qu'il ne pourrait pas avoir
d'aventure extraconjugale ni la quitter, tant il était
occupé après le travail à faire les courses et
conduire les enfants à droite et à gauche. De son
côté, il était rassuré car il savait qu'elle ne pourrait
pas prendre un amant ni le quitter, n'ayant plus la
mobilité nécessaire pour rencontrer des gens
quand il n'était pas avec elle. Par de tels comportements, un mariage entre des passifs-dépendants
est peut-être durable et sécurisant, mais on ne
peut pas dire qu'il soit sain ni tenu par l'amour ; la
sécurité est en effet obtenue au prix de la liberté et
de relations qui ne servent qu'à retarder ou à
empêcher l'évolution personnelle des deux époux.
Il nous faut toujours dire et répéter aux couples
qu'un bon mariage ne peut exister qu'entre deux
personnes fortes et indépendantes.

La dépendance passive prend sa source dans le
manque d'amour. Le sentiment de vide intérieur
dont souffrent les passifs-dépendants est la conséquence directe de l'incapacité manifestée par
leurs parents à assouvir leurs besoins d'affection
et d'attention pendant l'enfance. Nous l'avons vu
en première partie, les enfants aimés et choyés

avec constance entrent dans l'âge adulte avec le sentiment d'avoir de la valeur et d'être dignes d'amour. Cela leur vaudra d'être aimés tant qu'ils resteront honnêtes avec eux-mêmes. Tandis que les enfants qui grandissent dans une famille où l'amour et l'attention sont rares ou totalement absents deviennent des adultes manquant de sécurité intérieure : ils ne sont pas sûrs d'eux, doutent de leur valeur, ils ont le sentiment de ne jamais avoir assez, que le monde est imprévisible et peu généreux. Rien d'étonnant à ce qu'ils se précipitent pour grappiller un peu d'amour et d'attention partout où ils peuvent en trouver. Ils s'y accrochent alors avec désespoir et manifestent un comportement peu affectueux, manipulateur, machiavélique, détruisant le lien qu'ils cherchaient à préserver. Nous avons également indiqué au chapitre précédent que l'amour et la discipline vont de pair. Cela implique que des parents non affectueux et non attentionnés manquent de discipline et, lorsqu'ils ne réussissent pas à donner à leurs enfants le sentiment d'être aimés, ils échouent par là même à leur apprendre la discipline. La dépendance excessive dont souffrent les passifs-dépendants n'est donc qu'une des principales manifestations de leur trouble de la personnalité : ils manquent aussi de discipline. Ils ne veulent pas ou ne peuvent pas retarder l'assouvissement de leur soif d'attention. Dans leur recherche désespérée de liens à créer et à conserver, l'honnêteté ne compte plus. Ils s'accrochent à des relations moribondes au lieu d'y mettre fin. Et le plus grave, c'est qu'ils n'ont aucun sens des responsabilités. Passivement, ils voient les autres – souvent leurs propres enfants – comme étant

110

leur seule source de bonheur et d'épanouissement, les considérant comme responsables de leur vide intérieur. En conséquence, ils sont perpétuellement en colère, se sentant abandonnés par les autres, qui ne peuvent jamais combler réellement leurs désirs ou les rendre heureux.

Un de mes collègues dit souvent :

– Écoute, devenir dépendant de quelqu'un est le pire mal que tu puisses te faire. Tu serais même mieux si tu étais dépendant de l'héroïne car, tant que tu pourrais t'en procurer, elle ne te laisserait jamais tomber et pourrait te rendre heureux. Mais si tu attends le bonheur de quelqu'un d'autre, alors tu seras toujours déçu.

D'ailleurs, ce n'est certainement pas un hasard si le plus courant des problèmes qu'ont les passifs-dépendants – outre leurs relations avec les autres – est la dépendance vis-à-vis de l'alcool ou de la drogue. Ils ont une mentalité de « drogués ». Ils sont dépendants des autres dont ils pompent la substance, et quand ceux-ci ne sont pas (ou plus) disposés à se laisser pomper, ils se tournent vers la bouteille, la seringue ou les pilules.

En résumé, la dépendance peut apparaître comme de l'amour parce que c'est une force qui oblige des gens à s'attacher farouchement l'un à l'autre. Mais, en fait, c'est une forme d'anti-amour qui prend sa source dans le manque d'amour parental et perpétue celui-ci. Il incite à recevoir plutôt qu'à donner. Il nourrit l'infantilisme plutôt que l'évolution. Il œuvre pour piéger et restreindre plutôt que pour libérer. Et, enfin, il détruit, plutôt qu'il ne construit, des relations aussi bien que des êtres humains.

La cathexis sans amour

L'une des caractéristiques de la personne dépendante, c'est son indifférence à l'égard de l'évolution spirituelle. Les passifs-dépendants ne s'intéressent qu'à leur propre « nourriture » : ils veulent être comblés et heureux, ils ne désirent pas évoluer et ne sont pas prêts à accepter la difficulté, la solitude et la souffrance qu'implique l'évolution spirituelle. Ils ne s'inquiètent pas non plus de l'évolution de l'autre, celui dont ils dépendent ; ils ne se soucient de sa présence que dans la mesure où il peut les satisfaire. La dépendance n'est qu'un comportement pour lequel nous employons improprement le mot *amour*, alors qu'aucun intérêt pour l'évolution spirituelle ne se manifeste.

Nous allons maintenant étudier d'autres formes de comportements similaires en tentant de démontrer, une fois de plus, que l'amour n'est jamais nourriture ni cathexis s'il ne tient pas compte de l'évolution spirituelle.

Nous parlons souvent de gens qui « aiment » des objets inanimés ou des activités. Ainsi, nous pouvons dire : il aime l'argent, il aime le pouvoir, il aime jardiner ou il aime jouer au golf. Il est certain qu'un individu peut évoluer bien au-delà de ses limites personnelles en travaillant soixante-dix ou quatre-vingts heures par semaine pour accumuler de l'argent ou accroître son pouvoir. Pourtant, malgré l'importance de sa fortune ou de son pouvoir, tout ce travail et cette accumulation peuvent ne pas être enrichissants du tout. Effectivement, on peut entendre dire d'un super-homme d'affaires qu'il est « petit, mesquin et méchant ». Alors qu'on peut très bien parler de la façon dont il aime l'argent et le pouvoir, on ne le perçoit pas comme un homme bon. Pourquoi en est-il ainsi ? C'est parce que le pouvoir et l'argent sont alors devenus une fin et non pas un moyen d'évoluer. La seule véritable fin de l'amour est l'évolution spirituelle ou humaine.

Avoir un violon d'Ingres est très enrichissant. En nous aimant nous-mêmes – c'est-à-dire en nous enrichissant dans le but d'évoluer –, il nous faut toutes sortes de choses qui ne sont pas, *a priori*, spirituelles. Pour nourrir l'esprit, il faut aussi nourrir le corps. Il nous faut de la nourriture et un toit. Quel que soit notre désir d'évolution spirituelle, nous avons besoin de repos et de détente, d'exercice et de distraction. Ainsi, pratiquer un hobby peut être une manière de s'aimer soi-même. Mais que celui-ci constitue une fin en soi et il se substitue à l'évolution spirituelle, empêche même d'y accéder. C'est parfois en raison de cette fonction même que les hobbies sont si appréciés. Par exemple, on peut rencontrer sur un terrain de golf un vieux couple dont le seul but dans la vie est de boucler les dix-huit trous en de moins en moins de coups.

Cet effort appliqué dans un domaine donne à ces gens l'impression de progresser dans la vie. Il leur masque le fait qu'ils ont cessé d'évoluer, qu'ils ont capitulé dans leur effort pour développer leurs qualités humaines. S'ils avaient un peu plus d'amour-propre, ils ne se laisseraient pas aller de la sorte à se contenter (même avec passion) d'un objectif aussi superficiel et de perspectives aussi étroites.

D'un autre côté, l'argent et le pouvoir peuvent n'être qu'un moyen d'accéder à une vie d'amour.

Par exemple, on peut accepter de se lancer dans la politique en ayant comme but d'utiliser son pouvoir politique pour améliorer la condition de ses concitoyens. On peut aspirer à la fortune, non pas pour la richesse elle-même, mais pour payer les études de ses enfants ou se ménager assez de temps libre pour l'étude et la réflexion nécessaires à son évolution spirituelle. Dans ces cas, ce n'est pas l'amour de l'argent ou du pouvoir qui guide, mais l'amour de l'humanité.

Parmi les choses que je dis dans ce chapitre et dans toute la deuxième partie de ce livre, je souligne le fait que notre emploi du mot « amour » est si galvaudé et si peu spécifique qu'il altère notre compréhension du phénomène de l'amour. J'ai peu d'espoir que le langage change dans ce domaine. Pourtant, si nous continuons à utiliser les mots « amour » ou « aimer » pour parler de nos relations avec tout ce qui a de l'importance pour nous ou que nous cathectons, sans tenir compte de la qualité, nous aurons du mal à faire la différence entre le bien et le mal, le sage et le fou, le noble et le vil.

En utilisant notre définition qui est plus précise, il est clair, par exemple, qu'on ne peut aimer que des êtres humains, car eux seuls ont un esprit capable d'évoluer de façon perceptible[1]. Parlons

1. Je conçois que cette façon de voir puisse être considérée comme fausse, que toute chose, animée ou non, puisse avoir un esprit. Le fait de nous distinguer, nous, les êtres humains, des êtres « inférieurs » comme les animaux et les plantes et des éléments comme la terre et la pierre est une manifestation de « Maya », une apparence illusoire selon l'hindouisme. Il y a plusieurs niveaux d'appréhension. Dans ce livre, j'étudie l'amour à un certain niveau. Malheureusement, mes possibilités de communication ne me permettent pas de cerner plus d'un niveau à la fois ni d'offrir davantage qu'un aperçu occasionnel d'un autre niveau que celui que je suis en train de traiter.

des animaux familiers. On « aime » le chien de la famille, on le nourrit, on le toilette, on le caresse, on le dresse et on joue avec lui. S'il est malade, on se précipite, toutes affaires cessantes, chez le vétérinaire. S'il se sauve ou s'il meurt, on a beaucoup de peine. Effectivement, pour certaines personnes seules, sans enfants, un animal peut devenir la seule raison d'exister. Si ce n'est pas de l'amour, alors qu'est-ce que l'amour ? Étudions donc les différences entre nos relations avec un animal et celles qu'on peut avoir avec un être humain. Tout d'abord, la communication avec un animal est très limitée, comparée à celle que nous pouvons établir avec un être humain si nous nous en donnons la peine. Nous ne savons pas ce que pensent nos animaux, et ce manque d'information nous permet de projeter sur eux nos propres pensées et sentiments, et de ressentir ainsi une proximité émotionnelle qui ne correspond peut-être pas du tout à la réalité. Ensuite, nous apprécions nos animaux dans la mesure où leur volonté coïncide avec la nôtre. C'est d'ailleurs sur cette base que nous les choisissons et, s'ils ont un caractère trop différent de ce que nous souhaitons, alors nous nous en débarrassons : on ne garde pas longtemps des animaux qui protestent ou se rebiffent quand on les frappe. La seule école à laquelle nous les mettons, c'est celle de l'obéissance. En revanche, il nous est possible de désirer que des êtres humains développent leur propre volonté, et c'est ce désir de différenciation de l'autre qui est l'une des composantes du véritable amour. Enfin, nos relations avec les animaux cherchent à entretenir leur dépendance. Nous voulons qu'ils restent aux pieds, couchés là, près de la cheminée. Nous refusons qu'ils « grandissent » et « quittent la maison ». C'est leur attachement à nous que nous apprécions chez eux plutôt que leur indépendance.

Si je traite le sujet de l'« amour » pour les animaux, c'est pour souligner son importance, car beaucoup de gens peuvent aimer des animaux et se montrer incapables d'aimer vraiment des êtres humains. Transposons : un grand nombre de soldats américains se sont mariés pendant la guerre ou juste après, follement amoureux, avec des Japonaises, des Allemandes ou des Italiennes, avec lesquelles ils ne pouvaient pas vraiment communiquer verbalement. Mais, lorsqu'elles se sont mises à apprendre l'anglais, leur mariage n'a pas résisté. Ces hommes ne pouvaient plus projeter sur leur épouse leurs propres pensées, sentiments, désirs, projets, ni sentir la même proximité sentimentale qu'on peut avoir avec un animal familier. Ils comprirent alors que leur femme avait des opinions ou des idées différentes des leurs. À ce moment-là, l'amour commença à grandir pour certains ; pour la plupart, il disparut. La femme libérée a raison de se méfier de l'homme qui l'appelle « mon canard » ou « mon lapin ». Il peut effectivement être un individu dont l'affection repose sur le fait qu'il puisse la traiter comme un animal familier et qui est incapable de respecter la force, l'indépendance et l'individualité de sa femme. L'un des exemples les plus tristes dans ce genre de comportement est celui des femmes qui ne peuvent aimer leur enfant que bébé. Elles sont légion. Elles peuvent être des mères idéales jusqu'à ce que leur enfant ait deux ou trois ans – tendres, affectueuses, totalement dévouées et épanouies par leur maternité. Mais dès que l'enfant commence à affirmer sa volonté – à désobéir, à gémir, même à refuser quelques câlins ou à s'attacher à d'autres personnes, bref à être un peu lui-même –, la mère cesse de l'aimer. L'enfant perd son intérêt, elle le « décathecte », se détache de lui, et le trouve gênant. En même temps, elle ressent un terrible besoin d'être enceinte à nouveau, d'avoir un autre bébé, un autre petit animal à cajoler. Souvent, elle réussit, et le cycle recommence. Sinon, elle cherche, par exemple, à garder les bébés de ses voisins, en négligeant le besoin d'affection de ses propres enfants plus âgés, pour qui la période si difficile des deux ans est non seulement la fin de la petite enfance, mais aussi la fin du tendre amour maternel. Le manque et la souffrance qu'ils éprouvent sautent aux yeux de tout le monde, sauf à ceux de leur mère, trop occupée avec son nouveau bébé. Les effets d'un tel comportement se font sentir lorsque les enfants deviennent des adultes dépressifs ou développent une personnalité de passifs-dépendants.

L'« amour » des bébés et des animaux domestiques ou même des époux obéissants relève donc de l'instinct maternel ou « parental », que l'on peut rapprocher de l'expérience, également instinctive, de tomber amoureux : ce n'est pas un aspect de l'amour véritable, au sens où cela ne demande pas d'effort et où ce n'est pas un acte de volonté ou de choix ; cela assure la survie de l'espèce, mais n'est pas mû par un désir d'amélioration ou d'évolution spirituelle. Ce sentiment est proche de l'amour, puisqu'il ouvre à une recherche des autres et permet de tisser des liens desquels pourrait naître le véritable amour. Mais de là au mariage épanouissant, au sein duquel des enfants sains grandissent aussi spirituellement, il y a loin...

« Élever » un enfant peut et doit être bien plus que l'alimenter physiquement : nourrir l'évolution spirituelle constitue un processus infiniment plus compliqué que de se laisser simplement guider par un instinct. La mère dont nous avons parlé dans le chapitre intitulé « L'amour défini », qui ne laissait pas son fils aller seul au lycée, en est l'exemple type. En l'accompagnant et en allant le chercher, elle l'aidait dans un sens, mais c'était une aide dont il n'avait pas besoin et qui freinait son évolution au lieu de l'encourager. Les exemples abondent : les mères qui poussent leurs enfants déjà trop gros à manger ; les pères qui inondent leurs fils de jouets ou achètent trop de robes pour leurs filles ; les parents qui n'instaurent aucune limite et passent tous les caprices. L'amour, ce n'est pas simplement donner : c'est donner avec discernement, mais aussi parfois ne pas donner ; c'est encourager judicieusement, mais aussi critiquer. C'est argumenter, se battre, exiger, pousser et retenir, en plus de réconforter. C'est diriger. Judicieusement. Cela implique un esprit de discernement, qui demande plus que de l'instinct : de prendre des décisions parfois douloureuses, en tout cas toujours attentionnées et réfléchies.

Le sacrifice de soi

Nombreux sont les mobiles qui se cachent derrière le don inconsidéré et destructeur, mais ils ont un point commun : le « donneur » cherche, avec l'amour pour alibi, à satisfaire ses propres besoins sans se soucier des besoins spirituels de l'autre. Un jour, un pasteur est venu me voir, presque à contrecœur, parce que sa femme souffrait de dépression chronique et que ses fils, ayant abandonné leurs études, étaient revenus vivre à la maison, et étaient suivis par un psychiatre. Au début, cet homme était tout à fait incapable de comprendre qu'il ait pu jouer un rôle quelconque dans le malaise général de sa famille.

– Je fais tout ce que je peux pour m'occuper d'eux et de leurs problèmes, disait-il. Cela ne cesse de me préoccuper.

L'analyse de la situation révélait effectivement que cet homme se dévouait corps et âme pour satisfaire les besoins de sa femme et de ses enfants. Il avait acheté à chacun de ses deux fils une voiture et payait l'assurance, tout en pensant qu'ils devraient faire un peu plus d'efforts pour se prendre en charge financièrement. Toutes les semaines, il emmenait sa femme à l'opéra ou au théâtre, bien qu'il détestât aller en ville et qu'il n'aimât pas l'opéra. Pourtant déjà très occupé par son travail, il passait la plupart de son temps libre aux travaux ménagers que sa femme et ses fils avaient complètement abandonnés.

– N'en avez-vous pas assez de vous dévouer en permanence à eux ? lui demandai-je.

– Bien sûr que si, répondit-il, mais que puis-je faire d'autre ? Je les aime et j'ai trop de compassion pour ne pas m'en occuper. Je me fais tellement de souci pour eux que je ne pourrai pas rester là à ne rien faire tant qu'ils auront besoin de moi. Je ne suis peut-être pas très intelligent mais, au moins, je suis affectueux et attentionné.

Il est intéressant de remarquer que son propre père était un brillant érudit assez connu, mais aussi un alcoolique et un coureur de jupons qui négligeait complètement sa famille. Petit à petit, mon patient se rappela qu'enfant il s'était juré d'être aussi différent que possible de son père, aussi attentionné et affectueux que celui-ci avait été indifférent et insensible. Il comprit même, un peu plus tard, qu'il avait grand intérêt à maintenir son image personnelle d'homme compatissant et aimant, et que son comportement, y compris sa « carrière » de pasteur, servait à renforcer cette image. Ce qu'il ne voyait pas, c'était à quel point il infantilisait sa famille. Il parlait toujours de sa femme en disant « mon petit chat » et appelait ses gaillards de fils « les petits ».

– Quel autre comportement puis-je adopter ? implorait-il. Peut-être suis-je affectueux par réaction contre mon père, mais je ne vais quand même pas devenir un salaud !

Ce dont il avait besoin de prendre conscience, c'est que l'amour est un processus compliqué, exigeant la participation de l'être tout entier, sa tête aussi bien que son cœur. Son besoin d'être radicalement différent de son père l'avait empêché de savoir exprimer son amour. Il devait apprendre que ne pas donner au bon moment ne signifie pas plus un manque d'affection que de donner au mauvais moment, de même qu'encourager l'indépendance plutôt que de s'occuper de gens qui peuvent très bien se prendre en charge n'est pas une marque d'indifférence ou de désintérêt. Il devait apprendre également qu'il était tout aussi important pour la santé mentale de sa famille qu'il exprimât ses propres besoins, sa colère, sa désapprobation et ses espérances : l'amour doit s'exprimer autant dans la confrontation que dans l'acceptation béate.

Petit à petit, il commença à changer. Il arrêta de passer derrière tout le monde pour ranger, il se mit à exprimer sa colère lorsque ses fils ne participaient pas assez activement aux tâches ménagères. Il refusa de continuer à payer l'assurance de leurs voitures, leur disant que, s'ils voulaient avoir une voiture, ils devaient l'assumer financièrement. Il suggéra à sa femme d'aller seule à l'opéra. En changeant ainsi, il prenait le risque de ternir son image de marque, et dut abandonner l'omnipotence que lui donnait son rôle de grand pourvoyeur. Bien qu'auparavant son attitude ait été surtout motivée par le besoin de maintenir son image d'homme affectueux et attentionné, il avait en lui la capacité d'aimer vraiment, ce qui lui donna la force d'opérer ces changements dans son comportement. Au début, sa femme et ses enfants réagirent mal. Mais, rapidement, l'un de ses fils reprit ses études, l'autre trouva un travail plus enrichissant et un appartement à lui. Sa femme se mit à apprécier sa nouvelle indépendance et à vivre sa vie. Quant au pasteur, il devint beaucoup plus actif dans sa paroisse, et mena une existence beaucoup plus satisfaisante.

L'amour mal orienté de cet homme était à la limite d'une perversion plus sérieuse de l'amour : le masochisme. Les profanes ont tendance à associer masochisme et sadisme aux relations sexuelles, pensant qu'il s'agit d'atteindre le plaisir sexuel par la douleur physique. En fait, le véritable sadomasochisme est un phénomène de psychopathologie relativement rare. En revanche, ce qui est beaucoup plus courant, et finalement beaucoup plus sérieux, c'est le sadomasochisme social, où les gens désirent inconsciemment blesser et être blessés dans leurs relations (non sexuelles) avec les autres. L'exemple type est celui de la femme déprimée parce que abandonnée par son mari et qui va voir un psychiatre. Elle lui raconte son histoire d'épouse maltraitée : son mari ne lui témoigne aucune attention, il a de nombreuses maîtresses, joue l'argent du ménage aux courses, déserte le foyer plusieurs jours quand ça lui chante, et il les a quittés, elle et les enfants, le soir de Noël – eh oui ! le soir de Noël ! La première réaction du thérapeute néophyte est bien sûr de la compassion pour cette « pauvre femme », mais ce sentiment s'estompe au fur et à mesure qu'il approfondit les faits. Tout d'abord, il apprend que la situation dure depuis vingt ans, que, si elle a divorcé deux fois de cette brute de mari, elle s'est aussi remariée deux fois avec lui, et que leurs nombreuses séparations sont toujours suivies de réconciliations. Ensuite, après quelques mois d'un travail qui semble fructueux pour aider cette femme à acquérir son indépendance, le thérapeute voit le cycle se reproduire. Un jour, elle arrive au cabinet en annonçant :

– Henry est revenu. Il m'a appelée l'autre soir en disant qu'il voulait me voir, alors nous nous sommes vus. Il m'a suppliée de le laisser revenir, et il a l'air d'avoir vraiment changé, alors je l'ai repris.

Lorsque le thérapeute lui fait remarquer que cela a tout l'air d'une réédition du schéma dont ils étaient convenus qu'il était destructeur, elle répond :

– Mais je l'aime, vous ne pouvez pas le nier.

Et si le thérapeute essaie d'examiner cet « amour » en profondeur, alors elle arrête la thérapie. Que se passe-t-il ? En essayant de comprendre les événements, le thérapeute se souvient du plaisir évident avec lequel la femme racontait dans le détail à quel point son mari la maltraitait. Alors une idée lui vient à l'esprit. Peut-être cette femme endure-t-elle ces relations difficiles – et même les recherche-t-elle – pour le simple plaisir d'en parler. Mais quelle serait la nature d'un tel plaisir ? Il se rappelle que cette patiente se sentait dans son droit. La chose la plus importante dans sa vie serait-elle en fait d'éprouver un sentiment de supériorité morale, qu'elle ne peut obtenir qu'en étant bafouée, pour, à la fin, trouver le plaisir sadique de voir son mari la supplier de revenir, et savourer sa supériorité momentanée, ayant le pouvoir d'accepter ou non son retour, tenant ainsi sa vengeance ? En analysant ce genre de femmes, on découvre généralement qu'elles ont été particulièrement humiliées pendant leur enfance. Par réaction, elles cherchent la vengeance dans un sentiment de supériorité morale, qui implique, au préalable, l'humiliation et les mauvais traitements répétés – alors que, si on a toujours été bien traité, on n'a pas ce besoin. Si la vengeance devient le but de la vie, il faut faire en sorte d'être maltraité pour justifier ce but. Les masochistes voient leur soumission aux mauvais traitements comme de l'amour, alors qu'en fait cette démarche, généralement motivée par la haine, est une nécessité dans leur recherche permanente de revanche.

Le problème du masochisme met au jour un autre malentendu très important au sujet de l'amour : le sacrifice de soi. En vertu de cette croyance, notre masochiste type croyait voir dans son acceptation de l'humiliation un sacrifice de soi, donc l'amour, évitant ainsi d'avouer sa haine. Le pasteur voyait lui aussi son sacrifice comme de l'amour, bien qu'il ait été motivé non pas par les besoins de sa famille, mais par son besoin de maintenir sa propre image. Au début de sa thérapie, il parlait toujours des choses qu'il faisait « pour » sa femme et ses enfants, laissant croire qu'il ne tirait aucune satisfaction de ses actes, ce qui était faux. Lorsque nous pensons faire quelque chose pour les autres, nous rejetons en quelque sorte notre propre responsabilité. Quoi que nous fassions, nous le faisons parce que nous l'avons choisi, et nous opérons ce choix parce que c'est celui qui nous satisfait le plus. Les parents qui disent à leurs enfants : « Vous devriez être reconnaissants, regardez tout ce que nous avons fait pour vous » manquent singulièrement d'amour. Quiconque aime vraiment connaît le plaisir d'aimer. Quand on aime, c'est parce qu'on le *veut*. Lorsque nous avons des enfants, c'est parce que nous les *voulons*. C'est vrai que l'amour implique un changement de l'individu, mais le sens d'un dépassement plutôt que d'un sacrifice. L'amour est une activité régénérante. Et beaucoup plus. L'amour élargit le moi et le remplit plutôt qu'il ne le vide. En fait, l'amour est aussi égoïste que le non-amour. Là encore, nous sommes en présence d'un paradoxe : l'amour est en même temps égoïste et généreux. Et ce n'est pas l'égoïsme ou la générosité qui mesure l'amour, mais le but de nos actes. Dans le cas de l'amour véritable, le but est toujours l'évolution spirituelle. Lorsqu'il ne s'agit pas d'amour véritable, le but est toujours autre.

L'amour n'est pas un sentiment

J'ai dit plus haut que l'amour est une action. Cela nous conduit au dernier des principaux malentendus qui circulent au sujet de l'amour, et sur lequel il faut se pencher. *L'amour n'est pas un sentiment.* Nombreux sont les gens qui éprouvent des sentiments envers quelqu'un et qui, cependant, agissent de manière destructive et nullement affectueuse. D'un autre côté, un être capable d'amour véritable peut très bien prendre des initiatives constructives et véritablement aimantes en faveur de quelqu'un qui, à ce moment-là, ne lui inspire aucun sentiment d'amour ou qui lui paraît même peu attirant.

Le sentiment d'amour est une émotion qui accompagne l'expérience de la cathexis. Rappelons que la cathexis est un processus par lequel un objet devient important pour nous. Une fois cathecté, l'objet, communément appelé « objet aimé », est investi de notre énergie comme s'il faisait partie de nous-mêmes, et la cathexis est la relation qui s'établit entre nous et l'objet aimé. Nous pouvons entretenir plusieurs relations de ce type en même temps. Il convient donc de parler de *nos* cathexis au pluriel. « Décathecter » s'emploie pour dire que nous détachons notre attention d'un objet aimé de telle sorte qu'il perd son importance à nos yeux. Lorsque nous affirmons que l'amour est un *sentiment*, nous confondons *cathexis* et *amour*. Cette confusion est compréhensible puisque les deux processus sont similaires, malgré leurs différences frappantes. Tout d'abord, nous pouvons cathecter n'importe quel objet, animé ou inanimé, avec ou sans âme. Ainsi, quelqu'un peut cathecter la Bourse ou un bijou et avoir pour eux de véritables sentiments. Deuxièmement, le fait de cathecter un être humain ne veut pas dire que nous nous soucions un tant soit peu de l'évolution spirituelle de cette personne. D'ailleurs, un individu dépendant redoute en général l'évolution spirituelle de l'époux cathecté. La mère qui insistait pour accompagner son fils au lycée le cathectait manifestement : ce qui comptait pour elle, c'était que son fils soit là, non qu'il évolue. Troisièmement l'intensité de nos cathexis n'a souvent rien à voir avec la sagesse ou l'engagement. Deux étrangers peuvent se rencontrer dans un bar et se cathecter de telle sorte que rien – ni les rendez-vous pris auparavant, ni les promesses, ni la stabilité de leur famille – n'est plus important pour eux à ce moment précis que leur union sexuelle. Et enfin, les cathexis peuvent être fugaces et momentanées : aussitôt leurs désirs satisfaits, les partenaires peuvent très bien ne plus rien éprouver l'un pour l'autre. On peut décathecter quelqu'un ou quelque chose aussitôt passés les premiers moments de la cathexis.

L'amour véritable, en revanche, implique l'engagement et la sagesse. Lorsque nous nous soucions de l'évolution spirituelle de l'être aimé, nous sommes conscients que notre engagement vis-à-vis de lui est nécessaire pour lui témoigner activement notre intérêt et que son absence peut être néfaste. C'est pour cette raison que l'engagement est à la base de toute relation psychothérapeutique. Il est presque impossible pour le patient de développer sa personnalité de manière significative sans une « alliance thérapeutique ». En d'autres termes, pour qu'il puisse prendre le risque d'un changement fondamental, il doit sentir la force et la sécurité que lui procure la foi en un allié stable et constant. Il faut pour cela que le thérapeute prouve à son patient – processus de longue haleine – la force et la stabilité de son attention, qui ne peut naître que d'une capacité à s'engager. Cela ne veut pas dire que le thérapeute ait toujours envie d'écouter le patient. Mais l'engagement implique l'attention, qu'on en ait envie ou non. C'est pareil dans le mariage. Dans une union réussie, les partenaires doivent être attentifs l'un à l'autre et à la qualité de leurs relations, régulièrement, quotidiennement, quelles que soient leurs dispositions. La passion finit par s'éteindre dans le cœur des amoureux, et alors, au moment où l'instinct de reproduction est dépassé, se présente l'opportunité d'échafauder un véritable amour. Les partenaires n'éprouvent plus le besoin d'être en permanence l'un avec l'autre, à certains moments, ils préféreraient même être ailleurs, sans que leur amour en pâtisse.

Cela n'implique pas que les membres d'un couple stable ne se cathectent pas mutuellement, d'une façon ou d'une autre. L'amour peut exister avec ou sans cathexis, avec ou sans sentiments amoureux. Il est plus facile, et même plus amusant, d'aimer en étant amoureux ou avec la cathexis. Mais ça n'est pas indispensable. Et c'est justement en cela que l'amour véritable se distingue de la simple cathexis. Le mot clé, c'est la *volonté*. J'ai défini l'amour comme étant la volonté de se dépasser pour la cause de l'évolution spirituelle. Le véritable amour est *volontaire* plutôt qu'*émotionnel*. Une personne qui aime véritablement *aime parce qu'elle en a pris la décision* ;

elle a pris l'engagement d'aimer, qu'il y ait sentiment amoureux ou pas. S'il est présent, tant mieux ; mais sinon, l'engagement vis-à-vis de l'amour et le désir de se dépasser sont présents. Et inversement, il n'est pas seulement possible, mais aussi nécessaire, qu'une personne qui aime véritablement évite de se laisser guider par des sentiments amoureux. Il peut m'arriver de rencontrer une femme qui m'attire beaucoup et que j'ai envie d'aimer mais, parce que je sais que ce serait néfaste pour la stabilité de mon mariage d'avoir une aventure à ce moment-là, je me dis, dans le silence de mon cœur : « J'ai envie de l'aimer, mais je ne le ferai pas. » De même, il n'est pas rare que je refuse un patient très sympathique qui a toutes les chances de réussir une thérapie, parce que mon temps est déjà consacré à d'autres patients, dont certains sont beaucoup plus difficiles. Mes sentiments amoureux sont sans limites, pas ma capacité d'aimer. Je dois donc choisir la personne vers qui diriger ma volonté d'aimer. Le véritable amour n'est pas un sentiment qui nous transporte. C'est une décision engagée et réfléchie.

La tendance générale à confondre le véritable amour et le sentiment amoureux cause toutes sortes d'illusions trompeuses. Un alcoolique peut très bien dire au barman qui lui sert un autre verre : « J'aime vraiment ma famille », au moment précis où sa femme et ses enfants ont désespérément besoin de lui. Ceux qui négligent leurs enfants de la façon la plus évidente sont souvent les premiers à se considérer comme de bons parents. C'est pratique de confondre l'amour et les sentiments amoureux ; il est facile et assez agréable de trouver la confirmation de son amour dans ses sentiments. En revanche, cela peut être difficile et douloureux de la trouver dans son comportement. Mais, parce que l'amour véritable est un acte de volonté qui transcende les éphémères sentiments amoureux ou la cathexis, il est juste de dire : « L'amour, c'est ce qu'on *fait*. » L'amour et son contraire, comme le bien et le mal, ne sont pas des phénomènes purement subjectifs mais objectifs.

Le travail d'attention

Après avoir vu ce que l'amour n'est pas, étudions ce qu'il est. Nous avons mentionné dans l'introduction à cette deuxième partie que l'amour impliquait l'effort. Lorsque nous nous dépassons, lorsque nous faisons un pas ou un kilomètre de plus, nous le faisons en combattant l'inertie due à la paresse ou la résistance due à la peur. Se dépasser ou combattre la paresse, c'est ce que nous appelons le travail ; et affronter la peur, c'est avoir du courage. L'amour est donc une forme de travail ou bien une forme de courage. Plus précisément, c'est le courage ou le travail ayant pour but l'évolution spirituelle. On peut très bien travailler ou faire preuve de courage pour d'autres raisons : tout travail ou acte de courage n'est donc pas de l'amour. En revanche, l'amour implique toujours le travail et le courage puisqu'il exige le dépassement de soi. Si une action n'est ni du travail ni du courage, ce n'est pas un acte d'amour. Il n'y a aucune exception.

L'un des principaux aspects que peut prendre l'acte d'amour est l'attention. Lorsque nous aimons quelqu'un, nous lui donnons de l'attention ; nous

nous préoccupons de son évolution. Lorsque nous nous aimons nous-mêmes, nous nous soucions de notre propre évolution. Nous occuper de quelqu'un, c'est nous intéresser à lui, et cela demande que nous fassions l'effort de remplacer nos préoccupations du moment (voir la discipline des parenthèses) par notre attention consciente à celles de l'autre. L'attention est un acte de volonté, de travail contre l'inertie de notre esprit. Comme le dit Rollo May : « Quand nous analyserons la volonté avec tous les outils que nous apporte la psychanalyse moderne, nous nous trouverons ramenés au niveau de l'*attention* ou de l'*intention* en tant que siège de la volonté. L'effort qui entre dans l'exercice de la volonté, c'est en réalité un effort d'attention ; la tension incluse dans le fait de vouloir est l'effort de garder claire la conscience, c'est-à-dire la tension pour maintenir concentrée l'attention[1]. »

L'un des moyens, de loin le plus courant et le plus important, d'exercer son attention, c'est d'écouter. Il nous semble passer un temps fou à écouter, mais c'est souvent une illusion, car très peu d'entre nous savent véritablement le faire. Un jour, un psychologue d'entreprise m'a fait remarquer que plus un enfant étudie une matière à l'école, moins il s'en sert une fois adulte. Ainsi, dans une journée, un homme d'affaires passera environ une heure à lire, deux heures à parler et huit heures à écouter. Pourtant, à l'école, nos enfants passent beaucoup de temps à apprendre à lire, un peu à apprendre à parler, et pour ainsi dire pas de temps à apprendre à écouter. Je ne

1. Rollo May, *Amour et Volonté* (traduction de Leo Dile ; Stock. 1971).

130

pense pas qu'il serait bon de déterminer tout ce que nous apprenons à l'école en fonction de ce que nous ferons plus tard, mais je suis persuadé en revanche qu'il serait fort utile de donner aux enfants quelques leçons sur la manière de bien écouter – art plus difficile qu'il n'y paraît. C'est parce qu'ils n'ont pas conscience de l'attention et de l'effort que cela exige que la plupart des gens ne savent pas écouter.

Il y a quelque temps, j'ai assisté à la conférence d'un célèbre érudit, sur les rapports entre la psychologie et la religion, sujet qui me passionne depuis longtemps. J'ai tout de suite reconnu en cet homme un grand sage. Je sentais de l'amour dans le fantastique effort qu'il faisait pour communiquer à son auditoire, à l'aide de toutes sortes d'exemples, des concepts abstraits et difficiles à comprendre. J'écoutais donc avec toute l'intensité dont j'étais capable. Pendant l'heure et demie que dura son discours, la sueur dégoulinait littéralement sur mon front, malgré la climatisation. Lorsqu'il termina, j'avais terriblement mal à la tête et les muscles du cou raidis par l'effort de concentration ; je me sentais épuisé et vidé. J'avais beau savoir que je n'avais pu comprendre plus que la moitié de ce qu'il avait dit, j'étais stupéfait du grand nombre de brillantes révélations qu'il m'avait apportées. Après la conférence, à laquelle avaient assisté bon nombre d'individus cultivés, je me suis promené, pendant la pause, en écoutant leurs commentaires. Dans l'ensemble, ils étaient déçus. Connaissant sa réputation, ils attendaient plus. Ils le trouvaient difficile à suivre et assez confus. Une femme annonça même, à l'approbation générale : « En fait, il ne nous a pas dit grand-chose. »

Contrairement aux autres, j'ai pu entendre la plupart du discours de cet homme, justement parce que j'étais prêt à faire l'effort de l'écouter ; et ce, pour deux raisons : d'abord parce que j'ai compris qu'il était un grand homme et que ce qu'il avait à dire serait certainement fort intéressant ; et ensuite à cause de mon intérêt pour le sujet qui me prédisposait à absorber ce qu'il disait, pour accroître mes connaissances et nourrir mon évolution spirituelle. L'écouter était pour moi un acte d'amour. Je l'aimais parce que je percevais en lui un homme de grande valeur qui méritait un effort d'attention, et je m'aimais moi-même parce que j'étais prêt à faire le travail nécessaire à ma propre évolution spirituelle. Puisqu'il était le professeur et moi l'élève, lui le donneur et moi le receveur, mon amour était avant tout égoïste, motivé par ce qu'il pourrait m'apporter et non par ce que je pourrais lui donner. Pourtant, il est fort probable qu'il ait senti, au sein de son auditoire, l'intensité de ma concentration, mon attention et mon amour : il se trouvait ainsi, lui aussi, récompensé. L'amour, nous le verrons, est un phénomène à double sens par lequel le receveur donne et le donneur reçoit.

Après cet exemple où celui qui écoute reçoit, voyons maintenant le cas le plus habituel où celui qui écoute donne : lorsqu'on écoute les enfants. Un enfant s'écoute différemment selon son âge. À six ans, par exemple, les enfants ont tendance à parler sans cesse. Comment faire face à ce bavardage permanent ? Le plus facilement en l'interdisant. Croyez-le ou non, il y a des familles où les enfants n'ont absolument pas le droit de s'exprimer, et où le dicton « la parole est aux grandes personnes » est en vigueur vingt-quatre heures sur vingt-quatre. Les enfants sont là, muets observateurs des adultes. Une autre possibilité est de laisser parler l'enfant, sans l'écouter, de telle sorte qu'il ne gêne pas mais parle simplement aux murs ou à lui-même, créant une sorte de fond sonore qui peut parfois devenir agaçant. Une troisième solution est de faire semblant d'écouter tout en continuant ses activités ou en suivant le fil de ses pensées, donnant ainsi à l'enfant l'impression que l'on fait attention à lui, intervenant dans son monologue à des moments plus ou moins appropriés avec des « ah oui ! » ou des « c'est bien ». Mais on peut aussi écouter de manière sélective, ce qui est une forme intelligente de « faire semblant » : on dresse l'oreille si ce que dit l'enfant paraît important, espérant séparer le bon grain de l'ivraie avec un minimum d'efforts. L'inconvénient, c'est que la capacité de l'esprit humain à faire ce genre de sélection est assez limitée, et le résultat laisse souvent beaucoup d'ivraie et peu de bon grain. La cinquième et dernière possibilité est, bien sûr, d'écouter pleinement l'enfant lui donnant une totale attention, pesant chaque mot et comprenant chaque phrase.

Ces cinq manières de réagir aux incessants bavardages des enfants ont été présentées dans un ordre d'efforts croissant. Le lecteur naïf pourrait supposer que je vais suggérer aux parents de toujours appliquer la dernière solution et d'écouter en permanence leurs enfants avec toute leur attention. Pas du tout ! Tout d'abord, la faculté de parole d'un enfant de six ans est telle qu'il leur resterait peu de temps pour faire autre chose, sans compter qu'ils seraient trop épuisés. Ensuite, ce serait terriblement ennuyeux car, il faut bien l'avouer, le discours d'un enfant de cet âge n'est pas toujours passionnant. Il est donc nécessaire de faire une espèce d'amalgame des cinq solutions. Il faut parfois dire tout simplement aux enfants de se taire : leur intervention peut être gênante dans des situations critiques où l'attention doit être ailleurs, ou même impolie vis-à-vis des autres, ou encore lorsqu'elle est simplement pour l'enfant l'occasion de faire preuve d'une autorité malvenue. Souvent, les enfants de six ans parlent pour le plaisir, et il n'y a pas lieu de leur donner une attention qu'ils ne demandent pas forcément alors qu'ils sont heureux de se parler à eux-mêmes. Mais à d'autres moments, les enfants ne se satisfont plus du monologue et désirent une réaction parentale ; dans ce cas, une apparence d'écoute est souvent suffisante, car ce qu'ils cherchent alors n'est pas tant la vraie communication que de la compagnie. De plus, les enfants eux-mêmes aiment entrer et sortir de la communication : ils comprennent donc très bien que leurs parents écoutent sélectivement puisque c'est leur propre manière d'agir. Ils prennent cela comme un jeu. Les enfants n'ont vraiment besoin d'être écoutés que pendant une période relativement courte. C'est l'une des nombreuses tâches difficiles des parents que de parvenir à un équilibre, aussi proche que possible de l'idéal, entre les diverses façons d'écouter leurs enfants, répondant de manière appropriée aux différents besoins de ceux-ci.

Cet équilibre est rarement atteint parce que, si le temps de réelle écoute demandé est en fait assez court, beaucoup de parents – peut-être même la plupart – sont incapables ou peu disposés à faire l'effort nécessaire. Ils croient parfois écouter vraiment alors qu'ils ne font que semblant ou qu'ils écoutent à moitié, sans s'avouer qu'ils font preuve de paresse. Parce que écouter véritablement, ne serait-ce qu'un court moment, demande un grand effort. Cela exige une totale concentration : on ne peut pas écouter avec attention en faisant autre chose. Lorsqu'un parent est disposé à écouter, rien d'autre ne doit compter. Si l'on n'est pas prêt à oublier tout, y compris ses propres préoccupations et soucis du moment, c'est que l'on n'est pas disposé à écouter véritablement. Et puis, l'effort demandé pour une totale concentration sur les paroles d'un enfant de six ans est bien supérieur à celui qu'il faut pour écouter un grand conférencier : ses phrases sont irrégulières (répétitions, pauses, précipitations, etc.). Écouter un enfant de cet âge est donc un acte d'amour. Sans l'amour pour les motiver, les parents ne pourraient l'accomplir.

Mais pourquoi se casser la tête ? Pourquoi dispenser tous ces efforts pour se concentrer pleinement sur les babillages d'un enfant de six ans ? Tout d'abord, parce que c'est la meilleure façon de prouver à votre enfant que vous l'estimez. Deuxièmement, conscient de sa valeur, l'enfant dira de plus en plus de choses intéressantes. Il répondra à votre attente. Troisièmement, plus vous l'écouterez, plus vous vous rendrez compte que le discours apparemment innocent de votre enfant peut être passionnant malgré ses hésitations ou ses interruptions. Le dicton : « La vérité sort de la bouche des enfants » apparaît comme une évidence à tous ceux qui les écoutent véritablement. Écoutez votre enfant avec intérêt, et vous verrez qu'il est tout à fait extraordinaire. Et plus vous vous en rendrez compte, plus vous aurez envie de l'écouter, et plus vous apprendrez. Quatrièmement, plus vous écouterez votre enfant, mieux vous pourrez lui apprendre à vivre. Si vous le connaissez mal, vous aurez tendance à lui enseigner soit des choses qu'il n'est pas prêt à assimiler, soit des choses qu'il connaît déjà, et qu'il comprend peut-être mieux que vous. Enfin, plus vous montrerez à votre enfant qu'il est extraordinaire, digne d'estime et d'attention, plus il sera disposé à vous écouter et à vous estimer en retour. Et plus votre enseignement sera approprié, plus votre enfant aura envie d'apprendre. Et plus il apprendra, plus il sera extraordinaire. Si le lecteur perçoit le caractère progressif de ce processus, il comprend la réciprocité de l'amour. Et au lieu d'un cercle vicieux qui tire vers le bas, on est en présence d'une spirale qui élève vers la croissance et l'évolution. La valeur crée la valeur. L'amour engendre l'amour. Parents et enfants tournoient ensemble, de plus en plus vite, dans le « pas de deux » de l'amour.

La manière d'écouter diffère selon l'âge, mais le processus de base est le même. Avec les très jeunes enfants, la communication est plutôt non verbale mais exige quand même des périodes de totale concentration : vous ne pouvez pas faire de beaux pâtés de sable quand votre esprit est ailleurs. Et si vous faites des pâtés sans enthousiasme, vous risquez d'affaiblir celui de votre enfant. Les adolescents demandent moins de temps d'écoute, mais une écoute plus profonde. Ils sont moins enclins à parler pour ne rien dire mais, lorsqu'ils s'expriment, leur discours réclame plus d'attention que celui des jeunes enfants.

Le besoin d'être écouté par ses parents ne disparaît jamais complètement. Un homme d'une trentaine d'années, assez brillant, en thérapie pour manque de confiance en lui, se souvenait de nombreuses situations où ses parents, travaillant tous deux, n'étaient pas disposés à l'écouter, et considéraient que ce qu'il avait à dire était de peu d'importance et de valeur. Mais de tous ces souvenirs, le plus fort et le plus douloureux remontait à ses vingt-deux ans, l'année où il avait écrit une longue thèse qui lui avait valu de terminer ses études avec tous les honneurs. Comme ses parents étaient ambitieux pour lui, ils furent ravis de ce succès. Pourtant bien qu'il ait laissé, pendant un an, un exemplaire de sa thèse bien en évidence au beau milieu du salon et fait de nombreuses allusions pour que ses parents « y jettent un œil », aucun des deux ne prit jamais la peine de la lire. Vers la fin de sa thérapie, il me dit :

– Je pense qu'ils l'auraient lue et même qu'ils m'en auraient fait des compliments, si je leur avais dit : « Je vous en prie, lisez ma thèse, je voudrais que vous sachiez et que vous compreniez le genre de chose qui m'intéresse », mais cela aurait été comme de les supplier de m'écouter, et je n'allais certainement pas, à vingt-deux ans, quémander leur attention. Cela ne m'aurait sûrement pas rassuré sur ma valeur.

Écouter véritablement, donner toute son attention à l'autre, est toujours une manifestation d'amour. La discipline de la « mise entre parenthèses », l'abandon temporaire de ses préjugés, références et désirs, voilà ce qui est essentiel pour comprendre de l'intérieur, autant que faire se peut, le monde de son interlocuteur et se glisser dans sa peau. Cette union entre celui qui parle et celui qui écoute constitue en fait un dépassement de soi, une extension de ses propres limites dont on tire toujours un enseignement. Conscient de cette proximité, l'interlocuteur se sent de moins en moins vulnérable et de plus en plus enclin à s'ouvrir et à dévoiler le plus profond de sa pensée. Les deux personnes s'estiment ainsi de plus en plus : le duo de l'amour peut commencer. L'énergie nécessaire pour la discipline de la « mise entre parenthèses » et l'attention totale ne peuvent être obtenues que par l'amour, par le désir de se dépasser en vue de l'évolution mutuelle. La plupart du temps, cette énergie nous fait défaut. Même si dans nos relations professionnelles ou sociales nous avons l'impression d'écouter attentivement, nous n'écoutons en fait que sélectivement, en gardant à l'esprit un emploi du temps préétabli, en nous demandant comment nous pourrons parvenir à certains résultats ou, sinon, terminer cet entretien au plus vite, au moins le diriger dans le sens le plus favorable.

Puisque la véritable écoute est un acte d'amour, elle ne peut être plus appropriée que dans la vie à deux. Pourtant, peu de gens s'écoutent vraiment au sein d'un couple. En conséquence, lorsque les couples viennent nous voir pour une thérapie ou des conseils, notre première tâche est de leur apprendre à le faire. Il nous arrive d'échouer, car l'énergie et la discipline impliquées sont plus qu'ils n'en veulent donner. Les couples sont surpris, parfois même horrifiés, lorsque nous leur disons qu'ils devraient prendre rendez-vous pour se parler. Cela leur paraît rigide, pas très spontané ni romantique. Pourtant, on ne peut écouter véritablement que si on en prend le temps et si les conditions sont favorables. Cela ne peut pas fonctionner si on est en train de conduire, de faire la cuisine, si on est fatigué ou si on a hâte de se coucher, si on est interrompu ou si on est pressé. L'« amour » romantique est sans effort, et les couples rechignent souvent à supporter l'effort et la discipline de l'amour et de l'écoute véritables. Mais, quand ils en ont le courage, leur effort est magnifiquement récompensé. Il nous arrive fréquemment d'entendre, une fois le processus entamé avec succès, ce genre de réflexion d'un époux à l'autre :

– Cela fait vingt-neuf ans que nous sommes mariés et j'ignorais cela de toi.

Alors, nous savons que le couple a commencé à évoluer.

Bien que notre capacité à écouter véritablement s'améliore avec la pratique, cela demande toujours un effort. L'une des qualités principales d'un psychiatre est sa capacité à écouter véritablement. Pourtant, pendant les cinquante-cinq minutes que dure une séance, il n'est pas rare que je me surprenne à ne pas écouter pleinement ce que dit mon patient. Parfois même, je perds complètement le fil de son discours et de ses associations, et il me faut lui dire :

– Je suis navré, mais j'ai laissé mon esprit vagabonder un instant et je ne vous écoutais pas très attentivement. Voulez-vous bien revenir sur vos dernières phrases ?

Curieusement, lorsque cela se produit, les patients ne m'en veulent en général pas ; et le fait que je reconnaisse mon inattention momentanée les rassure en leur prouvant que, la plupart du temps, j'écoute vraiment. Le fait que le patient se sente véritablement écouté a déjà, en soi, un effet thérapeutique. Dans environ 25 % des cas – que les patients soient des enfants ou des adultes –, on sent une amélioration considérable, voire spectaculaire, pendant les premiers mois de psychothérapie, avant même que les racines des problèmes aient été mises au jour ou que des interprétations aient été élaborées. Il y a plusieurs causes à cela, mais je pense que la principale est que le patient se sait véritablement écouté, pour la première fois depuis bien longtemps – peut-être pour la première fois de sa vie.

Alors qu'écouter est la forme d'attention la plus importante qu'on puisse donner, d'autres sont aussi nécessaires dans les relations d'amour, et tout particulièrement avec les enfants. Ces formes sont multiples et variées. L'une d'elles est le jeu. Avec les bébés, ce seront les pâtés de sable ou les cubes ; avec les enfants de six ans, faire des tours de passe-passe ou jouer à cache-cache ; avec ceux de douze ans, le badminton, rami, etc. Lire des livres aux très jeunes, c'est leur manifester de l'attention, tout comme aider les plus âgés à faire leurs devoirs. Les activités de famille sont très importantes : les pique-niques, le cinéma, les promenades, les voyages, les fêtes. Certaines activités sont seulement des services rendus aux enfants : surveiller les tout-petits lorsqu'ils jouent sur la plage, ou les conduire à droite et à gauche lorsqu'ils sont adolescents. Mais toutes ces formes d'attention ont en commun qu'elles impliquent du temps passé avec l'enfant. Au fond, s'occuper de quelqu'un, c'est passer du temps avec lui, et la qualité de l'attention est proportionnelle à l'intensité de la concentration pendant ce laps de temps. Le temps passé avec les enfants pendant leurs diverses activités permet de les observer et de mieux les connaître, de savoir, par exemple, s'ils sont bons ou mauvais joueurs, comment ils font leurs devoirs et comment ils apprennent, ce qui leur plaît et ce qui ne leur plaît pas, quand ils sont courageux et quand ils ont peur – autant d'informations précieuses pour un parent qui aime. Il offre aussi de multiples occasions de leur enseigner les qualités et les principes de base de la discipline. L'utilisation d'activités ludiques pour enseigner à l'enfant et mieux le connaître est, bien sûr, à la base de la thérapie de jeu, et les bons thérapeutes savent jouer avec leurs jeunes patients pour en tirer des observations importantes leur permettant d'intervenir.

Surveiller un enfant de quatre ans à la plage, écouter les interminables histoires décousues de celui de six ans, apprendre à conduire à un adolescent, écouter attentivement l'époux qui raconte sa journée au travail ou au marché, et comprendre ses problèmes de l'intérieur, essayer d'être aussi patient ou attentif que possible sont autant de tâches souvent ennuyeuses, parfois inopportunes et toujours épuisantes : elles impliquent du travail. Si nous étions plus paresseux, nous ne les accomplirions jamais. Mais, puisque l'amour est un travail, l'essence du non-amour est la paresse, sujet extrêmement important. Nous l'avons évoqué tout au long de la première partie sur la discipline, et dans celle-ci sur l'amour. Et nous approfondirons la question en troisième partie lorsque nous en aurons une perspective encore mieux définie.

Le risque de la perte

L'acte d'amour – se dépasser – demande, je l'ai dit, de réagir contre la paresse (par le travail) ou contre la peur (par le courage). Passons maintenant du travail de l'amour au courage de l'amour. Lorsque nous nous dépassons, notre moi entre en territoire inconnu. Nous faisons des choses dont nous n'avons pas l'habitude. Nous changeons. Avoir des activités nouvelles, se trouver en territoire inconnu, faire les choses différemment : tout cela est plutôt effrayant, l'a toujours été et le sera toujours. Chacun réagit à sa manière face à la peur du changement, mais cette peur est inévitable pour qui veut changer vraiment. Le courage n'est pas l'absence de peur, c'est l'action malgré la peur, la réaction contre la résistance qu'engendre la peur de l'inconnu et du futur. À un certain niveau, l'évolution spirituelle – et donc l'amour – demande du courage et implique un risque. C'est ce risque que nous allons maintenant étudier. Si vous allez à la messe régulièrement, vous remarquerez peut-être une femme d'une quarantaine d'années qui arrive, chaque dimanche, cinq minutes avant le début de l'office et s'assied sans se faire remarquer, toujours sur la même chaise d'une allée de côté, au fond de l'église. Dès que la messe est terminée, elle part discrètement et rapidement, bien avant les autres, et avant que le prêtre ait pu arriver à la porte pour voir ses fidèles. Si vous parveniez à lui adresser la parole – ce qui est peu probable – pour l'inviter à prendre le café dans la salle paroissiale (comme il est courant de le faire aux États-Unis après la messe), elle vous remercierait poliment, n'osant pas vous regarder dans les yeux, et vous dirait, avant de se sauver, qu'elle a un rendez-vous important. Si vous la suiviez jusqu'à son rendez-vous important, vous constateriez qu'elle rentre directement dans son petit appartement où les rideaux sont toujours tirés, où elle ferme immédiatement tous les verrous derrière elle, pour ne pas ressortir de la journée. Si vous pouviez continuer à la surveiller, vous apprendriez qu'elle occupe un modeste poste de dactylo dans un grand bureau, où elle accepte sans mot dire tout le travail qui lui est donné, l'exécute sans erreur et le rend sans commentaire. Elle apporte son déjeuner qu'elle prend sur son bureau ; elle n'a pas d'amis ; elle rentre chez elle à pied, s'arrête toujours au même supermarché impersonnel pour faire quelques provisions et disparaît dans son appartement jusqu'au lendemain matin. Le samedi après-midi, elle va seule au cinéma. Elle a la télévision ; pas le téléphone. Elle ne reçoit presque jamais de courrier. Si vous arriviez, Dieu sait comment, à communiquer avec elle et à lui dire que sa vie paraît assez solitaire, elle vous dirait qu'en fait elle apprécie sa solitude. Si vous lui demandiez pourquoi elle n'a pas un animal pour lui tenir compagnie, elle vous répondrait qu'elle a eu un chien qui est mort il y a huit ans et qu'aucun autre chien ne pourra le remplacer.

Qui est cette femme ? Nous ne connaissons pas les secrets de son cœur. Mais ce que nous savons, c'est que sa vie entière est consacrée à éviter les risques et qu'elle essaie en permanence non pas d'évoluer, mais de se replier sur elle-même, de se rétrécir jusqu'au point de quasi-non-existence. Elle ne « cathecte » rien de vivant. Bien sûr, nous avons dit que la cathexis n'est pas l'amour, qu'il la dépasse. C'est vrai mais, au départ, l'amour implique la cathexis : nous ne pouvons aimer que ce qui a, d'une façon ou d'une autre, de l'importance pour nous. Or, la cathexis implique inévitablement le risque du rejet ou de la perte. Si vous vous dirigez vers quelqu'un, il y a toujours le risque que cette personne s'éloigne de vous à votre approche, vous laissant encore plus seul qu'avant. L'amour, c'est tout ce qui vit – une personne, un animal, une plante – et donc qui meurt aussi. Faites confiance à quelqu'un, et vous risquez d'être déçu ; comptez sur quelqu'un, et il peut vous laisser tomber. Le prix de la cathexis est la douleur. Si on a l'intention d'éviter la douleur, on doit sacrifier beaucoup de choses : les enfants, le mariage, l'extase du sexe, l'ambition, l'amitié – tout ce qui fait la vie et lui donne un sens. Bougez ou évoluez, dans quelque direction que ce soit, et votre récompense sera la peine autant que la joie. Une vie bien remplie est pleine de douleur. Mais la seule échappatoire est de ne pas vivre pleinement ou même de ne pas vivre du tout.

L'essence même de la vie est le changement, l'évolution et le déclin combinés. Choisissez la vie et l'évolution, et vous choisissez en même temps le changement et la perspective de la mort. L'une des causes probables de la vie étriquée et solitaire de la femme décrite ci-dessus était probablement une expérience – ou une série d'expériences – avec la mort qui lui fut si douloureuse qu'elle était déterminée à ne plus jamais s'y trouver confrontée, fût-ce au prix de la vie elle-même. En fuyant la mort, elle évitait l'évolution et le changement. Elle avait choisi une vie monotone dépourvue de toute nouveauté, de tout imprévu, une « mort vivante », sans risque ni remise en question. J'ai dit plus haut que la tentative d'éviter la souffrance légitime était à la base de toute maladie mentale. Il n'est donc pas surprenant que la plupart des patients en psychothérapie – et les autres, puisque la névrose est la norme plutôt que l'exception – aient à tout âge des difficultés à affronter, carrément et librement, la réalité de la mort. Ce qui est étonnant en revanche, c'est que la littérature psychiatrique commence à peine à examiner l'importance de ce phénomène. Si nous pouvons vivre en sachant que la mort nous accompagne en permanence, qu'elle est toujours là, derrière notre dos, alors elle peut devenir, comme pour Don Juan, notre « alliée », toujours redoutable, mais source intarissable de sages conseils[1].

Alors, étant en permanence conscients des limites de notre temps pour vivre et pour aimer, nous sommes constamment guidés à l'utiliser au mieux et à vivre le plus pleinement possible. Mais, si nous ne sommes pas prêts à admettre la pré-

1. Voir Carlos Castaneda : *Les Leçons de Don Juan : Le Voyage à Ixtlan* (Gallimard. 1974) ; *Histoires de pouvoir* (Gallimard, 1975) ; *Une voie yaqui de la connaissance* (Bourgois, 1984). Ces livres traitent du processus psychothérapeutique.

sence continuelle de la mort, nous nous privons de ses conseils et ne pouvons vivre ou aimer librement, sans arrière-pensée. Lorsque nous refusons la mort, c'est-à-dire, avec elle, la nature changeante des choses, nous nous détournons inévitablement de la vie.

Le risque de l'indépendance

Ainsi donc, la vie tout entière présente des risques, et plus nous vivons avec amour, plus elle comporte de risques. Parmi les milliers, ou même les millions, de risques que nous prenons au cours d'une vie, le plus grand est celui d'évoluer, de grandir. Passer de l'enfance à l'âge adulte, c'est franchir un grand fossé plutôt qu'un simple pas, et beaucoup de gens ne parviennent jamais à le sauter. Bien qu'ils puissent paraître des adultes, même des adultes qui réussissent, on peut dire que la plupart restent toute leur vie psychologiquement des enfants incapables de se libérer de l'emprise parentale. La meilleure illustration est sans doute – justement parce qu'elle me touche de si près – la façon dont j'ai fait le grand saut, heureusement assez tôt : j'avais quinze ans. Bien que ce fût une décision tout à fait consciente, je tiens à vous dire, pour préfacer cette histoire, qu'à l'époque je ne me rendais absolument pas compte que j'étais en train de grandir. Je savais seulement que je me précipitais vers l'inconnu. À treize ans, j'avais été envoyé en pension dans un collège de garçons très réputé, où mon frère m'avait précédé. Je savais que j'avais de la chance d'y aller, car cela m'ouvrirait les portes des plus grandes universités. J'étais fier d'être né de parents si attentionnés qui pouvaient offrir à leurs enfants la meilleure scolarité, et ressentais une grande sécurité à l'idée de pouvoir bénéficier d'une éducation des plus « comme il faut ». Le seul problème, c'est que, dès les premiers jours de classe, je me suis senti très malheureux, pour des raisons tout à fait inconnues de moi à l'époque, et qui d'ailleurs demeurent, à ce jour, assez obscures. Il semblait simplement que « je n'allais pas dans le décor », que ce fût avec les professeurs, avec les élèves, aux cours, ou dans les activités sportives et sociales ; je n'étais pas à l'aise dans cet environnement. Pourtant, il me semblait évident que je n'avais qu'à essayer de m'y faire, d'en tirer profit, de me plier à cette structure prévue pour moi et qui me paraissait être la meilleure possible. Et j'ai vraiment essayé pendant deux ans et demi. Pourtant, chaque jour, ma vie perdait un peu plus de son sens et j'étais de plus en plus malheureux. Durant la dernière année, je ne fis pas grand-chose d'autre que dormir, car dans le sommeil seulement je pouvais trouver un peu de réconfort. Avec le recul, je pense qu'en dormant je me reposais et me préparais inconsciemment au pas que j'allais franchir. Cela se passa lorsque, au cours de ma troisième année, je suis rentré à la maison pour les vacances de Pâques et que j'ai annoncé que je ne retournerais pas au collège. Mon père me dit :

– Tu ne peux pas abandonner tes études dans l'un des meilleurs collèges ! Tu ne te rends pas compte du gâchis !

– Je sais que c'est un très bon collège, mais je n'y retournerai pas.

– Pourquoi n'essaies-tu pas de t'y habituer ? De faire une autre tentative ? demandèrent mes parents.

– Je ne sais pas, répondis-je, sachant que cet argument était un peu faible. Je ne sais même pas pourquoi je m'y sens si mal, mais je déteste cette pension et je n'y retournerai pas.

– Alors que vas-tu faire ? Puisque tu as l'air si peu préoccupé par ton avenir, qu'est-ce que tu as l'intention de faire au juste ?

Là encore, ne me sentant pas tout à fait à la hauteur, je répondis :

– Je l'ignore. Tout ce que je sais, c'est que je n'y retournerai pas.

Mes parents, c'est compréhensible, furent alarmés, et m'emmenèrent sans tarder chez un psychiatre qui diagnostiqua une dépression et recommanda que je sois hospitalisé pendant un mois, me donnant une journée pour décider si c'était là vraiment mon souhait. Cette nuit-là – ce fut la seule fois de ma vie –, j'ai sérieusement envisagé le suicide. Un séjour dans un hôpital psychiatrique me paraissait tout à fait approprié, puisque, comme l'avait dit le psychiatre, j'étais déprimé. Mon frère s'était adapté au collège, pourquoi pas moi ? Je savais que mon incapacité à m'adapter était totalement de mon ressort, et je me sentais inadapté, incompétent et sans valeur. Pire, je pensais que j'étais probablement un malade mental. Mon père n'avait-il pas dit : « Tu es fou de vouloir interrompre tes études dans l'un des meilleurs collèges » ? Si j'y étais retourné, j'aurais retrouvé tout ce qui était sécurisant, juste, approprié, constructif, prouvé et connu. Pourtant, cela ne me correspondait pas. Au plus profond de

148

moi-même, je le savais. Mais alors, quel était mon chemin ? Si je n'y retournais pas, tout ce qui se présentait à moi était l'inconnu, l'indéterminé, l'insécurité, l'imprévisible, le non-reconnu. Seul un fou pouvait choisir une telle voie. J'étais terrifié. Mais, à ce moment, dans le plus profond désespoir, une série de mots me parvint, surgissant de mon inconscient, comme l'étrange oracle désincarné d'une voix qui n'était pas mienne : « La seule sécurité dans la vie réside en la saveur de l'insécurité. » Même si cela voulait dire être fou et en désaccord avec l'ordre établi, j'avais décidé d'être moi. Je me sentis mieux et me reposai. Le lendemain matin, je retournai voir le psychiatre et lui dis que je ne voulais pas retourner au collège et que j'étais prêt à entrer à l'hôpital. J'avais franchi le fossé vers l'inconnu, « grandi », pris mon destin en main en abandonnant un modèle de vie et un ensemble de valeurs selon lesquels j'avais été élevé.

Le plus souvent, on grandit par étapes, en franchissant une multitude de petits pas vers l'inconnu, ainsi la première fois qu'un petit garçon de huit ans prend son vélo pour aller à l'épicerie du village, ou qu'un adolescent ose un premier baiser. Si vous doutez du risque impliqué dans ces actes, alors vous ne pouvez vous rappeler l'anxiété qui les précédait. En observant même le plus équilibré des enfants, vous verrez non seulement sa soif de s'essayer à des activités nouvelles et adultes, mais aussi, en même temps, une hésitation, l'envie de reculer, de rester dans la sécurité de ce qu'il connaît, de se cramponner à la dépendance et à l'enfance. D'ailleurs, vous pourrez retrouver, à des niveaux plus ou moins subtils, cette même ambivalence chez les adultes, et surtout chez les personnes âgées qui s'accrochent aux vieilles choses et aux vieilles idées qui leur sont familières. Actuellement, à quarante ans, je me trouve confronté presque quotidiennement à des occasions de me risquer à faire les choses différemment. Je suis encore en train de grandir, d'évoluer, et pas toujours aussi rapidement que je le pourrais. Au milieu de toutes ces petites étapes de l'évolution, il en est d'immenses, mais beaucoup de gens ne prennent jamais ces chemins qui se présentent à eux et, en conséquence, ne grandissent jamais vraiment. Malgré l'apparence, ils demeurent psychologiquement les enfants de leurs parents, vivant sur des valeurs transmises de père en fils, motivés principalement par l'approbation de leurs parents – même si ceux-ci sont morts depuis longtemps –, n'osant jamais vraiment prendre leur vie en main. Bien que les grandes étapes évoquées plus haut soient en général franchies pendant l'adolescence, elles peuvent l'être à n'importe quel âge.

Voici quelques exemples. Une femme de trente-cinq ans, mère de trois enfants, mariée à un macho qui la contrôle et la rabaisse sans cesse, est parvenue, petit à petit et au prix d'une grande souffrance, à se rendre compte que rester dépendante de lui fait d'elle une morte vivante. Son mari bloque toutes ses tentatives pour améliorer leurs relations conjugales. Finalement, avec beaucoup de courage et d'audace, elle réussit à divorcer, supportant toutes les récriminations de son mari et les critiques de ses voisins, pour se risquer vers un avenir inconnu, seule avec ses trois enfants mais, pour la première fois de sa vie, enfin libre d'être elle-même.

Un brillant homme d'affaires de cinquante-deux ans, déprimé à la suite d'une crise cardiaque, reconsidère sa vie consacrée à l'ambition de gagner plus d'argent et de s'élever toujours plus haut dans la hiérarchie, et ne lui trouve plus aucun sens. Après mûre réflexion, il se rend compte qu'il a toujours été motivé par le désir de plaire à une mère dominatrice et critique. Il s'est pratiquement tué au travail pour lui prouver sa réussite. Et puis, bravant la désapprobation de sa mère, ainsi que la colère de sa femme et de ses enfants habitués à un niveau de vie élevé, il finit par se retirer à la campagne où il ouvre une petite boutique de brocante et restaure des meubles anciens.

De tels changements radicaux, de tels sauts vers l'indépendance et l'autodétermination sont terriblement douloureux, à n'importe quel âge, demandent un énorme courage, et il n'est pas rare qu'ils soient l'aboutissement d'une psychothérapie. En fait, à cause de l'importance du risque inhérent à de telles actions, l'aide de la psychothérapie est souvent nécessaire, non pas parce qu'elle diminue le risque, mais parce qu'elle soutient et donne du courage.

Mais quel rapport y a-t-il entre l'amour et ces histoires, si ce n'est le fait que le dépassement de soi lié à l'amour est un élargissement du moi vers d'autres dimensions ? Tout d'abord, ces exemples, comme les autres cas de changement radical, sont des actes d'amour de soi. L'amour de soi donne la force nécessaire pour opérer de tels changements et il est aussi à la base du courage dont nous avons besoin pour les risquer. C'est seulement parce que, lorsque j'étais enfant, mes parents m'avaient vraiment aimé et estimé que je me sentais assez fort au fond de moi pour défier leurs attentes et prendre un autre chemin que celui qu'ils m'avaient tracé. En surface, je me sentais mal dans ma peau et sans valeur, peut-être même fou d'agir comme je le faisais, mais j'étais capable de tolérer ces malaises, parce que, en même temps, au plus profond de mon âme, j'avais le sentiment d'être quelqu'un de bien, même si j'étais différent. En osant être « fou », j'entendais les milliers de messages d'amour que mes parents m'avaient prodigués pendant mon enfance et qui disaient : « Tu es merveilleux et digne d'amour. Nous t'aimerons quoi que tu fasses, du moment que tu es toi-même. » Sans cette sécurité de l'amour de mes parents qui se reflétait dans mon amour-propre, j'aurais probablement choisi le monde connu au lieu de l'inconnu et j'aurais continué à suivre le chemin que mes parents préféraient, au prix de ma personnalité. Et enfin, c'est seulement à partir du moment où on a franchi ce fossé vers l'inconnu de l'authenticité du moi, de l'indépendance psychologique et de l'individualité que l'on est libre d'avancer vers les chemins plus élevés de l'évolution spirituelle, libre de manifester son amour au plus haut niveau. Tant que l'on se marie, qu'on a des enfants ou qu'on poursuit une brillante carrière dans le seul but de satisfaire les attentes de ses parents ou de quelqu'un d'autre, y compris de la société, l'engagement demeure très superficiel. Tant qu'on aime ses enfants parce qu'il est de coutume de le faire, on demeure insensible à leurs véritables besoins et incapable de leur témoigner de l'amour dans ses aspects les plus subtils et souvent les plus importants. Les formes les plus élevées de l'amour sont inévitablement de libres choix et non des actes de conformisme.

Le risque de l'engagement

Qu'il soit profond ou non, l'engagement est la base d'une relation d'amour. Un engagement profond ne garantit pas le succès d'une relation mais, bien plus que d'autres facteurs, il contribue à l'assurer. Et un engagement superficiel au début peut vite s'approfondir avec le temps ; sinon, la relation s'effritera ou sera inévitablement faible et chroniquement déficiente. Il arrive fréquemment que nous ne soyons pas conscients de l'importance du risque que comporte un engagement profond. J'ai déjà expliqué que l'une des fonctions du phénomène instinctif de tomber amoureux, c'est de nous envelopper dans un voile qui nous donne l'impression d'être omnipotents et nous cache les risques que nous prenons en nous engageant dans le mariage. Pour ma part, le jour de mon mariage, j'étais relativement calme jusqu'à ce que ma femme me rejoigne à l'autel : à ce moment-là, tout mon corps s'est mis à trembler ; et, après, j'étais tellement paniqué que je ne me souviens absolument pas du reste de la cérémonie ni de la réception qui suivit. En tout cas, c'est notre sens des responsabilités qui, après le mariage, nous permet de réussir la transition entre l'amour fou et l'amour véritable. C'est ce même sens des responsabilités, auquel s'ajoute l'engagement, qui nous fait passer de l'état de parents biologiques à celui de parents psychologiques[1].

L'engagement est inhérent à toute relation d'amour véritable. Toute personne concernée par l'évolution spirituelle de quelqu'un sait, consciemment ou inconsciemment, qu'elle ne peut encourager cette évolution de manière significative que par la constance. Les enfants ne peuvent évoluer vers une maturité psychologique dans une atmosphère où l'imprévisible domine et où ils sont hantés par la peur d'être abandonnés. Les couples ne peuvent pas résoudre sainement les problèmes universels du mariage – par exemple l'indépendance et la dépendance, la domination et la soumission, la liberté et la fidélité – sans avoir la sécurité de savoir que l'affrontement de ces problèmes ne les détruira pas.

Les problèmes de l'engagement et de la prise de responsabilités, associés aux troubles psychiatriques, dans lesquels ils ont un rôle important, deviennent cruciaux au cours d'une psychothérapie. Les gens qui souffrent de troubles du caractère ont tendance à s'engager très superficiellement et, s'ils sont très atteints, ils ne parviennent pas à prendre d'engagements du tout. Ce n'est pas qu'ils ont peur des risques que cela comporte, mais qu'ils ne savent même pas ce que cela signifie. Comme leurs parents ne se sont pas suffisamment engagés vis-à-vis d'eux ils ont grandi sans faire l'expérience de l'engagement, pour eux une notion abstraite qui les dépasse, un phénomène

1. L'importance de la distinction entre parents biologiques et parents psychologiques est également développée et étudiée dans *Dans l'intérêt de l'enfant ? Un nouveau statut de l'enfance*, de Goldstein, Freud et Solnit (E.S.F., 1978. « La Vie de l'enfant »).

qu'ils ne peuvent pas vraiment concevoir. En revanche, les névrosés sont en général conscients de ce que l'engagement représente, mais paralysés par la peur. Généralement, dans leur tendre enfance, leurs parents se sont suffisamment engagés vis-à-vis d'eux pour que le phénomène soit réciproque. Pourtant, si l'amour parental disparaît à la suite d'un décès, d'un abandon ou d'un rejet, l'engagement sans retour de l'enfant sera cause d'une douleur intolérable au point qu'il redoutera de s'engager de nouveau. De telles blessures peuvent se cicatriser à la seule condition qu'il puisse plus tard avoir une expérience plus favorable de l'engagement. C'est entre autres pour cette raison que l'engagement est un élément de base dans les relations psychothérapiques. Il y a des moments où je tremble en songeant à l'importance de ce que je fais lorsque j'accepte un nouveau patient. Parce que la guérison ne s'obtient que si le psychothérapeute amène ses relations avec son patient au même niveau d'engagement et avec la même conscience que des parents aimants peuvent donner à leurs enfants. Et cette capacité du thérapeute à s'engager vis-à-vis de son patient sera mise à l'épreuve et sûrement manifestée de mille façons au cours de la thérapie (qui peut durer des mois, voire des années).

Un jour, Rachel, une jeune femme de vingt-sept ans, très « comme il faut », assez froide et distante, est venue me voir à la fin d'un court mariage : son mari l'avait quittée parce qu'elle était frigide.

– Je sais bien que je suis frigide, disait Rachel. J'espérais aller mieux au contact de Mark, mais non. Je ne pense pas que ce soit sa faute. En fait, je n'ai jamais vraiment aimé faire l'amour, avec qui que ce soit. Et, pour être franche, je ne crois pas que je le veuille vraiment. Une partie de moi le voudrait parce que j'ai envie d'avoir un mariage réussi un jour, et j'aimerais être normale – les gens normaux ont l'air de trouver quelque chose de merveilleux dans le sexe. Mais une autre partie de moi se satisfait d'être comme je suis. Mark disait toujours : « Détends-toi et laisse-toi aller. » Peut-être que je ne veux même pas me détendre et me laisser aller, même si je le pouvais.

Au troisième mois de notre travail en commun, je fis remarquer à Rachel qu'elle me disait toujours merci au moins deux fois avant de s'asseoir au début d'une séance – d'abord quand j'allais la chercher dans la salle d'attente, et ensuite lorsqu'elle entrait dans mon bureau.

– Qu'est-ce qu'il y a de mal à être polie ? me dit-elle.

– Rien de mal en soi, répondis-je, mais dans ce cas particulier cela paraît peu justifié. Vous agissez comme si vous étiez une invitée, et même pas sûre d'être la bienvenue.

– Mais je suis comme une invitée, c'est votre maison, ici.

– Certes, mais c'est aussi vrai que vous me payez très cher de l'heure pour y être. Vous avez en quelque sorte acheté ce temps et ce bureau, et y avez donc droit. Vous n'êtes pas une invitée. Ce bureau, cette salle d'attente et le temps que nous passons ensemble sont votre droit ; c'est à vous, alors pourquoi me remercier pour quelque chose qui vous appartient ?

– Je ne peux pas croire que c'est ce que vous pensez ! s'exclama-t-elle.

156

– Alors vous devez croire que je peux vous mettre à la porte à tout moment, quand cela me chante. Vous vous imaginez qu'un jour vous pourrez arriver et m'entendre vous dire : « Je n'ai plus envie de travailler avec vous et j'ai décidé de ne plus vous voir, au revoir et bonne chance. »

– C'est exactement ce que je ressens, acquiesça-t-elle. Je n'ai jamais considéré que j'avais droit à quelque chose, ou que j'étais dans mon droit. Vous voulez dire que vous ne pourriez pas me mettre dehors ?

– Oh, peut-être que je pourrais, mais je ne le ferais pas. Je ne voudrais pas. Ce ne serait pas, entre autres, très moral. Écoutez, Rachel, lorsque j'accepte de travailler avec un patient à long terme, je m'engage vis-à-vis de lui. Et c'est valable pour vous aussi, aussi longtemps qu'il sera nécessaire. Je ne sais pas si vous arrêterez au moment où vous serez vraiment prête ou avant. Mais, quoi qu'il en soit, c'est vous qui déciderez quand vous voudrez arrêter cette thérapie. À moins que je ne meure, je serai à votre service aussi longtemps que vous le souhaiterez.

Il ne m'était pas très difficile de comprendre le problème de Rachel. Au tout début de sa thérapie, son ex-mari, Mark, m'avait dit :

– Je pense que sa mère a beaucoup à voir là-dedans. C'est une femme assez remarquable : elle ferait un excellent président pour la General Motors, mais je ne suis pas sûr qu'elle ait été une bonne mère.

Effectivement, Rachel avait été élevée, ou plutôt gouvernée, avec le sentiment que, si elle n'obéissait pas, elle risquait d'être mise à la porte. Au lieu de bien faire comprendre à Rachel que sa place dans la maison familiale en tant qu'enfant était sûre – ce qui ne peut être le fait que de parents engagés –, la mère de Rachel avait tout fait pour lui donner l'impression contraire : la position de Rachel, telle celle d'une employée, n'était assurée que si elle produisait ce qu'on lui demandait et se comportait selon ce qu'on attendait d'elle. Si, enfant, elle ne se sentait pas en sécurité chez elle, comment pouvait-elle l'être chez moi ?

De telles blessures infligées aux enfants par un manque d'engagement de la part des parents ne peuvent être guéries par quelques mots ni quelque réconfort superficiel. À des niveaux de plus en plus profonds, elles doivent être pensées, travaillées sans relâche. Par exemple, environ un an plus tard, nous avons travaillé sur l'une de ces blessures. Nous avions mis l'accent sur son incapacité à pleurer en ma présence – une autre façon qu'elle avait de ne jamais se laisser aller. Un jour, elle parlait de sa terrible solitude qui venait du fait qu'elle devait constamment être sur ses gardes, je sentais qu'elle était au bord des larmes et qu'elle avait juste besoin que je la pousse un peu, alors, ce qui est très rare, je lui ai doucement caressé les cheveux en disant : « Ma pauvre Rachel, ma pauvre Rachel. » Mais cela échoua. Rachel se raidit brutalement et se redressa.

– Je ne peux pas, dit-elle, je ne peux pas me laisser aller.

La séance touchait à sa fin. À la séance suivante, Rachel s'assit sur le divan au lieu de s'y allonger.

– Eh bien, maintenant, c'est à votre tour de parler, annonça-t-elle.

– Que voulez-vous dire ?

– Vous allez me dire tout ce qui ne va pas en moi.

J'étais perplexe.

– Je ne comprends toujours pas, Rachel.

– Ceci est notre dernière séance, alors vous allez me résumer tout ce qui ne tourne pas rond et les raisons pour lesquelles vous ne pouvez plus continuer à me soigner.

– Je n'ai pas la moindre idée de ce qui se passe.

C'était à son tour d'être déconcertée.

– Eh bien, dit-elle, lors de la précédente séance vous vouliez que je pleure. Cela fait longtemps que vous voulez que je pleure. Et là, vous avez fait tout votre possible pour cela, et pourtant je n'y suis pas parvenue. Alors, aujourd'hui, c'est notre dernière séance.

– Vous croyez vraiment que je vais vous renvoyer, n'est-ce pas, Rachel ?

– Oui, n'importe qui le ferait.

– Non, Rachel, pas n'importe qui. Votre mère peut-être. Mais je ne suis pas votre mère. Vous n'êtes pas mon employée. Vous n'êtes pas là pour faire ce que je veux. Vous êtes là pour faire ce que vous voulez, quand vous en avez envie. Je peux vous aider ou vous pousser, mais je n'ai aucun pouvoir sur vous. Je ne vous renverrai jamais. Vous pourrez venir ici aussi longtemps que vous le désirerez.

Les enfants auxquels leurs parents n'ont pas su montrer leur sens des engagements souffrent souvent, dans leurs relations humaines à l'âge adulte, de ce que l'on pourrait appeler le syndrome du « je te quitterai avant que tu ne me quittes ». Ce syndrome peut prendre toutes sortes d'aspects et de déguisements. Chez Rachel, c'était la frigidité.

Bien que cela n'ait jamais été conscient, ce que la frigidité de Rachel voulait exprimer à son mari et, avant, à ses petits amis, c'était : « Je ne vais pas me donner à toi alors que je sais très bien que tu me plaqueras un jour ou l'autre. » Pour Rachel, se laisser aller, sexuellement ou dans d'autres circonstances, cela représentait un engagement de sa personne, ce à quoi elle était réticente puisque, dans le passé, elle n'avait jamais reçu d'engagement en retour.

Le syndrome du « je te quitterai avant que tu ne me quittes » devient de plus en plus fort au fur et à mesure qu'une personne telle que Rachel se rapproche de quelqu'un d'autre. Après un an de thérapie, à raison de deux séances par semaine, Rachel m'annonça qu'elle ne pouvait plus se permettre de me payer quatre-vingts dollars par semaine. Depuis son divorce, me dit-elle, elle avait du mal à joindre les deux bouts, et il lui faudrait soit ne plus me voir du tout, soit réduire à une séance par semaine. Sur un plan tout à fait réaliste, cela était purement ridicule. Je savais que Rachel avait hérité de cinquante mille dollars qui s'ajoutaient à son modeste salaire, et qu'elle appartenait à une vieille famille fortunée. Normalement, j'aurais dû la confronter au fait qu'elle pouvait se payer mes services beaucoup plus facilement que la plupart de mes autres patients et qu'elle utilisait le fallacieux prétexte de l'argent pour échapper à notre rapprochement croissant. D'un autre côté, je savais que l'héritage de Rachel représentait pour elle plus que de l'argent : c'était à elle, quelque chose qui ne pourrait pas la laisser tomber, un bouclier dans un monde indifférent. Bien qu'il eût été raisonnable de ma part de lui demander de piocher dans son héritage pour payer le prix habituel des séances, j'ai pensé qu'elle n'était pas encore prête à prendre ce risque et que, si j'insistais, elle se sauverait. Elle m'avait dit que, compte tenu de son salaire, elle ne pouvait me payer que cinquante dollars par semaine, somme qu'elle proposait de me payer pour une seule séance par semaine. Je lui dis que je pouvais réduire mon prix à vingt-cinq dollars par séance, ce qui voulait dire que je pouvais continuer à la voir deux fois par semaine. Elle me regarda avec, dans les yeux, un mélange d'incrédulité, de peur et de joie.

– Vous feriez cela pour moi, vraiment ? demanda-t-elle.

Je fis oui de la tête. Suivit un long moment de silence. Finalement, émue comme elle ne l'avait jamais été, elle me dit :

– Les commerçants de la ville, sachant que je viens d'une famille fortunée, m'ont toujours fait payer le prix fort. Et vous, vous m'offrez une réduction. C'est la première fois que cela m'arrive.

En fait, Rachel arrêta sa thérapie plusieurs fois au cours de l'année qui suivit, se débattant avec le problème de savoir si elle pouvait vraiment laisser notre engagement mutuel grandir. Chaque fois, coups de fil et lettres aidant, je réussis à la faire revenir. Finalement, au bout de deux ans, nous sommes parvenus à parler plus franchement de ses problèmes. J'avais appris qu'elle écrivait des poèmes et je lui demandai de me les montrer. Tout d'abord, elle refusa. Puis elle accepta mais, semaine après semaine, elle « oubliait » de me les apporter. Je lui fis remarquer que me cacher ses poèmes, c'était comme cacher sa sexualité à Mark et aux autres hommes. Pourquoi pensait-elle que le fait de me montrer ses poèmes représentait pour elle un engagement total de sa personne ? Pourquoi pensait-elle que partager sa sexualité avec un homme était un engagement similaire ? Même si je devais ne pas être totalement réceptif à sa poésie, cela voudrait-il dire que je la rejetais complètement ? Est-ce que je ne voudrais plus la voir simplement parce qu'elle n'était pas une grande poétesse ? En revanche, partager sa poésie approfondirait nos relations. Pourquoi avait-elle peur d'un tel approfondissement ?

Finalement, reconnaissant que je m'étais vraiment engagé vis-à-vis d'elle, elle commença à se laisser aller au cours de sa troisième année de thérapie. Elle prit enfin le risque de me laisser lire ses poèmes. Puis elle réussit à pleurer lorsqu'elle était triste, à rire et à plaisanter aussi parfois. Nos relations, jusque-là assez guindées et froides, devinrent plus chaleureuses, spontanées, souvent décontractées et gaies.

– Je n'ai jamais su ce que c'était d'être à l'aise avec quelqu'un, me dit-elle un jour. Ici, c'est la première fois que je me sens en confiance.

De la sécurité de mon cabinet et de nos relations, elle fut vite capable de s'aventurer vers d'autres relations. Elle comprit que le sexe n'était pas une question d'engagement, mais plutôt d'expression personnelle, de jeu et d'exploration, d'apprentissage et de joyeux abandon. Sachant que, comme la mère qu'elle aurait dû avoir, je serais toujours disponible si on lui faisait du mal, elle se sentait libre de laisser éclater sa sexualité. Sa frigidité disparut. À la fin de sa thérapie, qui dura quatre ans, Rachel était devenue une jeune femme passionnée, vivante et ouverte qui savait profiter de tout ce que les relations humaines pouvaient lui apporter.

J'avais heureusement pu offrir à Rachel un degré d'engagement qui compensa le manque dévastateur qu'elle avait subi durant son enfance. Mais je n'ai pas toujours eu autant de chance : l'informaticien dont j'ai parlé en première partie, dans le chapitre sur les transferts, est un bon exemple. Son besoin d'engagement de ma part était tel que je n'étais ni capable de l'assumer ni vraiment disposé à le faire. Si l'engagement du thérapeute n'est pas assez fort pour survivre aux vicissitudes des relations avec le patient, la guérison profonde n'est pas possible. En revanche, si le thérapeute s'engage suffisamment, le patient, en retour, s'engagera presque toujours vis-à-vis du thérapeute et de la thérapie. Le moment où le patient commence à montrer cet engagement constitue le tournant d'une thérapie. Pour Rachel, je pense que ce tournant a été franchi au moment où elle a bien voulu me montrer ses poèmes. Mais, curieusement, certains patients peuvent venir deux ou trois fois par semaine pendant des années, et ne jamais atteindre ce stade. D'autres peuvent y arriver au bout de quelques mois seulement. Mais tous doivent y parvenir s'ils veulent guérir.

Pour le thérapeute, c'est un moment merveilleux de joie et de soulagement lorsque ce stade est atteint, parce qu'il sait alors que le patient a assumé le risque de s'engager à guérir et que la thérapie réussira.

Ce risque est aussi celui de la confrontation avec soi-même et du changement. Dans la première partie, lorsque j'ai parlé de se consacrer à la vérité, j'ai développé les difficultés que l'on a à changer sa carte de la réalité, sa façon de voir le monde et ses transferts. Pourtant, on doit les changer si l'on veut mener une vie d'amour impliquant de nombreux élargissements du moi à de nouvelles dimensions et vers de nouveaux engagements. Que l'on soit seul ou guidé par un thérapeute, il y a des moments dans le voyage vers l'évolution spirituelle où l'on doit prendre des initiatives d'actions nouvelles et inconnues pour s'adapter aux nouvelles données. Agir très différemment de ce que l'on a toujours fait peut représenter un risque personnel extraordinaire. Le jeune homosexuel passif qui décide pour la première fois d'inviter une fille ; la personne qui n'a jamais fait confiance à quiconque et qui s'allonge sur le divan du psychanalyste ; la femme au foyer, jusqu'alors dépendante, qui annonce à son mari qu'elle va travailler, qu'il le veuille ou non, parce qu'elle doit vivre sa vie ; le fils à maman de cinquante ans qui demande à sa mère de cesser de l'appeler par son surnom d'enfant ; l'homme apparemment fort, indépendant et émotionnellement distant qui se permet de pleurer en public ; ou Rachel qui se laisse aller et, pour la première fois, pleure dans mon bureau : ces actions, et beaucoup d'autres, impliquent un grand risque personnel et sont donc souvent plus effrayantes et redoutables que celles du soldat qui s'avance au combat. Le soldat ne peut se sauver parce qu'on lui pointe un fusil derrière comme devant. Mais l'individu qui essaie d'évoluer peut toujours opter pour la facilité et se réfugier dans le cadre plus familier mais plus limité de son passé.

On a dit plus haut que le psychothérapeute qui veut réussir doit se donner à ses relations avec son patient avec autant de courage et d'engagement que ce dernier. Il doit lui aussi risquer le changement. De toutes les règles de psychothérapie qui m'ont été enseignées, il y en a peu que je n'aie pas eu à briser, à un moment ou à un autre, non pas par paresse ou par manque de discipline, mais plutôt en ayant peur et en tremblant, parce que la thérapie de mon patient, à ces moments-là, me le dictait.

Pensant à tous les cas où j'ai réussi, je constate qu'à un certain moment au cours de chacune de ces thérapies j'ai dû risquer le tout pour le tout. Le fait que le thérapeute soit prêt à souffrir de tels moments est probablement l'essence même de la thérapie, et lorsque cette souffrance est perçue par le patient – ce qui est généralement le cas –, elle est toujours thérapeutique. C'est aussi à travers cette disposition à se dépasser, à souffrir avec le patient et pour lui, que le thérapeute évolue et change. Et, là encore, je me rends compte qu'il n'y a pas une réussite qui n'ait résulté d'un changement très significatif, parfois radical, de mon attitude et de mes perspectives. Il doit en être ainsi. Il est impossible de comprendre quelqu'un si on ne lui fait pas un peu de place en soi. Et cette nouvelle mise entre parenthèses demande un dépassement des limites et donc un changement du moi.

Cela vaut aussi pour tous les bons parents. Les mêmes conditions sont nécessaires lorsqu'il s'agit d'écouter les enfants. C'est seulement en étant disposé à supporter la douleur que causent leurs changements que nous pouvons prétendre être les parents dont nos enfants ont besoin. Et nous sommes obligés d'évoluer et de changer en même temps qu'eux, suivant les besoins qu'ils expriment. Nous avons tous entendu parler, par exemple, de parents attentifs et adéquats jusqu'à l'adolescence de leurs enfants, et qui ensuite se montrent incapables de s'adapter. Il serait incorrect de voir dans la souffrance et le changement qu'implique le désir d'être de bons parents un sacrifice ou un martyre ; au contraire, les parents ont plus à y gagner que leurs enfants. Les parents qui refusent le risque de souffrir du changement, de l'évolution et de l'enseignement venant de leurs enfants choisissent le chemin de la sénilité – qu'ils le sachent ou non –, et leurs enfants et le monde les laisseront loin derrière. Savoir écouter l'enseignement de ses enfants est la meilleure occasion de donner un sens à ses vieux jours. Il est triste de remarquer que peu savent la saisir.

Le risque de la confrontation

Le dernier, et probablement le plus grand, des risques de l'amour est celui d'exercer son pouvoir avec humilité. L'exemple le plus courant est la confrontation. Lorsque nous nous confrontons à quelqu'un, nous lui disons implicitement : « Tu as tort et j'ai raison. » Lorsqu'un parent se confronte à son enfant en lui disant : « Tu es un rapporteur », le parent dit en fait : « Tu as tort et j'ai le droit de te critiquer parce que, moi, je ne le suis pas, et j'ai raison. » Lorsqu'un mari reproche à sa femme sa frigidité, il lui dit en substance : « Tu es frigide parce que ce n'est pas normal que tu ne répondes pas à mes désirs sexuels avec plus de ferveur, dans la mesure où je suis sexuellement normal et, par ailleurs, tout à fait équilibré. C'est toi qui as un problème sexuel ; pas moi. » Lorsqu'une femme reproche à son mari de ne pas consacrer assez de temps à sa famille, elle lui dit : « Tu t'investis trop dans ton travail et tu as tort. Je ne suis pas à ta place, mais je vois les choses plus clairement que toi, et je sais que j'ai raison de penser que tu devrais mieux répartir tes activités. » Bien des gens utilisent sans arrière-pensée la capacité de se confronter à quelqu'un, de dire : « J'ai raison et tu as tort, tu devrais être différent » ; des parents, des époux et des individus, dans diverses situations, l'exercent quotidiennement et sans se poser de questions, critiquant à droite et à gauche, sans réfléchir. Ce genre de critique en général lancée sous l'impulsion de l'énervement et de la colère, ne fait qu'ajouter à la confusion du monde.

Pour qui aime véritablement, la critique ou la confrontation ne vient pas facilement car elle est signe d'arrogance. S'affronter à la personne aimée, c'est présumer de sa propre supériorité intellectuelle ou morale. Or, qui aime véritablement reconnaît et respecte l'individualité et l'identité de l'autre, et hésitera à dire : « J'ai raison et tu as tort ; je sais mieux que toi ce qui est bon pour toi. » Mais la réalité de la vie fait qu'on peut parfois effectivement savoir ce qui est bon pour l'autre, pourtant plus directement concerné, et se trouver de fait dans une position de supériorité – en connaissance et en sagesse – vis-à-vis du problème du moment. Dans ces conditions, le plus sage des deux a l'obligation, par amour et donc pour l'évolution spirituelle de l'autre, d'affronter le problème. Celui qui aime se trouve alors face à un dilemme, pris entre l'amour, qui lui impose le respect du chemin choisi par la personne aimée, et la responsabilité d'intervenir par amour lorsque cette dernière en a besoin.

On ne peut résoudre le problème que par un laborieux et minutieux examen de soi où l'on pèse très attentivement le bien-fondé de sa « sagesse » et les motifs qui se cachent derrière le besoin d'exercer sa domination. « Est-ce que je vois les choses clairement ou est-ce que je suis guidé par de simples suppositions ? Est-ce que je comprends vraiment la personne que j'aime ? Le chemin qu'il ou elle est en train de prendre n'est-il pas le bon et ne suis-je pas en train de mal juger à cause de ma vision limitée de la situation ? Ne suis-je pas en train de servir mes intérêts en pensant qu'il ou elle a besoin de mes conseils ? » Voilà les questions que doit se poser continuellement la personne qui aime véritablement. Cet auto-examen, aussi objectif que possible, est l'essence de l'humilité et de la douceur. Selon les paroles d'un moine anglais, maître spirituel anonyme du XIVe siècle : « L'humilité n'est en elle-même rien d'autre que la vraie connaissance et le sentiment vrai, pour l'homme, de ce qu'il est en soi-même. Car, bien assurément, qui peut se voir soi-même en vérité et sentir ce qu'il est, en vérité celui-là sera humble[1]. »

Il y a donc deux façons de se confronter à un être humain ou de le critiquer : soit avec l'assurance spontanée et instinctive qu'on a raison soit en sachant qu'on a probablement raison après avoir douté et s'être scrupuleusement interrogé. La première voie – la plus courante – est celle de

1. *Le Nuage d'inconnaissance* (traduction d'Armel Guerne : éd. du Seuil, col. « Point », 1977).

l'arrogance : elle échoue la plupart du temps, produisant plus de rancœur que d'évolution, sans compter d'autres effets néfastes et inattendus. La deuxième est celle de l'humilité : elle est plus rare car elle exige un véritable dépassement de soi ; elle a beaucoup plus de chances d'être positive, et n'est jamais, à ma connaissance, destructrice.

Certains individus ont, pour une raison ou pour une autre, complètement étouffé leur tendance naturelle à critiquer ou à affronter spontanément les autres et se réfugient derrière la sécurité morale de l'humilité, n'osant jamais assumer un quelconque pouvoir.

Ainsi un pasteur, le père d'une de mes patientes âgée d'une trentaine d'années. Son épouse était une femme violente qui dominait la maison, piquant des crises de nerfs, manipulant tout le monde, n'hésitant pas à frapper son mari devant leur fille. Le père ne se défendait jamais et conseillait même à sa fille de répondre à sa mère en tendant l'autre joue ; il prônait la charité chrétienne en se soumettant et en la respectant. Lorsqu'elle commença sa thérapie, ma patiente admirait la douceur et l'« affection » de son père. Il ne lui fallut pourtant pas beaucoup de temps pour comprendre que son humilité était en fait de la faiblesse, et que sa passivité l'avait privée d'un bon père, tout comme sa mère, par sa méchanceté et son égocentrisme l'avait privée d'une bonne mère. Elle se rendit finalement compte qu'il n'avait rien fait pour la protéger de la malfaisance de sa mère, rien même pour faire face à cette malfaisance, ne laissant à sa fille que la seule possibilité d'accepter les modèles de ses parents : le côté dominateur et amer de sa mère et la pseudo-humilité de son père. Manquer à son devoir de critiquer quand cela est nécessaire pour le bien de l'évolution spirituelle représente un manquement à l'amour, autant que la critique et la condamnation irréfléchies – ou d'autres formes de non-amour. S'ils aiment leurs enfants, les parents doivent savoir, de temps en temps, s'opposer à eux et les critiquer, judicieusement et avec modération, mais en tout cas activement ; et ils doivent accepter, en retour, de se laisser critiquer par leurs enfants. De même, des époux qui s'aiment doivent pouvoir s'affronter pour l'évolution spirituelle des deux partenaires. Aucun mariage ne peut être considéré comme réussi si le mari et la femme ne sont pas l'un pour l'autre le meilleur critique. Il en est de même pour l'amitié. La tradition veut que l'amitié soit une relation sans orages, la relation du « je ne te dis que des choses gentilles et tu fais de même pour moi » reposant uniquement sur un échange de compliments et de faveurs. De telles relations sont superficielles et ne méritent pas le nom d'amitié. Heureusement, notre conception de l'amitié commence à évoluer et à s'approfondir. La confrontation provoquée avec amour fait partie intégrante de toutes les relations humaines réussies et importantes. Sinon, elles sont soit superficielles, soit vouées à l'échec.

Confronter ou critiquer est une manière d'exercer son pouvoir ou de diriger. L'exercice du pouvoir, c'est simplement essayer de changer le cours des événements, de façon consciemment ou inconsciemment prédéterminée. Il est évident qu'il existe bien d'autres manières, souvent supérieures, d'exercer son pouvoir que la critique et la confrontation. Par exemple, la suggestion, la punition et la récompense, l'interrogation, l'interdiction ou la permission, la création d'expériences, l'organisation de groupes, etc. On pourrait écrire des volumes entiers sur l'art d'exercer le pouvoir. Pour ce qui nous concerne, il nous suffit de dire que les êtres qui aiment vraiment doivent s'y intéresser, parce que, s'ils désirent aider l'autre à évoluer spirituellement, ils doivent s'intéresser à la façon la plus efficace d'accomplir cette tâche. Par exemple, des parents véritablement aimants doivent d'abord s'analyser eux-mêmes avant de décider à bon escient de ce qui est mieux pour leur enfant. Ensuite, ils sont tenus de faire très attention au caractère de l'enfant et à ses capacités avant de savoir s'il réagira mieux à une confrontation, à des éloges, à une attention accrue, à un mensonge, ou à une autre forme d'influence. Si nous voulons être entendus, il faut parler un langage que notre interlocuteur peut comprendre, et nous mettre à son niveau. Si nous voulons aimer vraiment, il nous faut ajuster nos moyens de communication aux capacités de l'être aimé.

Il est clair qu'exercer son pouvoir avec amour demande un énorme travail, mais qu'en est-il du risque que cela implique ? Le problème est que plus on aime, plus on est humble ; et plus on est humble, plus on est intimidé par l'arrogance potentielle de l'exercice du pouvoir. « Qui suis-je pour m'autoriser à influer sur le cours des événements ? Par quelle autorité supérieure suis-je habilité à décider de ce qui est mieux pour mon enfant, mon époux, mon pays, la race humaine tout entière ? Qui me donne le droit d'avoir foi en mon approche de la situation et de me permettre d'exercer mon pouvoir sur le monde ? Qui suis-je pour oser me prendre pour le bon Dieu ? » Là est le risque. Lorsque nous exerçons notre pouvoir, nous jouons à être Dieu. La plupart de ceux qui exercent un pouvoir (parents, professeurs, dirigeants) ne sont pas conscients de cela. Dans l'arrogance qu'est l'exercice du pouvoir sans la conscience totale requise par l'amour, nous sommes innocemment – mais cela est destructeur – ignorants de ce fait. Alors que celui qui aime vraiment, et donc travaille pour acquérir la sagesse que demande l'amour, le sait. Mais il sait aussi qu'il n'y a pas d'autre solution, sauf l'inaction et l'impuissance. Avec cette conscience, la personne qui aime vraiment accepte l'énorme responsabilité d'essayer d'être Dieu sans se tromper, et non pas de jouer à Dieu de manière irréfléchie. Mais nous arrivons alors à un autre paradoxe : c'est seulement avec l'humilité de l'amour que les humains peuvent oser être Dieu.

L'amour se discipline

J'ai signalé plus haut que l'énergie nécessaire à l'autodiscipline provient de l'amour, qui est une forme de volonté. Il en découle donc que l'autodiscipline est en général de l'amour traduit en action, mais aussi que, quand on aime véritablement, on doit agir avec cette autodiscipline et que toute relation d'amour véritable doit être disciplinée. Si on aime, on agira évidemment de manière à contribuer au maximum à l'évolution spirituelle de l'être aimé.

Une fois, j'ai accepté de travailler avec un jeune couple intelligent, style « artistes décontractés ».

Leur mariage, qui durait depuis quatre ans, était ponctué de querelles presque quotidiennes, avec cris, gifles et bris de vaisselle, ainsi que d'infidélités hebdomadaires et de séparations mensuelles. Peu de temps après le début de notre travail en commun, ils se rendirent compte tous les deux, avec raison, que leur thérapie les conduirait progressivement vers la discipline.

– Mais votre conception de l'amour et du mariage ne laisse aucune place à la passion, dirent-ils.

Presque immédiatement, ils interrompirent la thérapie, et il m'a été raconté dernièrement que, trois ans plus tard, après quelques essais avec d'autres thérapeutes, ils en sont toujours au même point : disputes et relations chaotiques, mais aussi deux vies personnelles toujours aussi improductives. Il n'y a pas de doute que leurs relations sont, d'une certaine façon, très colorées, mais ce sont comme les couleurs primaires des peintures d'enfants, jetées sur le papier un peu à l'aveuglette. Alors que, dans les nuances atténuées et contrôlées d'un Rembrandt, on trouve des teintes uniques, porteuses de message et infiniment plus riches. La passion, c'est ressentir profondément. Mais le fait qu'un sentiment ne soit pas contrôlé n'implique aucunement qu'il soit plus profond qu'un sentiment discipliné. Au contraire, et les psychiatres connaissent bien la valeur du vieux proverbe : « Les rivières profondes sont silencieuses. » Nous ne devons pas penser que quelqu'un qui module et contrôle ses sentiments n'est pas un être passionné.

Tout en veillant à ne pas devenir esclave de ses sentiments, on ne doit pas non plus les réduire à néant. Je dis souvent à mes patients que leurs sentiments sont plutôt leurs esclaves et que l'art de la discipline consiste à savoir diriger ces esclaves. Tout d'abord, nos sentiments sont notre source d'énergie ; ils nous donnent la puissance nécessaire pour accomplir les tâches de la vie. Puisqu'ils travaillent pour nous, nous devons les traiter avec respect. Les propriétaires d'esclaves peuvent commettre deux erreurs courantes qui s'incarnent dans deux formes opposées et contradictoires de l'exercice du pouvoir. L'une est de n'imposer aux esclaves aucune discipline, aucune limite, de ne leur donner aucune structure, aucune directive, et de ne pas leur faire comprendre clairement qui est le patron. Ce qui arrive alors, c'est qu'un jour ou l'autre les esclaves arrêtent de travailler, commencent à prendre des libertés dans le domaine, vidant le placard à alcools, saccageant le mobilier. Le propriétaire se voit alors devenir l'esclave de ses esclaves, vivant dans le même désordre que le couple un peu « bohème » ci-dessus mentionné.

L'autre forme de pouvoir – que le névrosé rongé par la culpabilité impose souvent à ses sentiments – est tout aussi autodestructrice. Dans ce cas, le propriétaire d'esclaves est tellement obsédé par la peur que ses esclaves (ses sentiments) puissent échapper à son contrôle, et si décidé à faire en sorte qu'ils ne lui causent aucun problème, qu'il les soumet en les battant, les punissant très sévèrement dès qu'ils montrent le moindre signe de vigueur. Le résultat est que les esclaves deviennent de moins en moins productifs et que leur volonté est sapée par le dur traitement qu'ils subissent. Ou alors leur volonté se tourne progressivement vers la rébellion indirecte. Si cette manière d'agir est maintenue assez longtemps, les craintes du propriétaire se réalisent et, une nuit, les esclaves se révoltent, mettent le feu à la maison, souvent avec le propriétaire à l'intérieur. On trouve là l'origine de certaines psychoses et de terribles névroses. La bonne exploitation de ses sentiments se situe clairement dans un chemin intermédiaire, complexe et donc difficile, qui demande une remise en question permanente et des ajustements continuels : le propriétaire traite ses sentiments (ses esclaves) avec respect – il leur donne de la bonne nourriture et un toit, veille à ce qu'ils soient en bonne santé, les écoute et leur répond, les organise aussi, les limite, les distingue entre eux, les dirige et leur apprend des choses, leur faisant bien comprendre qui est le patron. Voilà le chemin de la saine autodiscipline.

Parmi les sentiments qu'il faut ainsi discipliner figure ce que l'on nomme improprement l'amour mais qui, nous l'avons vu plus haut, n'est que la cathexis. Il convient de respecter ce sentiment et de le nourrir pour l'énergie créatrice qu'il apporte ; mais s'il veut devenir le maître, le résultat ne sera pas l'amour véritable mais la confusion et l'improductivité. Parce que l'amour implique une extension du moi, il nécessite une grande énergie ; or, qu'on le veuille ou non, nos réserves d'énergie sont aussi limitées que le nombre d'heures dans une journée. On ne peut tout simplement pas aimer tout le monde. C'est vrai, on peut avoir des sentiments d'amour pour l'humanité et, partant, assez d'énergie pour aimer véritablement quelques individus, mais pas plus. Essayer de dépasser les limites de son énergie, c'est offrir plus que l'on ne peut donner, et il y a un point de non-retour au-delà duquel une tentative d'aimer tous ceux qui se présentent devient malhonnête et néfaste pour ceux-là mêmes qu'on désire aider. En conséquence, si on a la chance d'être dans une position où plusieurs personnes demandent de l'attention, il faut choisir qui on veut aimer véritablement. Ce choix n'est pas facile ; il peut être extrêmement douloureux, comme l'est l'exercice du pouvoir divin, mais il est indispensable. De nombreux facteurs doivent être pris en considération : tout d'abord la capacité du récepteur potentiel de cet amour à répondre par l'évolution spirituelle, car cette capacité est différente chez chacun ; mais nous parlerons de cela plus tard. Il est toutefois indéniable que beaucoup de gens ont l'esprit enfermé derrière de telles barrières, que même les plus grands efforts pour encourager leur évolution sont voués à l'échec. Essayer d'aimer quelqu'un qui ne peut pas bénéficier de votre amour en évoluant, c'est gâcher votre énergie, c'est comme semer en terrain infertile. Le véritable amour est précieux, et ceux qui sont capables de le donner savent qu'il doit être orienté vers le succès, autant que faire se peut, par l'autodiscipline.

Voyons maintenant la face opposée à l'amour envers trop de personnes à la fois. Il est possible, du moins pour certains, d'aimer véritablement plus d'une personne en même temps. Cela, en soi, est un problème, pour plusieurs raisons. L'une d'elles est que le mythe occidental de l'amour romantique suggère qu'à chacun correspond un être qui est « fait pour lui » ; ainsi, en extrapolant, on peut dire que personne d'autre ne lui convient. Le mythe prescrit donc l'exclusivité pour les relations amoureuses, et surtout les relations sexuelles. En fait, ce mythe contribue probablement à la stabilité et à la réussite des relations humaines, puisqu'une grande majorité des gens se sentent contraints, jusqu'aux limites de leurs capacités, à se dépasser pour développer des relations de véritable amour seulement avec leur conjoint et leurs enfants. Effectivement, si on a construit avec eux un amour solide, on a déjà accompli ce à quoi beaucoup de gens ne parviennent jamais : il y a quelque chose de pathétique chez un individu qui n'a pas réussi à construire au sein de sa famille une unité d'amour et qui la cherche désespérément au-dehors. La première obligation pour qui aime véritablement est de se consacrer avant tout à ses relations maritales et parentales. Cela n'empêche pas certains individus d'être dotés d'une telle capacité d'aimer qu'ils peuvent construire avec succès des relations d'amour véritable au sein de leur famille et avoir encore assez d'énergie pour d'autres. Pour eux, le mythe de l'exclusivité est non seulement faux, mais il représente aussi une limitation inutile. Il est possible de dépasser ses limites, mais il faut alors faire preuve d'une grande discipline afin d'éviter de se disperser. C'est à ce sujet très complexe (ici à peine effleuré) que Joseph Fletcher, théologien épiscopalien, auteur de *The New Morality* (*La Nouvelle Moralité*), s'intéressait, à l'époque où il écrivait : « L'amour libre est un idéal que malheureusement peu d'entre nous sont capables d'atteindre. » Ce qu'il voulait dire, c'est que rares sont les êtres possédant la discipline nécessaire pour entretenir des relations constructives d'amour véritable dans la famille et en dehors. La liberté et la discipline sont très liées ; sans la discipline de l'amour véritable, la liberté est inévitablement non-amour et destruction.

À ce stade, certains lecteurs doivent être saturés de cette idée de discipline, et conclure que je suis en train de prêcher un mode de vie monacal. L'autodiscipline constante et la remise en question permanente ! Le devoir ! La responsabilité ! Ils appelleront peut-être cela du néo-puritanisme. Libre à eux. Mais l'amour véritable, avec toute la discipline qu'il impose, est le seul chemin de la joie réelle. Prenez un autre chemin et vous pourrez trouver de rares moments de joie extatique, mais ils seront passagers et de plus en plus fugaces. Lorsque j'aime vraiment, je me dépasse, et, en me dépassant, j'évolue.

Plus j'aime et plus j'aime longtemps, plus j'évolue. Le véritable amour est régénérant. Plus j'encourage l'évolution spirituelle des autres, plus j'encourage la mienne propre. Je suis totalement égoïste. Tout ce que je fais pour autrui, je le fais en même temps pour moi-même. Et en évoluant par l'amour, ma joie grandit aussi, toujours plus présente, toujours plus constante. Peut-être suis-je un néo-puritain. Je suis aussi un mordu de la joie.

Comme le chante John Denver :

> *L'amour est partout, je le vois.*
> *Tu es toi-même, continue et sois.*
> *La vie est parfaite, je le crois.*
> *Viens jouer le jeu avec moi[1].*

1. *Love is Everywhere* de John Denver, Joe Henry, Steve Weisberg et J. Martin Summers. Copyright 1975. Cherry Lane Music Co.

L'amour est individualité

Bien que le fait d'aider à l'évolution spirituelle de l'être aimé contribue en même temps à la nôtre, l'une des caractéristiques principales du véritable amour, c'est que la distinction entre nous-même et l'autre est toujours maintenue et encouragée. Celui qui aime vraiment perçoit toujours l'objet de son amour comme un être ayant une identité propre et complètement distincte de la sienne. De plus, celui qui aime véritablement respecte et même encourage cette individualité et cette originalité de l'être aimé. Mais l'incapacité à la percevoir est très courante et la cause de bien des maladies mentales et de souffrances inutiles. Elle se nomme, sous sa forme la plus extrême, le narcissisme. Les individus franchement narcissiques sont incapables d'appréhender leurs enfants, leur femme ou leur mari, ou bien leurs amis comme des êtres indépendants sur le plan émotionnel. La première fois que j'ai commencé à comprendre ce que le narcissisme pouvait être, c'est lors d'un entretien avec les parents d'une de mes patientes, une schizophrène, que j'appellerai Susan X. À l'époque, Susan avait trente et un ans. Depuis l'âge de dix-huit ans, elle avait fait plusieurs tentatives de suicide, et avait dû être hospitalisée presque continuellement au cours des treize dernières années. Mais, grâce aux soins psychiatriques de qualité prodigués par mes collègues, elle commençait enfin à aller mieux. Pendant les quelques mois de notre travail en commun, elle avait montré une capacité grandissante à faire confiance aux gens, à différencier ceux qui méritaient sa confiance de ceux qui ne la méritaient pas, à accepter le fait qu'elle était malade et qu'elle aurait besoin d'une grande discipline pendant le restant de sa vie pour combattre sa maladie ; elle commençait aussi à se respecter, à faire le nécessaire pour se prendre en charge et ne pas toujours compter sur les autres. À cause de ses sérieux progrès, je sentais que le moment était proche où Susan pourrait quitter l'hôpital et, pour la première fois de sa vie, mener sa barque et vivre une existence indépendante et réussie. C'est à ce moment-là que j'ai rencontré ses parents, un couple sympathique et aisé, la cinquantaine environ. J'étais heureux de les informer des énormes progrès de Susan et de leur expliquer en détail les raisons de mon optimisme. Mais, à ma grande surprise, alors que je commençais à leur parler de cela, la mère de Susan se mit à pleurer en silence, et continua tout au long de mon message d'espoir. Tout d'abord, je crus qu'il s'agissait de larmes de joie, mais son visage exprimait vraiment la tristesse.

Finalement, je lui dis :

– Je suis plutôt surpris, madame, je viens de vous annoncer des choses tout à fait positives, et vous avez l'air triste.

– Bien sûr que je suis triste, répondit-elle. Et je ne peux m'empêcher de l'être quand je pense à ce que ma pauvre Susan doit souffrir.

Alors j'entrai dans des explications plus élaborées, montrant qu'il était vrai que Susan avait souffert de sa maladie, mais qu'en même temps elle avait beaucoup appris de cette souffrance, l'avait surmontée et qu'à ma connaissance elle ne devait pas, dans le futur, souffrir plus que tout autre adulte. En fait, elle pourrait peut-être souffrir beaucoup moins que nous tous, grâce à la sagesse qu'elle avait acquise par son combat contre la schizophrénie. La mère continuait de pleurer en silence.

– Franchement, madame, je saisis mal, dis-je. Au cours des treize années qui viennent de s'écouler, vous avez dû assister à bon nombre d'entretiens comme celui-ci avec les psychiatres de Susan et, d'après ce que je sais, aucun d'eux n'a été aussi optimiste. N'êtes-vous pas heureuse en même temps que triste ?

– Je ne peux que penser à la difficulté de la vie de Susan, répondit Mme X, toujours en larmes.

– Écoutez, madame, est-ce qu'il y a quelque chose que je puisse vous dire au sujet de Susan qui vous encouragerait et vous réjouirait ?

– La vie de ma pauvre Susan est si dure et si douloureuse, pleurnicha-t-elle.

Je compris brusquement que cette femme ne pleurait pas pour Susan mais pour elle-même. Elle pleurait sur sa propre douleur et sa propre souffrance. Pourtant, l'objet de notre entretien était sa fille, pas elle, et elle pleurait au nom de Susan. Je me demandais comment elle pouvait faire cela. Enfin, je compris qu'elle n'était pas capable de faire la distinction entre elle-même et Susan. Ce qu'elle ressentait, Susan devait le ressentir aussi. Elle utilisait Susan comme le vecteur de ses propres sentiments. Elle ne le faisait ni consciemment ni méchamment ; sur le plan émotionnel, elle ne pouvait absolument pas comprendre que Susan pût avoir une identité séparée de la sienne. Elle et Susan ne faisaient qu'une. Dans son esprit, Susan en tant qu'être unique, différent, ayant son propre chemin à suivre dans la vie n'existait pas – les autres non plus, probablement. Intellectuellement, cette femme pouvait percevoir les autres comme des êtres séparés, différents d'elle. Mais, au plus profond d'elle-même, le monde entier était elle, Mme X, et elle seule.

Dans certains cas que j'eus à traiter plus tard, j'ai souvent remarqué que les mères d'enfants schizophrènes étaient des êtres terriblement narcissiques, comme Mme X. Cela ne veut pas dire que ce soit systématique. La schizophrénie est un trouble extrêmement complexe, avec des facteurs aussi bien génétiques que liés à l'environnement. Mais on peut imaginer la terrible confusion causée à Susan enfant par le narcissisme de sa mère, et on peut objectivement comprendre cette confusion lorsqu'on examine le comportement de mères narcissiques vis-à-vis de leurs enfants.

Si, un après-midi, Mme X s'apitoyait sur son sort et que Susan rentrait de l'école avec de bonnes notes, montrant fièrement à sa mère qu'elle faisait des progrès, il se peut très bien que la mère ait dit à sa fille :

– Va te reposer. Tu ne devrais pas te fatiguer en travaillant tant à l'école. Le système scolaire n'est plus ce qu'il était. Il ne se soucie pas de ce qui est bien pour les enfants.

D'un autre côté, un jour où Mme X était de bonne humeur, si Susan arrivait de l'école en pleurs parce qu'elle avait été taquinée par des garçons dans le car de ramassage scolaire, Mme X aurait pu dire :

– Heureusement que M. Jones est un bon chauffeur. Il est si gentil et patient avec les gosses qui chahutent. N'oublie pas de lui donner un petit quelque chose pour Noël.

Puisqu'ils ne perçoivent pas les autres en tant que tels mais plutôt comme des prolongements d'eux-mêmes, les individus narcissiques sont incapables d'être en communion avec les autres. Paralysés par cette incapacité, de tels parents répondent mal à leurs enfants sur le plan émotionnel, et ne leur accordent ni reconnaissance ni validation de leurs sentiments. Il n'est donc pas étonnant que leurs enfants grandissent avec de réelles difficultés à reconnaître, accepter et donc orchestrer ces derniers.

Bien qu'ils ne soient pas tous aussi narcissiques que Mme X, bon nombre de parents ne se rendent pas compte de l'individualité, de la spécificité de leur enfant. Les exemples ne manquent pas. Les parents diront de lui : « Il a vraiment un air de famille » ou bien : « C'est tout le portrait de son oncle Jim », comme si leur enfant était une copie conforme d'eux-mêmes ou de la famille, alors que les combinaisons génétiques font que les enfants sont très différents de leurs parents et de leurs ancêtres. Les pères sportifs poussent leurs enfants intellectuels à jouer au foot, et les pères intellectuels leurs fils sportifs à se plonger dans les livres, causant des sentiments de culpabilité et des soucis inutiles.

La femme d'un général se plaint de sa fille de dix-sept ans :

– Quand elle est à la maison, Sally reste dans sa chambre, à écrire des poèmes d'une tristesse... C'est morbide, docteur. Et elle refuse absolument d'être présentée en société. J'ai l'impression qu'elle est sérieusement malade.

Après un entretien avec Sally, charmante jeune fille très vivante, brillante élève et qui a beaucoup d'amis, je dis à ses parents que leur fille me paraît tout à fait saine et qu'ils ne devraient pas tant faire pression sur elle pour qu'elle devienne une réplique d'eux-mêmes. Alors ils vont consulter un autre psychiatre qui sera peut-être d'accord pour dire que les différences de Sally sont des « déviations ».

Les adolescents se plaignent souvent qu'ils sont disciplinés de force par leurs parents non pas par souci de leur personne, mais par peur qu'ils ne fassent mauvaise impression.

– Mes parents ne cessent de me casser les pieds pour que je me fasse couper les cheveux, disaient les adolescents voilà quelques années. Ils ne savent pas dire pourquoi ce n'est pas bien de porter les cheveux longs ; simplement, ils ne veulent pas que les autres voient qu'ils ont un enfant aux cheveux longs. Ils s'en foutent, de moi. Tout ce qui compte, c'est leur image.

Cette amertume des adolescents est généralement justifiée. Leurs parents sont effectivement incapables de comprendre leur individualité et les regardent comme des prolongements d'eux-mêmes, un peu comme leurs beaux habits, leur gazon bien tondu et leur voiture bien astiquée, reflet de leur statut dans le monde. Et c'est à ces formes de narcissisme parental assez bénignes mais tout de même destructrices que Khalil Gibran s'adresse par ces mots, peut-être les plus beaux jamais écrits sur les enfants :

Vos enfants ne sont pas vos enfants.
Ils sont les fils et les filles de l'appel de la Vie à elle-même.
Ils viennent à travers vous mais non de vous.

Et, bien qu'ils soient avec vous, ils ne vous
  appartiennent pas.
Vous pouvez leur donner votre amour mais non
  point vos pensées,
Car ils ont leurs propres pensées.
Vous pouvez accueillir leurs corps mais pas leurs
  âmes,
Car leurs âmes habitent la maison de demain,
  que vous ne pouvez visiter, pas même dans vos
  rêves.
Car la vie ne va pas en arrière ni ne s'attarde avec
  hier.
Vous êtes les arcs par qui vos enfants, comme des
  flèches vivantes, sont projetés.
L'Archer voit le but sur le chemin de l'infini, et Il
  vous tend de Sa puissance pour que Ses flèches
  puissent voler vite et loin.
Que votre tension par la main de l'Archer soit
  pour la joie ;
Car, de même qu'Il aime la flèche qui vole, Il aime
  l'arc qui est stable[1].

La difficulté que les humains semblent en général avoir à accepter l'individualité de leurs proches fausse non seulement leur rôle de parents, mais aussi toutes leurs relations intimes, y compris dans le mariage. Il n'y a pas si longtemps, au cours d'une thérapie de couple en groupe, j'ai entendu l'un des participants dire que « la raison d'être et la fonction » de sa femme étaient de bien tenir la maison et de le nourrir correctement. J'étais éberlué devant ce qui m'apparaissait comme un

1. Khalil Gibran, *Le Prophète* (traduction de Camille Aboussouan, Casterman, 1956 et 1986).

machisme éhonté. Je pensais le lui faire comprendre en interrogeant les autres sur la façon dont ils percevaient la raison d'être et la fonction de leur conjoint. À ma grande horreur, les six autres, hommes et femmes, donnèrent des réponses similaires. Ils définissaient tous leurs époux par rapport à eux-mêmes ; aucun ne pensa que son conjoint pouvait avoir une existence propre, ou une vie quelconque en dehors du mariage.

– Bon sang ! m'exclamai-je. Cela n'est pas étonnant que vous ayez des problèmes conjugaux ; et ils continueront jusqu'à ce que vous reconnaissiez que chacun d'entre vous doit suivre son propre destin.

Le groupe se sentit terriblement dérouté par mon intervention. De manière assez agressive, ils me demandèrent de donner ma vision des choses.

– La raison d'être et la fonction de Lily, répondis-je, c'est de s'accomplir, au maximum de ses capacités, non pas pour mon bien mais pour le sien, et à la gloire de Dieu.

Le concept leur resta malgré tout étranger quelque temps encore.

Le problème de l'individualité dans les relations intimes a, de tout temps, tourmenté les hommes. Pourtant, il a été considéré sur un plan plus politique que marital. Le communisme pur, par exemple, exprime une philosophie relativement proche de celle des membres du groupe ci-dessus mentionné. Autrement dit, l'individu doit servir le couple, le groupe, la collectivité, la société. Seul compte le destin de l'État ; le sort des individus n'importe pas. D'un autre côté, le capitalisme pur met l'individu sur un piédestal, parfois aux dépens des relations, du groupe, de la collectivité ou de la société. Les veufs et les orphelins peuvent mourir de faim, cela n'empêchera pas l'individu entreprenant de jouir du fruit de ses initiatives. Il est bien sûr évident qu'aucune de ces deux solutions extrêmes aux problèmes de l'individualisme au sein des relations intimes ne sera la bonne. La santé de l'individu dépend de celle de la société, et *vice versa*. Pour les thérapies de couple, ma femme et moi comparons le mariage avec un camp de base pour des alpinistes. Si on veut escalader des montagnes, on doit avoir un bon camp de base, un endroit avec un abri, des provisions, où l'on peut se reposer et prendre des forces avant de s'aventurer vers de nouveaux sommets. Les bons alpinistes savent qu'ils doivent passer autant de temps – si ce n'est plus – à s'occuper du camp qu'ils en passent à l'escalade proprement dite, car leur survie dépend de la solidité et du bon approvisionnement de leur camp de base.

L'un des problèmes conjugaux les plus courants, typiquement masculin, est créé par le mari qui, dès qu'il est marié, dépense toute son énergie à escalader des montagnes et aucune à s'occuper de son foyer (ou son camp de base) s'attendant qu'il soit toujours là, en parfait état, et qu'il puisse, quand il en a envie, y revenir pour se reposer et se distraire, sans se sentir responsable en quoi que ce soit de son entretien. Tôt ou tard, cette vision « capitaliste » se révélera mauvaise, et un jour, il retrouvera son camp dévasté, la femme qu'il a délaissée à l'hôpital avec une dépression nerveuse, partie avec un autre homme, ou ayant, d'une manière ou d'une autre, abandonné son rôle. D'un autre côté, une réaction féminine, tout aussi courante et traditionnelle, est celle de la femme qui, une fois mariée, considère que le but de sa vie a été atteint. Son camp de base est, pour elle, le sommet. Elle ne peut pas comprendre ni encourager le besoin qu'a son mari d'accomplir ou de faire de nouvelles expériences aliant au-delà du mariage, et réagit avec jalousie, réclamant sans cesse qu'il consacre plus de temps à sa famille. Comme les autres façons « communistes » de résoudre les problèmes, celle-ci crée des relations étouffantes et sclérosantes desquelles le mari, se sentant piégé et prisonnier, finira par s'échapper lors de sa « crise de la quarantaine ». Le mouvement de libération de la femme a beaucoup aidé à montrer la façon idéale de résoudre ces problèmes : le mariage est vraiment une institution de coopération, demandant attention et contribution mutuelles et réciproques, du temps et de l'énergie – mais existant dans le seul but d'encourager chacun des participants dans son voyage individuel vers les sommets de son évolution spirituelle. L'homme et la femme doivent tous deux s'occuper du foyer, et tous deux doivent s'aventurer hors du foyer.

Lorsque j'étais adolescent, je vibrais aux mots d'amour qu'Ann Bradstreet[1] écrivait à son mari : « Si deux êtres ont jamais fait un, c'est nous[2]. » Mais, en grandissant, je me suis rendu compte que c'est la capacité des partenaires à être indépendants qui enrichit une union. Les grandes unions ne peuvent être construites entre des êtres terrifiés par la solitude et qui cherchent à se fondre dans le

1. Poétesse américaine du XVIIᵉ siècle. (*N.d.T.*)
2. « To My Dear and Loving Husband », 1678, in *The Litterature of the United States* (Ed. Walter Blair et coll., 1953).

mariage, comme c'est souvent le cas. Le véritable amour, lui, non seulement respecte l'individualité de l'autre, mais cherche à la cultiver, même au risque de la séparation ou de la perte. Le but de la vie reste l'évolution spirituelle de chacun, le voyage solitaire vers des sommets qui ne peuvent être atteints que seul. On ne peut l'entreprendre sans le soutien d'un mariage réussi ou d'une société épanouissante, qui devraient exister justement pour cela. Comme dans tout acte de véritable amour, le « sacrifice », pour l'évolution spirituelle de l'un, conduit toujours l'autre à une évolution personnelle. C'est en rentrant de ses voyages solitaires que l'individu peut élever son mariage ou la société vers d'autres sommets. En ce sens, l'évolution personnelle et l'évolution de la société sont interdépendantes, mais elles sont toujours et inévitablement liées aux efforts évolutifs individuels.

C'est depuis la solitude de sa sagesse qu'une fois de plus Khalil Gibran, dans *Le Prophète*, nous parle du mariage :

Mais qu'il y ait des espaces dans votre communion,
Et que les vents du ciel dansent entre vous.
Aimez-vous l'un l'autre mais ne faites pas de l'amour une entrave.
Qu'il soit plutôt une mer mouvante entre les rivages de vos âmes.
Emplissez chacun la coupe de l'autre mais ne buvez pas à une seule coupe.
Partagez votre pain mais ne mangez pas de la même miche.
Chantez et dansez ensemble et soyez joyeux, mais demeurez chacun seul,

*De même que les cordes d'un luth sont seules
    cependant qu'elles vibrent de la même harmo-
    nie.*

*Donnez vos cœurs, mais non pas à la garde l'un
    de l'autre.*
*Car seule la main de la Vie peut contenir vos
    cœurs.*
*Et tenez-vous ensemble mais pas trop proches
    non plus :*
Car les piliers du temps s'érigent à distance,
*Et le chêne et le cyprès ne croissent pas dans
    l'ombre l'un de l'autre*[1].

L'amour et la psychothérapie

Il m'est difficile aujourd'hui de retrouver les
motivations et l'état d'esprit avec lesquels, il y a
quinze ans, j'ai décidé de me spécialiser en psychiatrie. Il est certain que je voulais « aider » les
gens. L'aide qu'on peut leur apporter dans d'autres branches de la médecine impliquait trop
d'une technologie avec laquelle je n'étais pas très à
l'aise, et qui me paraissait par ailleurs beaucoup
trop « mécanique » pour correspondre à mes
goûts. De plus, parler avec des individus me semblait être beaucoup plus amusant que de les tritu-
rer, et les bizarreries du cerveau humain bien plus
intéressantes que celles du corps et des microbes.
Je n'avais aucune idée de la façon dont les psychiatres aidaient les gens, sauf un fantasme selon
lequel ils étaient détenteurs de mots et de techniques magiques qui devaient démêler, comme
par enchantement, les nœuds de la psyché de

1. Khalil Gibran, *Le Prophète, op. cit.*

leurs patients. Peut-être voulais-je être un magicien. Je ne me rendais pas vraiment compte que ce travail avait à voir avec l'évolution spirituelle des patients et, *a fortiori*, avec la mienne.

Pendant les dix premiers mois de mon apprentissage, j'ai travaillé à l'hôpital avec des patients gravement atteints à qui les médicaments, les traitements de choc ou les soins attentifs des infirmières semblaient faire beaucoup plus d'effet que moi, mais j'ai appris les mots magiques et les techniques d'intervention. C'est après cette période que j'ai commencé à voir ma première patiente externe, une névrosée, pour une thérapie à long terme. Je l'appellerai Marcia. Elle venait me voir trois fois par semaine. C'était un véritable combat : elle évitait les sujets que je voulais aborder ou elle n'en parlait pas comme je le souhaitais ; parfois même, elle ne disait rien du tout. D'une certaine façon, nos points de vue étaient différents ; dans la bataille, elle finit par changer quelque peu le sien et moi le mien. Mais le combat continua malgré mon stock de mots et de techniques magiques, et aucun signe de progrès n'apparaissait chez Marcia. En fait, peu de temps après le début de nos entrevues, elle commença à développer un comportement sexuellement provocateur, et pendant des mois me raconta sans relâche ses innombrables aventures. Finalement, au bout d'un an, elle me demanda, en plein milieu d'une séance :

– Vous pensez que je suis de la merde ?

– On dirait que vous êtes en train de me demander ce que je pense de vous, répondis-je en essayant de gagner du temps.

C'était exactement ce qu'elle voulait, me dit-elle. Mais qu'en savais-je ? Quels mots ou techniques magiques pouvaient m'aider ? Je pouvais dire : « Pourquoi me demandez-vous cela ? » ou bien : « Qu'est-ce que vous imaginez que je pense de vous ? » ou encore : « Qu'est-ce qui est plus important, Marcia, ce que je pense de vous ou ce que vous pensez de vous-même ? » Mais j'avais le sentiment que ces ruses n'étaient que des échappatoires, et qu'au bout d'un an, à raison de trois séances par semaine, Marcia avait au moins droit à une réponse honnête de ma part. Je ne m'en trouvais pas moins dans une situation sans précédent : dire à quelqu'un honnêtement et en face ce que je pensais de lui ne faisait pas partie des mots ou des techniques magiques qui m'avaient été enseignés. Ce genre d'intervention n'avait pas été suggérée ni même mentionnée pendant mes études, ce qui me portait à croire qu'elle n'était pas recommandée.

C'était une situation dans laquelle un psychiatre expérimenté ne se serait jamais laissé prendre. Que faire ? Le cœur battant, je m'aventurai sur un terrain qui me paraissait assez glissant.

– Marcia, dis-je, cela fait maintenant plus d'un an que nous nous voyons. Pendant cette longue période, les choses n'ont pas toujours été faciles pour nous. Nous avons beaucoup lutté, et ce fut souvent, pour l'un comme pour l'autre, ennuyeux, dur pour les nerfs ou même parfois empreint de colère. Pourtant, malgré cela, vous avez continué à venir me voir au prix d'efforts considérables et même si cela ne vous arrangeait pas, séance après séance, semaine après semaine, mois après mois. Vous n'auriez pas été capable de faire tout cela si vous n'étiez pas le genre de personne qui veut évoluer et qui est prête à travailler dur pour progresser. Je ne crois pas pouvoir penser que quelqu'un qui travaille si assidûment sur soi-même soit de la merde. Alors ma réponse à votre question est : non, je ne pense pas que vous êtes de la merde. En fait, je vous admire beaucoup.

Parmi ses dizaines d'amants, Marcia en choisit un avec qui elle construisit des relations durables qui aboutirent à un mariage réussi et satisfaisant. Elle abandonna son comportement provocateur. Elle commença immédiatement à parler des bonnes choses qu'il y avait en elle. Le sentiment de vaine lutte entre nous disparut instantanément, et notre travail devint fluide et agréable ; ses progrès furent très rapides. Le fait que je me fusse aventuré en terrain peu sûr en révélant mes sentiments sincèrement positifs à son égard – ce que je pensais ne pas devoir faire –, au lieu de nuire à ses chances de guérison, fut apparemment très efficace, et constitua vraiment le tournant de notre travail ensemble.

Qu'est-ce que cela signifie ? Que pour réussir en psychothérapie il nous suffit de dire à nos patients que nous les estimons ? Bien sûr que non. Tout d'abord, il est nécessaire d'être, à tout moment, honnête. J'admirais et aimais sincèrement Marcia. Et, pour Marcia, il était vraiment important de le savoir, justement à cause du temps que nous avions passé ensemble et de la profondeur de nos expériences au cours de la thérapie. En fait, le tournant qui fut pris n'avait rien à voir avec mon admiration et mon affection, mais avec la nature de nos relations.

Un changement tout aussi spectaculaire se produisit au cours de la thérapie d'une jeune femme que j'appellerai Helen. Je la voyais deux fois par semaine depuis neuf mois, sans succès, et je n'avais pas véritablement de sentiments très positifs à son égard. En fait, après tout ce temps, je ne savais pas vraiment qui elle était. Jamais auparavant je n'avais vu une patiente aussi longtemps sans avoir une idée de qui elle était et de la nature des problèmes à résoudre. J'étais complètement dérouté, et j'avais passé des nuits entières à essayer, en vain, de comprendre son cas. La seule chose dont je pouvais être sûr, c'était qu'Helen ne me faisait pas confiance. Elle se plaignait avec insistance que je n'avais aucun sentiment sincère vis-à-vis d'elle, sur aucun plan, et que je ne m'intéressais qu'à son argent. Elle parlait ainsi lors d'une séance, après neuf mois de thérapie :

– Vous ne pouvez pas vous imaginer, docteur Peck, ce que c'est frustrant pour moi d'essayer de communiquer avec vous alors que vous ne vous intéressez absolument pas à moi et que vous êtes tout à fait insensible à ce que je ressens.

– Helen, répondis-je, il me semble que c'est aussi frustrant pour nous deux. Je ne sais comment vous allez prendre ceci, mais vous êtes le cas le plus frustrant que j'aie jamais connu en dix ans de pratique. Je n'ai jamais eu affaire à quelqu'un avec qui j'aie fait aussi peu de progrès pendant un laps de temps aussi long. Peut-être avez-vous raison de penser que je ne suis pas le thérapeute qu'il vous faut. Je ne sais pas. Je ne veux pas arrêter de travailler avec vous, mais c'est vrai que vous me tracassez beaucoup, et je m'interroge, jusqu'à en devenir fou, sur ce qui ne tourne pas rond dans notre travail.

Un sourire illumina son visage.

– Donc vous vous intéressez vraiment à moi après tout, dit-elle.

– Pardon ?

– Si vous ne m'aimiez pas, vous ne seriez pas aussi frustré, répondit-elle comme si tout cela était évident.

Dès la séance suivante, Helen commença à me raconter des choses qu'elle m'avait cachées ou au sujet desquelles elle m'avait menti, et en une semaine, j'avais à peu près compris quel était son problème, j'avais pu établir un diagnostic et me faire une idée de la façon dont la thérapie devait être menée.

Ma réaction envers Helen, comme celle exprimée jadis à Marcia, avait une signification déterminante, justement à cause de la profondeur de mon engagement vis-à-vis d'elle et de l'intensité de notre confrontation.

Nous pouvons donc maintenant voir un peu mieux les principaux ingrédients nécessaires à la réussite d'une psychothérapie. Ce n'est ni une vision inconditionnellement positive ni l'utilisation de mots ou de techniques magiques ; c'est l'engagement humain et la lutte. C'est la volonté qu'a le thérapeute de se dépasser dans le but d'alimenter l'évolution spirituelle de son patient – volonté de s'aventurer en terrain peu sûr, de réellement s'engager sur un plan émotionnel, de lutter avec son patient et avec lui-même. En bref, l'ingrédient essentiel d'une psychothérapie profonde et réussie, c'est l'amour.

On notera avec étonnement qu'en Occident la volumineuse littérature professionnelle sur la psychothérapie évite ce sujet. Les gourous hindous ne cachent pas que l'amour est la source de leur pouvoir[1]. La littérature occidentale ne fait que s'en approcher dans certains articles qui tentent d'analyser les différences entre les thérapeutes qui réussissent et ceux qui ne réussissent pas, et qui finissent par dire que les qualités des premiers sont la chaleur humaine et leur capacité à communiquer. En fait, nous semblons être embarrassés par l'amour, et pour bon nombre de raisons. L'une d'elles est la confusion qui domine dans notre culture entre l'amour véritable et l'amour romantique. Il y a aussi notre prédisposition pour tout ce qui est rationnel, tangible et mesurable en « médecine scientifique », celle justement grâce à laquelle a évolué la psychothérapie. Or, l'amour est un phénomène intangible, imparfaitement mesurable et suprarationnel...

Une autre raison, c'est l'importance de la tradition psychanalytique de la psychiatrie, qui veut que le psychanalyste reste distant et détaché, tradition dont il semble qu'elle soit due aux disciples de Freud plutôt qu'à Freud lui-même. Dans cette même tradition, les sentiments qu'éprouve le patient envers son thérapeute sont appelés « transfert » et les sentiments du thérapeute vis-à-vis de son patient « contre-transfert », cela impliquant que de tels sentiments sont anormaux, qu'ils font partie du problème plutôt que de sa solution, et qu'ils doivent être évités. C'est absurde. Le transfert, nous l'avons dit plus haut,

1. Voir Peter Brent, *The Godmen of India* (New York, Quadrangle Books, 1972).

se réfère à des sentiments, des perceptions et des réactions *non appropriés*. Pourtant, il n'y a rien de déplacé dans le fait qu'un patient aime son thérapeute qui l'écoute véritablement, heure après heure, sans le juger, qui l'accepte complètement, comme peut-être jamais il ne l'a été, qui ne l'utilise pas et qui l'aide à soulager ses souffrances. Au fond l'essence même du transfert est ce qui empêche le patient de développer une relation amoureuse avec le thérapeute, et la guérison consiste à dépasser ce transfert pour que le patient puisse vivre une relation amoureuse réussie, souvent pour la première fois. De même, il n'y a rien d'inapproprié dans les sentiments qu'un thérapeute éprouve pour son patient quand celui-ci se soumet à la discipline d'une psychothérapie, participe au traitement, est prêt à accepter ce que peut lui apprendre le thérapeute, et réussit à évoluer par cette thérapie. La psychothérapie intensive est, par bien des côtés, un processus de reprise parentale. Il est tout aussi normal pour un thérapeute d'avoir des sentiments affectifs pour un patient que pour de bons parents d'en avoir envers leurs enfants. En fait, c'est indispensable pour la réussite de la thérapie, et si celle-ci réussit effectivement, alors la relation thérapeutique deviendra une relation d'amour réciproque. Il est inévitable que le thérapeute ait des sentiments d'amour envers le patient, qui coïncident avec l'amour véritable qu'il a démontré.

La plupart du temps, la maladie mentale est due à une absence ou à une carence de l'amour dont l'enfant a besoin de la part de ses parents pour mûrir et évoluer spirituellement. Il est donc évident que, pour pouvoir être guéri par la psychothérapie, le patient doit recevoir de son thérapeute, au moins en partie, l'amour véritable dont il a été privé. Si un psychiatre ou un psychanalyste ne peut pas aimer véritablement son patient, la guérison profonde n'aura pas lieu. Peu importent les références et l'expérience des thérapeutes. S'ils ne sont pas capables de se dépasser en aimant véritablement leurs patients, les résultats de leur pratique seront, en général, des échecs. Un thérapeute profane, avec peu de références et d'expérience, mais qui a une grande capacité à aimer réussira aussi bien que les plus grands.

Puisque l'amour et le sexe sont intimement liés, il est normal de traiter ici, brièvement, des relations sexuelles entre les psychothérapeutes et leurs patients, sujet qui fait couler beaucoup d'encre dans la presse. À cause de la nature nécessairement intime et affectueuse des relations thérapeutiques, il est inévitable que naisse une forte ou une très forte attirance sexuelle, tant chez les patients que chez les thérapeutes. Les pressions poussant à faire aboutir de telles attirances peuvent être, elles aussi, très fortes. Je soupçonne les thérapeutes jetant la pierre à leurs collègues qui ont des relations sexuelles avec un patient de n'être pas capables d'aimer véritablement leurs patients et donc de ne pas comprendre profondément la force de ces pressions. De plus, si j'avais une patiente dont, après réflexion approfondie, je pensais que des rapports sexuels entre nous aideraient considérablement à l'évolution spirituelle, je n'hésiterais pas. Je n'ai toutefois, en quinze années d'exercice, jamais rencontré un tel cas, et j'ai du mal à imaginer qu'il puisse en exister un. Tout d'abord, je l'ai dit, le rôle d'un bon psychothérapeute est avant tout celui d'un bon parent, et de bons parents n'ont pas de relations sexuelles avec leurs enfants, pour plusieurs raisons impérieuses. Le rôle d'un parent est d'être utile à l'enfant et non pas d'utiliser l'enfant pour son propre plaisir. Il en est de même du rôle du thérapeute. Le devoir d'un bon parent est de guider l'enfant sur le chemin qui l'amènera à l'indépendance. Il en est de même du devoir du thérapeute. Il est difficile de croire qu'un thérapeute entretenant des relations sexuelles avec un patient ne l'utiliserait pas pour satisfaire ses propres désirs, et que cela encouragerait le patient à prendre son indépendance.

Beaucoup de patients, surtout les plus séduisants, ont un attachement sexualisé à leurs parents qui entrave leur évolution et leur liberté. La théorie et le peu de témoignages dont nous disposons montrent que les relations sexuelles entre un thérapeute et de tels patients sont plus à même de sceller ces attachements enfantins que de les débloquer. Même si la relation sexuelle n'est pas consommée, il est néfaste qu'un thérapeute tombe amoureux d'un patient, puisque tomber amoureux implique un effondrement des frontières du moi et une diminution du sens de l'individualité qui existe entre les êtres.

Le thérapeute qui vit une aventure avec son patient ne peut pas être objectif en ce qui concerne les besoins de ce dernier ou même les séparer des siens propres. C'est par amour pour leurs patients que les thérapeutes ne s'autorisent pas à tomber amoureux d'eux. Puisque l'amour véritable exige le respect de l'identité de l'être aimé, le thérapeute qui aime reconnaîtra et acceptera que le chemin de la vie de son patient soit séparé du sien. Pour certains thérapeutes, cela veut dire que leur chemin et celui de leurs patients ne doivent pas se croiser hors du cadre de la thérapie. Bien que je respecte ce point de vue, je le trouve, pour ma part, trop rigide. J'ai fait une fois l'expérience de revoir une ex-patiente pour qui cela s'est révélé assez néfaste, mais j'ai eu plusieurs expériences qui ont montré que des relations sociales avec d'ex-patients peuvent être tout à fait bénéfiques, pour eux comme pour moi. J'ai aussi eu la chance de réussir des thérapies avec des amis proches. Il n'empêche que des relations sociales avec des patients, en dehors des séances de thérapie, même après que celle-ci est officiellement terminée, doivent être acceptées avec beaucoup de réflexion et de prudence afin d'éviter que les besoins du thérapeute ne soient satisfaits au détriment du patient.

Plus haut, nous avons examiné le fait que la psychothérapie devrait être (*doit* être, si on veut la réussir) un processus d'amour véritable, notion plutôt hérétique dans les cercles de la psychiatrie traditionnelle. Le revers de la médaille est tout aussi hérétique : si la psychothérapie est nécessairement du véritable amour, le véritable amour doit-il être psychothérapeutique ? Si nous aimons véritablement notre conjoint, nos parents, nos enfants, nos amis, si nous nous dépassons pour encourager leur évolution spirituelle, cela veut-il dire que nous devons faire avec eux de la psychothérapie ? Ma réponse est : *certainement*. Il n'est pas rare qu'à un cocktail on me dise :

– Ce doit être difficile, docteur Peck, de séparer votre vie sociale de votre vie professionnelle.

Après tout, on ne peut pas passer son temps à analyser ses amis et sa famille, n'est-ce pas ?

En général, la personne qui me pose cette question ne dit cela que pour meubler la conversation et n'est ni intéressée ni prête à entendre une réponse sérieuse. Pourtant, parfois, la situation me donne l'occasion d'enseigner ou de pratiquer la psychothérapie, à l'improviste, sur-le-champ, ce qui explique pourquoi je n'essaie même pas – ou ne voudrais pas essayer – de séparer ma vie professionnelle de ma vie sociale. Si je sens qu'un de mes proches souffre d'une illusion, d'une idée fausse, d'une ignorance ou d'un blocage évitable, j'ai l'obligation d'essayer, autant que faire se peut, d'améliorer la situation, comme je le ferais pour mes patients. Dois-je priver ma famille de mes services, de ma sagesse et de mon amour parce qu'ils n'ont pas signé de contrat et qu'ils ne me paient pas pour mon attention ? Non. Comment puis-je être un bon père, un bon mari, un bon ami ou un bon fils si je ne profite pas des occasions qui me sont données pour essayer, avec tout mon art, d'enseigner à ceux que j'aime ce que j'ai appris, et de les aider, dans la mesure de mes possibilités, au cours de leur voyage dans l'évolution spirituelle ? De plus, j'attends d'eux la même chose. Bien que leurs critiques puissent être parfois brutales et leurs conseils pas aussi réfléchis que ceux d'un adulte, j'apprends beaucoup de mes enfants. Ma femme me guide autant que je la guide. Je n'appellerais pas mes amis des amis s'ils me cachaient leur désapprobation ou leur intérêt affectueux à l'égard du chemin que j'ai choisi. Ne puis-je pas évoluer plus vite grâce à leur aide ?

Toute relation de véritable amour est une relation de psychothérapie mutuelle.

Je n'ai pas toujours vu les choses comme ça. Il y a quelques années, j'étais plus sensible à l'admiration de ma femme qu'à ses critiques, et faisais autant pour encourager sa dépendance que son pouvoir. Je voyais mon rôle de mari et de père comme celui d'un pourvoyeur ; ma responsabilité s'arrêtait à rapporter le bifteck à la maison. Je voulais que notre foyer soit un endroit confortable, pas un lieu de défi. À cette époque, j'aurais été d'accord pour dire qu'il est néfaste, amoral et dangereux qu'un psychiatre pratique son art avec ses proches. Mais ce point de vue était dicté autant par la paresse que par la peur de mal user de ma profession ; parce que la psychothérapie, comme l'amour, c'est du travail, et qu'il est plus facile de travailler huit heures par jour que seize. Il est aussi plus facile d'aimer quelqu'un qui recherche votre sagesse, qui se déplace jusqu'à vous pour l'obtenir, qui vous paie pour votre attention, et dont les exigences à votre égard sont limitées à cinquante minutes chaque fois, que quelqu'un qui considère votre attention comme un droit, dont les exigences ne peuvent être limitées, qui ne vous perçoit pas comme faisant autorité et qui ne sollicite pas votre enseignement. Pratiquer la psychothérapie à la maison ou avec des amis demande la même intensité d'effort et d'autodiscipline qu'avec des patients dans un cabinet mais dans de bien moins bonnes conditions ; ce qui veut dire qu'à la maison cela demande encore plus d'efforts et d'amour. J'espère que d'autres psychothérapeutes ne considéreront pas ces mots comme une sommation de se mettre à pratiquer la psychothérapie avec leurs enfants et leurs compagnons. Si on reste sur un chemin d'évolution spirituelle, la capacité à aimer ne peut qu'augmenter. Mais elle est toujours limitée, et on ne devrait pas essayer de faire de la psychothérapie au-delà de ses limites, puisque la psychothérapie sans amour est néfaste et vouée à l'échec. Si vous pouvez aimer six heures par jour, contentez-vous de cela pour l'instant : votre capacité est déjà supérieure à la moyenne ; la route est longue, et il faut du temps pour que votre capacité augmente. Pratiquer la psychothérapie en famille ou avec des amis, aimer à plein temps est un idéal, un but à rechercher qui ne peut être atteint du jour au lendemain.

Puisque des novices peuvent réussir des psychothérapies sans beaucoup d'entraînement du moment qu'ils sont des hommes capables d'aimer véritablement, mes remarques sur la pratique de la psychothérapie avec ses proches sont valables pour tout le monde. Parfois, lorsque des patients me demandent quand ils pourront arrêter leur thérapie, je réponds : « Quand vous serez vous-même capable d'être un bon thérapeute. » (Cette remarque est beaucoup plus parlante dans la thérapie de groupe, où les patients pratiquent évidemment la psychothérapie les uns avec les autres et où leurs lacunes pour remplir ce rôle avec succès peuvent être mises en évidence.) Nombreux sont les patients qui n'aiment pas cette réponse ; certains disent même :

– C'est trop de travail. Faire cela voudrait dire que je serais toujours obligé de réfléchir dans mes relations avec les autres. Je n'ai pas envie de penser tout le temps. Je n'ai pas envie de travailler autant. Je voudrais simplement avoir du bon temps.

Et les patients réagissent de la même manière quand je leur dis que toute relation humaine est toujours l'occasion soit d'apprendre, soit d'enseigner (de donner ou de recevoir une thérapie), et que quand cela ne se produit pas, ils perdent une occasion. Certains ont raison de dire qu'ils ne veulent pas atteindre un but aussi élevé ou travailler aussi dur dans la vie. La plupart des patients, même entre les mains des thérapeutes les plus qualifiés et les plus affectueux, arrêtent leur thérapie à un moment où ils sont loin d'avoir atteint le maximum de leur potentiel. Il est possible qu'ils aient fait un bon bout de chemin vers l'évolution spirituelle, mais le voyage complet n'est pas pour eux. Il est ou paraît trop difficile. Ils sont satisfaits d'être des hommes et des femmes ordinaires et ne souhaitent pas essayer d'être Dieu.

Le mystère de l'amour

Au tout début de cette partie, nous avons commencé notre réflexion en disant que l'amour est un sujet dont le mystère a été passé sous silence. Les questions soulevées jusqu'à présent ont eu une réponse, mais il en est d'autres auxquelles il n'est pas facile de répondre.

Une série de questions découle assez logiquement des sujets évoqués jusqu'ici. Par exemple, nous avons vu que l'autodiscipline se développe à partir de l'amour. Mais à la question : « D'où vient l'amour ? » nous n'apportons pas de réponse. Si nous nous interrogeons à ce sujet, il nous faut aussi nous demander quelle est l'origine de l'absence d'amour. Nous avons vu que celle-ci constitue l'une des causes principales des maladies mentales et que, par conséquent, l'amour est l'élément de base d'une guérison en psychothérapie. S'il en est ainsi, comment est-il possible que certains individus nés et élevés dans un environnement sans amour, de négligence et de brutalité, réussissent à transcender leur enfance, parfois même sans l'affectueuse assistance de la psychothérapie, pour devenir des adultes mûrs, sains et même parfois saints, et que, au contraire, des gens en apparence pas plus malades que d'autres ne réussissent pas complètement, ou pas du tout, à tirer profit d'un traitement psychothérapique, même prodigué par le thérapeute le plus affectueux et le plus sage ?

Nous essaierons de trouver des réponses à ces questions dans la dernière partie de cet ouvrage, consacrée à la grâce. Personne n'en sera entièrement satisfait, y compris moi-même. J'espère toutefois que cela éclairera quelque peu le sujet.

Il existe bien d'autres interrogations qui ont à voir avec des sujets délibérément évités ou effleurés dans la discussion sur l'amour. Lorsque ma bien-aimée se trouve devant moi, nue, offerte à mon regard, je suis impressionné. Pourquoi ? Si le sexe n'est rien d'autre que de l'instinct, pourquoi n'ai-je pas une simple réaction de désir ? Un tel désir serait suffisant pour la perpétuation de l'espèce. Pourquoi être si impressionné ? Pourquoi le sexe se complique-t-il du sentiment de vénération ? Et puis qu'est-ce qui détermine la beauté ? J'ai dit que le véritable amour ne peut s'appliquer qu'à des êtres humains qui sont seuls capables d'évoluer spirituellement. Mais qu'en est-il de la création d'une œuvre d'art par un sculpteur ? Ou des plus belles statues médiévales de la Vierge ? Ou de *L'Aurige de Delphes* ? Ces objets inanimés n'étaient-ils pas aimés de leur créateur, leur beauté n'est-elle pas en relation avec l'amour de leur auteur ? Et la beauté de la nature, à laquelle nous donnons le nom de « Création » ? Pourquoi en présence de la beauté ou de la joie avons-nous si souvent cette étrange et paradoxale réaction de tristesse et de larmes ? Comment se fait-il que certaines musiques nous émeuvent tant ? Et pourquoi suis-je au bord des larmes lorsque mon jeune fils, un peu faible car sortant à peine de l'hôpital pour une petite opération, s'approche pour me caresser gentiment ?

C'est vrai que l'amour comporte des dimensions inexplorées et très difficiles à comprendre. Je ne pense pas que ces questions (et bien d'autres) seront éclairées par la sociobiologie. La psychologie courante, avec ses connaissances des frontières du moi, peut y aider un peu. Les gens qui en savent le plus à ce sujet sont ceux, parmi les croyants, qui étudient le Mystère. C'est vers eux et la religion que nous devons nous tourner si nous voulons obtenir ne serait-ce qu'un faible aperçu du problème.

Le reste de ce livre traitera de certains aspects de la religion. La troisième partie développera, de façon assez limitée, les rapports entre la religion et le processus d'évolution. La dernière partie se concentrera sur le phénomène de la grâce et le rôle qu'elle joue dans l'évolution. Le concept de grâce est connu dans la religion depuis des siècles, mais il est étranger à la science, y compris la psychologie. Pourtant, je crois qu'une compréhension du phénomène est essentielle pour compléter une connaissance du processus de l'évolution de l'esprit humain. J'espère que ce qui va suivre contribuera au rapprochement de la religion et de la psychologie.

TROISIÈME PARTIE

L'évolution et la religion

L'appréhension du monde et la religion

Au fur et à mesure que les êtres progressent dans la discipline et l'amour, et dans leur expérience de la vie, leur compréhension du monde et la place qu'ils y occupent évoluent rapidement. Les autres stagnent. Et il est évident qu'au sein de la race humaine la compréhension de la vie varie énormément selon les êtres, de la plus simple à la plus sophistiquée, de la plus étroite à la plus large.

Cette compréhension est notre religion. Puisque chacun a son interprétation – sa vision du monde –, qu'elle soit limitée, inexacte ou primitive, on peut dire que tout le monde a une religion, même si ce n'est pas universellement reconnu ; et cela est de la plus grande importance.

Je pense que nous souffrons d'une tendance à considérer la religion de manière trop limitée : nous estimons trop souvent qu'elle implique une croyance en Dieu, une pratique rituelle ou une appartenance à un culte. Nous avons tendance à dire de quelqu'un qui ne va pas à l'église ou qui ne croit pas en une force supérieure : « Il n'est pas très porté sur la religion. » J'ai même entendu des érudits dire des choses telles que : « Le bouddhisme n'est pas vraiment une religion », ou bien : « Les unitariens ont exclu la religion de leur foi », ou encore : « Le mysticisme est plus une philosophie qu'une religion. » Nous voyons la religion comme quelque chose de monolithique et, munis de ce concept simpliste, nous nous étonnons que deux êtres très différents puissent tous deux se dire chrétiens. Ou juifs. Ou qu'un athée puisse avoir un sens beaucoup plus aigu de la morale chrétienne qu'un catholique qui va à la messe tous les dimanches.

Lorsque je dois superviser d'autres psychiatres, je constate régulièrement qu'ils attachent peu d'importance, sinon aucune, à la façon dont leurs patients voient le monde. Il y a plusieurs raisons à cela, mais parmi elles, l'idée que, si les patients ne se considèrent pas comme croyants – parce qu'ils ne croient pas en Dieu ou parce qu'ils ne vont pas à l'église –, c'est qu'ils n'ont pas l'esprit religieux et que cela ne vaut pas la peine d'aller plus loin. Mais le fait est que tout le monde, patients y compris, possède un ensemble de vues et de croyances, implicites ou exprimées ouvertement, sur la nature du monde. Qu'on trouve celui-ci chaotique et sans signification, et qu'on profite du moindre plaisir dès qu'il se présente. Qu'on le voie comme un panier de crabes où il faut se battre pour survivre. Qu'on le considère comme un endroit enrichissant offrant toujours quelque chose de bien et où il ne faut pas trop se soucier du futur. Ou comme un endroit qui nous doit la vie, quelle que soit la façon dont on se conduise. Ou, au contraire, comme un univers de lois implacables où toute désobéissance peut provoquer notre expulsion. Et j'en passe. Tôt ou tard, au cours d'une psychothérapie, les thérapeutes auront une idée de la perception du patient, connaissance essentielle à leur travail. La façon dont le patient voit le monde révèle toujours une part importante de ses problèmes, peut en quelque sorte être considérée comme un symptôme, et une correction de cette approche est nécessaire à sa guérison. C'est pourquoi je dis à ceux que je supervise : « Trouvez toujours la religion de vos patients, même s'ils vous disent qu'ils n'en ont pas. »

Généralement, la vision du monde ou la religion de quelqu'un n'est que partiellement consciente. Les patients ne se rendent souvent pas compte de la façon dont ils appréhendent le monde et, parfois, ils peuvent même penser qu'ils ont une certaine religion alors qu'en fait ils sont habités par une autre. Stewart, un ingénieur industriel accompli, commença à être sérieusement déprimé vers l'âge de cinquante-cinq ans. Malgré sa réussite professionnelle et le fait qu'il était un mari et un père exemplaire, il avait l'impression d'être dénué de tout et profondément mauvais.

– Le monde serait meilleur si je n'y étais pas, disait-il.

Et il était sincère. Il avait fait deux sérieuses tentatives de suicide. Aucune espèce de réconfort ne pouvait effacer le manque de réalisme de sa perception de lui-même. En plus des symptômes habituels d'une profonde dépression, tels que l'insomnie et l'agitation, il avait aussi des difficultés à avaler sa nourriture :

– Ce n'est pas seulement parce que la nourriture n'est pas bonne, disait-il. Ça aussi, mais surtout, c'est comme si j'avais dans la gorge une lame d'acier qui ne laisse passer que le liquide.

Les radios et les examens médicaux ne révélèrent aucune cause physique à ce phénomène. Stewart ne faisait aucun cas de sa religion :

– Je suis athée, tout simplement, affirmait-il. Je suis un scientifique. Je ne crois que ce que je peux voir et toucher. Peut-être me sentirais-je mieux si je croyais en un Dieu juste et bon mais, franchement, je ne supporte pas ce genre de bêtises. J'en ai eu ma dose étant enfant, et suis ravi de m'en être éloigné.

Stewart, fils d'un pasteur fondamentaliste et d'une mère très stricte, avait grandi dans une petite ville de province ; il avait quitté l'Église et sa famille à la première occasion.

Plusieurs mois après le début de son traitement, Stewart me raconta le rêve suivant :

– J'étais revenu dans la maison de mon enfance, dans le Minnesota. C'était comme si je vivais toujours là-bas, encore enfant, mais je savais que j'avais mon âge actuel. C'était la nuit. Un homme était entré dans la maison. Il allait nous couper la gorge. Je ne l'avais jamais vu auparavant mais, curieusement, je savais qui il était : le père d'une fille que j'aimais bien lorsque j'étais au lycée. C'est tout. Il n'y a pas eu de conclusion. Je me suis réveillé paniqué, sachant que cet homme allait nous égorger.

Je demandai à Stewart de me raconter tout ce qu'il pouvait sur l'homme de son rêve.

– Je ne peux pas vous en dire grand-chose, répliqua-t-il. Je ne l'ai jamais rencontré. J'ai simplement fréquenté un peu sa fille. Pas vraiment, du reste, je la raccompagnais jusque chez elle après les réunions de jeunes organisées par notre église. Mais j'ai quand même réussi une fois à lui voler un baiser, un soir, derrière un buisson. (Stewart eut un rire nerveux et continua.) Dans mon rêve, j'avais le sentiment de n'avoir jamais vu son père, mais je savais qui il était. Dans la réalité, je l'ai aperçu, de loin. Il était le chef de gare de notre ville. De temps en temps, je le voyais lorsque j'allais regarder passer les trains certains après-midi d'été.

Il se produisit un déclic dans ma tête. Moi aussi, dans mon enfance, j'avais passé des après-midi entiers à regarder les trains. La gare était le seul endroit où il se passait quelque chose. Et le chef de gare était le maître des opérations. Il connaissait les lointaines provenances des trains, et savait vers quelles grandes villes ils se dirigeaient. Il actionnait les aiguillages et les signaux. Il recevait le courrier et le faisait partir. Et, lorsqu'il n'était pas occupé par ces tâches merveilleuses, il s'asseyait à son bureau pour faire quelque chose d'encore plus merveilleux : il tapotait sur un petit levier, dans un mystérieux langage rythmé, envoyant des messages dans le monde entier.

– Stewart, repris-je, vous m'avez dit que vous êtes athée, et je vous crois. Il y a une partie de vous qui ne croit pas en Dieu. Mais je commence à penser qu'une autre partie de vous croit en Dieu, un Dieu dangereux, égorgeur.

Mes soupçons étaient fondés. Petit à petit, en travaillant, presque à contrecœur, à combattre ses résistances, Stewart découvrit en lui une foi étrange et affreuse : la supposition, au-delà de son athéisme, que le monde était contrôlé par une force maléfique, qui non seulement pouvait l'égorger, mais qui en avait la ferme intention, pour le punir de ses transgressions. Nous commençâmes donc lentement à nous concentrer sur celles-ci : la plupart étaient de petits incidents sexuels, symbolisés par son « vol de baiser » à la fille du chef de gare. Finalement, il apparut clairement qu'entre autres raisons de sa dépression Stewart faisait pénitence et s'égorgeait de manière figurative en espérant inconsciemment éviter ainsi que son Dieu ne le fasse vraiment.

D'où lui venait cette vision d'un Dieu mauvais et d'un monde maléfique ? Comment se développe la religion des gens ? Qu'est-ce qui constitue notre vision du monde ? Il y a bien sûr d'innombrables facteurs déterminants, et nous n'allons pas tous les étudier en détail dans ce livre. Mais le plus important est la culture. Un Européen sera tenté de croire que le Christ était blanc, et un Africain qu'il était noir. Un Indien de Bénarès ou de Bombay a plus de chances d'être hindouiste que chrétien. Un Américain né et élevé dans l'Indiana sera plutôt chrétien et aura peut-être une vision plus optimiste du monde. Nous avons tendance à tenir pour vrai ce que les gens qui nous entourent nous disent de la nature du monde pendant nos années de formation.

Mais la part la plus importante de notre culture provient de notre famille, et nos parents y sont les « maîtres ». De plus, l'aspect le plus significatif de cette culture n'est pas ce que nos parents nous disent au sujet de Dieu et de la nature des choses, mais plutôt ce qu'ils font : comment ils se comportent l'un envers l'autre, envers nos frères et sœurs, et surtout envers nous.

En fait, ce que nous apprenons sur la nature du monde en grandissant est déterminé par la nature de notre expérience dans le microcosme familial. Ce n'est pas tant ce que nos parents disent qui détermine notre vision du monde que le monde unique qu'ils créent pour nous par leur comportement.

– Je suis d'accord sur le fait que j'ai cette notion d'un Dieu égorgeur, me dit Stewart, mais d'où me vient-elle ? Mes parents, eux, croyaient en Dieu – ils en parlaient sans cesse –, mais c'était un Dieu d'amour. « Jésus nous aime. » « Dieu nous aime. » « Nous aimons Dieu et Jésus. » « Aimer, amour », je n'entendais que cela.

– Est-ce que vous avez eu une enfance heureuse ? demandai-je.

Stewart me regarda, furieux :

– Ne faites pas l'idiot, vous savez bien que non.

– Pourquoi ?

– Ça aussi, vous le savez. Vous imaginez bien ce que cela pouvait être. Ils me battaient tout le temps : ceintures, balais, bâtons, tout ce qui leur tombait sous la main. Je ne pouvais rien faire qui ne méritât des coups. Les coups, c'est la santé, et ça fait de vous un bon petit chrétien !

– Est-ce qu'ils ont jamais essayé de vous étrangler ou de vous égorger ?

– Non, mais je suis sûr qu'ils auraient pu.

Il y eut un grand moment de silence, et le visage de Stewart s'assombrit. Finalement, il dit :

– Je crois que je commence à comprendre.

Stewart n'était pas le seul à croire en ce que j'appelle le « Dieu-monstre ». J'ai eu un certain nombre de patients avec un point de vue similaire au sujet de Dieu, et des idées tout aussi noires et terrifiantes sur la nature de l'existence. Ce qui est étonnant, c'est que le « Dieu-monstre » ne soit pas plus courant dans l'esprit des gens. Au début de ce livre, nous avons fait remarquer que les parents sont des figures divines pour nos yeux d'enfant et que leur façon d'agir nous apparaît comme celle de l'univers. Notre première (et malheureusement souvent la seule) notion de la nature divine est une simple extrapolation de la nature de nos parents, un simple amalgame des personnalités de notre père et de notre mère, ou de ceux qui les remplacent. Si nos parents sont affectueux et cléments, nous pourrons croire en un Dieu d'amour, et le monde sera généreux, comme le fut celui de notre enfance. Si nos parents sont durs et sans pitié, nous grandirons avec la notion d'un Dieu-monstre foncièrement mauvais, et le monde nous paraîtra aussi peu affectueux que l'étaient nos parents[1]. Puisque notre religion ou vision du

1. Le plus souvent, l'enfance d'un patient, dont l'atmosphère a formé l'essence de sa vision du monde, remonte à son plus ancien souvenir. Je demande donc souvent à mes patients de me raconter le leur. Ils me répondent d'abord qu'ils ne peuvent pas, qu'ils ont plusieurs souvenirs très anciens. Mais, lorsque je les force à faire un choix parmi ceux-ci, les réponses varient entre :
– Je me souviens d'un jour où ma mère m'a pris dans ses bras pour me montrer un merveilleux coucher de soleil.
Et :
– Je me souviens que j'étais assis par terre dans la cuisine, les couches pleines, et ma mère me criait dessus en me menaçant avec une grosse cuillère.
Il est probable que ces premiers souvenirs, comme le phénomène des « souvenirs-écran » – ce qu'ils sont souvent –, nous restent, justement parce qu'ils symbolisent la nature de l'enfance d'un individu. Il n'est donc pas surprenant que le goût de ces premiers souvenirs se retrouve si souvent dans les sentiments profonds d'un patient vis-à-vis de l'existence.

monde est, à l'origine, largement déterminée par notre expérience au cours de l'enfance, cela nous amène à un problème central : les rapports entre la religion et la réalité. C'est le problème du microcosme et du macrocosme. La vision de Stewart du monde dangereux dans lequel il risquait sa vie s'il n'était pas irréprochable était tout à fait réaliste dans le microcosme de sa famille : il vivait entre deux adultes cruels. Mais tous les parents ne sont pas ainsi. Dans le « grand monde », le macrocosme, il y a bien d'autres sortes de parents, de gens, de sociétés et de cultures.

Pour développer une religion ou une vision du monde qui soit réaliste – c'est-à-dire conforme à la réalité du cosmos et à la place que nous y occupons –, il nous faut constamment réviser et élargir notre appréhension pour y incorporer de nouvelles connaissances d'un monde plus grand. Il nous faut élargir en permanence notre cadre de références. Il s'agit des problèmes de cartes et de transferts dont nous avons longuement parlé en première partie. Pour Stewart, sa carte de la réalité était tout à fait exacte dans son microcosme familial, mais il l'avait transférée, à tort, dans son monde adulte où elle était très incomplète et donc inadéquate. On peut même dire que la religion de beaucoup d'adultes est le produit de ces transferts.

La plupart d'entre nous opèrent dans un cadre beaucoup plus limité que nos capacités ne nous le permettent, et nous ne réussissons pas à transcender l'influence de notre culture propre, de nos parents, de nos expériences de l'enfance, pour appréhender le monde de manière plus vaste. Il n'est donc pas étonnant que l'humanité soit une montagne de conflits. Nous sommes dans une situation où les hommes, qui doivent avoir des rapports entre eux, ont des vues très différentes de la réalité, et où chacun pense que son point de vue est correct puisqu'il est fondé sur le microcosme de sa propre expérience. Et le pire, c'est que beaucoup ne sont pas complètement conscients de leur vision du monde, et encore moins de l'unicité des expériences dont elle provient. Bryant Wedge, un psychiatre spécialisé dans les relations internationales, a étudié les négociations entre les États-Unis et l'URSS, et il a pu avancer un certain nombre de données de base sur la nature des Américains, de leur société, et sur leur vision du monde – bien sûr radicalement différente de celle des Soviétiques. Des deux côtés, ces données dictaient les comportements au cours des négociations. Or, aucune des deux parties n'était consciente qu'elle opérait sur des bases différentes. Il en résulta inévitablement que le comportement des Russes parut fou et délibérément malveillant aux Américains, et inversement[1]. Nous sommes effectivement comme les trois aveugles du proverbe qui, chacun touchant une partie du corps d'un éléphant, clamaient connaître la forme de l'animal tout entier. Alors nous nous chamaillons pour défendre notre vision du monde, et tous les conflits sont en fait des guerres saintes.

La religion de la science

L'évolution spirituelle est un passage du microcosme au macrocosme. Au début – et c'est ce à

1. Bryant Wedge et Cyril Muromcew, « Psychological Factors in Soviets Disarmament Negociations », *Journal of Conflict Resolution* (mars 1965).

quoi ce livre se consacre –, c'est un voyage dans le savoir et non dans la foi. Pour pouvoir sortir du microcosme de notre expérience et nous libérer de nos transferts, il faut avant tout acquérir des connaissances. Nous devons continuellement élargir le domaine de nos connaissances et notre champ de vision par la lente digestion et l'assimilation de nouvelles données.

Le processus de l'expansion du savoir est un thème important dans ce livre. Rappelons que, dans la deuxième partie, l'amour était décrit comme un dépassement de soi, un élargissement du moi, et que parmi les risques de l'amour figurait celui de s'aventurer dans un monde inconnu d'expériences nouvelles. À la fin de la partie intitulée « Discipline », nous avons aussi fait remarquer que l'acquisition de nouvelles connaissances impliquait un renoncement au vieux moi, et la mort d'un savoir périmé. Pour avoir une vision plus large, il faut que nous soyons prêts à abandonner, à tuer notre vision plus limitée. À court terme, c'est plus confortable de ne pas le faire – de rester où nous sommes, de continuer à utiliser la même carte microcosmique, d'éviter la souffrance que cause la mort des vieilles idées si chères. Mais la route de l'évolution spirituelle part dans la direction opposée. Il faut commencer par douter de ce que nous croyons, chercher activement ce qui est inquiétant et inconnu, mettre délibérément en question la validité de ce qui nous a été enseigné et de ce que nous aimons. *Le chemin de la sainteté passe par la remise en question systématique.* D'une manière très réaliste, commençons avec la science. Remplaçons d'abord la religion de nos parents par celle de la science. Il nous faut nous rebeller contre la religion de nos parents et la rejeter, car elle est immanquablement plus étroite que celle dont nous sommes capables si nous tirons vraiment profit de notre expérience personnelle, y compris notre expérience d'adulte et celle d'autres générations de l'histoire de l'homme. Il n'existe pas de bonne religion héréditaire. Pour vivre pleinement, pour être le meilleur de nous-même, il est indispensable que notre religion soit complètement personnelle, entièrement forgée par nos doutes et la remise en question de notre propre expérience de la réalité.

Voici ce que dit le théologien Alan Jones :

> L'un de nos problèmes, c'est que peu d'entre nous ont développé une vie personnelle propre. Tout, en nous, semble être d'occasion, même nos émotions. Dans bien des cas, il nous faut nous reposer sur du « deuxième choix » pour pouvoir fonctionner. Je crois sur parole ce que me dit un médecin, un homme de science ou un fermier. Je n'ai pas le choix parce qu'ils ont la connaissance qui me manque. Je peux me contenter d'informations d'occasion sur l'état de mes reins, les effets du cholestérol et l'élevage des poulets. Mais, lorsqu'on en vient au sens de la vie et de la mort, une information d'occasion ne me satisfait pas. Je ne peux pas vivre avec une foi d'occasion en un Dieu d'occasion. Il faut qu'il y ait un lien personnel, une confrontation unique pour que je sois vraiment vivant[1].

1. *Journey into Christ* (New York, Seaburu Press, 1977).

Alors, pour la santé mentale et l'évolution spirituelle, il nous faut développer notre propre religion et ne pas compter sur celle de nos parents. Mais qu'en est-il de cette « religion de la science » ? La science est une religion parce que c'est une vision du monde d'une grande complexité, avec un certain nombre de doctrines importantes, dont voici les principales : l'univers est réel et donc un bon sujet d'observation ; il est important que les humains observent l'univers ; l'univers est cohérent – il suit certaines lois et il est prévisible –, mais les humains sont de piètres observateurs, sujets à la superstition, aux préjugés, et ils ont une tendance bien ancrée à voir ce qu'ils veulent voir au lieu de la réalité. En conséquence, pour bien observer, et donc comprendre avec exactitude, les hommes doivent se soumettre à la discipline de la méthode scientifique ; l'essence de cette méthode est l'expérience, de telle sorte que nous ne pouvons pas considérer savoir une chose si nous ne l'avons pas expérimentée. Mais l'expérience seule ne suffit pas. Elle doit être reproductible, généralement sous une forme expérimentale – de plus, elle doit être vérifiable, afin que d'autres personnes puissent, dans des circonstances similaires, la recréer.

Les mots clés sont : *réalité, examen, savoir, méfiance, expérience, discipline.* Nous les utilisons tout au long de ce livre. La *science* est une *religion du scepticisme.* Pour pouvoir nous échapper du microcosme de notre enfance, de notre culture et de ses dogmes, et des demi-vérités assenées par nos parents, il est essentiel d'être sceptique au sujet de ce que nous croyons avoir appris jusqu'alors. C'est l'attitude scientifique qui nous

permet de transformer notre expérience personnelle microcosmique en une expérience personnelle macrocosmique. Il faut débuter en adoptant
un comportement scientifique.

Beaucoup de mes patients qui ont commencé
sur cette route me disent :

– Je ne suis pas très croyant. Je ne vais pas à
l'église. Je ne crois pas beaucoup à ce que l'Église
et mes parents m'ont raconté. Je n'ai pas la foi de
mes parents. Je suppose que la spiritualité n'est
pas vraiment mon truc.

Ils sont souvent étonnés que je les contredise :

– Vous avez pourtant une religion, leur dis-je
alors, assez profonde d'ailleurs. Vous adorez la
vérité. Vous croyez en votre évolution et en vos
progrès : en une possibilité d'évolution spirituelle.
Avec la force de votre religion, vous êtes prêt à
souffrir les douleurs de la remise en question et
l'agonie de désapprendre. Vous prenez le risque
de la thérapie, et tout cela pour l'amour de votre
religion. Je ne crois pas que ce soit très réaliste de
dire que vous êtes moins croyant que vos parents ;
au contraire, je pense que vous avez dépassé vos
parents, que votre spiritualité est bien supérieure
à la leur, qui ne leur donne même pas le courage
de se poser des questions.

Ce qui permet de dire de la science, en tant que
religion, qu'elle représente un progrès, une étape
dans l'évolution, par rapport à d'autres façons
d'appréhender le monde, c'est son caractère inter-
national. On parle de la communauté scientifique
à travers le monde. Et cela commence à être une
véritable fraternité, bien plus que l'Église catholique qui se trouve probablement en deuxième
position. Les hommes de science de tous les pays

communiquent plus facilement entre eux que le commun des mortels. À un certain niveau, ils ont réussi à transcender leur microcosme culturel. Dans une certaine mesure, ils sont sur le chemin de la sagesse.

Dans une certaine mesure seulement car, tout en croyant que le point de vue sceptique de l'esprit scientifique représente un véritable progrès par rapport à une foi aveugle, à la superstition et aux suppositions acceptées sans questions, je pense aussi que les scientifiques ont à peine commencé leur chemin vers l'évolution spirituelle. Plus précisément, je trouve que le point de vue de la plupart des scientifiques sur la réalité de Dieu tient de l'esprit de clocher, un peu comme de simples paysans embrassent aveuglément la foi de leurs parents. Les scientifiques ont de terribles difficultés dans leurs rapports avec la réalité de Dieu.

Lorsque nous (les scientifiques) regardons, depuis la supériorité de notre scepticisme sophistiqué, le phénomène de la croyance en Dieu, il ne nous impressionne pas. Nous voyons le dogmatisme et ce qui en découle : les guerres, l'Inquisition et les persécutions. Nous voyons l'hypocrisie de gens qui prônent la fraternité et tuent leur prochain au nom de leur foi, s'emplissent les poches au détriment des autres, agissent avec brutalité et cruauté. Nous voyons la multiplication anarchique des rituels et des images, sans consensus : tel dieu est une femme à six bras ; tel autre est un homme assis sur un trône ; tel autre est un éléphant ; tel autre encore, l'essence du néant ; nous voyons des panthéons, des dieux pour chaque famille, des trinités, des unités...

Nous voyons l'ignorance, la superstition, la rigidité. Le bilan n'est pas fameux. Il est tentant de penser que l'humanité serait en meilleure posture sans sa croyance en Dieu, que Dieu n'est pas seulement un cadeau promis qui n'arrive jamais mais, s'il arrive, un cadeau empoisonné. Il serait même raisonnable de conclure que Dieu n'est qu'une illusion destructrice de l'esprit humain, et que la croyance en Dieu constitue une forme très répandue de psychopathologie qu'il faut absolument guérir.

Alors on peut se poser la question suivante : la croyance en Dieu est-elle une maladie ? Est-ce la manifestation d'un transfert, une idée de nos parents provenant du microcosme et incorrectement transférée dans le macrocosme ? Ou, autrement dit, une telle croyance est-elle une forme de pensée infantile ou primitive dont nous devons nous débarrasser en cherchant de plus hauts niveaux de conscience et de maturité ?

Si nous voulons répondre scientifiquement à cette question, il est essentiel de nous tourner vers la réalité de véritables informations cliniques. Qu'arrive-t-il à la foi lorsqu'on évolue avec l'aide de la psychothérapie ?

Kathy

Kathy était la personne la plus effrayée que j'aie jamais connue. Lorsque je vins la voir pour la première fois dans sa chambre, elle était assise par terre, dans un coin, marmonnant une espèce de chant. J'étais sur le pas de la porte, et elle me regarda avec des yeux terrorisés. Elle poussa un gémissement, et se recroquevilla dans son coin ;

elle se collait contre le mur comme si elle voulait passer à travers.

– Kathy, lui dis-je, je suis un psychiatre. Je ne vais pas vous faire de mal.

Je pris une chaise, m'assis à quelque distance d'elle et attendis. Pendant quelques minutes encore, elle resta blottie dans son coin, puis elle se détendit. Au bout d'un moment, elle cessa de gémir et elle se remit à chanter tout bas. Je lui demandai ce qui n'allait pas.

– Je vais mourir, balbutia-t-elle, interrompant à peine la cadence de son chant.

C'est tout ce qu'elle pouvait me dire. Elle continua à chanter. Toutes les cinq minutes, elle s'arrêtait, paraissant exténuée, pleurnichait un peu et reprenait son chant. À toutes mes questions, elle répondait, sans interrompre son rythme : « Je vais mourir. » On aurait cru qu'elle pensait pouvoir éviter la mort en chantant, et elle ne s'autorisait aucun répit ni repos.

J'obtins de son mari, Howard, un jeune policier, quelques informations : Kathy avait vingt ans ; ils étaient mariés depuis deux ans et leur couple marchait bien ; elle était assez proche de ses parents ; elle n'avait jamais eu de problèmes d'ordre psychologique auparavant ; ce qui se passait actuellement était très étonnant ; tout avait été normal ce matin-là lorsqu'elle l'avait conduit à son travail. Mais, deux heures plus tard, sa sœur avait appelé : elle était allée rendre visite à Kathy et l'avait trouvée dans cet état. Ils l'emmenèrent à l'hôpital. Non, elle n'était pas bizarre ces derniers temps. Sauf, peut-être, pour une chose : depuis environ quatre mois, elle avait peur d'aller dans les lieux publics. Pour l'aider, Howard faisait toutes les courses au supermarché pendant qu'elle attendait dans la voiture. Elle semblait aussi avoir peur d'être seule. Elle priait beaucoup, mais elle l'avait toujours fait depuis qu'il la connaissait. Sa famille était très pratiquante, et sa mère allait à la messe au moins deux fois par semaine. Ce qui est drôle, c'est que Kathy avait cessé d'aller à la messe depuis leur mariage ; ce à quoi il ne voyait aucun inconvénient. Mais elle continuait à prier. Sa santé physique ? Excellente. Elle n'avait jamais été hospitalisée. Elle s'était évanouie une fois à un mariage quelques années plus tôt. La contraception ? Elle prenait la pilule. Attendez... Il y a environ un mois, elle lui avait annoncé qu'elle allait l'arrêter : elle avait lu que c'était dangereux. Il n'en avait pas fait grand cas.

Je donnai à Kathy de grandes quantités de tranquillisants et de sédatifs afin qu'elle pût dormir la nuit mais, pendant les deux jours suivants, son comportement ne changea pas : elle chantait en permanence, était incapable d'exprimer quoi que ce soit, sauf la conviction que sa mort était imminente et qu'elle était terrorisée. Enfin, le quatrième jour, je lui fis une injection d'amytal de sodium.

– Cette piqûre va vous donner sommeil, Kathy, lui dis-je, mais vous ne vous endormirez pas ; vous ne mourrez pas non plus. Cela vous permettra d'arrêter de chanter, et vous vous sentirez détendue. Vous pourrez me parler. Je veux que vous me racontiez ce qui s'est passé le matin où vous êtes arrivée à l'hôpital.

– Il ne s'est rien passé, me répondit-elle.

– Vous avez conduit votre mari à son travail ?

– Oui. Et je suis rentrée à la maison. Alors j'ai su que j'allais mourir.

– Vous êtes rentrée chez vous comme d'habitude après avoir accompagné votre mari ?

Elle recommença à chanter.

– Arrêtez de chanter ! lui dis-je fermement. Vous êtes en sécurité. Vous êtes détendue. Il s'est passé quelque chose lorsque vous êtes rentrée chez vous. Vous allez me dire ce qui était différent.

– J'ai pris un autre chemin.

– Pourquoi ?

– Je me suis dirigée vers la maison de Bill.

– Qui est Bill ?

Elle reprit son chant.

– Est-ce que Bill est votre petit ami ?

– Il l'a été, avant que je me marie.

– Il vous manque, n'est-ce pas ?

Kathy gémit.

– Ô mon Dieu ! Je vais mourir !

– Avez-vous vu Bill ce jour-là ?

– Non.

– Mais vous vouliez le voir ?

– Je vais mourir.

– Est-ce que vous pensez que Dieu va vous punir parce que vous avez eu envie de revoir Bill ?

– Oui.

– C'est pour cela que vous croyez que vous allez mourir ?

– Oui.

De nouveau, elle se mit à chanter et je la laissai cependant que je réfléchissais.

Finalement, je lui dis :

– Kathy, vous pensez que vous allez mourir parce que vous croyez connaître la pensée de

227

Dieu. Mais vous vous trompez, parce que vous ne pouvez pas connaître la pensée de Dieu. Tout ce que vous savez, c'est ce qu'on vous en a dit. Et il y a beaucoup de faux. Je ne sais pas tout au sujet de Dieu, mais j'en sais plus que vous et que ceux qui vous ont parlé de lui. Par exemple, tous les jours, je vois des hommes et des femmes qui, comme vous, ont envie d'être infidèles, et certains le sont. Ils ne sont pas punis. Je le sais parce qu'ils reviennent me voir. Et ils me parlent. Et ils se sentent mieux. Tout comme vous vous sentirez mieux. Parce que nous allons travailler ensemble. Vous allez vous rendre compte que vous n'êtes pas un être mauvais. Vous allez apprendre la vérité, sur vous et sur Dieu. Vous serez plus heureuse et vous aurez une vie plus heureuse. Mais, maintenant, vous allez dormir. Quand vous vous réveillerez, vous n'aurez plus peur de mourir. Et quand nous nous verrons demain matin, vous serez capable de me parler, et nous discuterons un peu plus de Dieu et de vous.

Le lendemain matin, Kathy allait mieux. Elle avait toujours peur ; elle n'était pas encore convaincue qu'elle n'allait pas mourir, mais n'était plus persuadée qu'elle devait mourir. Lentement, ce jour-là, et de nombreux autres jours par la suite, son histoire émergea, petit à petit.

Pendant sa dernière année au lycée, elle avait eu des rapports sexuels avec Howard. Il voulait l'épouser, et elle accepta. Deux semaines plus tard, pendant le mariage d'une de ses amies, elle avait soudainement pris conscience qu'elle ne voulait pas l'épouser : elle s'était évanouie. Après cela, elle se demanda si elle aimait Howard. Mais elle pensait qu'ils devaient se marier, parce qu'elle avait déjà «fauté» avec lui, et que ce péché serait aggravé si elle ne consacrait pas leurs relations dans le mariage. Mais elle ne voulait pas d'enfant, au moins pas avant d'être sûre de ses sentiments pour Howard. Alors elle prit la pilule : un autre péché. Elle ne pouvait supporter l'idée de se confesser et fut soulagée de ne plus aller à la messe après son mariage. Elle aimait faire l'amour avec Howard.

Mais, dès le tout début de leur mariage, il se désintéressa d'elle, sexuellement. Il resta un mari idéal, lui offrant de nombreux cadeaux, s'occupant d'elle avec attention, travaillant beaucoup, voulant qu'elle reste à la maison. Mais il fallait presque qu'elle le supplie de faire l'amour. Et leurs rapports bimensuels étaient tout ce qu'elle avait pour briser son ennui. Le divorce était hors de question : c'était un péché impensable !

Malgré elle, Kathy commença à avoir des fantasmes d'infidélité. Elle pensa qu'elle pourrait peut-être s'en débarrasser si elle priait plus, alors elle commença à prier rituellement, cinq minutes toutes les heures. Howard le remarqua et il la taquina à ce sujet. Elle décida donc de prier en cachette, surtout pendant la journée, lorsque Howard était absent, pour compenser le manque de prière le soir lorsqu'il était là. Cela voulait dire qu'elle devait prier soit plus souvent, soit plus vite. Elle choisit les deux. Elle priait alors toutes les demi-heures, et pendant les cinq minutes, elle priait deux fois plus vite. Mais ses fantasmes persistaient et devenaient même plus obsédants et plus fréquents. Dès qu'elle sortait, elle regardait les hommes, ce qui n'arrangeait rien. Elle se mit à avoir peur de sortir sans Howard, et même lorsqu'elle était avec lui, elle avait peur de se trouver dans les lieux publics, où elle pouvait voir des hommes. Elle se demandait si elle ne devrait pas retourner à l'église. Mais, si elle y retournait, elle commettrait un péché en ne se confessant pas, et elle ne pouvait vraiment pas se confesser. Elle doubla à nouveau son temps de prière. Pour se faciliter la tâche, elle mit au point un code selon lequel une syllabe chantée équivalait à une certaine prière tout entière. C'était l'origine de ses chants. Au bout d'un certain temps, elle avait perfectionné son système, au point qu'en cinq minutes de chant elle arrivait à dire mille prières. Au début, elle était si occupée à mettre au point son système de chant-prière que ses fantasmes sexuels s'estompèrent, mais une fois le système rodé, ils revinrent de plus belle. Finalement, elle se demanda un jour comment elle pourrait les réaliser. Elle pensa à appeler Bill, son ancien petit ami ; elle se demanda aussi dans quels bars elle pourrait aller l'après-midi. Terrifiée à l'idée de le faire, elle arrêta de prendre la pilule, en espérant que la crainte d'être enceinte l'aiderait à résister. Mais ces désirs devenaient de plus en plus insistants. Un après-midi, elle se surprit en train de se masturber. Elle fut horrifiée. C'était peut-être le pire des péchés. Elle avait entendu parler de douches froides et elle en prit une, aussi froide qu'elle put le supporter. Cela la soulagea jusqu'à l'arrivée de Howard.

Finalement, le dernier matin, elle craqua. Après avoir déposé Howard à son travail, elle alla directement chez Bill. Elle gara sa voiture juste devant la maison et attendit. Rien ne se passa. Il ne devait pas être là. Elle sortit de voiture et s'y appuya, dans une position provocante.

« Je vous en supplie, demanda-t-elle en silence, faites que Bill me voie. Faites qu'il me remarque. »

Toujours rien.

« Je vous en prie, faites que quelqu'un me remarque, il faut que je baise. Ô mon Dieu ! Je suis une pute. Je suis la putain de Babylone. Ô mon Dieu ! Tuez-moi. Je dois mourir. »

Elle bondit dans sa voiture et fonça vers son appartement. Elle prit une lame de rasoir et voulut s'entailler le poignet. Elle ne le put pas. Mais Dieu le pouvait. Dieu le ferait. Dieu lui infligerait ce qu'elle méritait. Il mettrait un terme à tout cela, à sa vie. Et l'attente commença.

« Ô Dieu ! j'ai si peur, dépêchez-vous, j'ai si peur ! »

Elle commença à chanter, et c'est ainsi que sa belle-sœur la trouva.

Je ne pus reconstituer cette histoire qu'après des mois d'un travail rigoureux qui tournait beaucoup autour de la notion de péché. Où avait-elle appris que la masturbation était un péché ? Qui le lui avait dit ? Comment la personne qui le lui avait dit savait-elle que c'était un péché ? Qu'est-ce qui fait de la masturbation un péché ? Pourquoi l'infidélité est-elle aussi un péché ? Qu'est-ce qu'un péché ?... Et ainsi de suite. Je ne connais pas de profession plus exaltante et plus privilégiée que celle de psychothérapeute mais, parfois, cela peut devenir fastidieux de remettre en question, méthodiquement, une à une, chacune des attitudes bien ancrées dans la vie des patients. Souvent, ce travail est déjà partiellement accompli avant même que toute l'histoire ne soit mise au jour. Par exemple, Kathy ne put me parler de certains détails, tels que ses fantasmes et sa masturbation, qu'après avoir mis en doute la validité de sa culpabilité et le fait qu'elle les considérait comme des péchés. En soulevant ces questions, elle doutait nécessairement de l'autorité et de la sagesse de toute l'Église catholique, du moins telles qu'elle les avait connues. On ne s'attaque pas facilement à l'Église. Kathy ne put le faire que grâce à la force qu'elle avait acquise dans son alliance avec moi, parce qu'elle avait compris que j'étais vraiment de son côté, que j'étais sincèrement concerné par ses intérêts et que je ne la mènerais pas en enfer. Cette « alliance thérapeutique » que nous avons construite au fil des mois est indispensable pour une psychothérapie profonde et réussie.

Pendant tout ce travail, Kathy était une patiente externe : elle avait pu quitter l'hôpital une semaine après la séance de la piqûre. Mais ce fut seulement après quatre mois de thérapie intensive qu'elle fut capable de dire, au sujet de ses idées sur le péché :

– Je suppose que j'ai été bernée par l'Église catholique.

À ce moment précis, la thérapie prit un tournant important, parce qu'elle commença à se demander comment tout cela avait pu se produire, pourquoi elle s'était laissé berner et tout ce qui s'ensuivait : comment elle avait pu ne pas penser plus à elle-même et pourquoi elle n'avait pas osé douter de l'Église en quoi que ce fût.

– Maman m'a appris que je ne devais pas douter de l'Église, disait Kathy.

Alors nous avons commencé à travailler sur ses relations avec ses parents. Avec son père, elle n'en avait aucune. Il n'avait pas de répondant. Il travaillait, c'était tout. Il travaillait tout le temps, et quand il rentrait à la maison, c'était pour s'assoupir dans son fauteuil en buvant sa bière. Sauf les vendredis : ces soirs-là, il sortait pour aller boire sa bière. La mère dirigeait la maison. Seule, intouchable, jamais contredite, jamais affrontée. Elle était gentille, mais ferme, généreuse, mais ne cédait jamais, sereine, mais implacable :

– Tu ne devrais pas faire cela, chérie, les jeunes filles bien ne font pas ce genre de choses... Tu ne vas pas mettre ces chaussures, ma chérie, les jeunes filles de bonne famille ne mettent pas des chaussures comme ça... Il n'est pas question de savoir si tu veux aller à la messe, c'est Dieu qui nous le demande.

Petit à petit, Kathy comprit que derrière le pouvoir de l'Église se cachait celui, immense, de sa mère, une femme subtilement mais si terriblement dominatrice qu'il semblait impossible de la contredire.

Mais la psychothérapie va rarement sans heurts. Six mois après qu'elle eut quitté l'hôpital, Howard appela un dimanche matin pour me dire que Kathy s'était enfermée dans la salle de bains où elle avait recommencé à chanter. Sur mes instructions, il la persuada de retourner à l'hôpital où je les retrouvai. Kathy était presque aussi effrayée que le premier jour. Une fois de plus, Howard n'avait aucune idée de ce qui avait pu provoquer cet incident. J'emmenai Kathy dans sa chambre.

– Arrête de chanter, lui ordonnai-je, et dis-moi ce qui ne va pas.

– Je ne peux pas.

– Si, tu le peux, Kathy.

Reprenant à peine son souffle, tout en chantant, elle suggéra :

– Peut-être pouvez-vous me refaire une piqûre de ce sérum de vérité.

– Non, Kathy, répondis-je. Cette fois, tu es assez forte pour le dire toute seule.

Elle gémit. Puis elle me regarda et cessa de chantonner. Mais, dans son regard, je pouvais sentir de la colère, presque de la fureur envers moi.

– Tu m'en veux pour quelque chose.

Elle nia, tout en chantant.

– Kathy, repris-je, il existe une dizaine de raisons pour lesquelles tu pourrais m'en vouloir. Mais je ne saurai pas laquelle tant que tu ne me la diras pas. Tu peux me parler, tu ne risques rien.

– Je vais mourir, pleurnicha-t-elle.

– Non, Kathy. Tu ne vas pas mourir parce que tu m'en veux. Je ne vais pas te tuer pour cela. Ce n'est pas grave.

– Mes jours sont comptés, gémit-elle. Mes jours sont comptés.

Quelque chose dans ses paroles me sembla étrange. Je ne m'attendais pas à ces mots-là : ils sonnaient faux. Mais je ne savais pas trop quoi dire, sauf à me répéter.

– Kathy, je t'aime. Je t'aime même si tu me détestes. C'est ça, l'amour. Comment pourrais-je te punir de me détester, puisque je t'aime totalement, avec ta haine aussi.

– Ce n'est pas vous que je déteste, dit-elle, en larmes.

Soudain, j'eus un déclic.

– Tes jours sont comptés, c'est ça, n'est-ce pas, Kathy ? « Honore ton père et ta mère afin que tes jours durent longtemps dans le pays. » Le Cinquième Commandement. Honore-les ou meurs. Voilà ce qui se passe, n'est-ce pas ?

– Je la déteste, marmonna-t-elle.

Puis, plus fort, comme si elle était encouragée par ses propres mots :

– Je la déteste. Je déteste ma mère. Je la déteste. Elle ne m'a jamais donné... elle ne m'a jamais donné... elle ne m'a jamais donné « moi ». Elle m'a faite à son image. Elle ne m'a jamais laissée être moi-même.

En fait, la thérapie de Kathy en était à ses débuts. La véritable terreur quotidienne était à venir, la terreur d'être vraiment elle-même dans des milliers de petits détails. Après avoir reconnu le fait que sa mère l'avait totalement dominée, Kathy dut apprendre pourquoi elle s'était laissé faire. En rejetant la domination de sa mère, elle dut faire face au processus d'établissement de ses propres valeurs, s'habituer à décider pour elle-même, et elle en avait très peur. C'était beaucoup plus rassurant de laisser sa mère prendre des décisions pour elle, bien plus simple d'adopter les valeurs de sa mère et de l'Église. Et diriger soi-même sa vie représentait beaucoup plus de travail.

Plus tard, Kathy me dit :

– Vous savez, je ne voudrais pour rien au monde redevenir ce que j'étais, mais parfois, je regrette ce temps-là. Ma vie était plus facile alors. Enfin... d'une certaine manière.

En commençant à vivre de façon plus indépendante, Kathy mit Howard en face de son échec en tant qu'amant. Il promit de changer, mais en vain. Kathy se fit plus insistante, et il commença à avoir des crises d'anxiété. Lorsqu'il vint me voir à ce sujet, je le recommandai à un autre psychiatre avec qui il entreprit une thérapie. Il commença à se rendre compte qu'il avait des tendances homosexuelles marquées, contre lesquelles il s'était défendu en épousant Kathy. Comme elle était physiquement très séduisante, il l'avait considérée comme une « bonne affaire », qui prouverait, à lui et au monde, sa virilité. Il ne l'avait jamais vraiment aimée. Une fois cet état de fait accepté, ils décidèrent, d'un commun accord, de divorcer. Kathy commença à travailler comme vendeuse dans un grand magasin de prêt-à-porter. Avec moi, elle passa en revue les nombreuses décisions mineures mais marquant son indépendance qu'elle avait à prendre au sujet de son travail. Petit à petit, elle s'affirma et prit confiance en elle. Elle sortait avec plusieurs hommes et avait l'intention de se remarier et d'avoir des enfants, mais elle voulait tout d'abord se consacrer à sa carrière. Elle devint aide-acheteuse puis, après qu'elle eut terminé sa thérapie, elle fut promue acheteuse. Plus récemment, elle m'a dit qu'elle avait changé de société, pour une autre plus importante, dans la même branche, et qu'à vingt-sept ans elle était assez contente d'elle-même. Elle ne va plus à l'église et ne se considère plus comme catholique. Elle ne sait pas si elle croit en Dieu ou non, mais elle vous dira franchement que le problème de Dieu ne la concerne pas tellement pour l'instant.

Si j'ai longuement détaillé le cas de Kathy, c'est parce qu'il est typique des relations entre l'éducation religieuse et la psychopathologie. Il y a des millions de Kathy. J'ai souvent dit, sur le ton de la plaisanterie, que l'Église catholique me faisait vivre. J'aurais pu le dire de l'Église baptiste ou luthérienne, ou de n'importe quelle autre. L'Église n'était pas, bien sûr, l'unique cause de la névrose de Kathy. C'était en fait un outil utilisé par sa mère pour sceller et accentuer son autoritarisme excessif. On pourrait même dire que le côté dominateur de la mère, encouragé par un père absent, était à la base de la névrose de Kathy et, dans ce sens aussi, le cas de Kathy est typique. L'Église aurait dû prendre ses responsabilités. Personne, des bonnes sœurs de son institution religieuse ou des prêtres au catéchisme, n'encouragea Kathy à remettre en question, de manière raisonnable, la doctrine religieuse, ou d'avoir une opinion personnelle. Jamais l'Église ne manifesta la moindre intention d'admettre que son enseignement était un peu trop intensif, trop rigide et sujet à des abus ou à de mauvaises interprétations. Une façon d'analyser le problème de Kathy serait de dire que, bien qu'elle crût en Dieu de tout son cœur, les Commandements et la notion de péché, ainsi que sa religion et son appréhension du monde lui avaient été transmis tels quels, « d'occasion », et ne lui convenaient pas. Elle n'avait pas su mettre quoi que ce fût en doute et se forger sa propre opinion. Et l'Église de Kathy – cela aussi est très caractéristique – ne l'avait en aucune façon aidée à se forger une religion plus adéquate, plus originale et plus personnelle. Il semble que les Églises encouragent en général la transmission sans question.

Puisque le cas de Kathy est si typique et que les psychiatres ont si souvent affaire à des cas similaires, ces derniers voient en la religion une ennemie à combattre. Ils peuvent même aller jusqu'à considérer la religion en soi comme une névrose – un ensemble d'idées irrationnelles qui ne servent qu'à enchaîner l'esprit des gens et qui mettent un frein à leurs envies d'évolution spirituelle. Freud, rationaliste et homme de science par excellence, semble avoir eu plus ou moins ce point de vue, et comme c'est le personnage le plus influent de la psychiatrie moderne (pour des raisons tout à fait justifiées), son opinion a contribué au concept de la religion-névrose. Il est effectivement tentant pour les psychiatres de se considérer comme les chevaliers de la science moderne, embarqués dans un noble combat contre les forces destructrices de la vieille superstition religieuse et des dogmes, irrationnels et totalitaires, certes, mais qui font autorité. Et il est vrai qu'ils dépensent un temps fou et une grande énergie dans leur bataille pour libérer l'esprit de leurs patients des idées religieuses dépassées et des concepts de toute évidence destructeurs.

Marcia

Évidemment, il existe bien des cas différents de celui de Kathy, et tout aussi courants. Marcia était l'une de mes toutes premières patientes. Cette jeune femme assez fortunée, d'environ vingt-cinq ans, était venue me voir parce qu'elle avait perdu le goût de vivre. Bien que rien n'allât vraiment mal dans sa vie, elle la trouvait tout à fait plate et sans joie, mais ne savait pas pourquoi. Effectivement, elle n'avait pas l'air heureuse. Malgré sa fortune et son éducation, elle avait une allure débraillée, et paraissait beaucoup plus que son âge. Pendant la première année de sa thérapie, elle s'habillait toujours de vêtements trop grands pour elle, bleu foncé, noir, gris ou marron, et ne quittait jamais un énorme sac dans les mêmes teintes, sale et tout usé. Elle était la fille unique de parents intellectuels, tous deux grands professeurs d'université, plus ou moins socialistes, et qui ne portaient pas la religion en très haute estime. Ils s'étaient moqués de leur fille lorsque, adolescente, elle allait de temps en temps à l'église avec une de ses amies.

Au début de sa thérapie, Marcia était tout à fait d'accord avec ses parents : elle m'annonça, clairement et non sans fierté, qu'elle était athée – pas une athée de salon, mais une vraie, qui croyait sincèrement que les hommes se porteraient beaucoup mieux s'ils pouvaient se débarrasser de l'illusion que Dieu existe. Pourtant, les rêves de Marcia étaient truffés de symboles religieux tels que des oiseaux volant dans une pièce, tenant dans leur bec des phylactères sur lesquels étaient inscrits de mystérieux messages. Mais je ne révélai pas à Marcia cet aspect de son inconscient. En fait, nous n'abordâmes jamais les sujets religieux pendant les deux ans que dura sa thérapie. Ce dont nous nous préoccupâmes surtout, et longuement, ce fut de ses relations avec ses parents, des individus fort intelligents, rationnels, qui lui avaient donné tout ce dont elle avait besoin sur le plan matériel, mais qui s'étaient toujours montrés assez austères et distants sur le plan affectif. De plus, ils étaient très impliqués dans la réussite de leur carrière, ce qui leur laissait peu de temps et d'énergie pour leur fille. En conséquence, Marcia, tout en vivant dans un environnement matériel confortable, était, comme la « pauvre petite fille riche » des légendes, psychologiquement orpheline. Mais elle était peu disposée à admettre cela. Elle n'aimait pas que je laisse entendre que ses parents n'avaient pas été à la hauteur et ne supportait pas que je dise qu'elle s'habillait comme une malheureuse : c'était la nouvelle mode, affirmait-elle, et je n'avais pas le droit de critiquer.

Les progrès de Marcia au cours de sa thérapie se firent par étapes assez douloureuses, mais spectaculaires. L'élément clé était la chaleur et l'intimité des relations que nous avions pu construire, radicalement différentes de celles qu'elle avait eues avec ses parents. Un matin, au début de sa deuxième année de thérapie, Marcia arriva avec un nouveau sac : bien plus petit que le précédent, c'était une symphonie de couleurs vives. Chaque mois qui suivit, elle ajouta à sa tenue vestimentaire un élément de couleur gaie, un peu comme une fleur qui dévoile un à un ses pétales. À son avant-dernière séance, elle me dit rêveusement combien elle se sentait bien et ajouta :

– Vous savez, c'est étrange, tout en moi a changé, à l'extérieur aussi. Même si je suis toujours là, dans la même maison, à faire très souvent les mêmes choses qu'avant, le monde me paraît très différent et je le ressens différemment. Je le trouve chaleureux, sûr, généreux et intéressant. Je me rappelle vous avoir dit que j'étais athée. Je n'en suis pas si sûre aujourd'hui. Je crois même que je ne le suis plus. Quelquefois, quand tout va bien, je me dis : « Peut-être que Dieu existe, après tout. » Je ne pense pas que le monde pourrait être ce qu'il est sans un dieu. C'est drôle, je ne sais pas comment parler de ce genre de choses. Je me sens « en contact » avec elles, j'ai l'impression de faire partie d'un grand tableau, et même si je ne peux pas le voir tout entier, je sais qu'il existe, qu'il est beau et que je suis dedans.

Par la thérapie, Kathy était passée d'un monde où la notion de Dieu était primordiale à un monde où elle n'avait pas d'importance. Alors que Marcia alla d'une situation où elle rejetait la notion de Dieu à un état d'esprit où elle prenait une signification. La même démarche, le même thérapeute, avec des résultats en apparence opposés, mais tous deux réussis. Comment expliquer cela ? Avant d'essayer, voyons le cas de Théophile. Pour Kathy, j'avais dû sérieusement remettre en question ses idées religieuses afin de déclencher un changement radical vers une diminution de l'influence de la religion dans sa vie. Dans le cas de Marcia, l'idée de Dieu s'est imposée sans que j'aie à orienter le travail sur ce sujet. Mais nous pouvons aussi nous demander s'il est toujours nécessaire que le thérapeute mette en doute l'athéisme ou l'agnosticisme d'un patient pour le diriger sciemment vers la vie religieuse.

Théophile

Théo avait trente ans lorsqu'il vint me voir. Depuis sept ans, il vivait en ermite dans une petite maison perdue dans les bois. Il avait peu d'amis et personne avec qui entretenir des relations intimes. Cela faisait trois ans qu'il n'avait pas de petite amie. Il avait de la fortune grâce à un héritage, et était intellectuellement très brillant. De temps en temps, il faisait des petits travaux de charpentier, mais il passait le plus clair de son temps à pêcher et à lire et à prendre des décisions mineures telles que ce qu'il allait se faire pour dîner et comment il allait le cuisiner, ou s'il pouvait se permettre de s'acheter tel ou tel petit outil.

Lors de sa première séance, il me dit, assez maladroitement :

– Je sais que je devrais faire des choses plus constructives et créatives dans ma vie, mais j'ai déjà beaucoup de mal à prendre des décisions sans importance, alors les autres... Je devrais avoir un bon emploi, je devrais reprendre des études universitaires et apprendre un métier, mais je n'arrive pas à m'enthousiasmer pour quoi que ce soit. J'ai tout envisagé : l'enseignement, la recherche, les relations internationales, la médecine, l'agriculture, l'écologie, mais rien ne me passionne. Je m'y intéresse pendant un jour ou deux, et puis chaque domaine semble présenter des problèmes insurmontables. J'ai l'impression que la vie tout entière est un énorme problème insurmontable.

Théo me raconta que tout avait commencé lorsqu'il avait dix-huit ans, au début de ses études universitaires. Jusque-là, tout s'était très bien passé. Il avait eu une enfance parfaitement normale dans une famille stable et relativement aisée, avec deux frères plus âgés, des parents qui l'aimaient, même s'ils ne s'entendaient pas très bien ; c'était un bon élève dans une pension privée. Puis – et ce fut certainement déterminant – il vécut une histoire d'amour passionnée avec une femme qui le laissa tomber une semaine avant le début des cours à la fac. Complètement abattu, il avait passé sa première année à boire. Pourtant, il avait de bonnes notes. Il connut ensuite plusieurs aventures amoureuses, toutes plus tièdes et ratées les unes que les autres. Ses notes commencèrent à baisser. Il n'arrivait pas à choisir les sujets de ses devoirs. Un de ses proches amis, Hank, fut tué dans un accident de voiture au milieu de leur deuxième année, mais il s'en était remis. Cette année-là, il arrêta de boire. Mais son problème quant aux décisions à prendre ne faisait qu'empirer. Il ne parvenait absolument pas à choisir le sujet de sa thèse de quatrième année. Il réussit ses examens, loua une chambre hors du campus et tout ce qui lui restait à faire pour avoir son diplôme était d'écrire une petite thèse, le genre de chose qu'on peut terminer en un mois. Cela lui prit trois ans. Puis rien. Depuis sept ans, il vivait dans les bois.

Théo était persuadé que la source de ses problèmes était d'ordre sexuel : après tout, ses difficultés avaient commencé à la suite d'un chagrin d'amour. De plus, il avait lu à peu près toute l'œuvre de Freud, bien plus que je n'en avais jamais lu moi-même. Alors, pendant les six premiers mois de la thérapie, nous explorâmes les profondeurs de sa sexualité enfantine ; cela ne nous mena nulle part. Mais au cours de cette période, certains aspects importants de sa personnalité apparurent. L'un d'eux était son total manque d'enthousiasme. Il voulait qu'il fasse beau et, lorsque le soleil brillait, il haussait les épaules en disant : « De toute façon, cela ne change rien, les jours se suivent et se ressemblent. » Ou bien, un jour, en pêchant, il avait attrapé un énorme brochet, et sa réaction fut : « Il était trop gros, je ne pouvais pas le manger tout seul et je n'avais pas d'amis avec qui le partager, alors je l'ai rejeté à l'eau. »

De surcroît, il avait tendance à être snob, comme s'il trouvait le monde d'assez mauvais goût. Il voyait tout d'un œil critique. J'en vins à penser qu'il utilisait son snobisme pour garder une espèce de distance entre lui et les choses qui auraient pu le toucher sur un plan émotionnel. Et, enfin, Théo avait un penchant pour le secret, ce qui contribua à la lenteur de sa thérapie. Les éléments les plus importants d'un incident devaient lui être arrachés.

Une nuit, il fit un rêve :

– J'étais dans une salle de classe. J'avais placé un objet – je ne sais pas quoi – à l'intérieur d'une boîte, ou plutôt j'avais construit la boîte autour de l'objet afin que personne ne pût voir ce qu'il y avait dedans. J'avais mis la boîte dans le tronc d'un arbre mort que j'avais refermé avec des chevilles de bois soigneusement taillées. Mais, alors que j'étais assis dans cette classe, j'ai eu peur que mes vis ne soient pas exactement de la même couleur que le tronc. J'étais très inquiet. Alors je me suis précipité dans les bois et j'ai commencé à travailler sur les vis, de telle sorte que personne ne puisse les distinguer du tronc. Je me suis senti mieux et suis retourné en classe.

Comme c'est le cas pour beaucoup, l'école et la classe symbolisaient la thérapie dans le rêve de Théo. Il était clair qu'il ne voulait pas que je trouve le noyau de sa névrose.

244

La première faille dans l'armure de Théo apparut lors d'une séance, au sixième mois de sa thérapie. Il avait passé la soirée de la veille chez des gens qu'il connaissait.

– Ce fut une soirée abominable, se lamenta-t-il. Ils voulaient que j'écoute un nouveau disque que le mari venait d'acheter, la musique de Neil Diamond pour le film *Jonathan Livingstone le Goéland*. C'était horrible. Je ne comprends pas que des gens cultivés puissent apprécier ce genre de zinzin et même appeler ça de la musique.

L'intensité de son snobisme me fit réagir.

– *Jonathan Livingstone* est un livre religieux, dis-je, la musique est-elle religieuse également ?

– Je présume qu'on peut la qualifier de religieuse, pour autant qu'on peut appeler cela de la musique.

– C'est peut-être le côté religieux qui vous a irrité, plutôt que la musique elle-même.

– Je trouve effectivement ce genre de religion assez irritant.

– Mais quelle sorte de religion est-ce ?

– Sentimentale, presque écœurante, fit-il d'un air dégoûté.

– Quelles autres formes de religion y a-t-il ?

Théo eut l'air embarrassé, déconcerté :

– Pas beaucoup, je suppose. De toute façon, je suis assez peu attiré par la religion.

– En a-t-il toujours été ainsi ?

Il rit avec une pointe de regret.

– Non, adolescent, j'étais assez croyant. Pendant mon année de terminale en pension, j'étais même diacre dans notre petite église.

– Et après ?

– Quoi, et après ?

– Qu'est-il arrivé à votre foi ?

– Je suppose que j'ai dépassé ce stade, j'ai grandi. (Théo avait alors l'air franchement agacé.) Comment grandit-on en général ? J'ai dépassé ce stade, c'est tout.

– Quand ?

– Je ne sais pas. Comme ça. Je vous l'ai dit, une fois à l'université, je n'allais plus à l'église.

– Jamais ?

– Pas une seule fois.

– Alors en terminale, vous étiez diacre de votre église, pendant l'été vous avez eu un chagrin d'amour, et puis vous n'êtes jamais retourné à l'église. Ce fut un changement brutal. Vous ne pensez pas que le rejet de votre petite amie puisse avoir un rapport ?

– Je ne pense rien. Beaucoup de mes camarades d'université ont fait la même chose. C'était à une époque où la religion n'était plus très en vogue. Peut-être cette fille a-t-elle joué un rôle, peut-être pas. Comment pourrais-je le savoir ? Tout ce que je sais, c'est que je me suis désintéressé de la religion.

La deuxième faille se révéla un mois plus tard. Nous avions travaillé sur le fait que Théo manquait d'enthousiasme pour tout, et qu'il en avait conscience.

– La dernière fois que j'ai été vraiment enthousiaste, c'était il y a dix ans. J'étais en troisième année d'université, à la fin du premier semestre, et c'était à propos d'une dissertation sur la poésie anglaise.

– Et de quoi parlait cette dissertation ?

– Je ne pense pas pouvoir m'en souvenir, c'était il y a si longtemps.

– Balivernes ! Vous pouvez très bien vous en souvenir si vous le voulez.

– Eh bien, je crois que le sujet principal était Gerard Manley Hopkins, l'un des premiers poètes modernes. Le poème, *Pied Beauty*, était le thème central de ma dissertation.

Je quittai le cabinet pour aller dans ma bibliothèque et revins avec un livre de poésie anglaise que j'avais utilisé à l'université. Je trouvai *Pied Beauty* et le lus. J'avais les larmes aux yeux.

– C'est un poème sur l'enthousiasme, dis-je.

– Oui.

– C'est aussi un poème très religieux.

– Oui.

– Vous avez écrit ce devoir à la fin du premier semestre, c'est-à-dire probablement en janvier, n'est-ce pas ?

– Oui.

– Si mes calculs sont bons, c'est le mois suivant que votre ami Hank a été tué.

– Oui.

Je sentais une forte tension monter en moi. Je n'étais pas sûr de dire ce qu'il fallait, mais je me lançai :

– Alors vous avez été rejeté par votre première petite amie à l'âge de dix-sept ans, et vous avez perdu tout enthousiasme pour la religion. Trois ans plus tard, vous perdez votre meilleur ami et en même temps votre enthousiasme pour la vie.

– Je ne l'ai pas perdu, il m'a été retiré.

Théo criait presque, je ne l'avais jamais vu aussi ému.

– Dieu vous a rejeté, alors vous l'avez rejeté en retour.

– Pourquoi pas ? C'est un monde pourri, ça a toujours été un monde pourri.

– Je croyais que votre enfance avait été heureuse ?

– Non, pas du tout.

Et c'était vrai. Sous des apparences calmes, l'enfance de Théo avait été pour lui un champ de bataille permanent. Ses deux frères aînés l'avaient sans cesse taquiné, avec une méchanceté rare. Ses parents, trop impliqués dans leurs affaires et leur haine l'un pour l'autre, n'étaient pas concernés par les problèmes apparemment mineurs de leurs enfants, et n'avaient pas su lui donner, à lui, le plus petit et le plus faible, la moindre protection. De longues marches solitaires dans la campagne constituaient son seul réconfort, et nous pûmes, à partir de cela, remonter aux racines de son goût pour la vie érémitique jusqu'avant ses dix ans. La pension, avec ses petites cruautés, avait été un soulagement. Théo en voulait au monde, et ce sentiment, en s'extériorisant, prit de l'ampleur au fur et à mesure qu'il en parlait. Au cours des mois qui suivirent, il revécut non seulement la souffrance de son enfance et la douleur de la mort de Hank, mais aussi la souffrance de milliers de petites morts, de rejets et de pertes. Toute sa vie semblait avoir été un tourbillon de mort et de souffrance, de danger et de cruauté.

Au quinzième mois de thérapie, nous arrivâmes à un tournant. Un jour, Théo m'apporta un petit carnet.

– Vous avez toujours dit que j'étais secret, et c'est vrai, dit-il. Hier soir, en fouillant dans de vieilles affaires, j'ai trouvé ce carnet ; c'est mon journal pendant ma deuxième année à l'université. Je ne l'ai même pas regardé pour le censurer. J'ai pensé que vous pourriez avoir envie de le lire pour connaître le moi d'il y a dix ans, en version originale, texte intégral.

Je dis que j'allais le lire, ce que je fis les deux soirs suivants. En fait, c'était peu révélateur, si ce n'est que son côté solitaire et son isolation par le snobisme, nés de la souffrance, étaient déjà fortement marqués. Mais un petit passage retint mon attention. Il racontait comment, lors d'une promenade solitaire par un dimanche de janvier, il s'était fait prendre par une violente tempête et était rentré à son dortoir tard dans la nuit. « Je sentais comme une sorte d'ivresse, avait-il écrit, en retrouvant la sécurité de ma chambre, contrairement à la fois où j'avais approché la mort de si près l'été dernier. » Le lendemain, pendant la séance, je lui demandai de me raconter comment il s'était trouvé si près de la mort.

– Oh, je vous l'ai déjà dit, répondit Théo.

Mais je le connaissais assez pour savoir que, lorsqu'il m'assurait avoir déjà raconté quelque chose, Théo ne cherchait qu'à éviter le sujet.

– Vous recommencez à me cacher des choses, répondis-je.

– Pourtant, je suis sûr de vous en avoir déjà parlé. Enfin, ce n'était pas si tragique. Souvenez-vous, je travaillais en Floride cet été-là. Il y eut un ouragan. J'aime les tempêtes, vous savez. Au moment où l'ouragan battait son plein, je suis allé sur une jetée. Une vague m'emporta, et une autre me renvoya vers la jetée. C'est tout. Cela s'est très vite terminé.

– Vous vous êtes aventuré sur une jetée en plein ouragan ? demandai-je, incrédule.

– Je vous l'ai dit, j'adore les tempêtes. Je voulais me rapprocher de l'élément déchaîné.

– Je comprends cela, moi aussi j'aime les tempêtes, mais je n'aurais jamais mis ainsi ma vie en péril.

– Vous savez que j'ai un côté suicidaire, continua-t-il. Et cet été-là, je l'étais vraiment. J'y ai pensé. Franchement, je ne me souviens pas m'être avancé sur la jetée avec l'intention de me suicider, mais ma vie avait peu d'importance... J'avoue qu'il est probable que j'aie eu, ce jour-là, le désir inconscient de mourir.

– Vous avez été emporté par une vague ?

– Oui, j'ai à peine pu me rendre compte de ce qui m'arrivait. Il y avait tellement de mouvement qu'on ne voyait pratiquement rien. Je suppose qu'une énorme vague est arrivée sur moi. Je me suis senti frappé violemment, emporté, puis englouti par les eaux. Je ne pouvais rien faire pour sauver ma peau. J'étais certain que j'allais mourir. J'étais terrifié. Et une minute plus tard, je fus renvoyé par la mer – cela devait être un retour de vague –, puis projeté contre le béton de la jetée. J'ai rampé sur la jetée, j'ai attrapé le rebord et m'y suis agrippé pour retourner à la rive, toujours en rampant et ne lâchant pas prise. J'avais quelques contusions, c'était tout.

– Comment ressentez-vous cette expérience ?

– Que voulez-vous dire ?

– Ce que j'ai dit. Que ressentez-vous ?

– Vous voulez dire d'avoir été sauvé ?

– Oui.

– Eh bien, je pense que j'ai eu de la chance.

– De la chance ? demandai-je. Vous croyez que ce retour de vague n'était qu'une coïncidence ?

– Oui, c'est tout.

– D'autres pourraient crier au miracle.

– J'ai eu de la chance.

– Vous avez eu de la chance ? répétai-je, en le harcelant.

– Oui, bon sang !

– C'est intéressant, Théo, dis-je, de remarquer que, lorsqu'il vous arrive quelque chose de douloureux, vous injuriez Dieu et ce monde pourri. Mais, lorsque c'est quelque chose de bien, vous trouvez que c'est simplement de la chance. Une petite tragédie, et c'est la faute de Dieu, une bénédiction miraculeuse, et c'est un peu de chance. Qu'en pensez-vous ?

Mis en face de l'inconsistance de son attitude vis-à-vis du hasard, il concentra son attention sur ce qui tourne rond dans ce monde, sur ce qui est bon et ce qui est mauvais, ce qui est clair et ce qui ne l'est pas. Après avoir travaillé sur la douleur de la perte de Hank et sur les autres morts autour de lui, nous nous tournâmes vers l'autre côté des choses. Il finit par admettre la nécessité de la souffrance et par accepter la nature ambiguë de l'existence. Cette acceptation se produisit bien sûr dans l'atmosphère d'une relation chaleureuse, affectueuse et toujours plus agréable entre nous. Il commença à se remuer. Il reprit timidement des relations amoureuses. Il se mit à exprimer quelque enthousiasme. Sa nature religieuse s'épanouit. Partout, il voyait le mystère de la vie et de la mort, de la création, de la dégradation et de la régénération. Il s'intéressa à la théologie. Il se mit à écouter *Jésus-Christ Superstar,* et s'acheta même le disque de *Jonathan Livingstone le Goéland.*

Après deux ans, Théo m'annonça un matin qu'il était temps qu'il mette un terme à sa thérapie.

– J'ai fait des démarches pour entreprendre des études de psycho, dit-il. Je sais que vous allez dire que je ne fais que vous imiter, mais j'y ai pensé, et je ne le crois pas.

– Allez-y, expliquez, demandai-je.

– Eh bien, en réfléchissant, j'en suis venu à la conclusion qu'il faut que je fasse ce qui me paraît le plus important. Et si je reprends des études, c'est pour apprendre les matières les plus importantes.

– Continuez.

– Alors, j'ai décidé que l'esprit humain est l'une de ces matières. Et la psychothérapie aussi.

– L'esprit humain et la thérapie, c'est *le* plus important ? demandai-je.

– En fait, je pense que c'est Dieu.

– Alors pourquoi n'étudiez-vous pas Dieu ?

– Je ne comprends pas très bien.

– C'est parce que vous vous empêchez de comprendre.

– Vraiment, je ne comprends pas. Comment peut-on étudier Dieu ?

– Si on peut étudier la psychologie dans une école, on peut étudier Dieu dans une école, continuai-je.

– Vous voulez dire la théologie ?

– Oui.

– Vous voulez dire devenir pasteur ?

– Oui.

– Oh non ! je ne pourrais pas.

Il était atterré.

– Pourquoi ?

Il devint évasif.

252

– Il n'y a pas vraiment de différence entre psychothérapeute et pasteur. Je veux dire que les pasteurs font aussi de la thérapie. Et faire de la psychothérapie, c'est un peu comme un sacerdoce.

– Pourquoi ne pourriez-vous pas devenir pasteur ?

– Vous faites pression sur moi, dit-il, furieux. Une carrière est une décision personnelle. C'est à moi de décider. Les thérapeutes n'ont pas le droit de diriger leurs patients. Ce n'est pas votre rôle de choisir pour moi. Je ferai mon choix tout seul.

– Écoutez, répondis-je, je ne suis pas en train de choisir pour vous. Je ne fais qu'une analyse de la situation. Je suis en train de passer en revue les possibilités qui se présentent à vous. C'est *vous* qui ne voulez pas – je ne sais pas pourquoi – considérer sérieusement l'une de ces possibilités. C'est *vous* qui voulez faire ce que vous jugez être le plus important, c'est *vous* qui pensez que le plus important est Dieu et, lorsque je vous parle d'envisager une carrière religieuse, vous la rejetez. Peut-être ne pouvez-vous pas l'entreprendre mais, en tout cas, c'est de mon ressort de m'intéresser aux raisons qui vous font croire que vous n'en êtes pas capable et qui vous poussent à rejeter cette option.

– Je ne pourrais tout simplement pas être pasteur, dit Théo, pas vraiment convaincu.

– Pourquoi ?

– Parce que... Parce que être pasteur, c'est être publiquement un homme de Dieu. Je veux dire que je devrais manifester publiquement ma croyance en Dieu. Et ça, je ne le pourrais pas.

– Non, il faut que vous restiez secret, n'est-ce pas ? C'est votre névrose, et vous voulez la garder. Vous ne pouvez pas montrer publiquement votre enthousiasme, vous voulez le garder dans un placard, n'est-ce pas ?

– Écoutez, gémit Théo, vous ne pouvez pas savoir ce que cela représente pour moi. Vous ne savez pas ce que c'est d'être moi. Chaque fois que je manifestais quelque enthousiasme, mes frères se moquaient de moi.

– Alors je présume que vous avez toujours dix ans, et que vos frères sont toujours présents.

Théo pleurait, fou de rage contre moi.

– Ce n'est pas tout, dit-il, en larmes. C'est comme cela que mes parents me punissaient. Dès que je faisais une bêtise, ils me privaient de quelque chose que j'aimais : « Voyons, qu'est-ce qui fait plaisir à Théo ? Oh oui ! sa visite chez sa tante la semaine prochaine, il en a très envie : on va lui dire que, parce qu'il n'a pas été sage, il ne pourra pas aller la voir, voilà tout. Et puis son arc et ses flèches, il adore jouer avec, retirons-les-lui. » C'est très simple comme système. Tout ce qui me faisait plaisir, tout ce qui m'enthousiasmait, ils me le retiraient. J'ai perdu tout ce que j'aimais.

C'est ainsi que nous arrivâmes au plus profond de la névrose de Théo. Petit à petit, à force de volonté, ayant à se rappeler continuellement qu'il n'avait plus dix ans, qu'il n'était plus sous la coupe de ses parents ou proche de ses frères, il se força à communiquer son enthousiasme, son amour de la vie et de Dieu. Il finit par se décider à s'inscrire en théologie. Quelques semaines avant son départ, je reçus son chèque pour les séances du mois passé. Mon regard fut accroché par sa signature : jusque-là, il avait toujours signé « Théo », et cette fois, c'était « Théophile ». Je lui fis part de ce changement.

– J'espérais que vous le remarqueriez, me dit-il. Je crois que, d'une certaine manière, je suis toujours un peu secret, n'est-ce pas ? Lorsque j'étais petit, ma tante m'avait dit que je pouvais être fier de mon nom parce que cela voulait dire : « Celui qui aime Dieu. » Effectivement, j'en étais fier. J'en avais donc parlé à mes frères, et ils se moquèrent de moi : « Grenouille de bénitier... pourquoi ne vas-tu pas embrasser l'autel ? » (Théo sourit.) Vous connaissez la chanson. Alors j'étais embêté de porter ce nom-là. Il y a quelques semaines, je me suis rendu compte que cela ne me gênait plus du tout. Après tout, j'aime Dieu, n'est-ce pas ?

Jeter le bébé avec l'eau du bain

Les trois cas que nous venons de voir ont été contés en réponse à la question : la foi en Dieu est-elle une forme de psychopathologie ? Si l'on veut sortir du bourbier de l'enseignement de l'enfance, des traditions et de la superstition, c'est une question que l'on doit poser. Mais les exemples ci-dessus mentionnés montrent que la réponse n'est pas simple. Elle peut être positive : la foi aveugle de Kathy dans le dieu que son Église et sa mère lui avaient présenté retardait, de toute évidence, son évolution, et empoisonnait sa vie. C'est seulement en mettant en question puis en rejetant sa croyance qu'elle a pu s'aventurer dans une existence plus ouverte, plus satisfaisante et plus productive. C'est seulement alors qu'elle a pu évoluer. Mais parfois la réponse est « non ». Marcia, en évoluant hors du froid microcosme de son enfance vers un monde plus chaleureux, vit sa croyance en Dieu grandir en elle, silencieusement et naturellement. Et pour Théo, la foi qu'il avait enterrée au fond de lui-même dut être ramenée à la vie pour la renaissance de son esprit et sa libération.

Que faire de cette réponse de Normand ? Les scientifiques se consacrent à la recherche de la vérité. Mais ils sont humains eux aussi et, comme tous les humains, ils voudraient que leurs réponses soient claires et faciles. Dans leur désir de trouver des solutions simples, ils risquent, en se posant des questions sur la réalité de Dieu, de tomber dans deux pièges. Le premier, c'est de jeter le bébé avec l'eau du bain, et le deuxième, c'est de voir les choses avec des œillères.

Il y a effectivement beaucoup d'eau sale autour de la réalité de Dieu. Les guerres saintes, l'Inquisition, les sacrifices animaux et humains, la superstition, l'abrutissement, le dogmatisme, l'ignorance, l'hypocrisie, la vertu, la rigidité, la cruauté, l'iconoclasme, l'extermination des sorcières, l'inhibition, la peur, le conformisme, la culpabilité, la folie... La liste est presque illimitée. Mais est-ce la faute de Dieu ou la faute des hommes ? De toute évidence, la foi est souvent d'un dogmatisme destructeur. Mais le problème est-il que les hommes croient en Dieu ou bien qu'ils ont tendance à être dogmatiques ? Quiconque a connu un athée inébranlable sait bien qu'il peut être tout aussi dogmatique dans son absence de foi qu'un croyant dans sa foi. Alors doit-on se débarrasser de la foi ou du dogmatisme ?

Une autre raison qui pousse les scientifiques à jeter le bébé avec l'eau du bain, c'est que, comme nous l'avons vu, la science est une religion. Le scientifique néophyte qui entre à peine dans le monde de la science peut être tout aussi fanatique qu'un croisé ou un soldat d'Allah. C'est particulièrement le cas lorsqu'il vient d'une culture ou d'une famille où la croyance en Dieu est associée à l'ignorance, à la superstition, à la rigidité et à l'hypocrisie. Alors, il a des mobiles émotionnels aussi bien qu'intellectuels pour détruire les idoles d'une croyance primitive. Une preuve de maturité chez les scientifiques est leur conscience que la science peut être aussi sujette au dogmatisme que toute religion.

J'ai clairement fait comprendre qu'il est essentiel pour notre évolution spirituelle de devenir des hommes de science, sceptiques au sujet de ce qui nous a été enseigné, c'est-à-dire des idées reçues et des préjugés de notre culture. Mais certains points de vue scientifiques deviennent parfois des idoles culturelles, et il est nécessaire de les mettre en doute à leur tour. Il est possible d'évoluer en tuant notre croyance en Dieu, mais je voudrais maintenant montrer qu'il est possible d'évoluer en devenant croyant. L'athéisme ou l'agnosticisme sceptiques ne sont pas les plus hauts stades de compréhension. Au contraire, nous avons toutes les raisons de croire que, derrière les idées fausses qui circulent autour de Dieu, se cache la réalité qu'est Dieu. C'est ce à quoi Paul Tillich faisait référence lorsqu'il parlait du « dieu derrière le dieu », et c'est pourquoi certains chrétiens évolués proclamaient : « Dieu est mort, vive Dieu ! » Est-il possible que le chemin de l'évolution spirituelle mène d'abord hors de la superstition vers l'agnosticisme, puis hors de l'agnosticisme vers une véritable connaissance de Dieu ? C'est de ce chemin que voulait parler le soufi Aba Said ibn Abi-el-Khair en s'exprimant ainsi, il y a neuf cents ans :

> Tant que le collège et le minaret n'auront pas
> été détruits,
> Nous ne pourrons accomplir notre sainte tâche.
> Tant que la foi ne sera pas rejetée, et que le rejet
> ne sera pas devenu croyance,
> Il n'y aura pas de véritable musulman[1].

Le fait est que certains intellectuels et sceptiques tels que Marcia et Théo semblent évoluer en direction de la foi. Et il faut noter que cette foi vers laquelle ils ont évolué n'avait rien à voir avec celle dont Kathy s'était éloignée. Le Dieu d'avant le scepticisme a peu de ressemblance avec celui qui apparaît après. La religion monolithique mentionnée au début de cette partie n'existe pas. Il y a plusieurs religions, et peut-être de nombreux niveaux de croyance. Certaines religions peuvent être malsaines pour certaines personnes ; d'autres tout à fait saines.

Cela est particulièrement important pour les psychiatres et les psychothérapeutes. Puisqu'ils ont directement affaire au processus d'évolution, ils sont, plus que les autres, appelés à juger de la cohérence des croyances d'un individu. Et parce que les psychothérapeutes appartiennent en général à une tradition freudienne – sinon stricte, du moins sceptique –, ils ont tendance à considérer

---

1. Cité dans Idries Shah, *The Way of the Sufi* (New York. Dutton paperback, 1970).

comme pathologique toute croyance passionnée en Dieu. Cette tendance peut aller jusqu'aux préjugés. Il y a peu, j'ai rencontré un étudiant qui considérait sérieusement la possibilité d'entrer dans un monastère. Il était en psychothérapie depuis un an.

– Mais je n'ai pas pu parler à mon thérapeute de ce projet ni de l'intensité de ma foi, me confiat-il, je crois qu'il ne comprendrait pas.

Je n'ai pas pu connaître assez bien ce jeune homme pour savoir l'importance qu'avait pour lui son entrée dans un monastère ou si elle lui était dictée par un comportement névrosé. J'aurais beaucoup aimé lui dire : « Vous devriez vraiment en faire part à votre thérapeute. Il est essentiel pour votre thérapie que vous soyez complètement ouvert sur tous les sujets, et surtout celui-ci qui vous tient particulièrement à cœur. Vous devriez avoir confiance en l'objectivité de votre thérapeute. »

Mais je ne le fis point, parce que je n'étais pas sûr du tout que son thérapeute aurait été objectif, ou qu'il aurait vraiment compris.

Les psychiatres et les psychothérapeutes qui ont des réactions simplistes envers la religion risquent de nuire à leurs patients. Il en sera ainsi s'ils jugent toute religion bonne et saine ; de même s'ils jettent le bébé avec l'eau du bain, considérant la religion comme une maladie et un ennemi. Également, de fait, si, devant la complexité de la question, ils refusent de se préoccuper des problèmes religieux de leurs patients, pour se cacher derrière le bouclier d'une totale objectivité qui ne leur permet pas de s'impliquer spirituellement. Leurs patients ont besoin de leur engagement. Je ne veux pas sous-entendre qu'ils devraient mettre leur objectivité au placard, ou que trouver l'équilibre dans leur propre objectivité et leur spiritualité soit tâche facile. Mon vrai désir serait que les psychothérapeutes s'efforcent non pas de se détacher de la religion, mais qu'ils s'y intéressent à un niveau bien plus élevé que beaucoup ne le font actuellement.

Le point de vue scientifique avec des œillères

Il arrive que les psychiatres aient affaire à des patients qui présentent une étrange déformation du regard : ils ne voient que ce qui est directement devant eux dans un champ très étroit et ils ne peuvent pas distinguer deux objets adjacents en même temps. Les psychiatres comparent ce symptôme au regard que l'on peut avoir lorsqu'on porte des œillères. Il n'y a pas chez ces patients de défaillance oculaire qui pourrait expliquer ce phénomène. C'est comme si, on ne sait pas pourquoi, ils ne voulaient voir que ce que leur regard rencontre directement, ou que ce sur quoi ils choisissent de concentrer leur attention.

Les scientifiques ont aussi tendance à jeter le bébé avec l'eau du bain parce qu'ils ne voient pas le bébé. Beaucoup refusent tout simplement de voir l'évidence de l'existence de Dieu. Ils portent les œillères psychologiques qu'ils se sont imposées pour éviter d'avoir à tourner leur attention vers le royaume de l'esprit.

Parmi les causes du port de ces œillères, je voudrais en souligner deux qui résultent de la nature de la tradition scientifique. La première est une question de méthodologie. Dans son désir louable d'insister sur l'expérience, l'observation exacte et la vérifiabilité, la science a vraiment mis l'accent sur le mesurable. Mesurer quelque chose, c'est en faire l'expérience selon certains critères, d'après lesquels on peut faire des observations d'une grande rigueur susceptibles d'être vérifiées par d'autres. La mesure a permis à la science de faire d'énormes progrès dans la connaissance de l'univers matériel. Mais, à cause de ce succès, la mesure est devenue une espèce d'idole scientifique. Il en résulte chez les scientifiques non seulement un scepticisme, mais un rejet de ce qui ne peut être mesuré. C'est un peu comme s'ils disaient :

– Ce que nous ne pouvons mesurer, nous ne pouvons le connaître ; il n'y a pas lieu de se soucier de ce qui ne peut être connu ; donc, ce qui ne peut être mesuré n'est pas digne de notre observation.

À cause de cette attitude, nombreux sont les scientifiques qui excluent de leurs intérêts toutes les questions – réellement ou apparemment immesurables, y compris, bien sûr, Dieu.

Cette affirmation, étrange mais si courante que les choses difficiles à mesurer ne méritent pas une étude approfondie commence à être remise en question par quelques progrès scientifiques relativement récents. D'une part, grâce au développement de méthodes d'observation de plus en plus sophistiquées, par l'utilisation d'instruments tels que les microscopes à électrons, les spectrophotomètres et les ordinateurs, ainsi que des techniques de statistiques, nous sommes maintenant capables de mesurer des phénomènes de plus en plus complexes qui, il y a quelques dizaines d'années, ne pouvaient l'être. Le champ de la vision scientifique est donc en pleine expansion. En continuant dans ce sens, nous pourrons peut-être dire bientôt :

– Il n'y a rien au-delà des limites de notre vision. Si nous décidons d'étudier quelque chose, nous pouvons toujours trouver la méthodologie pour le faire.

D'autre part, la découverte récente de la réalité du paradoxe nous aide aussi à enlever nos œillères. Il y a cent ans, le paradoxe était, pour l'esprit scientifique, synonyme d'erreur. Mais en explorant des phénomènes comme la nature de la lumière, l'électromagnétisme, la mécanique quantique et la théorie de la relativité, la science physique est arrivée au point où elle reconnaît de plus en plus que la réalité, à un certain niveau, est paradoxale. Voici ce qu'a écrit J. Robert Oppenheimer :

> À des questions en apparence des plus simples, nous allons être amenés soit à ne donner aucune réponse, soit à en fournir une qui, à première vue, fait penser à un étrange catéchisme plutôt qu'aux affirmations catégoriques de la physique. Si l'on demande par exemple si la position de l'électron reste la même, nous devrons répondre « non » ; si l'on demande si elle varie au cours du temps, nous devrons répondre « non » ; si l'on demande si l'électron est immobile, nous devrons répondre encore « non », et si l'on demande s'il est en mouvement, nous devrons toujours répondre « non ». Si le Bouddha, interrogé sur les états de la personne humaine après la

mort, a donné des réponses de ce genre, elles s'accordent mal avec la tradition de la science des XVIIe et XVIIIe siècles[1].

À travers les âges, les mystiques nous ont parlé en termes de paradoxe. Est-il possible que nous commencions à envisager un terrain d'entente entre la science et la religion ? Si nous sommes capables de dire qu'« un humain est en même temps mortel et éternel » et que « la lumière est à la fois une onde et une particule », nous commençons à parler le même langage. Est-il possible que le chemin de l'évolution spirituelle, partant de la superstition religieuse pour aller vers le scepticisme scientifique, nous mène finalement à une véritable réalité religieuse ?

Cette possibilité d'envisager le rapprochement de la religion et de la science est l'événement le plus significatif et le plus intéressant de la vie intellectuelle de notre époque. Mais ce n'est qu'un commencement. Pour beaucoup, la religion et la science restent des cadres de référence étroits, toujours aveuglés par leurs propres œillères. Regardez, par exemple, l'attitude vis-à-vis des miracles. L'idée même de miracle est, pour la plupart des scientifiques, un anathème. Durant les quatre derniers siècles, la science a élucidé un certain nombre de « lois de la nature », telles que « deux objets s'attirent avec une force proportionnelle à leur masse, et inversement proportionnelle au carré de la distance qui les sépare », ou « l'énergie ne peut être ni créée ni perdue ». Mais, à la suite de tant de succès dans la découverte des lois

1. J. R. Oppenheimer, *La Science et le Bon Sens* (traduction d'Albert Colnat, Gallimard, coll. « Idées »).

de la nature, les scientifiques ont fait du concept de la loi de la nature une idole, tout comme de la mesure. Le résultat en est que tout événement qui ne peut pas être expliqué par des lois naturelles connues est considéré comme irréel par la science. En ce qui concerne la méthodologie, la science a eu tendance à dire : « Ce qui est très difficile à étudier ne mérite pas de l'être. » Et sur la loi de la nature : « Ce qui est très difficile à comprendre n'existe pas. »

L'Église s'est montrée un peu plus large d'esprit. Tout ce qui ne peut être compris en termes de loi naturelle connue est un miracle, et les miracles existent. Mais pour ce qui est d'authentifier les miracles, elle n'a pas montré d'empressement à approfondir. « Les miracles n'ont pas besoin d'être examinés scientifiquement, ils doivent simplement être acceptés comme des actes divins », telle est l'attitude qui domine au sein de l'Église. Les religieux n'ont pas voulu que leur religion soit secouée par la science, tout comme les scientifiques n'ont pas voulu laisser leur science être dérangée par la religion.

Les guérisons miraculeuses, par exemple, ont été utilisées par l'Église catholique pour authentifier les saints, et il en est de même pour de nombreuses dénominations protestantes. Pourtant, dans le passé, les Églises ont rarement dit à des médecins : « Auriez-vous l'amabilité de vous joindre à nous pour étudier ces phénomènes fascinants ? » Et les médecins ont peu souvent proposé : « Pourrions-nous étudier avec vous ces événements qui devraient être passionnants pour notre profession ? » Au lieu de quoi, l'attitude du corps médical au sujet des guérisons miraculeuses est de considérer le plus souvent qu'elles n'existent pas, que l'affection dont le malade a été guéri n'existait pas, qu'elle était imaginaire, soit réaction hystérique, soit résultant d'une erreur de diagnostic. Heureusement, toutefois, quelques médecins, physiciens et hommes d'Église sérieux, en quête de vérité, commencent à examiner la nature des phénomènes tels que des rémissions spontanées chez des cancéreux et des guérisons psychiques réussies.

Il y a quinze ans, lorsque j'ai terminé mes études de médecine, j'étais certain que les miracles n'existaient pas. Aujourd'hui, je suis certain qu'ils abondent. Ce changement résulte de deux facteurs intimement liés. L'un est un ensemble d'expériences dans ma pratique de la psychiatrie qui paraissaient au premier abord assez courantes mais qui, lorsque je me suis penché dessus avec plus d'attention, semblaient indiquer que mon travail avec les patients était remarquablement assisté, d'une façon qui n'avait aucune explication logique, c'est-à-dire de manière miraculeuse. Ces expériences – j'en raconterai certaines – ébranlèrent ma certitude que les miracles n'existaient pas. À partir du moment où j'ai commencé à douter, je me suis ouvert à l'éventualité de l'existence des miracles. Cette ouverture d'esprit, le deuxième des facteurs mentionnés ci-dessus, me permit de regarder le quotidien avec un œil réceptif au miraculeux. Plus je regardais, plus je le rencontrais. Si je devais formuler un vœu, c'est que le lecteur acquière cette capacité à percevoir le miraculeux.

Voici ce qu'on a écrit récemment à ce sujet :

> La réalisation de soi naît et mûrit dans une sorte de conscience tout à fait particulière,

décrite de manières très différentes par des gens très différents. Par exemple, les mystiques en ont parlé comme étant la perception de la divinité et de la perception du monde. Richard Bucke l'appelle la conscience cosmique ; Buber la décrit en termes de relation moi-Dieu ; et Maslow lui donne le nom de *Being-cognition* (la cognition de ce qui est). Nous utiliserons le terme d'Ouspensky : la perception du miraculeux. Ici, « miraculeux » ne se réfère pas seulement à des phénomènes extraordinaires, mais au quotidien, car tout peut évoquer cette conscience particulière si on y prête suffisamment attention. Une fois la perception débarrassée des préjugés et des intérêts personnels, elle est libre d'appréhender le monde tel qu'il est et de contempler sa magnificence... La perception du miraculeux ne demande aucune foi ni aucune théorie. Il faut simplement être assez réceptif et attentif aux données de la vie, c'est-à-dire à ce qui est présent et à quoi on ne fait généralement pas attention. La véritable merveille du monde peut se trouver partout, dans la plus infime parcelle de notre corps, dans l'immensité du cosmos, et dans l'interconnexion intime de toutes choses.. Nous faisons partie d'un écosystème subtilement équilibré dans lequel interdépendance et individualité vont de pair. Nous sommes tous des individus, mais sommes aussi partie d'un tout qui nous dépasse, unis au sein de quelque chose de grandiose, d'une beauté indicible. La perception du miraculeux est l'essence subjective de la réalisation de soi, et la racine d'où naissent les caractéristisques et les expériences humaines les plus élevées[1].

Quand nous pensons aux miracles, je crois que nous avons trop tendance à nous attendre au spectaculaire : le buisson ardent, l'ouverture de la mer Rouge, la voix tonitruante qui vient du ciel. Nous devrions plutôt chercher la preuve du miraculeux dans le quotidien. C'est ce que je ferai dans la quatrième partie de cet ouvrage, en examinant des événements courants dans ma pratique de la psychiatrie qui m'ont amené à une compréhension de l'extraordinaire phénomène de la grâce.

Mais je voudrais terminer sur une autre mise en garde. L'interface entre la religion et la science peut être un terrain très scabreux et même dangereux. Il sera question de perception extra-sensorielle et de phénomènes « psy » ou « paranormaux », ainsi que d'autres domaines du miraculeux. Il est nécessaire de garder ses esprits. J'ai assisté récemment à une conférence sur les guérisseurs par la foi, où bon nombre de conférenciers érudits ont présenté des preuves anecdotiques des pouvoirs qu'eux-mêmes ou d'autres possédaient, d'une manière qui laissait penser qu'ils étaient rigoureux et scientifiques alors que ce n'était pas le cas. Si un guérisseur appose ses mains sur le genou enflammé d'un patient et que, le lendemain, ce patient ne ressent plus aucune douleur, cela ne veut pas dire qu'il ait été guéri par le guérisseur. L'inflammation des articulations se résorbe un jour ou l'autre, brusquement ou doucement, qu'on fasse quelque chose ou non. Le fait que deux événements se produisent simulta-

1. Michael Stark et Michael Washburn, « Beyond the Norm : A Speculative Model of Self-Realization », in *Journal of Religion and Health* (1977).

nément ne veut pas dire qu'il y ait un lien de cause à effet. C'est justement parce que ce sujet est scabreux et ambigu qu'il faut l'aborder avec scepticisme pour éviter de se fourvoyer en entraînant les autres. On perçoit souvent un manque d'esprit critique et de réalisme chez des individus qui présentent publiquement les phénomènes psy, sans être capables de leur trouver un nom adéquat. Parce que le domaine des phénomènes psychiques attire beaucoup de gens qui ne savent pas bien apprécier la réalité, il est tentant pour les observateurs plus réalistes de conclure que les phénomènes eux-mêmes ne sont pas réels, ce qui est faux. Beaucoup essaient de trouver des réponses simples à des questions difficiles, mélangeant la science populaire et les concepts religieux, avec de beaux espoirs mais peu de réflexion. Le fait que de tels mélanges échouent ne veut pas dire qu'ils soient impossibles ou qu'il faille y renoncer. Mais tout comme il est essentiel que notre vision ne soit pas limitée par des œillères scientifiques, il est nécessaire aussi que notre bon sens ne soit pas aveuglé par l'éblouissante beauté du royaume de l'esprit.

QUATRIÈME PARTIE

La grâce

Le miracle de la santé

Ô surprenante grâce, qu'elle est douce ta sonorité
Qui a sauvé un pauvre hère comme moi !
J'étais perdu, et je me suis trouvé,
J'étais aveugle, et aujourd'hui je vois.

La grâce a enseigné la crainte à mon cœur,
Et l'en délivra avec bonheur ;
Combien précieuse cette grâce m'est apparue,
Dès le moment où j'y ai cru !

Par maints dangers, pièges et filets,
Je suis déjà passé ;
C'est la grâce qui, sain et sauf, jusqu'ici m'a mené,
Et me mènera à l'éternité.

Et lorsque nous y serons depuis dix mille ans,
Comme le soleil, lumineux et brillants,
Pour la gloire de Dieu, nous aurons dix mille ans
    à chanter
Depuis le jour où nous avons commencé[1].

1. *Amazing Grace*, John Newton (1725-1807).

Le premier mot associé à la grâce dans ce cantique évangélique américain du XVIIIᵉ siècle est « surprenante ». Une chose nous étonne lorsqu'elle ne fait pas partie du déroulement habituel des événements, lorsqu'elle n'est pas prévisible par ce qu'on sait des « lois naturelles ». Ce qui suit démontrera que la grâce est un phénomène courant et, jusqu'à un certain point, prévisible. Mais sa réalité demeurera inexplicable dans le cadre des conceptions scientifiques conventionnelles et des « lois naturelles » telles que nous les connaissons. Elle restera surprenante.

Nombre d'aspects de la pratique de la psychiatrie ne cesseront jamais de nous émerveiller, moi et d'autres psychiatres. Par exemple, le fait que nos patients soient mentalement très sains. Il est de coutume pour les médecins exerçant d'autres spécialités d'accuser les psychiatres de pratiquer une discipline inexacte et non scientifique. Mais en fait, on en sait plus sur les causes des névroses que sur celles de la plupart des autres maladies du corps. Car, par la psychanalyse, il est possible de retracer l'étiologie et le développement d'une névrose chez un patient avec une précision et une exactitude rarement égalées dans d'autres domaines de la médecine. Nous sommes capables de savoir exactement et précisément comment, quand, où et pourquoi un individu développe tel ou tel symptôme ou mode de comportement névrotique. Il en va de même pour la guérison. Ce que nous ignorons, en revanche, c'est pourquoi la névrose n'est pas plus aiguë – pourquoi un patient qui souffre d'une légère névrose n'est pas plus fortement atteint, pourquoi un patient sévèrement névrosé n'est pas complètement psychotique.

Nous découvrons inévitablement qu'un patient a subi un ou plusieurs traumatismes causant un type de névrose particulier, mais parfois d'une telle intensité que, normalement, ils auraient dû produire une névrose beaucoup plus grave encore.

Un homme d'affaires prospère, d'environ trente-cinq ans, est venu me voir pour une névrose bénigne. C'était un enfant illégitime, né dans les bas-fonds de Chicago d'une mère sourde-muette vivant seule. Lorsqu'il eut cinq ans, l'État de l'Illinois, pensant qu'une telle mère ne pouvait élever correctement son enfant, le lui retira, sans explications, et le mit dans trois familles adoptives successives, où il ne fut pas très bien traité, en tout cas sur le plan affectif – un vide. À l'âge de quinze ans, il devint partiellement paralysé à la suite d'une rupture d'anévrisme. À seize ans, il quitta ses parents adoptifs du moment et commença à vivre seul. Comme il fallait s'y attendre, il atterrit en prison à dix-sept ans pour une agression violente, et incompréhensible, et n'y reçut aucun traitement psychiatrique.

Lorsqu'il fut relâché, au bout de six mois, les autorités lui trouvèrent un emploi subalterne dans les dépôts d'une petite société. Tout psychiatre ou assistant social lui aurait prédit un avenir sinistre. Pourtant, au bout de trois ans, il était devenu le plus jeune chef de département de toute l'histoire de la société. Cinq ans plus tard, après avoir épousé une collègue, cadre elle aussi, il quitta son poste et monta sa propre entreprise, devenant un homme assez fortuné. Lorsqu'il commença son traitement avec moi, c'était un père affectueux et attentionné, un intellectuel autodidacte, actif dans sa communauté, ainsi qu'un peintre accompli. Comment, quand, pourquoi et où tout cela était-il arrivé ? Selon les concepts ordinaires de causalité, je ne sais pas. Ensemble, nous pûmes retracer avec exactitude, dans le cadre habituel des causes et des effets, ce qui détermina sa légère névrose et le guérir. Il fut en revanche absolument impossible de comprendre les origines de son imprévisible réussite.

J'ai tenu à raconter ce cas parce que les traumatismes subis étaient très spectaculaires et sa réussite flagrante. Dans la majorité des cas, les traumatismes de l'enfance sont beaucoup plus subtils (bien que tout aussi destructeurs) et la preuve de la santé mentale moins évidente, mais le schéma est souvent le même. Les patients sont en général mentalement plus sains que leurs parents. Nous savons très bien pourquoi les gens deviennent des « malades mentaux ». Ce que nous ne comprenons pas, c'est pourquoi ils survivent aux traumatismes et réussissent à vivre aussi bien. Nous savons exactement pourquoi certains se suicident. Nous ignorons, par contre, d'après la causalité courante, pourquoi d'autres ne se suicident pas. Tout ce que nous pouvons dire, c'est qu'il existe une force, dont nous ne comprenons pas vraiment le mécanisme, qui agit sur les gens pour les protéger et pour entretenir leur santé mentale, même dans les pires situations.

Bien que le processus impliqué dans les troubles mentaux ne soit pas le même que celui des troubles physiques, ils ont quand même un rapport. Nous savons beaucoup plus de choses sur les causes des maladies physiques que nous n'en savons sur les raisons de la santé physique.

Demandez par exemple à n'importe quel médecin ce qui est la cause de la méningite à méningocoque, il vous répondra sur-le-champ : « Le méningocoque, bien sûr. » Il y a pourtant un problème. Si, cet hiver, je devais faire la culture de cette bactérie à partir d'échantillons prélevés chez tous les habitants du village où j'ai choisi de vivre, je remarquerais certainement qu'elle est présente chez neuf sur dix de ces personnes. Mais il n'y a pas eu de cas de ce type de méningite dans mon village depuis des années, et il est peu probable qu'il y en ait cet hiver. Que se passe-t-il ? La méningite à méningocoque est une maladie relativement rare, mais la bactérie est assez courante. Les médecins expliquent cela par le phénomène d'autodéfense, postulant que le corps humain possède un système de défense qui résiste aux agressions des bactéries de la méningite ainsi qu'à bon nombre d'autres agressions bactériennes. Et c'est vrai : nous connaissons bien ce phénomène et son fonctionnement. Mais d'importantes questions demeurent. Alors que certaines personnes qui meurent de méningite sont affaiblies ou dotées d'une résistance limitée, la plupart sont en parfaite bonne santé, et aucune faiblesse n'a été remarquée dans leur système de défense. Nous pourrons dire avec certitude que leur mort est due à la méningite, mais ce sera sur un plan superficiel. Si nous creusons un peu, nous ne saurons pas pourquoi ils sont morts. Le mieux que nous puissions dire, c'est que les forces qui les protégeaient d'habitude ont choisi de ne pas agir cette fois-là.

Bien que le concept du système de défense s'applique en général aux maladies infectieuses, il peut opérer pour toutes les maladies physiques et, sauf pour les maladies non infectieuses, nous n'avons pas la moindre idée de son mode de fonctionnement. Il se peut qu'un individu ait une crise de recto-colite hémorragique – généralement considérée comme psychosomatique –, qu'il s'en sorte rapidement et qu'il n'ait jamais plus, au cours de sa vie, à en souffrir. Alors que quelqu'un d'autre peut avoir des crises répétées qui évoluent en maladie chronique. Un troisième peut être violemment terrassé et mourir rapidement de sa première crise. La maladie semble être la même, mais les manifestations sont différentes. Pourquoi ? Nous n'avons pas de réponse, mais nous pouvons dire que certains individus, chacun à sa manière, ont du mal à lutter, tandis que la majorité n'a aucune difficulté à résister. Comment peut-il en être ainsi ? Nous ne savons pas. Ce genre de question peut se poser pour toutes les maladies, y compris les plus courantes, telles que les crises cardiaques, les hémorragies cérébrales, le cancer, les ulcères et d'autres. Un nombre croissant de scientifiques commencent à croire que presque tous les troubles sont psychosomatiques – que la psyché est, d'une manière ou d'une autre, impliquée dans la cause du non-fonctionnement du système de défense. Mais ce qui est étonnant, ce n'est pas le non-fonctionnement du système de défense, mais plutôt qu'il fonctionne aussi bien la plupart du temps. Sans lui, nous devrions être littéralement dévorés par les microbes, consumés par le cancer, complètement bloqués par les graisses et les toxines, érodés par les acides. Il n'y a rien d'extraordinaire à ce que nous mourions. Ce qui est incroyable, c'est que nous ne soyons pas plus souvent malades, et que nous ne mourions pas plus tôt. Nous pouvons dire la même chose des maladies physiques que des troubles mentaux : une force, dont nous ne comprenons pas vraiment le mode de fonctionnement, agit sur les gens pour les protéger et entretenir leur santé physique, même dans les pires conditions.

Les accidents soulèvent des questions encore plus intéressantes. De nombreux médecins et la plupart des psychiatres ont été confrontés au phénomène de la prédisposition aux accidents. Parmi les nombreux exemples que j'ai vus dans ma carrière, le plus spectaculaire est celui d'un jeune garçon de quatorze ans que je fus appelé à voir lors de son admission dans un centre pour délinquants juvéniles. Sa mère était morte un mois de novembre alors qu'il avait huit ans. En novembre de l'année suivante, il tomba d'une échelle et se cassa le bras. En novembre de sa dixième année, il eut un accident de bicyclette dont il se sortit avec des contusions et une fracture du crâne. En novembre de sa onzième année, il tomba d'une fenêtre et se fractura la hanche. En novembre de l'année suivante, il tomba de son skateboard et se cassa le poignet. Et l'année d'après, toujours en novembre, il fut renversé par une voiture : fracture du pelvis. Personne ne doutait que ce garçon était prédisposé aux accidents et tous savaient pourquoi. Mais comment se produisaient ces accidents ? Le garçon ne voulait certainement pas consciemment se blesser. Il n'était pas non plus conscient de la douleur provoquée par la mort de sa mère qu'il me disait avoir complètement oubliée.

Pour tenter de comprendre comment ce genre d'accidents se produisent, je pense que nous devons leur appliquer le concept du système de défense dont nous avons parlé pour les maladies, et penser en termes de « résistance aux accidents » et de « prédisposition aux accidents ». Il ne s'agit pas seulement de dire que certaines personnes, à certaines périodes de leur vie, sont prédisposées aux accidents ; il faut aussi souligner que, la plupart du temps, nous possédons presque tous une étonnante résistance à ceux-ci.

Un jour, lorsque j'avais neuf ans, en rentrant de l'école, j'ai traversé une rue enneigée et glissante au moment où le feu passait au vert ; j'ai glissé et je suis tombé, alors qu'une voiture arrivait à vive allure. Lorsque son conducteur parvint à l'arrêter, ma tête était à la hauteur du pare-chocs avant, mes jambes et mon torse carrément sous la voiture. Je me suis sorti de là et, paniqué, suis rentré à la maison en courant : je n'avais rien. Cet incident en lui-même n'a rien d'exceptionnel ; on pourrait simplement dire que j'avais eu de la chance. Mais mettons en avant tous les autres cas : le nombre de fois où j'ai failli être renversé par des voitures lorsque j'étais à pied ou à bicyclette ; les fois où, au volant de ma voiture, j'ai manqué de renverser des piétons ou des cyclistes dans le noir ; où j'ai dû freiner en catastrophe pour m'arrêter à quelques centimètres d'un autre véhicule ; où j'ai manqué de rentrer dans un arbre en skiant, où j'aurais pu tomber de la fenêtre, où un club de golf a effleuré mes cheveux, etc. Qu'est-ce que tout cela ? Suis-je un miraculé ? Si le lecteur examine sa propre vie, il remarquera aussi des exemples similaires de désastres évités de peu, d'accidents qui auraient pu se produire – beaucoup plus nombreux que ceux qui sont effectivement arrivés. D'autre part, il remarquera que sa propre capacité à survivre et à éviter les accidents n'a rien d'une prise de décision. Se pourrait-il alors que nous soyons tous des miraculés ? La phrase du cantique ci-dessus cité : « C'est la grâce qui, sain et sauf, jusqu'ici m'a mené » serait-elle vraie ?

Certains peuvent penser qu'il n'y a rien d'extraordinaire à tout cela, que toutes ces choses dont nous venons de parler ne sont que des manifestations de l'instinct de survie. Mais est-ce expliquer quelque chose que de lui donner un nom ? Est-ce que le fait d'avoir un instinct de survie est banal simplement parce qu'on l'appelle instinct ? Nous comprenons mal l'origine et le mécanisme des instincts. En fait, la question des accidents suggère que notre tendance à survivre pourrait être autre chose de plus miraculeux encore qu'un instinct, qui constitue déjà, par lui-même, un phénomène assez miraculeux. Alors que nous ne comprenons pas grand-chose aux instincts, nous acceptons quand même qu'ils agissent à l'intérieur des limites de l'individu qui les possède. Nous pouvons imaginer localiser la résistance aux troubles mentaux ou aux maladies physiques dans l'inconscient ou dans le corps d'un individu. Mais les accidents impliquent des interactions entre plusieurs individus ou entre des individus et des corps inanimés. Lors de mon accident à l'âge de neuf ans, est-ce que ce sont les roues de la voiture qui m'ont manqué grâce à mon instinct de survie, ou est-ce que le conducteur possédait une résistance instinctive qui l'empêcha de me tuer ?

Peut-être jouissons-nous d'un instinct qui protège aussi la vie des autres ? J'ai des amis qui ont été témoins d'accidents de voiture où les « victimes » sont sorties indemnes de véhicules complètement écrasés. Leur réaction était de pur étonnement :

– Je n'arrive pas à comprendre comment quelqu'un a pu sortir vivant d'un tel tas de ferraille et, qui plus est, sans aucune égratignure !

Comment expliquer cela ? Simplement par la chance ? Ces amis, qui ne sont pas croyants, étaient étonnés justement parce que la chance semblait n'y être pour rien. « Personne n'aurait dû survivre », disaient-ils. Bien que non-croyants, en essayant de comprendre ce qui s'était passé, mes amis faisaient des remarques telles que : « Eh bien, je pense que Dieu aime les poivrots », ou : « Il faut croire que son heure n'était pas encore venue. » Le lecteur choisira peut-être d'attribuer le mystère de tels phénomènes à la chance ou à un caprice du destin et, rassuré, évitera d'aller y voir de plus près. Mais si nous décidons de creuser la question, nous ne trouvons pas que l'instinct soit une réponse satisfaisante. Le véhicule possède-t-il un instinct qui lui dicte de se défoncer en prenant bien soin de se conformer aux contours du corps humain qu'il transporte ? Ou le corps humain possède-t-il un instinct qui fait qu'au moment du choc il s'adapte aux nouvelles formes de la voiture défoncée ? De telles questions semblent vraiment absurdes. J'ai choisi de pousser plus loin notre étude de ces phénomènes, mais il est clair que le point de vue traditionnel sur l'instinct ne nous aidera pas. La synchronicité sera peut-être plus utile mais, avant d'en parler, il est intéressant d'examiner certains aspects de l'inconscient.

Le miracle de l'inconscient

Lorsque je commence à travailler avec un nouveau patient, je dessine souvent un grand cercle. Et puis je dessine une petite boucle accolée à la circonférence du cercle. En montrant cette petite boucle, je lui dis :

– Ceci représente votre esprit conscient. Tout le reste, quatre-vingt-quinze pour cent, est votre inconscient. Si vous travaillez assez longtemps et avec acharnement pour essayer de vous comprendre, vous découvrirez que cette grande partie de votre esprit, dont vous n'avez pas conscience pour l'instant, contient de grandes richesses.

Nos rêves, bien sûr, nous révèlent l'existence de cet immense royaume caché et de ses trésors. Un homme assez important était venu me voir parce qu'il était déprimé depuis plusieurs années. Il ne trouvait aucune joie dans son travail, et ne savait pas pourquoi. Bien que ses parents aient été des gens modestes, un certain nombre de ses ancêtres paternels avaient été célèbres. Mon patient les mentionna à peine. Sa dépression avait de nombreuses causes, mais c'est seulement après plusieurs mois que nous commençâmes, un jour, à examiner la question de son ambition. La séance qui suivit, il me raconta un rêve qu'il venait de faire, dont voici un extrait :

– Nous étions dans un appartement rempli de meubles immenses et oppressants. J'étais beaucoup plus jeune qu'aujourd'hui. Mon père voulait que je traverse la baie à la voile pour aller chercher un bateau qu'il avait, pour d'obscures raisons, laissé sur une île. J'avais hâte de faire ce voyage, et je lui ai demandé où je pourrais trouver le bateau. Il m'amena dans un coin de l'appartement où il y avait un meuble encore plus gros et imposant que les autres, un énorme buffet d'au moins quatre mètres de long, qui allait, en hauteur, jusqu'au plafond et qui possédait une vingtaine ou une trentaine de grands tiroirs. Il me dit que je pourrais trouver le bateau si je prenais pour ligne directrice le côté du buffet.

Tout d'abord, la signification du rêve n'était pas claire, alors, comme je le demande souvent, je lui dis de faire des associations d'idées avec le buffet. Il me répondit immédiatement :

– Je ne sais pas pourquoi, probablement parce qu'il était si imposant, ce meuble me fait penser à un sarcophage.

– Et les tiroirs ?

Il fit un petit sourire en coin.

– C'est peut-être parce que je veux tuer mes ancêtres. Cela me fait penser à un caveau de famille : chaque tiroir est assez grand pour contenir un corps.

La signification du rêve était alors évidente. Pendant sa jeunesse, on lui avait donné une ligne directrice de vie, la rangée des tombes de ses célèbres ancêtres paternels, et il l'avait suivie en espérant trouver la gloire. Mais il ressentait cela comme une oppression, et avait voulu tuer psychologiquement ses ancêtres pour s'en libérer.

Tous ceux qui ont travaillé sur les rêves reconnaîtront que celui-ci est assez typique, surtout parce qu'il nous a aidés à avancer. Cet homme venait juste de commencer à travailler sur un certain problème. Et presque aussitôt son inconscient avait produit le scénario en élucidant la cause, dont il était jusque-là resté ignorant. Son inconscient la lui avait fournie, à travers des symboles, d'une manière aussi élégante que l'aurait fait un écrivain de talent. Il est difficile d'imaginer qu'une autre expérience à ce moment de la thérapie ait pu être aussi édifiante pour lui et pour moi que ce rêve-là. Son inconscient était vraiment décidé à nous aider dans notre travail, et le fit avec brio.

C'est justement parce que les rêves sont si utiles et qu'ils aident à avancer que les psychiatres les utilisent souvent dans leur travail. Je dois avouer que la signification de certains rêves m'échappe complètement, et il est tentant de souhaiter que l'inconscient ait l'élégance de nous parler un peu plus clairement. Mais, quand nous réussissons à les traduire, leur message nous aide toujours à évoluer, et met au jour des informations précieuses pour le rêveur. Cette aide se manifeste de diverses manières : une mise en garde contre des pièges personnels, un guide pour la solution à un problème, l'indication que nous nous trompons alors que nous croyons bien faire et l'assurance que nous avons raison alors que nous en doutons, ou bien la direction à suivre lorsque nous sommes perdus ou hésitants.

L'inconscient peut aussi communiquer avec nous lorsque nous sommes éveillés, avec autant d'élégance et d'utilité que lorsque nous dormons, bien que de façon légèrement différente. C'est le rêve éveillé, la rêverie ou les éclairs de pensée. La plupart du temps, comme pour les rêves, nous n'y faisons pas attention et les oublions comme s'ils n'avaient aucun sens. C'est pour cela qu'en psychanalyse il faut sans cesse répéter aux patients de dire *tout* ce qui leur passe par la tête, même si cela leur paraît idiot ou insignifiant. Lorsqu'un patient me dit : « C'est ridicule, mais cette pensée stupide me revient toujours à l'esprit ; cela a l'air absurde, mais comme vous m'avez demandé de dire tout... », je sais que nous avons touché quelque chose d'important, que le patient vient de recevoir un message de son inconscient, un message qui sera certainement très révélateur et qui aidera à éclaircir la situation. Ces rêveries peuvent non seulement nous donner des informations sur nous-mêmes, mais aussi sur les autres et sur le monde qui nous entoure. Pour vous donner un exemple, laissez-moi vous raconter une expérience personnelle. Cela se passait lorsque je travaillais avec l'une de mes patientes, une jeune femme souffrant depuis l'adolescence de vertiges qui pouvaient lui faire perdre l'équilibre à tout moment, et auxquels aucune cause physique n'avait pu être détectée. À cause de cela, elle avait une démarche rigide et mesurée, un peu maladroite. Elle était très intelligente, charmante, et n'avait aucune idée de ce qui pouvait être la cause de ses vertiges qu'une psychothérapie de plusieurs années n'avait pu guérir. Pourtant, elle était venue me demander de l'aide. Au milieu de notre troisième séance, alors que, confortablement assise, elle me parlait de choses et d'autres, un mot fit irruption dans mon esprit : « Pinocchio. » J'essayais de me concentrer sur ce qu'elle me racontait, et je rejetai donc ce mot. Mais, une minute plus tard, le mot revint, presque visible, comme s'il était épelé tout haut dans mon esprit : « P i n o c c h i o. » Agacé cette fois, je clignai des yeux et me concentrai à nouveau sur le discours de ma patiente. Pourtant, comme s'il avait une volonté indépendante de la mienne, le mot me harcela, exigeant mon attention.

« Attends, me dis-je. Si ce mot insiste tellement pour que tu l'entendes, c'est que ton inconscient essaie de te dire quelque chose qui pourrait avoir de l'importance. Tu ferais mieux de l'écouter. »

Ce que je fis. « Pinocchio : qu'est-ce que cela peut bien vouloir dire ? Est-ce que cela pourrait avoir un rapport avec ma patiente ? Serait-elle Pinocchio ? En fait, elle est très mignonne, comme une poupée. Elle est habillée en rouge, blanc et bleu. D'ailleurs, à chaque visite, elle porte ces couleurs. Et puis elle a une drôle de démarche, comme un petit soldat de bois. Voilà ! c'est une marionnette ! Mais bien sûr, Pinocchio, c'est elle, une marionnette. »

Immédiatement, le plus profond de ma patiente m'était révélé : elle n'était pas une personne à part entière ; elle était une petite marionnette de bois, rigide, essayant de vivre, mais terrifiée, à chaque instant, de s'effondrer dans un enchevêtrement de morceaux de bois et de ficelle. Un à un, des éléments se révélèrent qui vinrent valider ma vision : une mère terriblement dominatrice qui tenait les ficelles et se vantait d'avoir rendu sa fille propre du jour au lendemain ; des actes complètement consacrés à la satisfaction des attentes des autres qui la voulaient bien sage, propre, ordonnée, disant toujours ce qu'il fallait, et elle essayant de se débattre avec ces exigences qui lui venaient de l'extérieur ; un manque total de motivation personnelle et une incapacité à prendre ses propres décisions complétaient le portrait.

Cette vision si importante pour ma patiente s'est présentée à ma conscience comme une intrusion : je ne l'avais pas appelée, je ne la voulais pas, sa présence me paraissait sans rapport avec mes préoccupations du moment et m'en distrayait. Ma première réaction fut le rejet. Ce côté intrus et importun est caractéristique des messages de l'inconscient et de la façon qu'il a de les présenter au conscient. Et c'est à cause de cela, et de la résistance du conscient, que Freud et ses premiers disciples percevaient souvent l'inconscient comme un entrepôt de tout le mal, l'antisocial et le primitif qui est en nous. Comme s'il était admis que, puisqu'elles sont refusées par notre conscient, les informations venant de l'inconscient seraient « mauvaises ». Dans le même esprit, les fondateurs de la psychanalyse avaient tendance à affirmer que la maladie mentale résidait dans l'inconscient, comme une sorte de démon, au plus profond de notre esprit. C'est Jung qui prit la responsabilité de corriger ce point de vue, ce qu'il fit de diverses manières, y compris en inventant cette expression : « la Sagesse de l'Inconscient. » Ma propre expérience n'a fait que confirmer le point de vue de Jung, et j'en suis venu à la conclusion que les maladies mentales ne sont pas un produit de l'inconscient ; c'est en revanche un phénomène dû au conscient ou, disons, aux mauvaises relations entre le conscient et l'inconscient. Prenons l'exemple du refoulement. Freud avait découvert chez bon nombre de ses patients des désirs sexuels et des sentiments hostiles dont ils n'avaient pas conscience mais qui, de toute évidence, les rendaient vraiment malades. Parce que ces désirs et ces sentiments étaient inconscients, on a cru que l'inconscient était la cause de la maladie mentale. Mais pourquoi étaient-ils dans l'inconscient ? Pourquoi avaient-ils été refoulés ? Parce que le conscient n'en voulait pas. C'est dans ce refus, ce désaveu, que réside le problème. Ce n'est pas que les humains aient ce genre de pensées, mais plutôt que, au niveau conscient, ils ne veulent pas les admettre et supporter la douleur d'y faire face ; alors ils les balaient sous le tapis.

Une troisième manifestation de l'inconscient, et qui peut être révélatrice si nous y faisons attention (ce qui n'est généralement pas le cas), se trouve dans notre comportement. Je veux parler des lapsus, actes manqués et autres « erreurs », que Freud, dans sa *Psychopathologie de la vie quotidienne,* dit être des manifestations de l'inconscient. Le fait que Freud utilise le mot « psychopathologie » en référence à ces phénomènes montre bien son appréhension négative de l'inconscient qui, pour lui, a un rôle malveillant – ou du moins celui d'un démon malin qui nous dresse des embûches –, plutôt que celui d'une sorte de bonne fée qui essaie de nous rendre meilleurs. Lorsqu'un patient fait un lapsus en psychothérapie, c'est toujours bénéfique. À ces moments-là, le conscient du patient est occupé à combattre la thérapie, pour tenter de cacher au thérapeute – et au patient lui-même – la vraie nature du moi. Mais l'inconscient, allié du thérapeute, se bat pour l'ouverture, l'honnêteté, la réalité et la vérité, pour montrer « ce qui est ».

Voici quelques exemples qui illustrent mon propos. Une femme, méticuleuse, totalement incapable de reconnaître en elle le sentiment de colère, et donc incapable de l'exprimer ouvertement, prit l'habitude d'arriver à ses séances de thérapie avec quelques minutes de retard. J'essayai un jour de lui dire que c'était parce qu'elle m'en voulait, à moi ou à la thérapie, ou aux deux.

Elle nia fermement, m'expliquant que son retard était dû à des petites choses de la vie, me soutenant qu'elle m'appréciait beaucoup et qu'elle était très motivée par notre travail. Le soir de cette séance, elle décida de payer toutes ses factures, y compris la mienne. Le chèque qui me parvint n'était pas signé. À la séance suivante, je le lui fis remarquer, en lui disant que, là encore, elle avait manifesté une certaine colère envers moi.

– Mais c'est ridicule, me répondit-elle. Je n'ai jamais oublié de signer un chèque. Vous savez combien je suis méticuleuse. C'est impossible que j'aie fait cela.

Je lui montrai le chèque et, bien que jusqu'à présent elle se fût toujours contrôlée pendant nos entrevues, elle éclata en sanglots.

– Que m'arrive-t-il, pleura-t-elle, je tombe en lambeaux ! J'ai l'impression d'être deux personnes distinctes.

J'étais d'accord avec elle sur le fait qu'elle se rebellait contre elle-même et, dans la douleur, elle commença à admettre qu'au moins une partie d'elle-même pouvait éprouver de la colère. C'était une première étape vers le progrès.

Un autre de mes patients, qui avait aussi un problème avec la colère, trouvait inconcevable d'éprouver, et encore moins d'exprimer, un sentiment de colère envers un membre de sa famille. Puisque sa sœur était en visite chez lui à ce moment-là, il m'en parla, la décrivant comme une femme délicieuse. Plus tard au cours de la même séance, il me raconta qu'il organisait le soir même un petit dîner avec un couple de voisins et, bien sûr, sa « belle-sœur ». Je lui fis remarquer qu'il venait juste d'appeler sa sœur sa « belle-sœur ».

– Je présume que vous allez me dire qu'il s'agit là d'un lapsus freudien, me dit-il joyeusement.

– Oui, répondis-je. Ce que votre inconscient dit, c'est que vous ne voulez pas que votre sœur soit votre sœur, et que, pour ce qui vous concerne, elle n'est que votre belle-sœur, sœur par la loi, et qu'en fait vous la détestez.

– Je ne la déteste pas, rétorqua-t-il, mais elle parle tout le temps, et je sais que ce soir elle va monopoliser la conversation. Je pense que, parfois, je suis un peu gêné par sa présence.

Là encore, il s'agissait d'une amorce d'évolution.

Tous les lapsus n'expriment pas de l'hostilité ou des sentiments négatifs, mais des sentiments désavoués, reniés, qu'ils soient négatifs ou positifs. Ils expriment la vérité, ce que sont vraiment les choses et non pas ce que nous voudrions qu'elles soient. C'est une jeune patiente, lors de sa première séance avec moi, qui fit un des lapsus les plus touchants de mon expérience. Je savais que ses parents étaient des gens distants et peu sensibles qui l'avaient élevée avec beaucoup de correction mais sans affection aucune. Elle se présenta à moi comme quelqu'un de très mûr, avec une grande confiance en soi, une femme libérée et indépendante qui venait me voir parce que, disait-elle, elle n'avait pas grand-chose à faire pour l'instant, qu'elle avait beaucoup de temps libre, et qu'elle pensait qu'un peu de psychanalyse pourrait contribuer à son développement intellectuel. En cherchant à savoir pourquoi elle n'avait pas grand-chose à faire, j'appris qu'elle venait d'abandonner ses études universitaires parce qu'elle était enceinte de cinq mois. Elle ne voulait pas se marier. Elle pensait vaguement donner son bébé à l'adoption tout de suite après sa naissance, puis partir en Europe pour parfaire ses connaissances. Je lui demandai si elle avait informé le père de l'enfant, qu'elle n'avait pas vu depuis quatre mois.

– Oui, me dit-elle, je lui ai mis un mot pour lui faire savoir que *nos relations étaient le résultat d'un enfant.*

Voulant dire que leurs relations avaient pour résultat un enfant, elle m'avait dit en fait que, derrière le masque d'une femme libérée, elle avait un terrible besoin d'affection et que sa grossesse était un essai désespéré pour obtenir de l'affection maternelle en devenant mère elle-même. Je ne lui fis toutefois pas remarquer son lapsus parce qu'elle n'était pas prête à accepter ses besoins de dépendance ni à comprendre qu'il était normal qu'elle les ait. Mais le lapsus fut utile puisqu'il m'aida à me rendre compte qu'elle était en fait comme un petit enfant qui aurait terriblement besoin d'être protégé et dorloté avec l'affection la plus simple et la plus douce possible, pendant de longs mois.

Ces trois patients, auteurs de lapsus ou d'actes manqués, essayaient plus de se cacher à eux-mêmes qu'à moi. La première pensait vraiment qu'elle n'avait pas la moindre colère en elle. Le deuxième était convaincu qu'il ne pouvait éprouver de l'animosité envers un membre de sa famille. La troisième se croyait une femme accomplie. Par des facteurs complexes, notre perception consciente de nous-même est presque toujours différente de la personne que nous sommes en réalité. En revanche, notre inconscient, lui, sait qui nous sommes. Une tâche essentielle du processus d'évolution spirituelle est le travail continu pour rapprocher progressivement de la réalité notre perception de nous-même. Lorsqu'une grande partie de cette tâche de longue haleine est accomplie assez rapidement (ce qui peut arriver avec la psychothérapie), le patient se sentira souvent renaître. « Je ne suis plus du tout le même, dira avec joie un patient au sujet de ce changement, je me sens tout à fait différent et une tout autre personne. » Un tel individu n'aura aucune difficulté à comprendre cette phrase du cantique : « J'étais perdu, et je me suis trouvé, j'étais aveugle, et aujourd'hui je vois. »

Si nous nous identifions avec notre perception de nous-même, notre conscience en général, alors nous devons dire que notre inconscient est une partie de nous qui est plus sage que nous-même. Nous avons d'abord mentionné cette « sagesse de l'inconscient » en termes de connaissance de soi et de révélation de soi. Dans le cas de ma patiente pour laquelle mon inconscient m'avait soufflé Pinocchio, j'ai essayé de démontrer que l'inconscient peut être plus perspicace que nous-mêmes, non seulement pour nous mais aussi pour les autres. Et il l'est pour tout.

Après notre arrivée à Singapour pour des vacances, ma femme et moi sortîmes de notre hôtel, alors qu'il faisait déjà nuit, pour une petite promenade. Nous arrivâmes rapidement a un espace ouvert assez étendu au bout duquel nous pouvions vaguement distinguer la silhouette d'un grand immeuble.

– Je me demande ce que c'est, dit ma femme.

– C'est le club de cricket de Singapour, répondis-je sans la moindre hésitation.

Ces mots m'étaient sortis de la bouche avec la plus grande spontanéité. Mais je les regrettai : je n'avais aucune raison d'avoir dit cela. Je n'étais jamais venu à Singapour, et je n'avais jamais, de ma vie, vu de club de cricket, ni de jour ni encore moins de nuit. Pourtant, à mon grand étonnement, lorsque nous nous approchâmes du bâtiment, nous pûmes lire, à l'entrée, sur une plaque de cuivre : « Singapore Cricket Club ».

Comment se pouvait-il que je sache ce que je ne savais pas ? Bien que cette sorte de savoir puisse paraître étrange à l'esprit scientifique, son existence est curieusement reconnue dans notre langage quotidien. Prenez le mot « reconnaître ». Lorsque nous lisons un livre et que nous tombons sur une idée ou une théorie qui nous plaît, elle nous « dit quelque chose », nous la reconnaissons pour vraie. Pourtant, nous n'y avions jamais consciemment pensé. Nous « reconnaissons » cette idée, comme si nous l'avions connue autrefois, oubliée, puis reconnue comme un vieil ami. C'est comme si tout savoir et toute sagesse étaient contenus dans notre esprit, et que, lorsque nous apprenons quelque chose de « nouveau » nous ne faisions que découvrir ce qui était déjà en nous. Cette idée est contenue dans le mot éducation, qui vient du latin *educare*, « faire sortir de » ou « tirer de ». Donc, lorsque nous éduquons quelqu'un, si nous utilisons le mot *stricto sensu*, nous ne lui bourrons pas le crâne avec des éléments nouveaux, mais nous faisons sortir quelque chose qui est en lui, nous l'amenons de l'inconscient au conscient. Il possédait déjà le savoir en question.

Mais quelle est la source de cette partie de nous qui est plus sage que nous-même ? Nous l'ignorons. La théorie de Jung sur « l'inconscient collectif » suggère que nous avons hérité cette sagesse de l'expérience de nos ancêtres sans l'avoir personnellement vécue. Des expériences scientifiques récentes avec, à l'appui, des éléments génétiques en conjonction avec le phénomène de la mémoire laissent supposer qu'il est effectivement possible d'hériter d'un savoir « entreposé » sous forme de codes d'ADN à l'intérieur des cellules. Le concept de stockage chimique de l'information nous autorise à percevoir comment celle-ci, potentiellement à la disposition de l'esprit humain, peut résider dans quelques centimètres cubes de cerveau. Mais même cette théorie laisse sans réponses les questions les plus délicates. Lorsque nous spéculons sur la technologie de tel ou tel modèle réduit – comment il peut être construit, synchronisé, etc. –, nous sommes toujours aussi émerveillés par l'esprit humain. Il en va de même pour des spéculations sur des « tableaux », tels que Dieu aux commandes d'une armée d'archanges, d'anges et de séraphins qui l'aident à mettre de l'ordre dans l'univers. L'esprit humain, qui souvent ne croit pas que les miracles existent, est, en soi, un miracle.

Le miracle des heureux hasards

Alors qu'il nous est possible de concevoir l'extraordinaire sagesse de l'inconscient tel que nous venons d'en parler, c'est-à-dire en tant que partie d'un cerveau moléculaire opérant avec une technologie miraculeuse, nous n'avons toujours pas d'explication pour ce qu'on appelle les « phénomènes psy », qui sont clairement liés au fonctionnement de l'inconscient. Dans une série d'expériences très élaborées, les Dr Montague Ullman et Stanley Kripner ont démontré qu'il est possible à un individu éveillé de transmettre, de manière répétée et fréquente, des images dans les rêves d'un autre individu, endormi, se trouvant à quelque distance[1]. De telles transmissions ne se produisent pas seulement dans des laboratoires. Par exemple, il n'est pas rare que deux individus qui se connaissent bien aient les mêmes rêves. Nous ne savons pas comment cela peut se produire.

Mais la validité de tels phénomènes est prouvée scientifiquement en termes de probabilités. Pour ma part, j'eus, une nuit, un rêve composé d'une série de sept tableaux. Plus tard, j'appris qu'un ami, qui dormait dans ma maison deux nuits auparavant, s'était réveillé après un rêve dans lequel il avait vu les mêmes images, dans le même ordre. Nous ne pûmes déterminer la cause de ce phénomène ni faire un rapprochement avec une expérience que nous aurions vécue, ensemble ou séparément, pas plus que nous ne pûmes donner un sens quelconque à ce rêve. Mais nous savions qu'il s'était passé quelque chose d'important. Mon esprit dispose de millions d'images d'après lesquelles il peut construire un rêve. La probabilité que je choisisse les mêmes sept images que mon ami était incroyablement faible. C'était si peu pro-

---

1. « An Experimental Approach to Dreams and Telepathy : II Report of Three Studies » in *American Journal of Psychiatry* (mars 1970). Je vous conseille de lire cet article si vous doutez encore de la réalité des perceptions extra-sensorielles.

bable que nous savions qu'il ne pouvait s'agir d'un hasard.

Le fait que des événements peu vraisemblables, pour lesquels aucune cause ne peut être déterminée selon le cadre des lois naturelles connues, se produisent avec une fréquence peu probable est aujourd'hui connu sous le nom de *synchronicité*. Mon ami et moi n'avions pas la moindre idée de la raison pour laquelle nous avions eu ces rêves similaires, mais il est important de noter qu'ils étaient très rapprochés dans le temps. La question du temps semble être primordiale dans ce genre de phénomène. À propos de la résistance aux accidents, nous avons mentionné que des gens peuvent sortir indemnes de véhicules complètement écrasés, et il paraissait ridicule de penser que la matière du véhicule se soit déformée de façon à éviter de blesser le passager, ou que celui-ci se soit instinctivement déplacé, de manière à éviter toute blessure. Il n'existe pas de loi naturelle connue permettant ce genre de spéculation. Pourtant, bien qu'il n'y ait pas de relation de cause à effet, ces événements se sont produits simultanément, de telle sorte que le passager a effectivement été sauvé. Le phénomène de la synchronicité n'explique pas pourquoi ni comment cela s'est produit ; il établit simplement que de telles conjonctions d'événements dans le temps se produisent plus fréquemment que ne le voudrait le seul hasard. Cela n'explique pas non plus les miracles. Le principe sert seulement à rendre évident le fait que les miracles semblent être une question de temps, d'une part, et des choses extrêmement courantes, d'autre part.

À cause de son improbabilité statistique, on peut qualifier l'incident des rêves similaires, presque simultanés, de simple phénomène psy ou « paranormal », même si sa signification reste obscure. D'ailleurs, la signification de presque tous les phénomènes de ce genre demeure inconnue. Pourtant, une autre de leurs caractéristiques, à part leur improbabilité statistique, c'est qu'un nombre important de phénomènes psychiques semblent être positifs – d'une manière ou d'une autre bénéfiques aux participants.

L'un de mes patients, un homme de science, très sceptique, me raconta un jour l'incident suivant :

– Après notre dernière séance, il faisait si beau que j'ai décidé de rentrer chez moi par la route du lac. Comme vous le savez, cette route comporte de nombreux virages dangereux. En arrivant aux abords du dixième ou onzième virage, j'eus le pressentiment qu'une voiture arrivait à toute allure en face de moi, de mon côté de la route. Sans réfléchir un instant, j'ai freiné brusquement et me suis arrêté net. Et une seconde après, un bolide surgit du virage, débordant la ligne jaune, et me manqua de peu. Si je ne m'étais pas arrêté, nous n'aurions pas pu éviter l'accident. Je n'ai aucune idée de ce qui m'a poussé à freiner. J'aurais pu le faire à tous les virages précédents. De plus, j'ai conduit sur cette route des dizaines de fois et, bien que je la trouve dangereuse, je ne me suis jamais arrêté de cette façon. Et je me demande maintenant s'il n'y a pas du vrai dans ces histoires de perception extra-sensorielle ou ce genre de chose. Je ne trouve pas vraiment d'autre explication.

Il est possible que des événements se rapportant au phénomène de la synchronicité soient aussi destructeurs que bénéfiques : on entend également parler d'accidents incroyables. Mais la recherche se révèle nécessaire dans ce domaine, bien qu'il y ait beaucoup de pièges possibles dans la méthodologie à appliquer. À l'heure actuelle, je ne peux que donner mon impression, assurée mais peu scientifique, que ce genre de phénomène est bien plus souvent bénéfique que destructeur. Les aspects positifs ne sont pas nécessairement une question de vie ou de mort ; le plus souvent, ils aident à améliorer le quotidien ou à évoluer. Un excellent exemple est celui du « rêve du scarabée », vécu par Carl Jung et raconté dans son article intitulé *Au sujet de la synchronicité* :

> Mon exemple concerne une jeune femme de mes patientes qui, malgré des efforts des deux côtés, paraissait psychologiquement inaccessible. Son problème était qu'elle savait tout sur tout. Son excellente éducation l'avait pourvue d'une arme idéalement adaptée à cet effet, à savoir un rationalisme cartésien hautement raffiné avec une idée de la réalité impeccablement « géométrique ». Après quelques vains essais de ma part pour adoucir son rationalisme par une appréhension quelque peu plus humaine, j'ai dû me résoudre à espérer que quelque chose d'irrationnel et d'inattendu se produise, quelque chose qui fasse éclater la riposte intellectuelle dans laquelle elle s'était enfermée. Un jour, j'étais assis en face d'elle, le dos à la fenêtre fermée, et j'écoutais son flot de rhétorique. Elle avait

eu, la veille, un rêve dans lequel elle recevait en cadeau un scarabée doré. Alors qu'elle était en train de me raconter ce rêve, j'entendis derrière moi un bruit, comme si l'on frappait légèrement à la fenêtre. Je me retournai et vis qu'un insecte, en volant, heurtait la fenêtre à l'extérieur. Cela me parut étrange. J'ouvris la fenêtre et capturai l'insecte au vol. Il offrait la plus étroite analogie que l'on puisse trouver à notre latitude avec le scarabée doré. C'était un hanneton scarabéidé, *Cetonia Aurata*, « le hanneton des rosiers commun », qui s'était manifestement senti amené, contre toutes ses habitudes, à pénétrer dans la pièce obscure juste à ce moment. Je donnai le scarabée à ma patiente en disant : « Le voilà, votre scarabée. » Cette expérience ouvrit la brèche désirée dans son rationalisme et brisa la glace de sa résistance intellectuelle. Le traitement pouvait alors être poursuivi avec des résultats satisfaisants[1].

Les événements paranormaux aux conséquences bénéfiques peuvent être appelés des « heureux hasards », en anglais *serendipity*, que l'on définit ainsi : « le don de trouver des choses de valeur ou agréables sans les avoir cherchées. » Il y a dans cette définition plusieurs éléments intéressants. D'abord, l'utilisation du mot « don » qui implique une sélection des personnes favorisées par la chance. Il est dans ce livre un thème important, c'est que la grâce, qui se manifeste partielle-

1. En français, voir « Synchronicité, correspondance du psychique et du physique » (*Cahiers de psychologie jungienne*, n° 28).
   En anglais, extrait de *The Portable Jung*, de Joseph Campbell (New York, Viking Press. 1971).

ment par des « choses de valeur ou agréables » que l'on n'a pas recherchées, est accessible à tous, mais que certains en profitent et d'autres pas. En laissant entrer le scarabée, en l'attrapant et en le donnant à sa patiente, Jung a vraiment profité de la situation. Nous verrons plus loin comment et pourquoi certains ne savent pas profiter de la grâce, dans le chapitre « Résister à la grâce ». Mais, pour l'instant, laissez-moi suggérer que l'une des raisons pour lesquelles nous ne profitons pas pleinement de la grâce est que nous ne sommes pas vraiment conscients de sa présence : nous ne voyons pas ces choses de valeur parce que nous ne savons pas apprécier le cadeau lorsqu'il nous est offert. En d'autres termes, les heureux hasards nous sont envoyés à tous, mais souvent nous ne les reconnaissons pas ; nous ne les remarquons pas et donc n'en profitons pas.

Il y a cinq mois, je disposais de deux heures entre deux rendez-vous dans une certaine ville, et j'avais demandé à un collègue si je pouvais les passer dans sa bibliothèque à retravailler la première partie de ce livre. En arrivant, je fus accueilli par l'épouse de mon collègue, une femme distante et réservée qui semblait ne pas beaucoup m'aimer et m'avait même été hostile à plusieurs reprises d'une manière presque arrogante. Nous bavardâmes maladroitement pendant quelques minutes. Au cours de cette conversation superficielle, elle mentionna qu'elle savait que j'écrivais un livre et m'en demanda le sujet. Je répondis, sans m'étendre, qu'il s'agissait d'évolution spirituelle. Puis je m'assis pour travailler. Au bout d'une demi-heure, j'étais bloqué : une partie de ce que j'avais écrit au sujet de la responsabilité ne me satisfaisait absolument pas. Il fallait que je développe considérablement ce passage si je voulais me faire comprendre, mais cela m'écarterait de mon thème principal. D'un autre côté, je ne voulais pas le supprimer, car certains de ses aspects me paraissaient importants. Je retournai le problème dans tous les sens pendant une heure, n'avançant pas, m'énervant et ne trouvant pas de solution.

À ce moment-là, la femme de mon collègue entra discrètement dans la pièce. Elle était timide et hésitante, respectueuse mais chaleureuse et douce, assez différente de ce que je connaissais d'elle.

– Scotty, dit-elle, j'espère que je ne vous dérange pas. Si c'est le cas, dites-le-moi.

Je lui répondis que non, que j'étais arrêté sur un problème et que je n'avançais pas pour l'instant. Elle tenait à la main un petit livre.

– Je suis tombée sur ce livre, dit-elle, et, je ne sais pas pourquoi, j'ai pensé qu'il pourrait vous intéresser. Je me trompe peut-être, mais il m'a semblé qu'il pourrait vous être utile.

Comme j'étais quelque peu irrité et sous pression, j'aurais pu répondre que j'étais saturé de livres – ce qui était vrai – et que je n'aurais sûrement pas le temps d'y jeter un œil avant longtemps. Mais son étrange humilité m'inspira une réponse différente. Je lui dis que j'étais touché de sa gentillesse et que j'essaierais de le lire dès que possible. Je l'emportai à la maison, ne sachant pas quand ce « dès que possible » pourrait se présenter. Mais, le soir même, quelque chose me poussa à mettre tous les autres livres de côté et à lire le sien. C'était un petit ouvrage intitulé *How People*

Change (Comment les gens changent) par Allen Wheelis. Une grande partie du livre traitait de la responsabilité. L'un des chapitres exprimait, avec finesse et profondeur exactement ce que j'aurais essayé de dire si j'avais décidé d'allonger ce passage de mon livre. Le lendemain matin, je pus condenser mes idées dans un petit paragraphe et, dans une note, renvoyer le lecteur à ce livre pour plus ample information. Mon problème était résolu.

Cette anecdote se déroula sans tambour ni trompette. J'aurais très bien pu ne pas la remarquer. Pourtant, j'ai été touché par la grâce. En fait, c'était à la fois extraordinaire et ordinaire parce que cela nous arrive à tous, frappant sans bruit à la porte de notre conscience, sans faire de cinéma, comme le scarabée à la fenêtre de Jung. Des événements similaires se sont produits des dizaines de fois depuis que la femme de mon collègue m'a prêté ce livre. Cela m'arrive sans arrêt. J'en ai parfois conscience. Parfois, j'en profite sans même me rendre compte du côté miraculeux. Il n'y a aucune façon de savoir combien d'événements similaires j'ai laissé passer.

Définition de la grâce

Jusqu'à présent, j'ai décrit dans cette quatrième partie un certain nombre de phénomènes qui ont en commun les caractéristiques suivantes :

a) Ils servent à alimenter – encourager, protéger, améliorer – la vie humaine et l'évolution spirituelle.

b) Le mécanisme de leur fonctionnement est, selon les principes de la loi naturelle telle qu'elle est interprétée par la pensée scientifique courante, soit incomplètement compréhensible (par exemple pour la résistance physique ou les rêves), soit totalement incompréhensible (par exemple les phénomènes paranormaux).

c) Ils se produisent fréquemment, ils sont communs et universels.

d) Bien que potentiellement influencés par la conscience humaine, leur origine est étrangère à la volonté consciente et dépasse le processus de décision.

Bien qu'ils en soient généralement dissociés, je pense que la fréquence de ces phénomènes indique qu'ils font partie ou qu'ils sont les manifestations d'un seul fait : une force très puissante, extérieure à la conscience humaine, qui encourage l'évolution spirituelle de l'homme. Pendant des centaines, voire des milliers d'années, avant la conceptualisation scientifique de choses telles que les globules immunisés, l'état de rêve et l'inconscient, cette force a été reconnue par les religions, qui lui ont donné le nom de *grâce*, et ont chanté sa gloire : « Surprenante grâce... »

Que devons-nous faire, nous les sceptiques à l'esprit scientifique, devant cette force ? Nous ne pouvons pas la toucher ni la mesurer. Pourtant, elle existe. Devons-nous porter des œillères et la refuser parce qu'elle ne cadre pas avec les concepts de la science traditionnelle ? Cela paraît bien périlleux. Je ne pense pas que nous puissions espérer une totale compréhension du cosmos, et donc de la nature humaine elle-même, sans prendre en considération le phénomène de la grâce.

Nous ne pouvons même pas situer cette force. Nous savons seulement qu'elle ne réside pas dans la conscience humaine. Alors, où se trouve-t-elle ? Certains des phénomènes que nous avons abordés, tels que les rêves, laissent supposer qu'elle peut résider dans l'inconscient. Mais d'autres, tels que la synchronicité et les heureux hasards, incitent à penser que cette force existe aussi hors des limites des individus. Ce n'est pas seulement parce que nous sommes des scientifiques que nous ne parvenons pas à situer la grâce. Les croyants qui, bien sûr, attribuent à Dieu les origines de la grâce, pensant que c'est véritablement l'amour de Dieu, ont eu, à travers les temps, des difficultés à localiser Dieu. Il y a en théologie deux traditions opposées. L'une, la doctrine de l'Émanence, pour qui la grâce descend d'un Dieu extérieur vers les humains ; et l'autre, la doctrine de l'Immanence, pour qui elle vient d'un Dieu qui se trouve au sein de l'être humain.

Ce problème – comme celui du paradoxe – est dû à notre désir de tout localiser. Les humains ont tendance à tout conceptualiser en termes d'entités. Nous percevons le monde comme composé d'entités distinctes que nous plaçons dans des catégories. C'est soit l'un, soit l'autre. Chacun a une identité propre. Et si elles se mêlent ou se chevauchent, nous sommes déconcertés. Nous l'avons vu, les penseurs hindous et bouddhistes croient que notre perception n'est qu'illusion, ou « Maya », et les physiciens modernes, préoccupés par la relativité, les ondes, l'électromagnétisme, etc., prennent conscience des limites de notre approche conceptuelle en termes d'entités. Mais il est difficile de s'en échapper. Notre façon de penser nous pousse à chercher à localiser les choses – même Dieu ou la grâce –, même lorsque nous savons que cette démarche en empêche notre pleine compréhension.

J'essaie personnellement de ne pas voir l'être humain comme une véritable entité et, dans la mesure où mes limites intellectuelles m'obligent à penser (ou à écrire) en termes d'entités, je vois les limites d'un individu comme une membrane perméable – disons une barrière plutôt qu'un mur, que l'on peut franchir en rampant, en grimpant ou en passant à travers. Tout comme notre conscient est en permanence perméable à l'inconscient, notre inconscient est perméable à l'« esprit extérieur » qui n'est pas nous. Mais une langue plus élégante et plus descriptive que notre langage scientifique du XXᵉ siècle est celle de Dame Julian, anachorète anglais du XIVᵉ siècle, décrivant les relations entre la grâce et l'entité de l'individu :

> Tout comme le corps est habillé de toile, la chair de peau, les os dans la chair et le cœur dans le tout, nous sommes, âme et corps, vêtus de la bonté de Dieu et contenus. Oui, et plus confortablement ; parce que tout s'use et se perd, mais la bonté de Dieu est un tout éternel[1].

De toute façon, peu importe à qui nous les attribuons et où nous les situons, les miracles nous indiquent que notre évolution en tant qu'être humain est assistée par une force autre que la volonté consciente. Pour mieux en comprendre la nature, je crois que nous pouvons étudier un autre miracle : celui de l'évolution de la vie elle-même.

1. *Revelations of Devine Love*, Grace Warrack, ed. (New York, British Book Centre, 1923).

Le miracle de l'évolution

Bien que nous ne nous soyons pas penchés sur l'évolution en tant que concept, nous nous sommes préoccupés à travers ce livre d'évolution spirituelle, celle de l'individu. Le corps peut subir les changements du cycle de la vie, mais il n'évolue pas : on ne se forge pas un nouveau type physique ; le déclin des capacités physiques au fur et à mesure qu'on vieillit est inévitable. Mais, au cours d'une existence, l'esprit humain peut évoluer de manière spectaculaire. De nouveaux modes de pensée sont élaborés. La compétence spirituelle peut s'accroître (bien qu'elle ne le fasse généralement pas) jusqu'à un âge avancé. Notre existence nous offre des occasions illimitées d'évoluer jusqu'à la fin. Ce livre est centré sur l'évolution de l'esprit. Celle de l'espèce lui est similaire et nous donne un modèle pour avancer dans notre compréhension du processus de l'évolution spirituelle et de la signification de la grâce.

Le côté le plus intéressant du processus de l'évolution de l'espèce, c'est son côté miraculeux. Considérant ce que nous savons de l'univers, l'évolution ne devrait pas se produire, elle ne devrait pas exister du tout. L'une des lois naturelles de base est la deuxième loi de la thermodynamique, qui affirme que l'évolution naturelle de tout système conduit à une perte d'organisation. Autrement dit, l'univers est pris dans un processus qui va vers le bas. L'exemple fréquemment utilisé pour décrire ce processus est celui d'une rivière qui coule naturellement vers l'aval. Et pour arrêter ce processus, pour revenir au début, pour rapporter l'eau à l'amont, il faut que l'homme déploie une grande énergie : des pompes, des écluses, des barrages, etc. Et cette énergie doit venir d'ailleurs, une énergie supplémentaire doit être déployée si on veut conserver la première. Finalement, selon la deuxième loi de la thermodynamique, dans des millions d'années, l'univers se désintégrera complètement jusqu'à atteindre le point le plus bas et n'être plus qu'une chose informe, amorphe, désordonnée, où plus rien ne se passe. C'est l'entropie.

La décroissance naturelle de l'énergie vers l'état d'entropie peut être nommée force d'entropie. Le courant de l'évolution va à l'encontre de celle-ci. Le processus d'évolution a été un développement d'organismes depuis les états les plus bas vers un état de plus en plus élevé en matière de complexité, de différenciation et d'organisation. Un virus est un organisme extrêmement simple, légèrement plus qu'une molécule. Une bactérie est plus complexe, plus différenciée, possède une membrane de cellule, différents types de molécules et un métabolisme. Une paramécie a un noyau, des cils vibratiles et un système digestif rudimentaire. Une éponge a non seulement des cellules, mais commence à avoir plusieurs types de cellules interdépendantes. Les insectes et les poissons ont un système nerveux avec des moyens de locomotion complexes et même une organisation sociale. Et ainsi monte l'échelle de l'évolution, d'une complexité, d'une différenciation et d'une organisation toujours croissantes, jusqu'à l'homme, qui possède un énorme cortex cérébral et des modes de comportement extraordinairement complexes : il se trouve, pour autant que nous le sachions, en haut de cette échelle. Je dis que le processus de l'évolution est un miracle parce que, dans la mesure où c'est un processus d'organisation et de différenciation croissantes, il va dans un sens contraire à la loi de la nature. Selon le cours normal des choses, vous et moi ne devrions pas être là[1].

Le processus de l'évolution peut être mis en diagramme sous la forme d'une pyramide, avec l'homme, l'organisme le plus complexe mais le moins représenté, au sommet, et les virus, les plus nombreux mais les moins complexes, à la base :

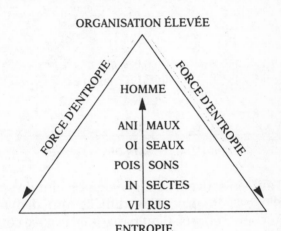

ORGANISATION ÉLEVÉE

FORCE D'ENTROPIE   FORCE D'ENTROPIE

HOMME

ANI | MAUX
OI | SEAUX
POIS | SONS
IN | SECTES
VI | RUS

ENTROPIE

Le sommet tend vers l'extérieur, vers le haut, avançant contre la force d'entropie. À l'intérieur de la pyramide, j'ai mis une flèche qui symbolise ce mouvement vers le haut, ce « quelque chose » qui a su, avec succès et acharnement, défier les

1. L'idée que l'évolution va à l'encontre de la loi naturelle n'est ni nouvelle ni originale. Je me rappelle un texte que j'ai étudié à l'université, dont je n'ai pu retrouver les références, et qui disait : « L'évolution est un remous dans la loi de la thermodynamique. » Plus récemment, l'idée a été développée par Buckminster Fuller dans son livre, *And it came to pass – not to stay* (New York, Mac Millan, 1976).

lois naturelles pendant des millions de générations, et qui doit représenter en soi une loi naturelle encore non définie.

On peut faire un diagramme similaire de l'évolution spirituelle :

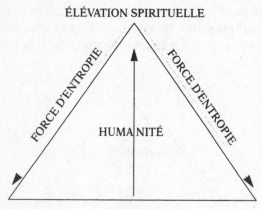

ÉLÉVATION SPIRITUELLE

FORCE D'ENTROPIE

FORCE D'ENTROPIE

HUMANITÉ

SPIRITUALITÉ NON DÉVELOPPÉE

J'ai bien souvent souligné que l'évolution spirituelle est un processus difficile qui demande beaucoup d'efforts. C'est parce qu'il avance contre une résistance naturelle, contre une inclinaison naturelle à garder les choses telles qu'elles sont, à s'accrocher aux vieilles cartes et aux traditions, à prendre le chemin le plus facile. Je m'étendrai plus loin sur cette force d'entropie telle qu'elle fonctionne dans notre esprit. Mais, comme c'est le cas pour l'évolution physique, le miracle est que cette résistance peut être vaincue. Et nous évoluons ; malgré tout ce qui entrave le processus, nous devenons meilleurs. Pas tous, pas facilement. Mais bon nombre d'êtres humains réussissent à progresser, et à faire progresser leur culture. Il existe une force qui nous pousse à choisir le chemin le plus difficile par lequel nous transcendons le bourbier où nous naissons souvent.

Le diagramme de l'évolution spirituelle peut s'appliquer à l'existence d'un seul individu. Chacun de nous a en lui son propre désir d'évoluer et, en l'extériorisant, il doit se battre seul contre sa propre résistance. Ce diagramme s'applique aussi à l'humanité tout entière. En évoluant individuellement, nous faisons évoluer du même coup notre société. Notre culture, qui nous nourrit dans notre enfance, est nourrie en retour lorsque nous sommes adultes. Ceux qui réussissent à évoluer profitent des fruits de leur évolution mais en font aussi profiter le reste du monde. Et c'est ainsi qu'il évolue.

L'idée que le plan de l'évolution de la spiritualité humaine est un processus d'ascension paraît peu réaliste à une génération déçue par le rêve du progrès. Partout règnent la guerre, la corruption et la pollution. Comment peut-on raisonnablement supposer que l'humanité soit en progrès spirituel ? Pourtant, c'est exactement ce que je pense. Notre déception provient justement du fait que nous attendons plus de nous-mêmes que nos ancêtres. Le comportement humain que nous trouvons aujourd'hui répugnant et monstrueux était autrefois accepté dans l'ordre des choses. Un thème majeur de ce livre est, par exemple, la question de la responsabilité des parents dans l'évolution spirituelle de leurs enfants. C'est aujourd'hui très important, alors qu'il y a quelques centaines d'années, personne ne s'en préoccupait. Même si je trouve désolante la qualité de l'éducation parentale moyenne d'aujourd'hui, j'ai toutes les raisons de la croire bien supérieure à ce qu'elle était il y a seulement quelques générations. Prenons un article récemment écrit sur l'éducation des enfants. Il commence ainsi :

La loi romaine donnait au père droit de vie et de mort sur ses enfants. Ce concept du droit absolu fut repris par la loi anglaise et domina jusqu'au XIVe siècle sans changement notoire. Au Moyen Âge, l'enfance n'était pas, comme aujourd'hui, considérée comme une phase unique dans la vie d'un individu. Il était courant d'envoyer des enfants de sept ans en service ou en apprentissage, où ce qu'ils apprenaient était secondaire par rapport au travail qu'ils pouvaient fournir à leur maître. L'enfant et le serviteur semblent ne pas avoir été différenciés en ce qui concerne la façon dont ils étaient traités ; même le langage ne les distinguait souvent pas. Il fallut attendre le XIVe siècle pour que les enfants commencent à être regardés comme des êtres intéressants, ayant des tâches importantes et spécifiques à accomplir pour leur développement, et dignes d'attention[1].

Mais quelle est cette force qui nous pousse en tant qu'individus et en tant qu'espèce à évoluer à l'encontre de la résistance naturelle de notre propre léthargie ? C'est l'amour. L'amour a été défini comme « la volonté de se dépasser dans le but de nourrir sa propre évolution spirituelle ou

1. André P. Derdeyn, « Child Custody Contests in Historical Perspective », in *American Journal of Psychiatry*, vol. 133, n° 12 (déc. 1976).

celle de quelqu'un d'autre ». Si nous évoluons, c'est parce que nous y travaillons, parce que nous nous aimons nous-mêmes. Et c'est à travers notre amour envers les autres que nous les aidons à s'élever. C'est l'évolution en progrès. La force d'évolution, présente en toute vie, se manifeste chez l'homme à travers l'amour. Au sein de l'humanité, l'amour est la force miraculeuse qui défie la loi naturelle de l'entropie.

L'alpha et l'oméga

Il reste une question sans réponse, celle que nous avons posée à la fin de la deuxième partie : d'où vient l'amour ? Maintenant, nous pouvons l'élargir à une question plus fondamentale : d'où vient la force d'évolution ? Et à cela, nous pouvons ajouter notre perplexité au sujet de l'origine de la grâce. Car l'amour est conscient, pas la grâce. D'où vient cette force dont l'origine est à l'extérieur de la conscience humaine et qui encourage l'évolution spirituelle des êtres humains ?

Si nous ne pouvons pas répondre à ces questions de la même manière que nous disons d'où viennent la farine ou l'acier, ce n'est pas seulement parce qu'elles touchent des concepts, mais aussi parce qu'elles sont trop profondes pour notre « science » courante. Car ce ne sont pas les seules questions auxquelles notre science ne peut répondre. Par exemple, savons-nous réellement ce qu'est l'électricité ? Ou d'où vient l'énergie d'origine ? Ou l'univers ? Peut-être qu'un jour notre science pourra apporter une réponse. Mais, en attendant, nous ne pouvons qu'émettre des hypothèses.

Pour expliquer les miracles de la grâce et de l'évolution, nous supposons l'existence d'un Dieu qui veut notre évolution, un Dieu qui nous aime. Pour beaucoup, cette hypothèse paraît trop simple, trop illusoire et naïve. Mais qu'avons-nous d'autre ? Mettre des œillères n'est pas une réponse. Nous ne pouvons pas obtenir de réponses si nous ne posons pas de questions. Bien que celle de Dieu soit simple, personne n'a pu fournir une meilleure – ou même une autre – hypothèse. Tant que personne n'a trouvé, nous devons nous contenter de cette notion quelque peu infantile d'un Dieu d'amour, ou bien d'un vide théorique.

Et si nous prenons les choses au sérieux, nous trouverons que cette notion simple de Dieu ne tient pas lieu de philosophie facile.

Si nous supposons que notre capacité à aimer – cet intense besoin d'évoluer – nous est, on ne sait comment, « soufflée » par Dieu, alors nous devons nous demander à quelle fin. Pourquoi Dieu veut-il que nous évoluions ? Et vers quoi ? Qu'est-ce que Dieu attend de nous ? Ce n'est pas mon intention de m'étendre ici sur des finesses théologiques, et j'espère que les érudits me pardonneront si je supprime tous les « si », les « et » et les « mais » de la théologie spéculative. Car, même si nous voulons ménager la chèvre et le chou, tous ceux d'entre nous qui parient sur un Dieu d'amour et y croient vraiment arrivent à cette conclusion terrifiante que Dieu veut que nous devenions Lui-même. Nous évoluons vers la divinité. Dieu est le but de l'évolution. C'est Lui la source de la force d'évolution et sa destination finale. C'est ce que nous voulons dire lorsque nous insinuons qu'Il est l'alpha et l'oméga, le commencement et la fin.

Lorsque je dis que c'est une idée terrifiante, les mots sont faibles. C'est une très vieille idée mais, par millions, paniqués, nous cherchons à lui échapper. C'est l'idée la plus exigeante de toute l'histoire de l'humanité. Non parce qu'elle est difficile à concevoir, au contraire, elle est très simple. Mais parce que, si nous y croyons, cela exige de nous tout ce que nous possédons. C'est une chose que d'avoir foi en un Dieu bon et généreux qui va prendre bien soin de nous depuis les hauteurs de Son pouvoir que nous ne pouvons même pas imaginer atteindre. Mais lorsqu'il s'agit de croire en un Dieu qui veut que nous arrivions à Sa position, à Son pouvoir, à Sa sagesse, à Son identité, c'est tout à fait différent. Si nous admettons qu'il est possible pour un homme de devenir Dieu, nous sommes obligés d'essayer d'atteindre ce qui est possible. Mais nous rejetons cette obligation. Nous n'avons pas envie de travailler si dur. Nous refusons la responsabilité de Dieu. Nous ne voulons pas devoir penser et réfléchir en permanence. Tant que nous pouvons croire que la divinité est hors de notre portée, nous n'avons pas à nous soucier de notre évolution spirituelle, à nous pousser vers des niveaux toujours plus élevés de conscience et d'amour ; nous pouvons nous contenter d'être des hommes. Si Dieu est dans Son paradis et que nous sommes ici-bas, les deux sont incompatibles, et nous pouvons Lui laisser toute la responsabilité de l'évolution et de la direction de l'univers. Nous pouvons faire de notre mieux pour nous assurer une vieillesse confortable, peut-être avec d'heureux enfants et petits-enfants, mais en dehors de cela, nous ne voulons pas être dérangés. Ces buts sont déjà difficiles à atteindre, et il ne faut pas les dénigrer. Mais cela n'empêche pas que, dès que nous croyons qu'il est possible pour un homme de devenir Dieu, nous ne pouvons jamais nous reposer très longtemps, et encore moins dire : « Ça y est, j'ai fini mon travail. » Nous devons constamment nous pousser à aller plus loin, à acquérir plus de sagesse. Cette croyance nous piège, au moins jusqu'à la mort, dans un engrenage de travail sur soi et d'évolution spirituelle. Il n'est donc pas étonnant qu'elle nous rebute.

L'idée que Dieu nous tire activement vers Sa divinité nous met en face de notre paresse.

L'entropie et le péché originel

Puisque ce livre parle d'évolution spirituelle, il doit aussi parler de ce qui l'empêche ou la ralentit. En fin de compte, il n'y a qu'un seul véritable obstacle, c'est la paresse. Si nous ne la surmontons pas, aucun autre obstacle ne sera vaincu. Nous allons donc l'examiner. En étudiant la discipline, nous avons mentionné que la paresse nous pousse à éviter la souffrance nécessaire, ou à choisir la solution de facilité. En examinant l'amour, nous avons été amenés à conclure que le contraire de l'amour était le manque de désir de se dépasser ; la paresse est donc le contraire de l'amour. L'évolution spirituelle demande de gros efforts, nous l'avons souvent répété. Nous sommes maintenant en mesure d'examiner la nature de la paresse avec une certaine perspective, et de comprendre ce qu'est la force d'entropie telle qu'elle se manifeste dans notre vie à tous.

Pendant de nombreuses années, je ne trouvais aucun sens à la notion de péché originel, j'y avais même des objections. La sexualité ne m'apparaissait pas comme un péché. Non plus que mes autres désirs : je me laissais souvent aller à trop manger lors d'un bon repas, et si je devais souffrir après coup, ce n'était sûrement pas de culpabilité. Je percevais le péché dans le monde : la malhonnêteté, les préjugés, la torture, la brutalité. Mais je ne pouvais trouver aucune notion de péché chez les bébés ni croire que les enfants étaient maudits parce que leurs ancêtres avaient goûté au fruit défendu de l'arbre de la connaissance. Mais, petit à petit, j'ai pris conscience de l'omniprésence de la paresse. Dans mes batailles pour l'évolution de mes patients, mon pire ennemi était toujours la paresse. Et je me rendis compte que j'avais en moi la même hésitation à me dépasser pour pénétrer de nouveaux domaines du savoir, de la responsabilité et de la maturation. Ce que j'avais en commun avec tous les autres humains, c'était, sans aucun doute, la paresse. C'est à ce moment-là que je compris soudain l'histoire du serpent et de la pomme.

La clé du problème réside dans ce qui n'est pas dit. L'histoire raconte que Dieu avait l'habitude de se promener dans le jardin du paradis, et qu'Il pouvait communiquer ouvertement avec l'homme. S'il en était ainsi, pourquoi Adam et Ève, avec l'incitation du serpent, ne dirent-ils pas à Dieu, séparément ou ensemble : « Nous voudrions bien savoir pourquoi Tu ne veux pas que nous mangions le fruit de l'arbre de la connaissance. Nous nous plaisons beaucoup ici, et ne voulons pas paraître ingrats, mais nous ne comprenons pas très bien

313

Ton interdit, et aimerions bien que Tu nous expliques » ?

Mais les choses ne se passèrent pas de la sorte. Au lieu de l'interroger, Adam et Ève enfreignirent la loi de Dieu, sans jamais en comprendre le mobile, sans faire l'effort d'affronter Dieu, de défier Son autorité, ni même de communiquer raisonnablement avec Lui. Ils écoutèrent le serpent sans entendre, avant d'agir, le point de vue de Dieu.

Pourquoi cet échec ? Pourquoi rien ne fut-il tenté entre la tentation et l'action ? C'est justement là que réside l'essence même du péché. C'est ce maillon manquant qui est important. Adam et Ève auraient pu organiser un débat entre le serpent et Dieu et, ne l'ayant pas fait, ils n'entendirent pas la version divine de l'interdit. Ce dialogue symbolique entre le bien et le mal peut et devrait se produire dans l'esprit des hommes. Lorsqu'ils ne le provoquent pas, ce débat intérieur est cause de mauvaises actions, parce que le point de vue divin est laissé de côté. Les hommes ne savent pas écouter le Dieu qui est en eux, la connaissance de ce qui est bien, et qui réside dans l'esprit de chacun d'entre eux. Et tout cela parce qu'ils sont paresseux. C'est du travail que de mener ces débats intérieurs, cela demande du temps et de l'énergie. Et si nous les prenons au sérieux, si nous écoutons vraiment ce « Dieu qui est en nous », nous nous voyons souvent contraints de prendre le chemin le plus difficile, celui qui demande le plus d'efforts, celui qui implique la souffrance et la lutte. Chacun d'entre nous essaie plus ou moins de se défiler devant le travail, la difficulté de l'étape à franchir. Comme Adam et Ève, et tous nos ancêtres, nous sommes tous paresseux.

Alors le péché originel, notre paresse, existe effectivement en chacun de nous : les nourrissons, les enfants, les adolescents, les adultes, les vieillards, les sages et les idiots, les infirmes et les sportifs. Certains sont peut-être plus paresseux que d'autres, mais nous le sommes tous. Que nous soyons énergiques, ambitieux ou sages, si nous regardons au fond de nous-mêmes, nous trouverons toujours la paresse. C'est la force d'entropie qui est en nous qui nous tire vers le bas et freine notre évolution spirituelle.

Certains lecteurs sont peut-être en train de se dire :

– Mais je ne suis pas paresseux, je travaille soixante heures par semaine ; le soir et les weekends, même si je suis fatigué, je sors avec ma femme et j'emmène les enfants au zoo ; et puis je participe aux travaux de la maison. Parfois, j'ai l'impression que tout ce que je fais, c'est travailler, travailler, travailler.

Je compatis mais je persiste à dire que cela n'empêche pas la paresse, laquelle prend des formes insoupçonnées, qui n'ont rien à voir avec le nombre d'heures passées au travail ou les activités consacrées aux autres. L'une de ces formes, la principale, est la peur. Le mythe d'Adam et Ève sert de nouveau d'illustration. On peut dire que ce ne fut pas la paresse qui les empêcha de questionner Dieu, mais la peur : peur de la puissance de Dieu, peur de Sa colère. Mais, bien que toute peur ne soit pas paresse, c'est souvent exactement ce qu'elle est. Une bonne part est une peur du changement, la peur de perdre ce que nous avons si nous nous aventurons ailleurs. Dans la partie consacrée à la discipline, j'ai parlé du fait que les gens sont effrayés par des informations nouvelles, parce que, s'ils les acceptent, ils auront bien du travail pour s'y ajuster et réviser leurs cartes de la réalité, et qu'ils cherchent délibérément à éviter ce travail. En conséquence, ils combattent souvent ces nouvelles données. Leur résistance est motivée par la peur, certes, mais fondamentalement par la paresse, car c'est la peur du travail qu'ils auraient à faire. De même, dans la partie sur l'amour, j'ai mentionné les risques impliqués dans le dépassement de soi vers de nouveaux espaces, de nouveaux engagements, de nouvelles responsabilités, de nouveaux modes de vie et relations. Ici encore, on trouve le risque de perdre ce qu'on a déjà et la peur du travail à entreprendre. Alors il est fort probable qu'Adam et Ève ont eu peur de ce qui pouvait se passer s'ils affrontaient Dieu ouvertement ; ils choisirent donc la solution de facilité, le raccourci illégitime, pour acquérir le savoir sans se donner de mal, espérant s'en tirer sans dommage. Mais il n'en fut rien. Affronter Dieu, c'est peut-être s'engager à accomplir une énorme tâche, mais la morale de l'histoire, c'est qu'il faut le faire.

Les psychothérapeutes savent que, même si leurs patients veulent changer d'une manière ou d'une autre, ils sont en fait terrifiés par le changement et par le travail qu'il implique. C'est à cause de cette peur, ou de cette paresse, que la majorité des patients – peut-être neuf sur dix qui commencent une thérapie s'arrêtent bien avant la fin. Ces abandons ou ces reculs se produisent souvent dès les premières semaines ou les premiers mois de traitement. Les facteurs déterminants sont peut-être plus clairs chez les patients mariés qui prennent conscience, pendant les premières séances, que leur mariage est peu réussi ou même destructeur, et que le chemin de leur santé mentale passera forcément par un divorce ou un douloureux et difficile travail de restructuration totale des relations conjugales. En fait, ces patients se rendent souvent compte de cela, inconsciemment, bien avant d'aller voir un thérapeute, et les premières séances ne font que renforcer un sentiment qu'ils avaient déjà et qui les effrayait. Le fait est qu'ils sont paniqués à l'idée de faire face aux difficultés apparemment insurmontables de vivre seuls ou à celles, tout aussi insurmontables, d'entreprendre, avec leur conjoint, un énorme travail qui peut durer des mois ou des années, pour arriver à de bien meilleures relations. Alors ils arrêtent la thérapie. Pour se justifier, ils trouvent des excuses telles que :

– Je me suis trompé en pensant que j'aurais assez d'argent pour la thérapie.

Ou bien ils peuvent être plus honnêtes et dire :

– J'ai peur des conséquences que la thérapie peut avoir sur ma vie conjugale. Je sais que c'est une fuite. Peut-être un jour aurai-je le courage de revenir.

Mais ils préfèrent rester dans leur misérable *statu quo* plutôt que de tout faire pour échapper réellement aux pièges de leur vie.

Dans les débuts de l'évolution spirituelle, les gens n'ont pas vraiment conscience de leur paresse, bien qu'ils puissent dire des choses comme :

– Oh, j'ai parfois, comme tout le monde, mes petits moments de nonchalance !

C'est parce que la paresse qui les habite, comme le Malin qu'elle pourrait bien représenter, est experte en tricherie et n'a aucun scrupule. Les individus déguisent ce défaut en rationalisations diverses, que la partie évolutive de leur moi est encore trop faible pour voir ou pour combattre. Ainsi, quelqu'un dira, lorsqu'on lui suggérera de s'informer plus avant sur tel ou tel sujet :

– C'est un sujet qui a déjà été étudié par d'autres, qui n'ont pas trouvé de solution.

Ou :

– J'ai connu quelqu'un qui s'y est intéressé, il était alcoolique et s'est suicidé.

Ou bien :

– Ce n'est pas à un vieux singe comme moi qu'on apprend à faire des grimaces.

Ou encore :

– Vous essayez de me manipuler pour que je devienne un double de vous, et les thérapeutes n'ont pas le droit d'exercer ce genre de pouvoir.

Toutes ces excuses ne sont que des couvertures de la paresse du patient ou de l'élève, élaborées pour la cacher, à lui-même plus qu'au thérapeute. Parce que reconnaître sa paresse, c'est commencer à l'amoindrir. C'est ainsi que les gens ayant déjà bien avancé sur le chemin de l'évolution spirituelle sont les plus conscients de leur paresse. Ce sont en fait les moins paresseux qui sont les plus lucides sur sa présence. Dans ma démarche personnelle vers la maturité, je deviens de plus en plus conscient des nouveaux élans de perspicacité qui ont tendance, comme si c'était de leur propre chef, à vouloir m'échapper. Ou bien j'aperçois des perspectives de pensées nouvelles et positives sur lesquelles je me traîne. Je suppose que ces nouvelles pensées glissent sans que je les remarque, et que je m'en détourne sans me rendre compte de ce que je fais. Mais lorsque j'en prends conscience, je suis obligé d'avoir la volonté d'accélérer le pas dans la direction même que je suis en train d'éviter. La bataille contre l'entropie ne finit jamais.

Nous avons tous un moi malade et un moi sain. Même chez le plus psychotique ou le plus névrosé, même chez celui qui semble le plus peureux et le plus borné, il y a toujours une petite parcelle, si infime soit-elle, qui veut évoluer, qui aime le changement et le développement, qui est attirée par la nouveauté et l'inconnu, qui est prête à faire le travail nécessaire et à prendre les risques de l'évolution spirituelle. Et inversement, même chez les plus équilibrés et les plus spirituellement évolués, il y a une petite partie qui ne veut pas se dépasser, qui s'accroche à l'ancien et au connu, qui a peur des changements, qui recherche le confort et l'absence de douleur à tout prix, même si cela doit les payer par l'inefficacité, la stagnation ou même la régression. Certains sont dominés par leur moi malade, envahis par la peur et la paresse. D'autres évoluent rapidement, encouragés par leur moi sain. Mais ce dernier doit être vigilant vis-à-vis du moi malade qui menace en permanence. Dans ce domaine, tous les humains sont égaux. En chacun d'entre nous résident une incitation à la vie et une incitation à la mort. Toutes deux caractérisent la race humaine. En chacun se trouvent l'instinct du bien et l'espoir pour l'humanité, d'un côté, et, de l'autre, le péché originel de la paresse, la force d'entropie toujours présente qui nous retient dans l'enfance, nous rappelle vers les entrailles d'où nous venons.

Le problème du Mal

Après avoir suggéré que la paresse est le péché originel et que, sous la forme de notre moi malade, elle pourrait même être le Malin, il est approprié de compléter ce tableau par quelques remarques sur la nature de ce dernier. C'est peut-être le plus grave des problèmes théologiques. Pourtant, comme pour d'autres sujets religieux, la psychologie a eu tendance, de manière générale, à agir comme si le Mal – le Malin – n'existait pas. Or, la psychologie a potentiellement beaucoup à apporter sur la question. J'espère pouvoir bientôt contribuer partiellement à cet apport par un ouvrage que j'ai en projet[1]. Pour l'instant, comme il s'agit d'un thème secondaire dans ce livre, je me contenterai d'énoncer brièvement quatre conclusions auxquelles je suis parvenu concernant la nature du Mal.

Premièrement, le Mal est réel. Ce n'est pas une invention de l'imagination d'un esprit religieux primitif essayant d'expliquer l'inconnu. Il existe vraiment des gens et des institutions qui répondent par la haine à la bonté et qui, dans la mesure de leurs possibilités, détruisent le bien. Et cela aveuglément, sans se rendre compte de leur malveillance – dont ils évitent surtout de prendre conscience. Comme il a été dit dans la littérature religieuse, ils n'aiment pas la lumière et font tout pour l'éviter, y compris en essayant de l'éteindre. Ils détruisent la lumière qui vit en leurs enfants et chez tous les individus soumis à leur pouvoir.

1. Ce livre est aujourd'hui publié sous le titre : *People of the Lie*, « Les Gens du mensonge » (Simon & Schuster, New York, 1983). (*N.d.T.*)

Les êtres mauvais détestent la lumière parce qu'elle les révèle à eux-mêmes. Ils détestent le bien parce qu'il met leur Mal en évidence ; ils détestent l'amour parce qu'il révèle leur paresse. Ils détruisent la lumière, le bien, l'amour, afin d'éviter la douleur de la prise de conscience. Ma deuxième conclusion est donc que le Mal est la paresse poussée à l'extrême. Tel que je l'ai décrit, l'amour est l'antithèse de la paresse. La paresse ordinaire est une incapacité passive à aimer : les gens qui en sont atteints ne lèveront pas le petit doigt pour se dépasser, à moins d'y être contraints. Ils manifestent ainsi du non-amour, mais ils ne sont pas mauvais. Par contre, les êtres véritablement mauvais refusent activement de se dépasser. Ils feront tout ce qui est en leur pouvoir pour protéger leur paresse, pour préserver l'intégrité de leur moi malade. Plutôt que d'aider les autres à évoluer, ils les détruiront. Si nécessaire, ils iront jusqu'à tuer pour échapper à la douleur de leur évolution spirituelle. Puisque l'intégrité de leur moi malade est menacée par la santé spirituelle de ceux qui les entourent, ils chercheront, par tous les moyens, à l'écraser et à la démolir. Je définis le Mal comme l'exercice d'un pouvoir politique – c'est-à-dire l'imposition de sa volonté sur les autres par la contrainte, ouverte ou masquée afin d'éviter de se dépasser et d'encourager l'évolution spirituelle. La paresse ordinaire est le non-amour ; le Mal est l'anti-amour.

Ma troisième conclusion est que l'existence du Mal est inévitable, du moins au stade actuel de l'évolution humaine. Étant donné la force d'entropie et la liberté des hommes, il est inévitable que la paresse soit bien maîtrisée par certains et nullement par d'autres. Puisque l'entropie, d'un côté, et le mouvement évolutif de l'amour, de l'autre, sont en conflit, opposés, il est naturel que ces forces soient en relatif équilibre chez la plupart des humains, alors que quelques-uns, à un extrême, pourront manifester un amour presque pur, et que d'autres, à l'autre extrême, ne seront que pure entropie ou Mal. Il est également inévitable qu'elles se combattent en permanence, et qu'elles se détestent mutuellement.

Enfin, j'en suis venu à la conclusion que, bien que, dans sa forme extrême du Mal humain, l'entropie soit une grande force, elle est étonnamment inefficace sur le plan social. J'ai personnellement été le témoin du Mal en action, attaquant et détruisant l'esprit et la pensée de dizaines d'enfants. Mais le Mal est un échec dans le bilan de l'évolution des hommes. Parce que chaque âme qu'il détruit – et il y en a beaucoup – sert à en sauver d'autres, pour lesquelles il constitue malgré lui une sorte de signal de danger les avertissant de la fausse route. En effet, nous sommes presque tous dotés d'un sens instinctif de l'horreur et de la monstruosité du Mal, et nous sommes alarmés par sa présence et la réalité de son existence, lesquelles constituent un signal pour nous purifier. C'était le Mal qui, par exemple, a mis le Christ en croix, et cela nous a permis de le voir avec du recul. Notre engagement personnel dans la lutte contre le Mal dans le monde est une manière d'évoluer.

L'évolution de la conscience

Tout au long de ce livre, nous avons, à plusieurs reprises, utilisé les termes « conscience » et « prise de conscience ». Nous venons de voir que les êtres mauvais résistent à la prise de conscience de leur condition, et qu'une caractéristique des êtres évolués est justement qu'ils ont conscience de leur paresse. Souvent, les individus n'ont pas conscience de leur propre religion ou vision du monde et ils doivent apprendre à la connaître au cours de leur évolution. Par l'attention de l'amour, nous appréhendons de plus en plus clairement les êtres qui nous sont chers et le monde en général. Un élément essentiel de la discipline est la prise de conscience de nos responsabilités et de notre pouvoir de décision. Nous attribuons cette capacité à cette partie de notre esprit que nous appelons justement conscience, et nous sommes arrivés au point où nous pouvons définir l'évolution spirituelle comme étant l'évolution de notre conscience.

Le mot « conscience » vient du latin : du préfixe *con* qui veut dire avec, et du mot *scire* qui veut dire savoir. Être conscient, c'est « savoir avec ». Mais comment comprendre ce « avec » ? Savoir quoi ? Nous avons dit que notre inconscient possède un savoir extraordinaire. Il sait, plus que « nous », notre moi conscient. Et lorsque nous apprenons quelque chose de nouveau, c'est parce que nous re-connaissons quelque chose que nous savions déjà. Ne pouvons-nous donc pas conclure qu'être conscient, c'est savoir *avec* notre inconscient ? Devenir plus conscient, c'est développer notre conscience de savoir *avec* notre inconscient qui possède déjà le savoir. C'est synchroniser notre conscient et notre inconscient. Cela ne devrait pas être étranger aux psychothérapeutes qui définissent souvent la thérapie comme un processus qui rend notre inconscient conscient, ou qui élargit le conscient par ses relations avec l'inconscient.

Mais nous n'avons toujours pas expliqué comment l'inconscient possède tout ce savoir. Là encore, nous n'avons pas de réponse scientifique. Là encore, nous ne pouvons que faire des hypothèses. Et là encore, je ne connais pas de meilleure hypothèse que celle d'un Dieu qui nous est intimement associé – si intimement qu'Il fait partie de nous. Si vous voulez savoir où trouver la grâce, c'est à l'intérieur de vous-même. Si vous cherchez une plus grande sagesse, vous la trouverez en vous-même. Cela revient à dire que la jonction entre Dieu et l'homme est, en partie, la jonction entre le conscient et l'inconscient. Pour être plus direct, notre inconscient est Dieu. Dieu qui est en nous. Nous avons toujours fait partie de Dieu. Dieu a toujours été avec nous, et le sera toujours.

Comment peut-il en être ainsi ? Si le lecteur est horrifié à l'idée que notre inconscient est Dieu, il devrait se rappeler que ce n'est pas un concept hérétique, puisque, dans son essence, c'est le même que le concept chrétien du Saint-Esprit qui est en chacun d'entre nous. Je trouve que, pour mieux comprendre cette relation entre Dieu et nous, il faut considérer que notre inconscient est comme un énorme et riche système de racines cachées, qui nourrit la conscience, la petite pousse que l'on peut voir en surface. Je dois cette analogie à Jung qui, se décrivant comme « un éclat de l'infinie divinité », continuait ainsi :

La vie m'a toujours semblé être comme une plante qui puise sa vitalité dans son rhizome ; la vie proprement dite de cette plante n'est point visible, car elle gît dans le rhizome. Ce qui devient visible au-dessus du sol ne se maintient qu'un seul été, puis se fane... Apparition éphémère. Quand on pense au devenir et au disparaître infinis de la vie et des civilisations, on en retire une impression de vanité des vanités ; mais personnellement je n'ai jamais perdu le sentiment de la pérennité de la vie sous l'éternel changement. Ce que nous voyons, c'est la floraison – et elle disparaît –, mais le rhizome persiste[1].

Jung n'est jamais allé jusqu'à dire que Dieu existe dans notre inconscient, bien que ses écrits aillent dans ce sens. Ce qu'il fit, en revanche, c'est diviser notre inconscient en deux parties : « l'inconscient personnel », individuel et plus superficiel, et « l'inconscient collectif », commun à toute l'humanité. De mon point de vue, l'inconscient collectif est Dieu, le conscient est l'homme en tant qu'individu, et l'inconscient personnel est la jonction entre les deux. Il n'y a donc rien d'étonnant à ce que l'inconscient personnel soit un lieu de trouble et d'agitation, de combat entre la volonté de Dieu et celle de l'individu. J'ai précédemment décrit l'inconscient comme un royaume de bienveillance et d'amour. C'est ce que je crois. Mais les rêves, bien qu'ils soient porteurs de messages d'amour et de sagesse, contiennent aussi des signes de conflits : ils peuvent être agréables et

1. C. G. Jung, *Ma vie : souvenirs, rêves et pensées*, recueillis par Aniela Jaffe (traduction de R. Cahen et Y. Le Lay, Gallimard, 1967).

régénérants, mais aussi des cauchemars effrayants et tumultueux. C'est à cause de ces tumultes que la maladie mentale a souvent été localisée dans l'inconscient, comme s'il était le siège de la psychopathologie, et les symptômes, des démons souterrains qui font surface pour tourmenter l'individu. Je l'ai dit, je pense au contraire que le conscient est le siège de la psychopathologie et que les troubles mentaux sont des troubles de la conscience. C'est parce que notre moi conscient résiste à la sagesse de notre inconscient que nous devenons malades. Et c'est parce que notre conscient est troublé qu'il y a des conflits entre lui et l'inconscient qui essaie de le guérir. En d'autres termes, *la maladie mentale se développe lorsque la volonté consciente de l'individu s'oppose à la volonté de Dieu, qui est la volonté inconsciente de l'individu.*

J'ai dit plus haut que le but ultime de l'évolution spirituelle d'un individu est de ne faire qu'un avec Dieu. C'est savoir avec Dieu. Puisque l'inconscient est Dieu, on peut dire que l'évolution spirituelle, c'est atteindre la divinité par la conscience. C'est devenir Dieu, complètement et pleinement. Mais cela ne veut pas dire que le but soit une fusion entre l'inconscient et le conscient pour ne devenir qu'inconscient. Nous arrivons maintenant à l'essentiel, qui est de devenir Dieu en préservant sa conscience. Si la fleur de la conscience qui pousse du rhizome du Dieu inconscient peut devenir Dieu, alors Dieu vivra sous une forme nouvelle. C'est la signification de notre existence individuelle. Nous sommes nés pour devenir, en tant qu'individus conscients, une nouvelle forme de vie divine.

La *conscience* est la partie *exécutrice* de notre être tout entier. C'est elle qui prend des décisions et les transforme en actions. Si nous devions tous devenir inconscients, nous serions comme le nouveau-né, en contact direct avec Dieu, mais incapables d'une action qui fasse ressentir au monde la présence de Dieu. J'ai dit plus tôt dans ce livre qu'il y a un côté régressif dans la pensée mystique de certaines théologies hindoues et bouddhistes, selon lesquelles l'état du nouveau-né, sans frontières du moi, est comparé au nirvana et où entrer dans le nirvana équivaut à retourner dans le Sein. Le but à atteindre dans la théologie présentée ici et par la plupart des mystiques est à l'opposé : ce n'est pas de redevenir un bébé inconscient et sans ego ; c'est plutôt de développer un ego conscient et mûr qui peut devenir l'ego de Dieu. *Si*, en tant qu'adultes, capables de faire des choix indépendants qui peuvent influencer le monde, *nous* pouvons *identifier notre libre choix avec celui de Dieu*, Dieu aura alors pris une forme d'existence nouvelle et puissante. *Nous serons devenus les agents de Dieu*, Son bras pour ainsi dire, et donc une partie de Lui. Et dans la mesure où, par nos décisions conscientes, nous pourrons influencer le monde selon Sa volonté, nos vies deviendront des agents de la grâce de Dieu. Nous serons devenus une forme de la grâce de Dieu, travaillant pour Lui au sein de l'humanité, créant l'amour où il n'existait pas, amenant nos congénères à notre niveau de conscience, et faisant avancer l'évolution de l'humanité.

La nature du pouvoir

Nous sommes maintenant arrivés au point où nous pouvons comprendre la nature du pouvoir. C'est un sujet mal compris, notamment parce qu'il existe deux sortes de pouvoir : le politique et le spirituel. La mythologie religieuse prend la peine de souligner cette distinction. Avant la naissance de Bouddha, par exemple, les devins avaient annoncé à son père que son fils deviendrait soit le roi le plus puissant du pays, soit un homme pauvre qui serait le plus grand guide spirituel que le monde ait jamais connu. Et dans la Bible, le diable offrit au Christ tous les royaumes du monde et leur gloire, mais Il refusa pour mourir sur la croix, apparemment impuissant.

Le pouvoir politique, c'est la capacité à contraindre les autres, ouvertement ou implicitement, à sa volonté. Il n'est possible à exercer que dans une certaine position, telle que celle de roi ou de président, ou bien par l'argent, mais ne réside pas en la personne qui occupe ce genre de position ou qui possède l'argent. Le pouvoir n'a donc pas vraiment de rapport avec la qualité ou la sagesse de la personne qui l'exerce : il y a eu des rois mauvais ou peu intelligents. Le pouvoir spirituel, lui, réside entièrement dans l'individu et n'a rien à voir avec la capacité à contraindre les autres. Certaines personnes qui ont un grand pouvoir spirituel peuvent être riches, et parfois exercer un pouvoir politique, mais, en général, elles sont pauvres et sans autorité politique. Alors quelle est la capacité du pouvoir spirituel si ce n'est pas celle de dominer les autres ? C'est la faculté de prendre des décisions avec la plus grande conscience. C'est la conscience même.

La plupart du temps, la majorité des gens prennent des décisions sans vraiment se rendre compte de ce qu'ils font. Ils agissent sans comprendre réellement quels sont leurs mobiles, sans chercher à imaginer les conséquences de leurs choix. Savons-nous vraiment ce que nous faisons lorsque nous acceptons ou refusons un patient, que nous frappons un enfant, que nous offrons une promotion à un subordonné ou que nous flirtons avec une amie ? Tous ceux qui ont travaillé longtemps dans l'arène politique savent que les décisions prises avec les meilleures intentions ont parfois des résultats négatifs, ou qu'une cause apparemment pernicieuse, défendue avec des mobiles peu nobles, peut finalement se révéler constructive. C'est la même chose dans l'éducation des enfants. Est-ce mieux de faire ce qui est bien avec de mauvaises raisons, ou ce qui est mal avec de bonnes raisons ? C'est souvent lorsque nous sommes sûrs de nous que nous sommes aveugles et, inversement, lorsque nous pensons être perdus que nous sommes clairvoyants.

Que pouvons-nous faire lorsque nous voguons à la dérive sur une mer d'ignorance ? Certains, défaitistes, diront : « Rien. » Ils proposent simplement de continuer à dériver, comme s'il n'était pas possible de trouver, dans une mer si vaste, un courant qui puisse mener à la clarté ou à une destination intéressante. Mais les autres, suffisamment conscients qu'ils sont perdus, osent penser qu'ils peuvent trouver un chemin pour sortir de cette ignorance, en développant plus encore leur conscience. Ils ont raison. Le surplus de conscience ne vient pas en un éclair, mais lentement, pièce par pièce, et chaque élément ne peut être obtenu que par un travail et un patient effort d'observation et d'étude de tout, y compris de soi-même. Le chemin de l'évolution spirituelle est un long apprentissage.

Si on suit ce chemin suffisamment longtemps et sérieusement, les éléments du savoir finissent par se mettre en place. Petit à petit, les choses trouvent une signification. On prend parfois des voies sans issue, il y a des déceptions, des conclusions qu'il faut rejeter. Mais, graduellement, il est possible de développer une connaissance de plus en plus profonde de la signification de la vie. On peut accéder au pouvoir.

L'expérience du pouvoir spirituel est en général pleine de joie. C'est la joie qui vient de la maîtrise. Effectivement, il n'y a pas de plus grande satisfaction que celle de vraiment savoir ce qu'on fait. Les êtres les plus évolués spirituellement sont devenus des experts dans le domaine de la vie. Il existe pourtant une joie encore plus grande : celle d'être en communion avec Dieu. Elle s'atteint lorsque nous sommes pleinement conscients d'une situation particulière, des motifs de notre façon d'agir face à cette situation, et des conséquences qui en découlent. Notre moi conscient est alors parvenu à s'aligner avec la pensée de Dieu. Nous savons avec Dieu.

Pourtant, ceux qui ont atteint ce stade de l'évolution spirituelle, cet état de grande conscience, ont toujours une sorte de joyeuse humilité. Car, s'il est une chose qu'ils savent, c'est que leur conscience leur vient de l'inconscient. Ils connaissent leur relation avec ce rhizome dont ils tirent leur savoir. Tous leurs efforts pour apprendre davantage ne sont en fait que des tentatives pour élargir, ouvrir cette relation avec leur inconscient, qui est aussi celui de toute l'humanité, de toute la vie, de Dieu. Si on leur demande d'où viennent leur savoir et leur pouvoir, ils répondront :

– Cela ne m'appartient pas. Le peu de pouvoir que j'ai n'est que l'expression infime d'un pouvoir beaucoup plus vaste. Je ne suis qu'un transmetteur.

J'ai déjà dit que l'humilité de ces gens est empreinte de joie, et c'est parce que, riches de la conscience de leur rapport avec Dieu, leur sens du moi a tendance à diminuer. « Que Ta volonté soit faite, pas la mienne. Fais de moi Ton instrument » : voilà leur seul désir. Une telle diminution du moi apporte toujours une espèce de calme extase, peu différente de ce qu'on ressent lorsqu'on est amoureux. Conscient de sa connexion avec Dieu, on ne ressent plus la solitude. Il y a communion.

Mais, malgré la joie qui l'accompagne, l'expérience du pouvoir spirituel est aussi effrayante. Car plus on devient conscient, plus il est difficile d'agir. J'ai effleuré le sujet à la fin de la première partie en parlant des deux généraux devant chacun prendre la décision d'envoyer une division au combat. Celui qui voit sa division comme une simple unité de stratégie pourra dormir tranquille. Mais pour l'autre, ayant conscience de chacune des vies humaines qui composent la division, la décision sera une torture. Nous sommes tous des généraux. Toute action que nous décidons peut influer sur le cours de la civilisation. La décision de récompenser ou de punir un enfant peut avoir d'énormes conséquences. Il est facile d'agir avec une conscience limitée et d'ignorer les conséquences. Plus notre conscience augmente, plus elle a d'éléments avec lesquels elle doit compter pour prendre des décisions. Plus on sait, plus les décisions sont complexes. Mais on peut mieux supposer quelles en seront les conséquences. Certes, il ne faut pas risquer de tomber dans l'inaction par une vision trop précise de celles-ci et l'impression que telle ou telle tâche est trop compliquée. Toutefois, il arrive que l'inaction soit une forme d'action au sens où elle peut constituer la meilleure solution ; dans d'autres cas, elle peut être tout à fait destructrice ou désastreuse. Le pouvoir spirituel ne consiste donc pas uniquement à être clairvoyant : il réside aussi dans la capacité de prendre des décisions avec toujours plus de conscience. Il s'identifie ainsi au pouvoir divin. Mais l'omniscience ne rend pas les décisions plus faciles, au contraire. Plus on s'approche de la divinité, plus on comprend Dieu. Participer à l'omniscience de Dieu, c'est aussi partager Ses tourments.

Un autre problème à propos du pouvoir, c'est la solitude[1]. Là, on peut trouver, d'un certain côté, une ressemblance entre le pouvoir politique et le pouvoir spirituel. Quelqu'un qui approche des sommets de l'évolution spirituelle est comme celui qui est au faîte du pouvoir politique. Il n'a en théorie personne sur qui rejeter la responsabilité de ses actes, personne à blâmer, personne qui puisse lui dire quoi faire, parfois même personne

1. Il y a solitude et solitude : d'une part l'incapacité de communiquer avec d'autres à tous les niveaux. Et d'autre part la solitude qui nous concerne ici, l'incapacité de communiquer avec quelqu'un à son niveau. C'est ce que ressentent ceux qui ont atteint un stade élevé d'évolution spirituelle et qui, bien qu'ils soient en général entourés de gens qui cherchent leur compagnie, ne trouvent personne avec qui communiquer à leur niveau de conscience.

de même niveau avec qui partager son fardeau. Les autres peuvent lui donner leur avis, ou quelques conseils, mais la décision reste sienne. Il est seul responsable. D'un autre côté, la solitude du pouvoir spirituel est plus grande que celle du pouvoir politique : les détenteurs du pouvoir politique, puisque leur élévation spirituelle est rarement aussi haute que celle de leur pouvoir, trouvent presque toujours des égaux spirituels avec lesquels communiquer. Alors les présidents et les rois ont leurs amis et leur cour. Mais les hommes qui ont atteint un niveau élevé d'évolution spirituelle et de conscience ont peu de chances d'avoir, dans leur entourage, des gens avec qui partager la profondeur de leur compréhension. L'un des thèmes les plus poignants des Évangiles est le sentiment de frustration que ressentait le Christ en sachant que personne ne pouvait le comprendre. Même ses disciples. Les plus sages le suivaient mais étaient incapables de le rattraper, et il se retrouvait totalement seul, tout Son amour ne pouvant pas le décharger de ce besoin de les diriger en les précédant. Cette solitude est connue de tous ceux qui voyagent loin sur le chemin de l'évolution spirituelle. C'est un tel fardeau qu'il ne pourrait être supporté si nous ne savions que, en devançant les autres, notre relation avec Dieu devient inévitablement plus intime. Dans la communion de la conscience grandissante, du savoir avec Dieu, il y a assez de joie pour nous soutenir.

La grâce et la maladie mentale :
le mythe d'Oreste

On a dans cet ouvrage parlé en termes apparemment disparates de la maladie et de la santé mentales : « La névrose est toujours un succédané d'une souffrance légitime » ; « la santé mentale, c'est se dédier à la vérité, à tout prix » ; et « la maladie mentale se développe lorsque la volonté consciente de l'individu s'oppose à la volonté de Dieu qui est la volonté inconsciente de cet individu ». Étudions maintenant de plus près la maladie mentale et unissons ces éléments en un tout cohérent.

Nous évoluons dans un monde réel. Pour bien vivre, il est nécessaire d'appréhender au mieux celui-ci. Mais cela n'est pas facile. Bien des aspects de la réalité et de notre rapport au monde sont douloureux. Nous ne pouvons les comprendre qu'à travers l'effort et la souffrance, qu'à des degrés différents nous tentons d'éviter. Nous refusons certains aspects douloureux de la réalité en les balayant hors de notre conscience. En d'autres termes, nous essayons de défendre celle-ci contre la réalité. Mais nous la limitons, et ce de diverses manières, que les psychiatres appellent les mécanismes de défense. Si, avec notre paresse et notre peur de la souffrance, nous protégeons très bien notre conscience, nous parviendrons à un point où notre compréhension du monde aura peu de rapports, sinon aucun, avec la réalité. Et puisque nos actes sont fondés sur notre compréhension, notre comportement ne sera plus réaliste. Lorsque cela se produit, nos proches remarquent que nous ne sommes plus en contact avec la réalité, et nous prennent pour des malades mentaux, même si nous sommes convaincus d'aller tout à fait bien[1]. Mais avant d'en arriver à cet extrême, et d'en être avisés par autrui, nous sommes avertis par notre inconscient de notre mauvaise adaptation croissante. Il nous prévient de plusieurs façons : mauvais rêves, crises d'anxiété, dépression et autres symptômes. Bien que notre conscience ait renié la réalité, notre inconscient, qui est omniscient et qui sait de quoi il retourne, tente de nous aider en incitant, par des symptômes, notre conscience à se rendre compte que quelque chose ne va pas. Autrement dit, les symptômes douloureux et rejetés de la maladie mentale sont une manifestation de la grâce. Ils sont le produit d'une « force puissante qui vient de l'extérieur de notre conscience et qui encourage notre évolution spirituelle ».

J'ai déjà fait remarquer, dans le bref passage sur la dépression en fin de première partie, que les symptômes de celle-ci sont le signal, pour l'individu qui souffre, que tout ne va pas bien en lui et que certains ajustements importants doivent être opérés. Nombre des exemples que j'ai utilisés pour démontrer d'autres principes peuvent aussi bien illustrer celui-ci : que les désagréables symptômes de la maladie mentale servent à signaler aux gens qu'ils n'ont pas pris la bonne route, que leur esprit n'évolue pas et qu'ils sont en danger.

1. Je reconnais que ce schéma de la maladie mentale est un peu trop simplifié. Il ne prend pas en compte, par exemple, les facteurs physiques et biochimiques qui, dans certains cas, peuvent être d'une grande importance ou même tout à fait déterminants. Je reconnais aussi que certains individus peuvent être en contact beaucoup plus profond avec la réalité que leurs semblables et qu'ils seront traités de fous par une société malade. Il n'empêche que le schéma présenté ici est valable pour la majorité des maladies mentales.

Mais laissez-moi vous raconter un autre cas pour vous montrer plus précisément le rôle des symptômes.

Betsy était une jeune femme de vingt-deux ans, charmante et intelligente, avec une modestie et une réserve presque virginales, qui était venue me voir à cause de graves crises d'anxiété. Elle était la fille unique d'ouvriers catholiques qui s'étaient saignés à blanc pour pouvoir lui payer des études universitaires. Mais après un an d'études, et malgré ses bons résultats, elle décida de tout arrêter pour épouser son voisin, un mécanicien. Elle trouva un emploi de vendeuse dans un supermarché. Tout alla bien pendant deux ans. Mais, tout à coup, elle commença à avoir des crises d'anxiété. Comme ça, sans raison apparente. Elles étaient tout à fait imprévisibles, mais se produisaient toujours lorsqu'elle était sans son mari et hors de chez elle : pendant qu'elle faisait des courses, au travail, ou même n'importe où dans la rue. L'intensité de la peur qu'elle éprouvait à ces moments-là était terrifiante. Elle devait abandonner immédiatement ce qu'elle était en train de faire et rentrer chez elle en catastrophe, ou se rendre au garage où travaillait son mari. C'était seulement lorsqu'elle se retrouvait avec lui ou dans son appartement que la panique se dissipait. À cause de ces crises, elle avait arrêté de travailler.

Lorsque les calmants que lui avait prescrits son généraliste ne purent plus apaiser ses angoisses, ou diminuer l'intensité de ses crises, elle vint me voir.

– Je n'ai aucune idée de ce qui ne va pas, pleura-t-elle. Ma vie est merveilleuse. Mon mari est adorable avec moi, nous nous aimons beaucoup. Et puis mon travail me plaisait beaucoup. Maintenant, rien ne va plus. Je ne sais pas ce qui m'arrive. Peut-être suis-je en train de devenir folle. S'il vous plaît, aidez-moi. Aidez-moi à être heureuse comme avant.

Bien sûr, au cours de notre travail, Betsy découvrit que tout n'allait pas si bien « avant ». D'abord, il apparut, lentement et péniblement, que, même si son mari était adorable avec elle, bien des choses en lui l'agaçaient. Il était assez fruste. Ses intérêts étaient limités : sa distraction favorite – la seule – était de regarder la télévision. Elle s'ennuyait avec lui. Puis elle se rendit compte que son travail l'ennuyait aussi. Alors nous commençâmes à nous demander pourquoi elle avait interrompu ses études pour une vie aussi terne.

– Eh bien, je me sentais de moins en moins bien là-bas, me dit-elle. Il y avait beaucoup d'histoires de drogue et de sexe. Je n'étais pas très à l'aise avec tout cela. Mes camarades me questionnaient. Pas seulement les garçons qui voulaient coucher avec moi, mais aussi mes amies filles. Elles pensaient que j'étais naïve. J'ai commencé à me poser des questions, à douter de l'Église et même de certaines des valeurs de mes parents. Je suppose que j'ai eu peur.

Puis, au cours de sa thérapie, Betsy examina en détail ce à quoi elle avait voulu échapper en quittant l'université. Et finalement, elle reprit ses études. Heureusement, dans ce cas précis, son mari était prêt à évoluer avec elle et commença, lui aussi, des études. Leur horizon s'élargit rapidement. Et, bien sûr, ses crises d'anxiété cessèrent.

Il y a plusieurs façons d'aborder ce cas plutôt typique. Les crises d'anxiété étaient, de toute évidence, une forme d'agoraphobie, et représentaient, pour elle, une peur de la liberté. Elles se produisaient lorsqu'elle sortait, et qu'elle n'était pas encadrée par la présence de son mari, donc libre d'aller où elle voulait et d'avoir des contacts avec les autres. Sa peur de la liberté constituait le noyau de sa maladie mentale. Certains pourraient dire que ses crises d'anxiété, représentant sa peur de la liberté, étaient la maladie elle-même. Mais je trouve beaucoup plus utile et instructif de voir les choses différemment. Car sa peur de la liberté commença bien avant que Besty ne quitte l'université. C'est à cause de cette peur qu'elle avait arrêté ses études et commencé à étouffer son développement personnel. À mon avis, Betsy était déjà malade à cette époque, trois ans avant ses premiers symptômes. Mais elle ne savait pas encore le mal qu'elle se faisait en s'autorestreignant. Ce furent les symptômes, ces crises qu'elle ne voulait pas, qu'elle n'avait pas demandées et qui l'avaient « aliénée » – sans raison, avait-elle dit –, qui lui firent prendre conscience de sa maladie et la forcèrent à choisir le chemin de la guérison et de l'évolution. Je pense que ce schéma est valable pour la plupart des maladies mentales. Les symptômes et la maladie ne sont pas la même chose : la maladie existe bien avant les symptômes. Et, plutôt que la maladie elle-même, ils représentent le début de la guérison. Qu'ils ne soient pas voulus montre d'autant plus qu'ils sont une manifestation de la grâce, un don de Dieu, un message de l'inconscient pour inciter à l'introspection et au changement positif.

Comme c'est souvent le cas avec la grâce, la plupart des gens rejettent ce don, et ne tiennent pas compte du message. Et toutes les manières dont ils refusent ce dernier constituent des tentatives pour éviter la responsabilité de leur maladie mentale. Ils prétendent que les symptômes n'en sont pas, que tout le monde a ce genre de « petites crises ». Ils tentent d'y échapper en cessant de travailler, en arrêtant de conduire, en déménageant, en évitant certaines activités. Ils essaient aussi de s'en débarrasser avec des calmants, des petites pilules que leur médecin leur a prescrites, ou en s'insensibilisant avec de l'alcool ou d'autres drogues. Et s'ils reconnaissent qu'ils ont des symptômes, ils rendront responsable, de mille manières subtiles, le monde qui les entoure – une famille peu affectueuse, des amis traîtres, des employeurs qui les exploitent, une société pourrie, ou même le destin. Seuls ceux qui acceptent la responsabilité de leurs symptômes, qui comprennent qu'ils sont la manifestation d'un trouble de leur âme, savent écouter le message de leur inconscient et acceptent la grâce. Ils acceptent leur inconfort et la douleur du travail nécessaire à leur guérison. Mais pour eux, comme pour Betsy et tous les autres qui sont prêts à affronter la douleur de la psychothérapie, la récompense sera grande. C'est d'eux que parlait le Christ dans la première des Béatitudes : « Bienheureux les pauvres d'esprit, car le Royaume des Cieux leur appartient[1]. »

Ce que j'expose ici des relations entre la grâce et la maladie mentale est merveilleusement exprimé dans le mythe grec d'Oreste et les Furies[2]. Oreste

---

1. *Évangile selon saint Matthieu*, V, 3.
2. Il y a plusieurs versions de ce mythe, qui comportent des différences notoires. Aucune version n'est totalement correcte. Celle que je donne ici est largement inspirée et résumée de *La*

était le petit-fils d'Atrée, un homme qui avait tout fait pour se prouver qu'il était plus puissant que les dieux. À cause de son crime contre eux, les dieux punirent Atrée en maudissant tous ses descendants. Il en résulta que la mère d'Oreste, Clytemnestre, assassina Agamemnon, son mari et le père d'Oreste. Ce crime fit descendre la malédiction sur Oreste car, selon le code de l'honneur grec, un fils était obligé de venger le meurtre de son père. Mais le péché le plus grave qu'un Grec pouvait commettre était le matricide. Oreste était torturé par ce dilemme. Finalement, il fit ce qu'il devait faire et assassina sa mère. Pour ce crime, les dieux punirent alors Oreste en lui envoyant les Furies, trois abominables harpies, que lui seul pouvait voir et entendre, et qui le tourmentaient jour et nuit.

Poursuivi par les Furies partout où il allait, Oreste erra dans le pays, cherchant à expier son crime. Après maintes années de réflexion et d'abnégation, Oreste implora les dieux de le libérer de cette malédiction sur la maison d'Atrée et des visites des Furies, disant qu'il croyait sincèrement avoir expié le meurtre de sa mère. Un jugement fut tenu par les dieux. Parlant pour la défense d'Oreste, Apollon dit que c'était lui qui avait imaginé le scénario et placé Oreste dans la situation où il devait tuer sa mère ; Oreste n'était donc pas responsable. À ce moment, Oreste réagit et contredit son défenseur par cette affirmation : « C'est moi qui ai tué ma mère, pas Apollon ! » Les

Mythologie d'Edith Hamilton (Ed. Marabout Université). J'ai été sensibilisé à ce mythe par l'utilisation qu'en fait Rollo May dans son livre, *Amour et Volonté*, et celle de T.S. Eliot dans sa pièce, *La Réunion de famille*.

dieux étaient ébahis. Jamais un membre de la maison d'Atrée n'avait assumé ainsi la totale responsabilité de ses actes au lieu de les incriminer, eux. Finalement, le jugement fut rendu en faveur d'Oreste, et non seulement les dieux levèrent la malédiction sur sa famille, mais ils transformèrent les Furies en Euménides, des esprits bienveillants qui, par leurs sages conseils, permirent à Oreste de savoir toujours se sortir d'affaire.

La signification de ce mythe est claire. Les Euménides, les Bienveillantes, sont aussi appelées les « porteuses de la grâce », ou les protectrices. Les Furies hallucinatoires, que seul Oreste pouvait percevoir, étaient en fait ses symptômes, l'enfer intérieur de la maladie mentale. La transformation des Furies en Euménides est l'évolution de la maladie mentale en « bonne fortune », dont nous avons déjà parlé. Cette évolution se produisit parce que Oreste était prêt à assumer la responsabilité de sa maladie mentale. Alors qu'il cherchait désespérément à se débarrasser des Furies, il ne les considérait pas comme une injuste punition ni ne s'estimait une victime de la société ou d'autre chose. Puisqu'elles étaient le résultat de la malédiction d'origine sur la maison d'Atrée, les Furies symbolisaient aussi le fait que la maladie mentale est une affaire de famille, créée par les parents et les grands-parents. Mais Oreste ne rejeta pas la responsabilité sur sa famille comme il l'aurait pu ; non plus qu'il blâma les dieux ou le destin. Il accepta sa condition comme le résultat de ses propres actes, et entreprit l'effort de s'en sortir. Ce fut un effort de longue haleine, tout comme la thérapie. Mais cela l'amena à la guérison et, par le processus guérisseur de ses efforts, ce qui autrefois l'avait fait souffrir mille tortures lui amena finalement la sagesse.

Tous les psychiatres expérimentés ont été les témoins de ce mythe, et ont vu, dans l'esprit et dans la vie de leurs meilleurs patients, les Furies se transformer en Euménides. Cette transformation n'est pas facile. Lorsqu'ils comprennent que la psychothérapie va exiger d'eux qu'ils assument la responsabilité de leur situation et de leur guérison, bien des patients, même les plus convaincus, abandonnent. Ils préfèrent être malades et rejeter la faute sur les dieux, plutôt que d'être bien et de n'avoir plus jamais personne à blâmer. Parmi la minorité de patients qui restent en thérapie, la plupart doivent apprendre – cela fait partie de la guérison – à se sentir totalement responsables d'eux-mêmes. Cet apprentissage demande un travail assidu, également de la part du thérapeute qui doit souvent, séance après séance, mois après mois, et même année après année, faire remarquer à ses patients les moments où ils esquivent leurs responsabilités. Fréquemment, comme des enfants têtus, ils se rebiffent et se défendent alors qu'on leur montre comment prendre leur vie en main. Mais, en fin de compte, ils réussissent. Il est rare qu'un patient commence une thérapie avec, dès le début, la volonté d'assumer ses responsabilités. Dans ce cas, bien qu'il faille parfois encore un an ou deux, la thérapie est relativement brève, sans trop de heurts, et constitue même une expérience très agréable pour le patient ainsi que pour le thérapeute. De toute façon, que ce soit assez facile ou long et difficile, la transformation des Furies en Euménides se produit.

Ceux qui ont réussi à faire face à leur maladie mentale, accepté la responsabilité, et opéré en eux les changements nécessaires pour la surmonter seront guéris et libérés des malédictions de leur enfance et de leurs ancêtres, mais auront aussi l'impression de vivre dans un monde différent : les problèmes se transforment en occasions d'avancer ; les obstacles insurmontables deviennent des défis passionnants ; les pensées autrefois rejetées se changent en visions qui les aident ; les sentiments qui étaient bannis se changent en sources d'énergie et en guides ; les fardeaux deviennent des cadeaux, même les symptômes aujourd'hui disparus. Il n'est pas rare qu'à la fin de leur thérapie les patients disent :

– Il ne pouvait rien m'arriver de mieux que ma dépression et mes crises d'angoisse !

Même s'ils sortent de thérapie en ne croyant pas en Dieu, de tels patients ont malgré tout la foi, dans le sens où ils ont le sentiment d'avoir été touchés par la grâce.

Résister à la grâce

Oreste n'a pas eu besoin de l'aide d'un psychothérapeute, il s'est guéri tout seul. D'ailleurs, même s'il y avait eu des psychothérapeutes dans la Grèce antique, il aurait dû se guérir lui-même car, comme nous l'avons dit, la thérapie n'est qu'un instrument – une discipline. Libre au patient d'accepter ou de rejeter l'outil et, lorsqu'il l'accepte, c'est lui qui détermine comment l'utiliser et à quelle fin. Il y a des gens qui surmonteront toutes sortes d'obstacles – par exemple le manque d'argent, des expériences malheureuses avec d'autres psychiatres ou thérapeutes, la désapprobation de la famille, les hôpitaux froids et peu accueillants – pour mener à bien leur thérapie et profiter pleinement de chaque bienfait qu'ils pourront y trouver. D'autres, en revanche, rejetteront la thérapie, même si elle leur est offerte sur un plateau, ou alors, s'ils l'entreprennent, ils seront passifs, n'en tirant absolument rien, quels que soient le talent, l'amour et les efforts du thérapeute. Bien qu'à la fin d'une thérapie réussie je sois tenté de croire que j'ai guéri le patient, je sais que je n'ai été, en fait, qu'un catalyseur, et je m'en estime heureux. Puisque, en fin de compte, les gens peuvent se guérir, avec ou sans l'aide de la psychothérapie, pourquoi y en a-t-il si peu qui réussissent et tant qui échouent ? Puisque le chemin de l'évolution spirituelle, quoique difficile, est ouvert à tous, pourquoi y en a-t-il si peu qui choisissent de le suivre ?

C'est à cette question que le Christ répondait lorsqu'il dit : « Car il y a beaucoup d'appelés et peu d'élus[1]. » Mais pourquoi y a-t-il peu d'élus et qu'est-ce qui les distingue des autres ? La réponse que la plupart des thérapeutes ont l'habitude de donner est fondée sur un concept de différence dans la gravité de la psychopathologie. En d'autres termes, ils pensent que la plupart des gens sont malades, mais que certains le sont plus que d'autres, et que plus on est malade, plus il est difficile de guérir ; de plus, que la gravité d'une maladie mentale est directement déterminée par l'importance et la période du manque parental ressenti pendant l'enfance. Plus précisément, on

<hr />

1. *Évangile selon saint Matthieu*, XXII, 14 et XX, 16.

pense que les psychotiques ont subi un grand manque parental pendant les neuf premiers mois de leur vie ; la maladie qui en découle peut être soulagée par tel ou tel traitement, mais elle est presque impossible à guérir complètement. Quant aux patients qui souffrent de troubles du caractère, ils ont reçu l'affection nécessaire pendant les neuf premiers mois, mais ont été « délaissés » entre environ neuf mois et deux ans. Ils sont moins malades que les psychotiques, mais quand même assez pour que leur guérison ne soit pas assurée. Les névrosés, en revanche, ont en général reçu assez d'affection et d'attention jusqu'à l'âge de deux ans ou plus, mais pas après cinq ou six ans. Ils sont donc plus faciles à guérir.

Je pense qu'il y a beaucoup de vrai dans ce schéma qui forme une espèce de base de théorie psychiatrique tout à fait utile aux thérapeutes, et qui ne devrait pas être trop critiquée. Pourtant, elle ne dit pas tout. Entre autres choses, elle néglige l'importance des relations parentales de la fin de l'enfance et de l'adolescence. On a toutes les raisons de croire que l'absence de dialogue à ces moments-là peut occasionner des maladies mentales, tandis que de bonnes relations sont susceptibles de réparer des erreurs commises plus tôt. De plus, bien que ce schéma ait une certaine valeur en matière de prédiction statistique (effectivement, les névrosés sont généralement plus faciles à guérir que ceux qui souffrent de troubles du caractère, qui, à leur tour, sont plus faciles à guérir que les psychotiques), il ne prend pas en compte l'évolution de chaque individu. Ainsi, par exemple, mon analyse la plus réussie fut celle d'un homme atteint d'une grave psychose et qui a terminé sa thérapie en neuf mois. Inversement, j'ai travaillé pendant trois ans avec une femme atteinte « seulement » de névrose, et qui a à peine progressé au cours de sa thérapie.

Ce schéma sur les niveaux de gravité des maladies mentales passe également sous silence un facteur important chez le patient : le désir d'évoluer. Un patient très gravement atteint qui possède un fort désir d'évoluer peut très bien guérir, alors qu'un individu à peine malade qui n'a pas ce désir en lui n'avancera pas d'un centimètre. Cet élément est tout à fait déterminant pour la réussite ou l'échec d'une psychothérapie. Pourtant, ce n'est pas complètement compris ni toujours reconnu par la psychiatrie théorique contemporaine.

Tout en étant convaincu de l'extrême importance de ce désir d'évoluer, je ne suis pas sûr de pouvoir vraiment le faire mieux comprendre, car il nous amène, là encore, aux limites du mystère. Il est bien sûr évident que le désir d'évoluer ressortit, dans son essence, du même phénomène que l'amour : le désir de se dépasser en vue d'une évolution spirituelle. Les êtres capables d'aimer véritablement sont, par définition, en évolution permanente. J'ai expliqué comment la capacité à aimer nous est transmise par l'amour parental, mais j'ai aussi fait remarquer qu'il n'expliquait pas tout. Souvenons-nous que la deuxième partie de cet ouvrage se terminait sur quatre questions au sujet de l'amour ; nous sommes en train d'examiner deux d'entre elles : pourquoi certaines personnes ne réussissent pas à répondre au traitement du thérapeute le plus affectueux et le plus talentueux, et pourquoi certaines autres parviennent à surmonter une enfance des plus dénuées d'affection, pour devenir, avec ou sans l'aide de la psychothérapie, capables d'aimer véritablement ? Rappelons-nous également que j'ai dit n'être pas sûr de pouvoir répondre à ces questions de manière satisfaisante pour tous. J'ai toutefois laissé entendre que l'on pourrait éclairer quelque peu le sujet en se penchant sur le concept de la grâce.

Je crois aujourd'hui, et j'ai essayé de le démontrer, que la capacité des hommes à aimer, et donc à évoluer, est nourrie non seulement par l'amour de leurs parents pendant leur enfance, mais aussi, tout au long de leur vie, par la grâce, ou l'amour de Dieu. Cette force puissante, extérieure à leur conscience, agit par l'intermédiaire de leur inconscient, ainsi que par celui de personnes affectueuses autres que leurs parents, et d'autres facteurs que nous ne comprenons pas. C'est par la grâce que les gens réussissent à surmonter les traumatismes d'une enfance sans amour parental et à devenir des individus sachant aimer et s'étant élevés bien au-dessus de leurs géniteurs sur l'échelle de l'évolution humaine. Pourquoi certaines personnes parviennent-elles donc à dépasser les limites où se sont arrêtés leurs parents ? Je crois que la grâce est disponible pour tous, que nous sommes tous empreints de l'amour de Dieu. La seule réponse que je puisse faire est que la plupart choisissent de ne pas écouter son appel, et de rejeter son aide. Je pourrais traduire l'affirmation du Christ : « Il y a beaucoup d'appelés et peu d'élus » par : « Nous sommes tous appelés par et vers la grâce, mais peu d'entre nous choisissent d'écouter cet appel. »

La question devient alors : Pourquoi y a-t-il si peu de gens qui écoutent l'appel de la grâce ? Pourquoi lui résistons-nous ? Nous avons vu que la grâce nous donne une certaine résistance inconsciente aux maladies. Pourquoi semble-t-il que nous possédions aussi une espèce de résistance à la santé ? Nous avons en fait déjà répondu à cette question. C'est notre paresse, le péché originel de l'entropie par lequel nous avons été maudits. Tout comme la grâce nous pousse à nous élever sur l'échelle de l'évolution, c'est l'entropie qui nous incite à résister à cette force, à rester là où nous sommes, tranquillement, ou même à descendre vers des styles de vie de moins en moins exigeants. Nous avons déjà dit combien il est difficile de se discipliner, d'aimer véritablement, d'évoluer spirituellement. C'est bien naturel d'essayer de se soustraire à la difficulté. Nous avons déjà examiné l'entropie et la paresse, mais un autre aspect du sujet mérite notre attention : le pouvoir.

Les psychiatres et les thérapeutes sont habitués à entendre parler de problèmes d'ordre psychiatrique, survenant fréquemment chez des gens qui viennent de monter en grade, avec l'augmentation de responsabilités que cela implique. Le psychiatre militaire, qui connaît bien la « névrose de la promotion », sait aussi qu'elle ne se développe pas avec une fréquence égale, parce qu'un grand nombre de soldats refusent leur promotion : beaucoup de simples soldats de l'armée américaine ne veulent pas devenir adjudants. Et certains adjudants préféreraient mourir plutôt que de monter en grade et refusent régulièrement des stages de formation d'officier pour lesquels ils seraient tout à fait qualifiés.

Il en va de même dans l'évolution spirituelle. Car l'appel de la grâce est une sorte de promotion, un appel à une position plus élevée, à plus de responsabilités et de pouvoir. Être conscient de la grâce, faire l'expérience personnelle de sa présence constante, savoir qu'on est proche de Dieu, c'est connaître et vivre en permanence la paix intérieure que peu peuvent atteindre. Mais cette connaissance apporte de lourdes responsabilités. Car savoir qu'on est proche de Dieu, c'est aussi s'obliger à être comme Lui, à se faire l'agent de Son pouvoir et de Son amour. L'appel de la grâce est une invitation à une vie d'efforts et d'attention, à une vie de service et de sacrifices. Il s'agit de passer de l'enfance spirituelle à l'âge adulte, d'être pour l'humanité dans la même position qu'un parent avec son enfant.

T.S. Eliot a expliqué cela dans le sermon de Noël qu'il fait dire à Thomas Becket dans *Meurtre dans la cathédrale*, et dont voici un extrait :

Mais pensez un instant au sens de ce mot : « paix ». Vous paraît-il étrange que les anges aient annoncé la paix, alors que le monde a été sans répit frappé par la guerre et la peur de la guerre ? Vous apparaît-il que les voix angéliques se trompaient, et que la promesse a été déception et tricherie ?

Réfléchissez maintenant : comment Notre Seigneur Lui-même a-t-Il parlé de la paix ? Il a dit à Ses disciples : « Je vous laisse la paix, je vous donne Ma paix. » Entendait-Il paix au sens que nous lui donnons ? À savoir que le royaume d'Angleterre soit en paix avec ses voisins, les barons en paix avec le roi, que le maître de maison puisse compter ses gains pacifiques, le foyer balayé, son meilleur vin pour son ami servi sur la table et sa femme chantant pour ses enfants ? Ces hommes qui étaient Ses disciples n'ont point connu de pareilles choses : ils s'en allaient, voyageant au loin, souffrir par terre et par mer, connaître la torture, l'emprisonnement, la déception, souffrir la mort par le martyre. Que voulait-Il donc dire ? Si vous posez la question, souvenez-vous alors qu'Il disait aussi : « Je ne vous la donne pas comme le monde la donne. » Ainsi donc, Il la donna à Ses disciples, mais pas cette paix que le monde donne[1].

La paix de la grâce ne va pas sans responsabilités terrifiantes, sans devoirs, sans obligations. Il n'est pas étonnant que tant d'adjudants n'aient pas envie d'assumer les lourdes responsabilités de grades plus élevés, et que certains patients en psychothérapie reculent devant le pouvoir qui accompagne la véritable santé mentale. Une jeune femme, en thérapie avec moi depuis un an pour une profonde dépression, qui avait beaucoup appris sur la psychopathologie des membres de sa famille, fut un jour enchantée de la façon dont elle avait su se sortir facilement, avec sagesse et sérénité, d'une situation difficile :

– Je me sentais très à l'aise, me raconta-t-elle. Si seulement je pouvais me sentir aussi bien plus souvent !

Je lui répondis que c'était possible, en lui faisant remarquer qu'il était normal qu'elle se soit

1. T.S. Eliot. *Meurtre dans la cathédrale* (traduction d'Henri Feuchère, éd. du Seuil, 1964).

sentie si bien parce que c'était la première fois que, dans ses rapports avec sa famille, elle s'était trouvée dans une position de force, consciente de l'incapacité des siens à bien communiquer et des moyens douteux dont ils usaient pour la faire plier à leurs exigences irréalistes. Elle fut donc capable de dominer la situation. Je lui dis aussi qu'en étendant ce genre d'attitude elle pourrait progressivement dominer tous les autres cas de figure et se sentir aussi à l'aise de plus en plus souvent. Elle me regarda avec une sorte de frayeur :

– Mais cela exigerait de moi que je pense tout le temps ! dit-elle.

J'acquiesçai, en disant qu'effectivement ce n'était que par la réflexion permanente que son pouvoir pourrait évoluer et qu'elle se débarrasserait du sentiment d'impuissance qui était à la base de sa dépression. Elle était furieuse :

– Je n'ai pas envie d'avoir à penser tout le temps, cria-t-elle. Je ne suis pas venue ici pour me compliquer la vie. Je veux pouvoir être décontractée et m'amuser. Vous attendez de moi que je sois une espèce de Dieu, ou quoi ?

C'est triste à dire, mais cette femme, qui avait un grand potentiel, arrêta sa thérapie bien loin d'être guérie, terrifiée devant les exigences que sa santé mentale lui aurait imposées.

Cela peut paraître étrange aux profanes, mais les psychothérapeutes rencontrent souvent des gens effrayés par leur propre rétablissement. L'une des tâches principales de la psychothérapie est non seulement d'amener les patients à la santé mentale, mais aussi, par un mélange de consolation, de mise en confiance et de rigueur, de les empêcher de se défiler une fois qu'ils l'ont atteinte. L'un des aspects de cette peur est, en soi, assez légitime et nullement malsain : c'est la crainte, en acquérant un certain pouvoir, de mal l'utiliser. Saint Augustin a écrit : *Dilige et quod vis fac*, ce qui veut dire : « Aime et fais ce que tu veux[1]. » Si les gens vont assez loin dans leur psychothérapie, ils finiront par se débarrasser de leur sentiment d'impuissance face à un monde sans merci et terrifiant et, tout à coup, ils comprendront qu'ils ont le pouvoir de faire ce qu'ils veulent. La prise de conscience de cette liberté est effrayante :

« Si je suis libre de faire ce que je veux, qu'est-ce qui peut me retenir de commettre de grossières erreurs, de perpétrer des crimes, d'être immoral, d'abuser de mon pouvoir et de ma liberté ? L'amour seul est-il capable de me diriger ? »

Lorsque la prise de conscience de son pouvoir et de sa liberté est ressentie comme un appel à la grâce – c'est souvent le cas –, alors la réponse est aussi : « Mon Dieu, je crains de n'être pas à la hauteur de Votre confiance. » Cette crainte est, bien sûr, partie intégrante de l'amour, et donc utile au gouvernement de soi qui empêche l'abus de pouvoir. Il ne faut donc pas la rejeter ; mais elle ne doit pas devenir si importante qu'elle empêche d'entendre l'appel de la grâce et d'assumer le pouvoir dont on est capable. Certains, appelés à la grâce, peuvent se débattre pendant des années avant de transcender leur peur pour accepter celle-ci. Lorsque la peur est si forte qu'elle empêche l'acceptation du pouvoir, elle tourne à la

---

1. Saint Augustin, 1 Jn. 7. *Patrologia latina*, 35, 2033.

névrose, et lui faire face peut être une – sinon la – question centrale de la psychothérapie.

Mais, pour la plupart des gens, la peur d'abuser du pouvoir n'est pas au centre de leur résistance à la grâce. Dans la phrase de saint Augustin, ce n'est pas le côté « fais ce que tu veux » qui les rebute, mais plutôt « aime ». Nous sommes comme des enfants ou des adolescents ; nous croyons que la liberté et le pouvoir des adultes nous sont dus, mais nous ne sommes pas très attirés par la responsabilité et l'autodiscipline. Même si nous nous sentons opprimés par nos parents – ou par la société ou par le destin –, nous semblons en fait avoir besoin de ces pouvoirs qui nous dominent pour rejeter la responsabilité sur eux. S'élever à une position de pouvoir où nous n'avons personne sur qui nous reposer sauf nous-même nous fait peur. Si, dans cette situation, nous ne connaissions pas la présence de Dieu en nous, notre solitude ne serait pas supportable. Malgré cela, beaucoup n'ont pas la capacité de tolérer la solitude du pouvoir et rejettent la présence de Dieu plutôt que de faire l'expérience d'être seul maître à bord. Ils veulent la confiance en soi de l'adulte sans avoir à grandir.

Nous avons déjà évoqué combien il est difficile de mûrir. Rares sont ceux qui avancent sans ambiguïté et sans hésitation vers l'âge adulte, cherchant toujours de nouvelles et de plus grandes responsabilités. La plupart des individus se traînent et ne deviennent que partiellement adultes, reculant toujours devant les exigences véritables de cet état. Il en va de même avec l'évolution spirituelle, inséparable du processus de maturation psychologique. Car l'appel de la grâce, dans sa forme ultime, nous convie à ne faire qu'un avec Dieu, à être sur un pied d'égalité avec lui et donc à devenir adulte. Nous avons l'habitude d'imaginer la conversion ou l'appel de la grâce comme un phénomène qui nous donne envie de nous exclamer : « Quelle joie ! » Pour ma part, j'ai plus souvent envie de m'écrier : « Oh zut ! » Au moment où nous écoutons enfin l'appel de la grâce, nous pouvons dire : « Merci, mon Dieu », ou bien : « Mon Dieu, je ne suis pas à la hauteur ! » ou encore : « Mon Dieu, dois-je vraiment ? »

Pour toutes ces raisons, le fait que « beaucoup sont appelés mais peu sont élus » est compréhensible.

La question qui reste pendante n'est pas : Pourquoi les gens refusent-ils l'aide de la psychothérapie ou ne savent-ils pas en profiter même si elle est bien menée, ou pourquoi les humains résistent-ils si souvent à la grâce ? La force d'entropie explique très bien leur réaction. La question est plutôt, à l'opposé : Pourquoi certains répondent-ils à un appel si exigeant ? Qu'est-ce qui les distingue des autres ? Je l'ignore. Ces individus viennent de tous les horizons : riches et cultivés, ou pauvres et superstitieux. Ils ont pu avoir de bons parents, mais il est tout aussi possible qu'ils aient subi une enfance traumatisante. Ils commencent parfois une thérapie à cause de problèmes mineurs ou bien avec de graves troubles psychologiques. Ils sont indifféremment jeunes ou âgés. Il se peut qu'ils entendent soudainement et sans difficulté l'appel de la grâce, ou bien qu'ils le rejettent et le maudissent avant de lever les barrières une à une, avec réticence. En conséquence, je suis arrivé, avec l'expérience et les années, à devenir de moins en moins sélectif envers mes patients potentiels. Je demande à ceux que j'ai refusés par ignorance de m'excuser. Car j'ai appris qu'au début d'un processus psychothérapeutique je n'ai aucun moyen de prédire lequel de mes patients saura répondre à la thérapie, lequel évoluera de manière significative mais incomplète, et lequel pourra, miraculeusement, évoluer jusqu'à la grâce. Le Christ Lui-même a parlé de l'aspect imprévisible de la grâce en disant à Nicodème : « Le vent souffle où il veut, et tu entends sa voix, mais tu ne sais ni d'où il vient ni où il va. Ainsi en est-il de quiconque est né de l'esprit[1]. »

Malgré tout ce que nous avons dit sur le phénomène de la grâce, il nous reste à accepter tout son mystère.

Accueillir la grâce

Et nous voilà de nouveau devant un paradoxe. Tout au long de ce livre, j'ai parlé de l'évolution spirituelle comme s'il s'agissait d'un processus bien réglé et prévisible. J'ai laissé entendre qu'elle peut s'apprendre, comme n'importe quel autre savoir, en suivant des cours : si vous payez vos droits d'inscription et que vous travaillez suffisamment, vous réussirez et obtiendrez votre diplôme. J'ai interprété les paroles du Christ : « Il y a beaucoup d'appelés et peu d'élus », pour signifier que peu choisissent d'entendre l'appel de la grâce par peur des difficultés qu'accepter celle-ci entraîne. Par cette interprétation, j'ai indiqué qu'être touché par la grâce est une question de choix. Au

1. *L'Évangile selon saint Jean*, III,8.

fond, j'ai voulu dire que la grâce se mérite. Et je sais que c'est vrai.

Mais, en même temps, je sais qu'il n'en est pas toujours ainsi. Nous n'allons pas à la grâce, la grâce vient à nous. Si nous essayons de l'atteindre, elle peut nous échapper. Et alors que nous ne la cherchions pas, la voilà qui vient nous trouver. Consciemment, nous pouvons chercher désespérément une vie spirituelle et être bloqués par toutes sortes d'obstacles. Inversement, la vie spirituelle nous appellera brutalement, en dépit de notre manque d'attirance. Alors qu'à un certain niveau c'est nous qui décidons d'écouter l'appel de la grâce, il est évident que c'est Dieu qui choisit à qui l'envoyer. Le sentiment le plus fréquent chez ceux qui ont atteint l'état de grâce, à qui cette nouvelle vie a été envoyée du ciel, est un grand étonnement quant à leur condition. Ils n'ont pas l'impression de l'avoir « gagnée ». Bien qu'ils puissent avoir conscience de leurs qualités, ils ne pensent pas les devoir à leur seule volonté ; ils ont plutôt le sentiment que leur bonne nature a été créée par des mains plus sages et plus talentueuses que les leurs. Ces élus de la grâce sont en fait les plus conscients du mystère contenu dans le cadeau qui leur a été offert.

Comment venir à bout de ce paradoxe ? C'est impossible. Nous nous avancerons juste à dire que, peut-être, même si nous ne pouvons pas aller volontairement à la grâce, nous pouvons nous ouvrir et nous tenir prêts pour sa venue. Nous pouvons nous préparer en devenant un terrain propice, une terre d'accueil. Nous pouvons devenir disciplinés, aimants, et alors, en dehors de toute considération théologique et sans pour cela penser à Dieu, nous serons en mesure d'accueillir la grâce. En revanche, l'étude de la théologie est une piètre méthode de préparation et, en soi, tout à fait inutile. Aussi n'est-ce pas dans cette perspective que j'ai décidé d'aborder ce sujet, *a priori* strictement religieux, mais simplement parce que je pense qu'être instruit de l'existence de la grâce peut être fort utile à ceux qui ont choisi de voyager sur le difficile chemin de l'évolution spirituelle. Cette connaissance facilitera leur voyage des trois façons suivantes : elle les aidera à profiter de la grâce si elle se présente ; elle leur donnera un sens plus sûr de la direction à suivre ; elle les encouragera.

Le fait que nous choisissons la grâce en même temps qu'elle nous choisit constitue l'essence même du phénomène des heureux hasards, que nous avons défini comme étant « le don de trouver des choses de valeur ou agréables, sans les avoir cherchées ». Bouddha ne trouva l'illumination que lorsqu'il cessa de la chercher – lorsqu'il la laissa venir à lui. Mais qui peut douter qu'elle lui soit apparue parce qu'il venait de consacrer seize ans de sa vie à la chercher, seize années à se préparer : non pas directement, mais par son mode de vie même ? Les Furies se sont transformées en porteuses de grâce non seulement parce que Oreste avait œuvré pour s'attirer la faveur des dieux, mais aussi parce qu'il n'attendait pas de ceux-ci qu'ils lui rendent la vie plus facile. Ce fut par ce mélange paradoxal de recherche et non-recherche qu'il obtint le don et la bénédiction de la grâce.

La façon dont les patients utilisent leurs rêves illustre bien les deux attitudes possibles vis-à-vis de la grâce. Certains, conscients des messages contenus dans cette production inconsciente de leur esprit, y cherchent avidement la réponse à leurs problèmes, avec méthode et assiduité, s'en souvenant très précisément, et arrivant aux séances de thérapie avec une cargaison de rêves. Mais, souvent, ceux-ci les aident peu, voire font obstacle à leur progression. Tout d'abord, on ne dispose pas d'assez de temps en thérapie pour analyser tous ces rêves. Ensuite, cette matière trop volumineuse peut empêcher par obstruction le travail dans des domaines plus fructueux. Enfin, il est fort probable que ces rêves amassés avec acharnement soient assez obscurs. Il faut faire comprendre à ces patients qu'ils doivent cesser de courir après leurs rêves, et les laisser venir à eux, se fier à leur inconscient pour les sélectionner.

Cet apprentissage peut se révéler assez difficile, puisqu'il exige que le patient renonce partiellement à son contrôle sur lui-même et s'autorise une relation plus passive avec son esprit, il n'en demeure pas moins payant. Lorsqu'un patient apprend à ne pas faire d'effort conscient pour les retenir, la quantité de rêves dont il se souvient décroît, mais ceux-ci augmentent considérablement en qualité, facilitant grandement le processus de guérison. D'un autre côté bon nombre de patients commencent une psychothérapie sans avoir la moindre idée de la valeur que peuvent avoir leurs rêves. Ils les rejettent donc de leur conscience, les tenant pour inutiles et sans importance. À ceux-là, il faut d'abord enseigner à se souvenir de leurs rêves, et ensuite à percevoir et apprécier les trésors qu'ils contiennent parfois. Pour bien utiliser les rêves, nous devons apprendre à être conscients de leur valeur et à en profiter lorsqu'ils nous parviennent, mais aussi à ne pas les rechercher ou les attendre. Il faut que nous les laissions être de véritables cadeaux, comme la grâce, dont ils sont l'une des expressions. La même attitude doit être adoptée vis-à-vis de toutes les autres manifestations de la grâce, les moments où tout devient clair, les prémonitions, et tant d'autres « heureux hasards ». Tout le monde souhaite être aimé. Mais nous devons d'abord nous rendre aimables. Nous devons nous préparer à être aimés, en aimant les autres et en nous disciplinant. Si nous cherchons à être aimés – comme nous nous y attendons –, nos efforts demeureront vains. Nous serons dépendants et avides, et nous n'aimerons pas véritablement. Mais si nous nous montrons généreux avec nous-mêmes et avec les autres, sans rien attendre en retour, alors nous serons dignes d'amour et récompensés, sans l'avoir cherché. Tel est l'amour des hommes, tel est l'amour de Dieu.

L'un des buts de ce développement sur la grâce est de montrer à ceux qui ont choisi le chemin de l'évolution spirituelle qu'il existe des « heureux hasards ». Ce ne sont pas des cadeaux en eux-mêmes. Ils résultent simplement de la capacité à reconnaître et à utiliser les cadeaux de la grâce qui nous sont donnés par le truchement de l'inconscient. Le voyage de l'évolution spirituelle, ainsi guidé par la main invisible et la grande sagesse de Dieu avec une précision infiniment plus grande que celle dont notre faible conscience est capable, se révèle plus rapide qu'une recherche par ailleurs hasardeuse.

D'une manière ou d'une autre, ces concepts ont déjà été énoncés – par Bouddha, par le Christ, par

Lao-tseu, parmi tant d'autres. L'originalité de ce livre réside dans le fait que je suis arrivé à la même conclusion par les chemins détournés de ma vie d'homme du XXᵉ siècle. Si vous désirez une compréhension plus profonde que celle donnée par ces quelques notes contemporaines, alors n'hésitez pas à vous plonger dans les textes anciens, mais n'espérez pas plus de détails. Nombreux sont ceux qui, de par leur dépendance, leur peur et leur paresse, veulent qu'on leur montre toutes les étapes du chemin, et qu'on leur prouve que chacun de leurs pas les rapprochera de Dieu. Cela n'est pas possible, car l'évolution spirituelle demande, en pensée et en action, du courage, de l'initiative et de l'indépendance. Alors que les paroles des prophètes et l'aide de la grâce sont disponibles pour tous, le voyage se fait seul. Aucun professeur ne peut vous transporter. Il n'existe pas de formules préétablies. Les rituels ne sont que des aides à l'apprentissage, pas l'apprentissage lui-même. Manger des aliments biologiques, dire cinq *Notre Père* avant le petit déjeuner, faire sa prière en se tournant vers l'est ou l'ouest, ou bien aller à l'église ne vous mènera pas plus directement au but. Aucune parole, aucun enseignement ne pourra éviter au voyageur spirituel de se prendre en main, pour se frayer à travers l'effort et l'angoisse son chemin vers son identification avec Dieu à travers les circonstances uniques de sa propre vie.

Une fois ces faits reconnus et acceptés, le voyage vers l'évolution spirituelle est malgré tout si solitaire et si difficile qu'il nous décourage souvent. Le fait que nous vivions à une époque scientifique (même s'il est par bien des aspects réconfortant) favorise parfois cette attitude. Nous croyons aux principes mécaniques de l'univers, pas aux miracles. Par la science, nous avons appris que notre lieu de résidence n'est qu'une des planètes d'une étoile perdue dans une galaxie parmi tant d'autres. Et tout comme elle nous a montrés perdus dans l'immensité de l'univers, la science nous a amenés à développer l'image d'un homme impuissant, prédéterminé, gouverné par des forces internes indépendantes de sa volonté – molécules chimiques du cerveau et conflits dans l'inconscient – qui limitent ses sentiments et son action. Le remplacement de nos mythes par la connaissance scientifique nous a ainsi donné le sentiment que notre vie n'a aucun sens. Quelle signification pourrions-nous avoir, en tant qu'individus, ou même en tant que race, tiraillés, ballottés par des forces internes chimiques et psychologiques que nous ne comprenons pas, invisibles dans un univers dont les dimensions sont tellement immenses que même notre science ne peut les mesurer ?

Pourtant, c'est cette même science qui nous a, d'une certaine manière, aidés à percevoir la réalité du phénomène de la grâce. J'ai essayé de transmettre cette perception. Parce que, une fois celle-ci acquise, on ne peut plus penser que la vie n'a aucun sens. Le fait qu'il existe, au-delà de nous-mêmes et de notre conscience, une force puissante qui encourage notre évolution est suffisant pour renverser notre sentiment d'insignifiance. Parce que l'existence de cette force prouve, de manière incontournable, que l'évolution spirituelle de l'homme est d'une grande importance pour quelque chose de beaucoup plus grand que lui : Dieu. L'existence de la grâce est l'évidence non seulement de la réalité de Dieu, mais aussi que Sa volonté est consacrée à l'évolution de l'esprit humain. Ce qui autrefois paraissait un conte de fées est aujourd'hui une réalité. Nous vivons sous l'œil de Dieu, au centre même de Son champ de vision, de Ses intérêts. Il est probable que l'univers que nous connaissons ne soit qu'un gué pour accéder au royaume de Dieu. Mais nous n'y sommes pas perdus. Au contraire, la grâce indique que l'humanité est au centre de l'univers. Cette époque et cet espace existent pour que nous les traversions. Lorsque mes patients perdent de vue le sens de leur vie et sont découragés par le travail que nous faisons, je leur dis souvent que la race humaine est sur le point d'accomplir un saut dans son évolution :

– Que nous réussissions ce saut ou pas, leur dis-je, c'est de votre responsabilité.

Et de la mienne. L'univers, ce passage, a été créé pour nous préparer le chemin. Mais nous devons nous-mêmes, un par un, le franchir. La grâce nous aide à ne pas trébucher, et par elle nous savons que nous sommes les bienvenus. Que pouvons-nous demander de plus ?

POSTFACE

Depuis sa première édition, j'ai eu la chance de recevoir de nombreuses lettres de lecteurs du *Chemin le moins fréquenté*. Elles étaient extraordinaires, intelligentes et bien tournées, et toutes porteuses d'amour. En plus des appréciations, elles contenaient d'autres cadeaux : des poèmes, des citations, des éclats de sagesse et des récits d'expériences personnelles. Ces lettres ont enrichi ma vie. Il m'est apparu évident qu'il existe tout un réseau – bien plus étendu que je n'osais l'espérer – de gens qui ont effectué de longs trajets sur la route peu fréquentée de l'évolution spirituelle. Ils m'ont remercié d'avoir estompé leur sentiment d'isolement. Je les remercie de la même chose.

Quelques lecteurs ont mis en question ma foi en l'efficacité de la psychothérapie. J'ai laissé entendre que la qualité des psychothérapeutes est très variable. Et je persiste à croire que, si certains échouent en travaillant avec un thérapeute compétent, c'est parce qu'ils manquent de volonté, sont arrêtés par la rigueur du travail nécessaire. Mais j'ai omis de spécifier qu'une minorité de ces patients – disons cinq pour cent – ont des problèmes psychiatriques ne ressortissant pas de la psychothérapie et pouvant même être aggravés par une trop profonde introspection.

Il est peu probable qu'une personne parvenue à lire ce livre attentivement et à le comprendre fasse partie de ces cinq pour cent. Et de toute façon, c'est la responsabilité d'un bon thérapeute de discerner avec attention, et parfois au bout de quelque temps, ces rares patients qui ne devraient pas se lancer dans le travail psychanalytique et de les amener à d'autres formes de traitement dont ils pourraient bénéficier.

Mais qui est un bon thérapeute ? Certains lecteurs qui avaient l'intention de se diriger vers la psychothérapie m'ont écrit pour me demander comment on peut sélectionner un thérapeute, et en distinguer un bon d'un moins bon. Mon premier conseil est de prendre la chose au sérieux. Ce choix constitue l'une des décisions les plus importantes de votre vie. La psychothérapie est un investissement de taille, non seulement sur le plan financier, mais aussi en ce qui concerne votre temps et votre énergie. C'est ce que les gens de la Bourse pourraient appeler un investissement à haut risque. Si le placement est le bon, il vous rapportera beaucoup de dividendes spirituels, plus que vous n'en auriez pu rêver. Dans le cas contraire, vous ne risquez sûrement aucun mal, mais vous perdrez votre argent, votre temps et votre énergie.

Alors n'hésitez pas à chercher. Et n'hésitez pas à faire confiance à vos sentiments ou à votre intuition. Généralement, au cours d'une entrevue avec un thérapeute, vous pourrez ressentir les bonnes ou les mauvaises vibrations. Dans ce dernier cas, payez votre consultation et allez voir un autre praticien. Ce genre de sentiment est en général inexplicable, mais il peut être soutenu par des éléments palpables : lorsque j'ai commencé ma psychothérapie en 1966, j'étais très préoccupé et critique vis-à-vis de la moralité de l'intervention américaine dans la guerre du Viêt-nam. Il y avait dans la salle d'attente de mon futur thérapeute *Ramparts* et *The New Review of Books*, deux journaux libéraux, remplis d'éditoriaux contre la guerre. Avant même d'avoir vu l'homme, j'avais pu sentir de bonnes vibrations.

Mais, plus que ses idées politiques, son âge ou son sexe, ce qui compte avant tout, c'est que le thérapeute soit une personne réellement attentionnée. Cela aussi, vous pouvez le sentir tout de suite, même s'il ne se précipite pas sur vous pour vous rassurer et s'engager sur-le-champ. S'il est capable de véritable amour, il sera aussi prudent, discipliné et souvent réservé, mais vous devrez sentir si cette réserve cache de la chaleur ou de la froideur.

Puisque les thérapeutes que vous verrez vous interrogeront pour savoir s'ils veulent que vous deveniez leur patient, il est tout à fait normal que vous les interrogiez vous aussi. Si vous en avez envie, n'hésitez pas à leur demander ce qu'ils pensent de la libération de la femme, de l'homosexualité ou de la religion. Vous avez droit à des réponses honnêtes, ouvertes et réfléchies. Pour ce qui est d'autres types de questions – telles que combien de temps pourrait durer la thérapie, ou si vos problèmes de peau sont psychosomatiques –, vous ferez mieux de vous fier au thérapeute qui avoue ne pas savoir. En fait, dans toutes les professions, les gens instruits et qui réussissent mais qui osent reconnaître leur ignorance sur un sujet donné sont en général les plus experts et les plus dignes de confiance.

Les capacités d'un thérapeute n'ont souvent rien à voir avec ses diplômes. L'amour, le courage et la sagesse ne peuvent être certifiés. Par exemple, on sait que les psychiatres diplômés ont reçu un enseignement si rigoureux qu'on peut être sûr qu'ils ne sont pas des charlatans. Mais un psychiatre n'est pas forcément meilleur qu'un psychothérapeute, qu'un prêtre ou qu'une assistante sociale – ou même aussi bon. Deux des meilleurs thérapeutes que je connais n'ont même pas terminé leurs études universitaires !

L'une des meilleures façons de commencer votre recherche d'un thérapeute est probablement par relations. Si vous avez un ami qui a été satisfait des services d'un thérapeute, pourquoi ne pas commencer par celui-ci ? Une autre possibilité, surtout si vous avez des symptômes particulièrement graves ou accompagnés de problèmes physiques, serait d'aller voir un psychiatre. À cause de leur formation médicale, les psychiatres sont en général les thérapeutes les plus chers, mais ils sont aussi les mieux placés pour comprendre tous les aspects de votre situation. Après la première heure d'entretien, pendant laquelle il aura pu se faire une idée des dimensions de votre problème, vous pourrez lui demander de vous recommander, si cela se justifie, à un thérapeute non médical et moins cher. Les bons psychiatres seront tout à fait prêts à vous dire qui sont les meilleurs dans votre ville. Bien sûr, si vous vous sentez particulièrement en confiance avec le psychiatre et qu'il est d'accord pour vous prendre comme patient, alors restez avec lui.

Ces rapides lignes directrices ne sont peut-être pas aussi précises que les lecteurs l'auraient souhaité. Mais le message principal est que, puisque la psychothérapie demande des relations intenses et psychologiquement intimes entre deux êtres humains, rien ne peut vous ôter la responsabilité de choisir vous-même la personne qui sera votre guide. Le meilleur thérapeute pour quelqu'un ne sera peut-être pas le bon pour quelqu'un d'autre. Chaque personne, thérapeute et patient, est unique, et vous devez vous fier à votre jugement intuitif personnel. Puisqu'il y a des risques, je vous souhaite bonne chance. Et, parce que entreprendre une psychothérapie est un acte de courage, je vous admire.

M. SCOTT PECK
Bliss Road
New Preston, Conn. 06777

TEXTE PRÉSENTANT
L'ÉDITION AMÉRICAINE DE 1985

Il arrive qu'après l'une de mes conférences certains se disent : « Ce n'est pas le même homme que celui qui a écrit *Le Chemin le moins fréquenté.* » Rien de surprenant à cela : j'ai écrit ce livre en 1976 et 1977. Puisque j'ai moi-même choisi de voyager sur cette route de l'évolution, il est tout à fait logique que je ne sois pas le même homme qu'il y a une dizaine d'années.

Le changement le plus important est sans doute qu'à l'époque je n'étais pas un chrétien pratiquant, alors que je le suis aujourd'hui. Je suis très attristé que certains en soient déçus, comme si c'était une régression. Cette réaction est compréhensible parce que le christianisme n'a pas encore la réputation d'avoir une grande ouverture d'esprit. J'espère que les autres chrétiens m'aideront à changer cet état de fait.

Pourtant, je pense que c'est une bonne chose que je n'aie pas été vraiment chrétien ni très habitué au langage de la théologie chrétienne alors que j'écrivais ce livre. Car, si ce langage peut être très utile aux initiés, pour les autres c'est un peu du charabia.

D'autres lecteurs, intéressés par mes changements, me demandent quels passages du *Chemin* j'aurais envie de modifier. En fait, il n'y a qu'une chose sur laquelle je me sois vraiment trompé : je pensais que les animaux ne pouvaient pas évoluer spirituellement. C'est une erreur, et je voudrais m'en excuser auprès de ceux qui se sont dépassés pour encourager l'évolution de leurs animaux familiers.

Sinon, il y a bon nombre de passages qui, bien qu'ils ne soient pas faux, mériteraient quelque note explicative, un certain approfondissement ou de légères modifications. Certains lecteurs ont, par exemple, senti une espèce de préjugé contre les homosexuels. Ce n'est pas un sujet simple mais je suis totalement d'accord avec l'*American Psychiatric Association* qui dit que l'homosexualité n'est pas, en soi, une maladie ou un trouble psychique. D'autres ont vu dans mon exposé sur le « mariage ouvert » et l'amour en psychothérapie une sorte d'encouragement aux relations libres : mauvaise interprétation.

Et puis il y a les sujets théologiques : des idées telles que l'appel de l'homme à la divinité et l'action de Dieu dans et par notre inconscient qui, bien qu'elles ne soient pas fausses, mériteraient une étude plus approfondie – ainsi que d'autres idées, trop nombreuses pour être énumérées. Mais je préfère laisser cela pour plus tard, pour d'autres livres.

Il est à souligner une étude sur *Le Chemin* intitulée *Exploring the Road less Travelled*, une sorte de guide de lecture écrit par Alice et Walden Howard à la suite de leur expérience en tant qu'organisateurs de groupes d'étude à partir des données de mon livre. Leur ouvrage, qui contient des suggestions pour la tenue d'un journal de bord et des exercices de théorie de la forme, ainsi que des citations (bibliques, littéraires et philosophiques), a déjà été reconnu par des individus, des groupes et des directeurs de groupe, dans leur approche du *Chemin*, comme un « encouragement pour leur évolution spirituelle et celle des autres ».

Sur un plan personnel, votre extraordinaire réaction à mon livre a complètement chamboulé ma vie. Cela fut cause de stress et de contraintes, mais j'ai été aussi largement récompensé. Ce succès m'a encouragé à écrire. Il m'a aussi ouvert une carrière tout à fait nouvelle : donner des conférences et organiser des groupes de travail au sein de communautés, qui m'a permis de voyager à travers tout le pays et de rencontrer des gens merveilleux. Je dois souvent résister à la tentation de laisser tout cela me monter à la tête. Mais, en général, j'ai ressenti votre réaction vis-à-vis de moi et de mon livre comme une leçon d'humilité. J'ai été touché par la grâce.

Parfois, quelqu'un me demande :

– Docteur Peck, depuis que vous avez écrit *Le Chemin*, avez-vous souvent eu affaire à la grâce ?

Ma réponse va dans ce sens : elle est toujours présente.

Ces temps-ci, j'écris beaucoup dans les avions. Récemment, lors d'un vol entre Hartford et Minneapolis, j'ai fait comprendre à mon voisin, par mes signes habituels, que cela ne m'intéressait pas de discuter avec lui et je fus ravi qu'il me réponde par un message non verbal tout aussi catégorique qu'il n'avait pas, lui non plus, envie de parler. Nous restâmes dans un silence complet pendant l'heure que dura le vol entre Hartford et la première escale, Buffalo : il lisait un roman et moi, je réfléchissais entre deux phrases écrites sur mon bloc-notes. Environ quarante minutes après que nous eûmes quitté Buffalo, et une demi-heure avant Minneapolis, nous échangeâmes nos premières paroles. Il leva son nez de son roman et me demanda :

– Excusez-moi, connaissez-vous, par hasard, la signification du mot « serendipity[1] » ?

En souriant, je lui répondis qu'à ma connaissance j'étais la seule personne du pays à avoir longuement écrit sur ce sujet. J'ajoutai que c'était justement un heureux hasard qu'au moment précis où il voulait connaître la signification de ce mot il soit assis à côté de quelqu'un qui le connaissait si bien.

Il me demanda de quoi traitait mon livre. Dans de telles occasions, je sais quand même mettre mon bloc-notes de côté. Je lui dis que c'était une sorte de réflexion sur la religion et la psychologie. Il me répondit qu'il commençait à avoir des doutes sur la religion, et je lui demandai ce qu'il entendait par là.

– Eh bien, répondit-il, je ne suis pas un intellectuel, simplement un voyageur de commerce de l'Iowa. J'ai été élevé dans une famille méthodiste et je vais toujours à l'église. Mais je me pose toutes sortes de questions. Par exemple, j'ai du mal à croire en la Vierge Marie. Et je me demande même si je crois encore à la Résurrection. Pourtant le Christ existe pour moi, alors je suis triste à l'idée de quitter mon Église.

_____

1. Traduit dans le livre par phénomène des « heureux hasards ». (*N.d.T.*)

Je lui dis que dans mon livre j'avais écrit que « le chemin de la sainteté passe par la remise en question systématique » ; qu'à mon avis décourager la remise en question était le pire péché que puisse faire l'Église ; et que le doute était une étape essentielle dans la maturation de la foi.

Nous continuâmes notre conversation jusqu'à Minneapolis et, au moment de nous séparer, il me dit :

– Je ne suis pas sûr d'avoir compris grand-chose à tout cela, mais je pense qu'après tout je ne vais peut-être pas quitter mon Église.

L'une des premières lectrices de mon livre m'a dit : « Mais ce n'est pas votre livre ! » et, dans un sens, elle avait raison. Parfois, je suis agréablement surpris par certains passages et je me dis que c'est bien meilleur que ce que j'aurais pu écrire seul. Je ne veux pas dire, bien sûr, que ce livre m'a été dicté directement par Dieu, ou que je l'ai écrit dans une sorte d'état de transe. Mais j'ai vraiment le sentiment d'avoir été aidé et que c'est en quelque sorte un cadeau. Ce livre est aussi le vôtre. Et c'est votre cadeau autant que celui de Dieu : c'est vous qui lui avez donné ce succès.

Vous êtes effectivement des gens merveilleux et faites partie de ce que je pourrais appeler l'« humble élite ». Et ce qui est extraordinaire, c'est que beaucoup d'entre vous ont fait l'expérience de la psychothérapie ou du travail en groupes psycho-spirituels, comme les Alcooliques Anonymes. C'est si vrai qu'une des premières lettres que j'ai reçues commençait ainsi : « Cher docteur Peck, vous êtes sûrement un ancien alcoolique... » Son auteur ne pouvait pas croire que j'avais écrit mon livre sans avoir vécu l'expérience de l'humilité qu'implique une cure de désintoxication alcoolique. L'humilité est nécessaire pour entreprendre une psychothérapie : on ne le fait pas si on a l'impression d'être tout à fait bien et de contrôler parfaitement sa vie. En fait, vous avez été assez humbles pour admettre que vous aviez besoin d'évoluer. Et c'est pour cela que vous constituez une élite. C'est de vous que parlait le Christ lorsqu'il disait : « Bienheureux les pauvres d'esprit. »

Lors de la psychothérapie, vous avez été prêts à examiner comment vous avez été influencés, programmés, par l'hérédité, les traumatismes et les joies de l'enfance, les médias, la société et votre culture. Cela en dit long ! Cela veut dire que vous avez été déprogrammés ou que vous êtes en passe de l'être. Vous vous libérez !

En fait, vous êtes en train de transcender la culture traditionnelle. C'est exactement ce que j'ai commencé à faire, inconsciemment, lorsque, à l'âge de quinze ans, j'ai décidé de quitter mon collège et de ne pas suivre le chemin qui avait été tracé pour moi. On peut se sentir seul pendant le voyage – parfois même triste. Par exemple, j'ai un bon ami, collègue et patient, qui a été élevé de manière très traditionnelle. L'année dernière, il est allé dans sa famille pendant un week-end à l'occasion de célébrations religieuses et, pendant la première demi-heure de la séance qui suivit son retour, il m'a parlé en détail de ces retrouvailles et des cérémonies.

– Mais je suis un peu déprimé, me dit Ralph, et je ne sais pas pourquoi. J'ai éprouvé ce sentiment à peine assis dans l'avion qui me ramenait ici.

– La déprime et la tristesse sont très proches, répondis-je, et ce que je sens chez toi, c'est plutôt de la tristesse.

– Tu as raison, c'est exactement cela. Mais je n'ai aucune raison d'être triste.

– Mais si, contestai-je. Parce que tu as perdu ton « chez-toi ».

– C'est-à-dire ?

– Oui, tes racines. Tu es triste parce que tu as perdu tes racines.

Ralph n'avait pas l'air de comprendre. Alors je continuai :

– Depuis vingt minutes, tu me parles en détail des rituels de ta famille et de ta ville natale avec intelligence et objectivité, comme si tu étais un anthropologue décrivant une tribu primitive. Tu n'aurais jamais pu faire cela si tu appartenais toujours à cette culture. Tu es sorti de tes origines. Je pense que tu te sens triste parce que tu as compris que tu n'appartiens plus à la culture dans laquelle tu as été élevé, et que tu ne pourras plus jamais en faire partie. Tu as bien perdu ton « chez-toi ».

– Tu as raison, dit Ralph. Je ne peux plus vraiment retourner chez moi. Mais, tu sais, je ne voudrais pas changer. Je suis content d'être de retour, de vous retrouver, ma femme, toi, et nos amis. Mais c'est quand même un peu triste.

Autrefois, il n'y avait qu'un ou deux individus parmi des millions qui réussissaient à s'élever au-dessus des cultures et des frontières – Jésus, Socrate... – et qui sont entrés dans l'éternité. Mais le succès du *Chemin* m'incite à penser que, grâce à la communication de masse, la psychothérapie et la grâce, nous ne parlons plus en termes d'un parmi des millions mais d'un parmi des centaines. Ce qui m'a frappé chez les auditeurs de mes conférences, c'est qu'ils ne se laissent plus prendre au piège. Ils ne croient plus tout ce qu'ils lisent dans les journaux, ils ne gobent plus les promesses des politiciens, ils ne restent plus coincés dans leur environnement familial ou tribal.

Le processus de libération culturelle est effectivement une expérience solitaire. Beaucoup d'entre vous se sentent exclus de leur famille et isolés de leurs amis d'antan. C'est un engagement nécessaire au voyage spirituel. J'ai cité *Le Voyage des Rois mages* de T.S. Eliot : « Nous sommes revenus chez nous, en ces royaumes, / Mais sans plus nous sentir à l'aise dans l'ancienne dispensation / Avec nos peuples étrangers qui se cramponnent à leurs dieux[1]. » Mais il faut vous féliciter, comme je le fais moi-même, que les voyageurs spirituels, les « mages », soient de plus en plus nombreux.

Vous devez aussi vous réjouir, si vous en faites partie, car, en dépassant la culture traditionnelle, vous êtes en train de forger une nouvelle et magnifique « culture planétaire », de transformer le monde en un « grand village » – en une communauté. Vous êtes les acteurs de la paix. Merci.

SCOTT

1. *Op. cit.*

TABLE

Troisième partie
L'ÉVOLUTION ET LA RELIGION

Quatrième partie
LA GRÂCE

ANATOMIE DE L'ESPRIT
LE SENS PSYCHOLOGIQUE ET ÉNERGÉTIQUE DES MALADIES

Caroline Myss

Basé sur une recherche de plus de vingt ans en médecine énergétique, le travail exceptionnel de Caroline Myss montre qu'à chaque maladie correspond un stress psychologique et émotionnel bien précis.

Troubles cardio-vasculaires, douleurs lombaires, maladies du sang, cancers, allergies, maux de gorge, migraines… rien dans notre corps n'est le fruit du hasard. Toute l'histoire de notre vie y est inscrite : nos symptômes parlent de nos blessures, de nos échecs et de nos peurs.

Avec *Anatomie de l'esprit*, vous découvrirez très précisément les traumatismes et les attitudes qui ont déséquilibré votre système énergétique et vos cellules, et reprendrez le contrôle de votre vie en entretenant des rapports plus sains avec la famille, l'argent, les relations, le travail… et vous-même.

CAROLINE MYSS

Caroline Myss est une intuitive médicale reconnue internationalement. Elle a réalisé une synthèse des plus grandes traditions spirituelles, hindoues, juives, bouddhistes et chrétiennes, pour aider les gens à mieux prendre en charge leur santé.

« Caroline Myss est une femme brillante. Son livre *Anatomie de l'esprit* marquera un tournant dans votre vie en vous aidant à faire des choix en accord avec votre âme et vos désirs profonds. »
L'éditeur.

2839

Achevé d'imprimer en France (Malesherbes)
par MAURY IMPRIMEUR
le 8 août 2014.

1er dépôt légal dans la collection : avril 1990
EAN 9782290342541
N° d'impression : 191778

ÉDITIONS J'AI LU
87, quai Panhard-et-Levassor, 75013 Paris

Diffusion France et étranger : Flammarion